KB173514

Die Legende von Enyador

에냐도르의 전설

미라 발렌틴 Mira Valentin | 한윤진 옮김

Die Legende von Enyador

글루온은 사일런스북 임프린트 브랜드로 과학서와 소설을 전문으로 출간합니다.

에냐도르의 전설

지 은 이 | 미라 발렌틴(Mira Valentin)
옮 긴 이 | 한윤진
펴 낸 이 | 박동성
표지디자인 | Alexander Kopainski, 곽유미
손 그 림 | Lucy-Mae Tatzel

펴 낸 곳 | **사일런스북** | 경기도 수원시 장안구 송정로 76번길 36
전 화 | 070-4823-8399 팩 스 | 031-248-8399
홈페이지 | www.silencebook.co.kr

2020년 4월 22일 초판 1쇄 발행
I S B N | 979-11-89437-20-6 03850
가 격 | 14,800원

「이 도서의 국립중앙도서관 출판예정도서목록(CIP)은 서지정보유통지원시스템 홈페이지(http://seoji.nl.go.kr)와 국가자료공동목록시스템(http://www.nl.go.kr/kolisnet)에서 이용하실 수 있습니다.
(CIP제어번호: CIP2020010978)」

Die Legende von Enyador

에냐도르의 전설

미라 발렌틴 | 한윤진 옮김

글루온

강한 마법사이자 담대한 전사인

나의 아이들 로빈과 루이자를 위해.

어떤 상황이 닥쳐도 절대 무너지지 말기를!

에냐도르

투미야

돌아올 수 없는 늪

트레간디르

이블리스 강

아엘프스탄

오스첸트리아

안고르

파비아

츠빌링스 섬

도른슈트랑

스키르
데모니아
갈린
토이펠 호수
슈트름 산맥
반고
벤하인
빈가르트
쾨니히스
하인
엘라바르
불프 협로
드라고니아
프론슈타인
N
W
O
S

프롤로그

먼 옛날 인간은 에냐도르 대륙을 통치했다. 얼음처럼 차디찬 북부, 풍요로운 남부, 황량한 동부, 수산자원이 풍부한 서쪽 해안을 네 군주가 다스렸다. 그렇지만 대륙 전체를 지배하려는 욕망에 부푼 군주들은 후손에게 대륙의 통일을 요구했다. 더욱이 인간은 권력과 부를 점점 더 갈망하며 탐욕에 젖어 들었다.

그러던 어느 날 우연히 슈투름폭풍 산맥의 정상을 지나던 동부의 왕이 지금까지 현존했던 그 어떤 마법사보다도 위대한 마력을 지닌 대마법사와 마주쳤다. 왕국으로 돌아온 그는 아들을 불러 명을 내렸다. "어서 슈투름 산맥으로 올라가라. 그리고 대마법사를 찾아 어떻게 해서든 네게 큰 힘을 선사하도록 설득해야 한다. 그러면 다른 왕국보다 훨씬 강력해진 우리 민족이 다른 왕국의 무릎을 꿇게 할 수 있을 것이다. 대마법사가 네게 힘을 주는 대가로 무엇을 원하든 망설이지 말고 주거라."

명을 받은 동부의 왕자는 그대로 슈투름 산맥을 향해 길을 떠났고, 마침내 대마법사가 기거하는 동굴을 발견했다. 돌의자에 앉은 대마법사가 그의 방문을 기다리고 있었다. 의뭉스러운 미소가 마법사의 입가에 걸렸다.

"난 네가 이곳을 찾아온 이유를 알고 있지." 그가 말했다. "내 친히 네가 원하는 권능을 하사하겠노라. 그렇지만 대신 네가 가장 소중히 여기는 성품, 그러니까 불굴의 의지를 가져갈 것이다."

왕자는 부왕의 지시대로 대마법사의 거래를 받아들였다. 대마법사는 그 대가로 허공에서 화염을 다루는 능력을 제안했다. 왕자에게 손을 얹고, 그가 지닌 불굴의 의지를 거둬간 마법사는 왕자를 드래곤으로 변신시켰다.

"앞으로 너는 반은 사람으로, 반은 짐승의 모습으로 변신하는 형상으로 살아갈 것이다." 대마법사가 선포했다. "지금부터 공중에서 다른 민족을 습격하고, 네 화염으로 그들의 마을, 성 그리고 평야를 파괴할 수 있을 것이다. 그렇게 네 적군에게 돌풍과 화염으로 가득한 아비규환을 선사하리라. 그 누구도 감히 너와 네 후손을 이겨 내지 못할 것이니, 이제 그 힘은 네 것이다."

동부 왕자는 서둘러 그의 왕국으로 복귀했다. 그곳에서 그는 다른 드래곤을 낳아 키우며, 차츰 군대를 모았다. 그렇게 드래곤족은 마을과 도시를 정복하고, 농가의 수확물을 불태우며, 에냐도르 전 대륙을 공포와 경악으로 얼어붙게 했다.

갑자기 혜성처럼 등장한 적이 지닌 힘의 비밀을 알아낸 북부의 왕도 황급히 자신의 장자를 대마법사에게 보냈다.

"내가 불에 저항할 수 있도록 해 주시오!" 왕자가 간청했다. "그러면 그 대가로 당신이 요구하는 건 무엇이든 들어주겠소."

이에 대마법사는 음흉한 미소를 지으며 왕자에게 그가 지닌 미모를 요구했다. 북부 왕자는 눈만 마주쳐도 모든 여성의 심장박동을 빠르게 뛰게 할 정도로 아름답고 매력적인 외모의 소유자였다. 왕자는 처음에 다소 망설였지만, 마음속에 가득 차 있는 드래곤에 대한 공포가 승리하며 그도 결국 마법사의 제안을 수용했다. 그의 가슴에 손을 얹은 대마법사는 그를 데몬으로 변신시켰다.

"네 피부는 그 무엇으로도 뚫을 수 없는 단단한 가죽이 되리라. 앞으로 드래곤의 화염도, 인간의 칼도 너를 해치지 못하리니. 네 눈에서 쏘아진 치명적인 눈빛만으로 타 종족을 굴복시키리라. 이제 그 권능은 바로 네 것이다."

그렇게 북부 왕국의 왕자는 추악한 데몬의 형상을 한 채 집으로 되돌아갔다. 그리고 고향에서 데몬 후손을 낳아 키우며, 차츰 전투에서 드래곤에 대항할 군대를 편성해 나갔다. 마법사의 약속처럼 화염은 데몬족을 해치지 못했고, 드래곤보다 강한 의지의 소유자인 데몬족이 결국 모든 전쟁에서 승리하며 그때부터 전 대륙을 통치했다.

서부를 지배하던 왕도 일말의 망설임 없이 제 아들을 대마법사가 있는 슈투름 산맥으로 보냈다. "부디 데몬족의 사악한 눈빛이 내게 통하지 않게 해 주시고, 그들을 죽일 수 있는 검을 만드는 재능을 내려 주시오." 서부 왕국의 왕자가 간청했다.

마법사는 한눈에 그에게 요구해야 할 대가를 알아차렸다. 그건 바로 왕자가 느끼는 사랑, 유머, 삶의 의욕과 같은 감정이었다. "너는 네 종족에게서만 얻을 수 있는 유일한 강철로 그 어떤 가죽과 살도 베어 낼 검을 만들 것이다. 데몬족의 치명적인 눈빛도 너희를 해치지 못하리라. 이제 그 권능은 네 것이다."

그렇게 서부 왕국의 왕자는 누구보다도 아름답지만 도도

하고 쌀쌀맞은 엘프가 되어 제 왕국으로 돌아왔다. 그는 계속 엘프를 낳아 후손을 양성했고, 그들의 영지에 있는 광산에서 나온 광석을 제련하여 수천 자루의 검을 만들었다. 그리고 그 검으로 당당히 데몬족을 물리쳤다.

그렇지만 공중에서 화염을 내뿜으며 공격하는 드래곤 앞에서 엘프는 무력했다. 그렇게 에냐도르 대륙의 종족 사이에는 끝 모를 전쟁의 서막이 올랐다. 드래곤은 엘프를, 엘프는 데몬을, 데몬은 드래곤을 공격하는 전쟁의 연속이었다.

하지만 남부를 통치하던 인간의 왕이 마지막으로 남아 있었다. 단 하나뿐인 아들이 제 숙명을 감당할 만한 나이가 되자 남부의 왕은 그를 슈투름 산맥으로 보냈다. 용감하고 무척이나 영특한 왕자였지만 위아래를 훑으며 뚫어져라 저를 관찰하는 마법사의 시선에 몸을 움찔했다. 하지만 남부 왕국의 왕자는 앞서 마법사를 찾았던 다른 왕국의 왕자들과는 달리, 당장 자신이 가지고 있는 가장 좋은 재능이 사라지면 결국 파멸의 나락으로 떨어져 버리고 말 거라는 이치를 깨달았다.

“너는 너와 네 왕국을 위해 무슨 힘을 원하는가?” 대마법사가 그에게 물었다. 그러자 놀랍게도 왕자는 고개를 저었다.

"아무 힘도 원하지 않소."

"그리하면 다른 종족에게 버티지 못할 텐데. 그들은 너희를 잔인하게 살해하고, 마지막으로 남은 인간 종족의 씨를 말려 버릴 것이리라." 갑자기 마법사가 예언을 읊조렸다.

왕자는 가만히 고개를 끄덕였다. "그럴지도 모르지요."

이런 왕자의 태도가 대마법사의 관심을 자극했다. 그는 막 성년이 된 젊은 왕자를 한참 동안 뚫어져라 응시하더니 다소 누그러진 태도로 말했다. "넌 불굴의 의지와 깊은 감수성을 지녔으며, 먼저 찾아왔던 왕자들만큼이나 용모도 품위가 넘치는구나. 무엇보다도 그들과 달리 네게는 용기가 있다. 그것을 내게 주면 네 적들이 지닌 권능을 전부 주겠다. 그러면 넌 천하무적이 되겠지. 네가 드래곤, 데몬 그리고 엘프를 모조리 굴복시키고, 네 후손이 영원히 에냐도르를 지배하게 하리라."

이런 대마법사의 예지에 왕자는 재빨리 검을 뽑아 그를 향해 겨눴다. "당신이 에냐도르 대륙의 각 민족에게 건 모든 마법을 당장 거두지 않는다면 지금 내가 당신을 죽일 것이다!" 왕자가 큰소리로 외쳤다.

마법사가 왕자 손에 들린 검을 먼지로 흩어 버리는 데는 눈짓 한 번이면 족했다. 그에게 바짝 다가선 대마법사는 다른 왕자들에게 그랬듯 그의 가슴에 손을 얹었다. 이제 죽음을 맞이할 시간임을 감지한 왕자는 차분히 눈을 감았다.

뜻밖에도 그의 귓속에 대마법사가 속삭였다. "네게 내가 소유한 마력 일부를 넘겨 주겠다. 이 마력을 다른 종족에게서 인간을 지키는 데 활용하라. 그리고 네 이성을 사용하라. 너와 네 후손 중 일부에게만 이어질 마력이지만, 그 이상은 절대 얻지 못할 것이다. 너를 찢어발기려는 타종족의 힘에 비하면 소소하겠지만, 네가 지닌 의지, 매력, 열정, 증오 그리고 용기와 결합하면 앞으로도 계속 인간이 생존하는 데는 부족함이 없을 테니, 이제 집으로 돌아가 그것으로 너 자신과 종족을 지켜라. 하지만 언젠가 이 싸움에 지치는 때가 오면 다시 나를 찾아 이곳으로 돌아오라."

트리스탄

그 누구도 감히 엘프의 눈을 마주 볼 엄두를 내지 못했다. 소년들은 그저 몸을 덜덜 떨며 줄 맞춰 서 있었다. 고개를 푹 숙인 소년들 머리 위로 눈송이들이 마치 비웃는 것처럼 장난치며 하얀 모자를 씌웠다. 해가 뜨기 한참 전부터 이미 소년들은 마을 광장에 소집되어 있었지만 엘프들은 날이 밝기만을 기다렸다.

광장에 늘어선 말들조차 주변 사람들의 긴장감을 느끼는 것처럼 보였다. 연신 발굽으로 흙바닥을 구르고, 콧구멍에서 김이 피어올랐다. 주변에서 이 모습을 지켜보던 구경꾼 무리도 차츰 동쪽 들녘에서 떠오르는 태양을 보며 안타까운 마음에 신음했다. 햇빛이 소년들의 눈빛에 스치는 두려움뿐만 아니라 건장한 몸, 강한 팔과 민첩한 다리를 고스란히 드러냈기 때문이다. 지금 엘프들이 여기 있는 이유도 그 모습을 확인하기 위해서였다.

엘프 사령관이 앞으로 제 병사가 될 소년들을 향해 차가운 시선을 던졌다. 지금 그는 알빈가르트의 기마상처럼 미동도 없이 안장 위에 앉아 있었다. 엘프 사령관의 긴 금발은 대부분 정교하게 제련된 뾰족한 투구 아래 감춰져 있었다. 품격 있는 우아한 몸짓으로 말에서 내린 사령관이 저를 기다리고 있는 소년들을 향해 성큼 다가왔다.

트리스탄은 온몸이 떨리는 것을 멈추려고 양 무릎을 마주 붙이고 힘을 줬다. 어릴 때부터 언젠가는 이런 날이 오리라는 건 알고 있었다. 지금 당장 중요한 것은 그 누구도 자신의 두려움을 눈치채지 못하게 하는 것이었다. 트리스탄은 오직 그것에만 집중했다. 순간 저도 모르게 목에 찬 목걸이의 유리구슬에 손이 갔다. 유리구슬은 지금까지 트리스탄에게 행운을 가져다준 부적이었다. 이번에도 틀림없이 이 부적이 적의 눈에서 자신을 지켜 줄 것이라 믿었다. 그렇게 생각하자 차츰 마음이 진정되고 차분해지며 괜찮을 거라는 확신이 차올랐다.

"너." 엘프 사령관이 대열의 좌측 바깥쪽에 선 한 소년을 향해 천천히 검 끝을 내리며 말했다. 건장한 근육질이 돋보이는 그 소년은 마을 목사의 아들이었다. 막 열일곱 살이 된 그는 갑자기 주체하지 못할 정도로 심하게 딸꾹질하기 시작했다. 이제 곧 그가 죽을 목숨이라는 건 모두가 아는 기정사실이었다. 엘프는 이렇게 징병한 소년들을 항상 제일 먼저 전투에 내보냈으니까.

갑자기 큰소리로 탄식하던 한 여자가 울부짖더니 아들에게 가려고 부모들이 모여 있던 곳에서 뛰쳐나왔다. 소년의 어머니, 미르자였다. 얼굴이 돌처럼 굳어 버린 미르자의 남편은 재빨리 아내의 팔을 붙잡았지만, 미르자는 그 손을 거칠게 뿌리쳤다. 트리스탄은 이런 죽음의 노래를 예전부터 익히 잘 알고 있었다. 오열하는 어머니, 마음이 무너진 아버지, 혼란에 빠진 아이. 바로 한 해 전에도 지금과 똑같은 장면이 연출됐었다. 엘프 군대가 피의 대가를 요구하며 이곳을 찾을 때마다 매번 이런 상황이 반복됐다.

다만 예전에는 강제로 끌려와 전쟁 노예가 되어 버린 아이들이 주로 광장에 섰지만, 이번만큼은 상황이 조금 달랐다. 트리스탄이 이 대열에 선 것은 오늘이 처음이었다. 하지만 원래 고아였던 자신이 선택되더라도 눈물 한 방울 흘려줄 사람이 없으리란 걸 물론 잘 알고 있었다. 모름지기 사람들은 어쨌든 제 배에서 나온 자식이 아닌 버려진 아이가 선택되어야 한시름 놓을 테니까. 그리고 그것이 이 마을에서 남자 고아가 환영받는 이유기도 했다. 이 마을의 모든 가정은 이런 아이들을 품 안으로 받아들여 좋은 음식을 먹이고, 성심껏 돌봤다. 포근하고 아늑한 침대에 재우고, 강하게 단련시키기 위해 전투기술을 가르쳤다. 그렇다고 해서 이 아이들을 진정으로 마음을 다해 키운 건 절대 아니었다. 원래 고아를 데려다 키우는 목적은 딱 하나였으니까. 바로 사랑하는 내 아이 대신 죽는 것. 그것이 그 아이들의 숙명이었다.

사령관은 소년들의 주변을 느릿느릿 돌며 찬찬히 살펴보기 시작했다. 그중 몇몇은 팔뚝 근육을 만져 보기도 하고, 또 몇몇은 턱을 잡고 아이의 눈빛을 응시하거나 치아 상태를 확인했다. 그러는 내내 엘프 사령관의 아름답지만 무표정한 얼굴에는 약간의 동요도 보이지 않았다.

엘프는 마침내 또 다른 소년을 선택했다. 이번에는 대열의 가장 끝자락에서 무뚝뚝한 인상을 짓고 있던 소년 아담을 끌어냈다. 아담은 농가의 고된 일로 단련된 농부의 큰아들이었다. 아담은 앞서 두 차례나 엘프의 선택을 피했었다. 두 번 모두 선택이 있기 며칠 전부터 아담의 어머니가 아들을 헐벗기고, 밥도 굶긴 채 고된 일터로 내보낸 덕분이었다. 평소에도 눈가가 유독 거무스레하고 코가 납작한 탓에 눈에 들기 어려운 외모인 데다 며칠간의 고생으로 더욱 초췌해진 그를 엘프들은 거들떠보지도 않았었다. 아담의 어머니는 올해도 예전처럼 반복하려 했지만, 이번에는 아담이 거부했다. 이제 열아홉 살이 된 아담은 전날 밤 술집에서 의기양양하게 떠들었던 것처럼 그냥 '남자답게' 당당하게 서겠다고 호기롭게 고집을 피웠던 것이다. 장하긴 하지만 분명 어리석은 짓이라고 트리스탄은 생각했다. 그에게 선택의 여지가 있었다면, 트리스탄은 심한 감기에 걸려서라도 노예부대만은 면하려 했을 것이다. 제아무리 당당한 농부의 아들이라 해도 지목된 순간 겁에 질린 눈빛은 다른 아이들과 다르지 않았다. 아담은 창백해진 얼굴로 그를 연행하는 두 명의 엘프 병사들을 따라갔다.

대장은 계속해서 소년들 주변을 빙빙 돌며 희생자 두 명을 추가로 선택했다. 소년들의 운명은 매번 단 한마디 말로 결정되었다. "너!"

그의 입에서 나온 이 한마디는 마치 재판관의 최종판결처럼 들렸다. 그리고 실제로도 그랬다. 지금 이 순간 엘프 사령관은 생사를 결정하는 재판관일 뿐 아니라 통곡의 군주이자 장송곡의 작곡가였다.

이윽고 트리스탄 앞에 선 엘프는 흡사 1년에 단 한 번 서는 시장에서 쓸 만한 소를 발견한 가축 상인처럼 그의 신체를 이리저리 훑어보며 찬찬히 살폈다. 트리스탄은 세상의 가르침대로 눈을 아래로 깔았다. 이윽고 엘프가 손을 뻗어 그의 턱을 들어 올렸다. 둘의 시선이 마주쳤다. 엘프 사령관의 눈길은 북풍한설처럼 매섭고도 차가웠다. 반면 소년의 눈엔 반항의 불꽃이 튀고 있었다.

"넌 몇 살이냐?" 엘프가 물었다. 그의 음성은 공허할 정도로 무미건조했고, 아무 감정도 느껴지지 않았다.

"열일곱입니다." 트리스탄이 담담히 대답했다. 이곳에는 전부 17세에서 21세 사이의 장남들만 모여 있었으므로 트리스탄은 가장 어린 축에 속했다. 엘프들은 인간을 정복한 후 인간의 삶을 결정해 주었다. 포로로서 삶을 연명하면서 강제노역과 징집으로 피의 대가를 치러라!

"그것보단 나이 들어 보이는군." 엘프 사령관이 말했다. "꽤 강해 보이기도 하고."

두 눈을 질끈 감은 트리스탄은 온 정신을 무릎에만 집중했다. 그랬더니 이상하게도 더는 떨리지 않았다.

엘프는 생각보다 오랫동안 침묵했다. 트리스탄의 마음에 희망이라는 싹이 움트려던 찰나, 귓가에 차가운 음성이 파고들었다. 마치 사형선고처럼. "너!"

그것으로 트리스탄의 운명이 결정됐다. 꾹 감은 눈꺼풀이 납처럼 무겁게만 느껴졌다. 다시는 영영 뜨고 싶지 않을 정도였다. 순간 주변에서 나타난 여러 손이 그의 팔뚝을 붙잡았다. 누군가 비명을 질렀다. 숨 막힐 정도로 근심에 빠져 있으면서도 최대한 이목을 끌지 않으려 노력하는 부모들 사이로 작지만 날카로운 목소리가 울려 퍼졌다. 카이! 그 목소리에 트리스탄은 꾹 감았던 눈을 뜨고 제 동생을 바라보았다. 어쩌면 이것이 마지막이 될지도 모르니까.

고아를 앞세워 보호를 받는 모든 적장자가 그렇듯이 큰 키에 삐쩍 마른 카이는 나머지 가족들과 함께 보리수 아래 서 있었다. 적금발 아래 보이는 두 눈은 배고픔으로 움푹 꺼져 있었고, 콧등에 주근깨가 가득한 얼굴은 수척해 보였다. 부모인 슈테판과 이르멜은 엘프 군대가 카이를 쓸모없다고 여기도록 절대 그에게 먹을 것을 넉넉하게 주지 않았다. 트리스탄이 카이 대신 희생하는 것은 예전부터 정해진 일이었다. 만약 계획이 틀어져 카이가 끌려간다면 볼품없이 깡마른 그가 전투에서 맞이하게 될 운명은 뻔해 보였다. 그렇지만 오늘부로 카이 가족은 엘프가 요구한 피의 대가에서 해방될 터였다. 군대가 트리스탄을 끌고 이곳에서 물러나면 아마도 그들은 돼지도 잡고 이웃을 초대하여 축하연을 열

것이다. 그러면 아마 카이도 생전 처음 고기를 실컷 먹을 수 있겠지.

엘프들이 기수들 뒤편에 세워 놓은 징병된 아이들 곁으로 트리스탄을 끌고 가는 동안 공포로 휘둥그레진 카이의 시선이 그의 모습을 뒤쫓았다. 이르멜이 입을 틀어막은 탓에 카이는 소리조차 지르지 못했다. 트리스탄은 그런 양어머니의 행동이 아무렇지도 않았다. 그는 오롯이 카이만 뚫어져라 응시했다. 비록 혈연관계도 아니고, 예전부터 지금까지 항상 위태롭게 다모클레스의 칼처럼 살았지만 그래도 진짜 형제 같은 사이였다. 지난밤 이별을 고하며 카이에게 했던 말이 다시 트리스탄의 입가에 소리 없이 흘러나왔다. "꼭 다시 만나자!" 솔직히 트리스탄은 정말 그럴 수 있을지 확신은 없었다.

그때 트리스탄의 손목을 잡아챈 엘프 한 명이 그에게 강철 수갑을 채웠다. 그리고 길게 늘어선 대열의 후미에서 불안한 눈동자를 굴리며 좌우를 이리저리 살피는 아담 옆에 그를 묶었다. 먼저 선발된 소년들은 대열에서 최후의 일인을 선별할 때까지 그 자리에 묶인 채 공포감을 참고 견뎌야 했다. 이번 선발로 마을은 총 일곱 명을 잃었지만 주민들은 이 정도면 비교적 다행이라고 생각했다. 지난 몇 년간 엘프 군대는 열 명 혹은 그 이상을 징병해 갔으니 그럴 만도 했다.

말에 다시 오른 엘프 사령관은 광장 한가운데로 말을 몰았다. 선발에서 탈락한 아이들은 홀가분해진 마음으로 흩어져 재빨리 부모에게 돌아갔다. 아마 그들은 또다시 엘프 군대가 찾아와 보급부대를 징집할 때까지 매 순간 전전긍긍하며 배고픔과 싸워야 할지도 모른다.

갈수록 눈발이 거세졌지만 떨어지는 눈송이마저도 이 엘프 사령관을 두려워하는 것 같았다. 마치 그에게 경외심이라도 품은 듯 바람은 줄곧 그의 주변을 휘감았고 석고처럼 창백한 그의 피부에는 눈송이 하나 내려앉지 않았다.

"부르크스메아데의 인간들이여," 엘프는 무리를 향해 외쳤다. "우리는 너희에게 이 땅에서의 삶을 허락했다. 너희에게 우리 물을 마시게 허용했고, 우리 들판을 경작하게 두었다. 지금 너희 심장이 계속 뛰고 있는 것조차 엘프의 은총임을 항상 기억하라."

그의 말에 누구도 말 한마디 하지 못했다. 트리스탄은 몇몇의 눈가에 분노가 차오르는 모습을 보았지만, 마을의 최고 연장자를 비롯하여 마을 주민 중 그 누구도 정복자에게 감히 반항할 엄두를 내지 못했다. 언젠가 그렇게 행동했던 몇 안 되는 사람들이 지금은 들녘 묘지의 차가운 무덤에 묻혀 있었으니 당연히 그럴 만도 했다.

"자비로우신 우리 왕, 님룬트께서 마력을 지닌 자를 알고 있는 이에게 양 세 마리와 밀 한 자루를 수여하기로 하셨다."

트리스탄은 움찔했다. 이건 새로운 소식이었다. 엘프들은 예전부터 때때로 인간 종족 내에서 태어난 마법사를 추적해 왔지만, 지금까지는 단순히 눈에 띄는 이들을 죽이는 정도에서 그쳤기 때문이다. 트리스탄은 서둘러 카이를 찾아 주위를 둘러보았지만 찾지 못했다. 이르멜이 그녀의 넓은 등 뒤로 아들을 숨긴 것이 분명했다. 공포로 하얗게 질린 표정으로 입가를 양손으로 가린 채 이르멜 앞에 서 있는 어린 딸 아그네스만이 보였다.

"우리 왕국의 명령을 들어라!" 엘프 사령관이 외쳤다. "마법사의 존재를 알고도 입을 다물고 은신처를 제공하거나, 그와 함께 일하는 자는 마법사와 마찬가지로 죽음을 면치 못할 것이다! 너희들 중에 그런 자가 있다면 지금 당장 넘기도록 하라."

마을 광장은 마치 세상이 멈추기라도 한 것처럼 적막했다. 대열에서 자식이 선발되어 울부짖던 어미들의 신음조차 멈췄고, 모두가 침묵했다. 그렇지만 트리스탄의 눈에는 이르멜과 슈테판을 힐끗 노려보는 몇몇 주민들의 모습이 들어왔다. 어쩌면 그들은 이웃을 배신하는 것과 비밀을 아는 사람으로 낙인찍혀 주변 나무에 목이 매달리는 것 중 어느 쪽이 더 무서운지 저울질하는 것일지도 모른다. 또 어쩌면 가난한 사람 중 일부는 상으로 준다는 양과 곡식에 끌려 엘프에게 밀고할지도 모른다. 마침 지금처럼 추운 계절에는 저장해 놓은 곡식마저 동이나 배를 곯는 사람들이 특히 많았다. 지난 몇 해 동안 그런 이들에게 가장 많은 도움을 준 건 카이였는데도. 카이는 그들의 아이들을 치료해 줬고, 비를 내려 그나마 얼마 되지 않는 경작물이 시들지 않게 돌봐 줬다. 마을 사람은 누구나 그 사실을 알고 있었지만….

“아무도 없나?” 엘프가 외쳤다.

침묵이 흘렀다.

겨우 안도의 한숨을 쉬려던 찰나, 나이가 지긋한 남자 하나가 무리에서 앞으로 나섰다. 트리스탄은 두 번이나 뚫어져라 보고서야 그가 누구인지 깨달았다. 그 남자는 때때로 부르크스메아데를 오가는 방랑자였다. 다 해진 넝마를 걸친 두스틴은 머리에는 모자 대신에 누더기로 만든 터번을 썼으며, 걸을 때마다 바스락거리는 소리로 보아 지푸라기로 채운 것 같은 감자포댓자루로 발을 감쌌다.

작년에 카이는 전염병인 이질에 걸려 고생하던 그를 치료해 줬다. 여기서 몇 킬로미터 떨어진 프론슈타인에서 전염병이 옮은 방랑자, 두스틴은 가까스로 그곳에서 도망쳐 나왔다. 평소 프론슈타인에 주둔하던 엘프들이 병자들을 처리하던 방법은 간단했다. 죽여 없애는 것. 죽음을 피해 탈출에 겨우 성공했지만 두스틴은 부르크스메아데에 도착하기 직전 전염병 증세가 악화하고 말았다. 엉덩이가 배설물과 피로 범벅이 된 채로 반쯤 죽어가는 그를 카이가 발견했다. 고개를 돌리고 그냥 가던 길을 간 사람들과 달리 카이는 그에게 도움의 손길을 내밀었다. 얼마 후 건강을 되찾은 두스틴은 마을에서 사람들의 시선을 피해 빨랫줄에 널린 바지를 슬쩍 훔쳐 입기까지 했다.

당시 이르멜은 카이가 치료 때문에 그나마 얼마 되지 않는 저녁 식사마저 거절하는 모습을 보며 치를 떨었다.

"고작 저런 인간말종을 구하려고 네 목숨을 위험에 빠트린다는 거야?" 이르멜은 고래고래 악을 썼다. 트리스탄은 그런 이르멜이 몹시 싫었다. 어쨌든 카이가 마법사라는 걸 알고 있는 마을 사람들은 전부 입을 다물었다. 그런데 별것도 아닌 늙은 부랑자 하나가 불쑥 튀어나와 마을을 전부 위험에 빠트리려 하다니! 정말 기가 막혔다. 곧이어 과거 이르멜의 판단이 옳았다는 것이 밝혀졌다. 두스틴이 팔을 뻗어 검지로 트리스탄의 가족을 가리켰기 때문이다.

"이 흉악한 놈!" 이르멜이 내뱉었다. "네놈이 어떻게 그럴 수 있어?"

두스틴은 누런 이를 드러내며 추악한 미소를 지었다. "양 세 마리와 밀 한 자루면 당연히 그럴 만하지!" 그가 속삭이듯 대꾸했다.

"너희들 중 누구냐?" 엘프 사령관이 질문했다. 그는 마법사로 추정되는 용의자를 찾으려 다시 말에서 내렸다.

그 순간 두스틴이 갑자기 쓰러졌다. 밀가루 포대처럼 옆으로 픽 쓰러지며 분수대 가장자리에 머리를 찧었다. 찢어진 관자놀이에서 피가 뿜어져 나왔고, 쓰러진 그의 곁으로 어린아이 주먹만한 돌멩이 하나가 바닥에 굴러떨어졌다. 순간 사람들은 전부 돌이 날아온 우측으로 고개를 돌렸다. 그곳에는 대장장이 아들, 야레드가 서 있었다. 아기 때 대장간에서 튄 불똥으로 생긴 흉터가 뒤덮은 얼굴 탓에 엘프들이 부적격 판정을 내렸던 소년이었다. 원래 엘프는 그런 외모를 꺼렸다. 그렇지만 외모를 중시하는 엘프들의 편견은 지금 밝혀진 것처럼 그리 현명하지만은 않았다. 마을의 그 누구도 야레드만큼 새총을 능숙하게 다루지 못했으니까.

"당장 저놈을 포박하라!" 엘프 사령관이 병사들에게 명령했다. 트리스탄은 포박당하면서도 침착하고, 굽히지 않는 어린 대장장이의 모습에 감탄했다. 엘프들이 엘프 사령관 코앞의 질척질척한 눈 바닥에 그의 무릎을 꿇리는 동안에도 화상 흉터로 가득한 야레드의 얼굴에는 두려움의 흔적이 조금도 엿보이지 않았다. 그때 마을 주민 몇 명이 머리에 피를 철철 흘리며 축 늘어진 두스틴 곁으로 웅성웅성 모여들었다. 그새 그가 쓰러진 바닥의 눈은 피로 붉게 물들고 있었다.

"이제 어떻게 손 쓸 수도 없겠어." 한 사람이 입을 열었다. "이미 죽어 버렸네."

그렇지만 정확한 사인은 야레드가 쏜 새총 때문이라기보다 넘어지며 분수대 가장자리에 머리를 강하게 부딪친 탓이었다. 모여든 사람들이 작게나마 안도의 한숨을 내쉬었다. 그러나 아직 위험이 모조리 사라진 건 아니었다.

"아까 저놈이 가리킨 놈이 누구냐?" 사령관이 야레드에게 호통을 쳤다. "이런 오만방자한 짓으로 도대체 누구를 보호하려 한 거지?"

소년이 고개를 세차게 흔들었다. "난 아무래도 상관없어.

아무것도 모르니까. 어차피 우리 중 하나가 아닌가." 야레드가 끝까지 반항했다.

"정녕 모른단 말이냐?" 엘프의 얼굴에 분노가 차올랐다. 점점 험악해지는 상황이 광장에 모인 군중의 눈에도 보였다. 엘프 사령관은 트리스탄의 가족에게 성큼 다가가 가장 가까이에 있는 사람의 팔을 거칠게 잡아당겼다. 아그네스의 팔이었다. "이 여자인가?"

아그네스는 신음을 흘리며 비명을 질렀지만, 사령관의 손아귀에서 벗어날 수 없었다.

"아니요!" 야레드가 황급히 대답했다.

"난 네놈이 모른다고 생각했는데!" 엘프가 비아냥거렸다.

"저예요! 저라고요!" 그때 괴성을 지르며 앞으로 뛰쳐나온 이르멜이 엘프 사령관 뒤에 선 병사들을 떠밀었다. 귀를 찌르는 괴성에 뒤를 돌아본 엘프는 경멸하는 눈빛으로 그 모습을 훑었다. 펑퍼짐한 몸매, 세월의 풍파에 시달린 흔적이 뚜렷한 얼굴, 생기 없이 푸석푸석한 피부를 지닌 이르멜은 누가 봐도 농부의 아내일 뿐이었다. 안 그래도 풍만한 몸에 외투와 모직 원피스로 여러 겹 둘러 훨씬 더 둔해 보이고 볼품이 없었다. 분명 일반적인 마법사의 모습과는 거리가 멀었다. 마법사는 대개 그윽하고 빛나는 눈동자를 지녔고 날씬한 몸매에 외모마저 준수했다. 가끔 너저분하고 단정치 못한 차림새인 경우도 있었지만, 그 모습마저도 한동안 눈을 뗄 수 없게 만드는 묘한 기풍을 지닌 부류였다. 그런 그들이 뺨을 붉게 물들일 때면 마치 이제 막 연인의 품에서 빠져나온 인상마저 풍겼다. 절대로 이르멜처럼 시골아낙네 같은 촌스러운 홍조가 아니었다.

"그럴 리 없다." 엘프가 말했다. "넌 아니야. 하지만 네 딸일지는 모르겠군."

엘프 사령관은 거칠게 아그네스의 턱을 쥐고 그녀의 눈을 살폈다. 두려움에 몸을 덜덜 떠는 아그네스는 꼼짝하지도 못하고 그대로 얼어 있었다. 트리스탄은 다시 한번 카이를 찾아보려 두리번거렸지만 카이도, 양아버지도 보이지 않았다. 슈테판이 아들을 억지로 끌고 간 것이 분명했다. 카이라면 절대로 여동생과 엄마를 이대로 포기하고 죽게 내버려두지 않을 테니까.

이마를 잔뜩 찌푸린 엘프가 다시 몸을 일으켰다. "우리는 반드시 마법사를 찾아내고 말 것이다." 그가 말했다. "이 소녀도 우리와 함께 간다. 그리고 저놈도." 그는 야레드를 가리켰다. "이 소녀가 마법사로 증명되면 그때 죽인다. 그러면 그 어미도 같은 꼴이 되겠지. 새총을 쏜 저놈에게 우리 군대에서 복무할 기회를 허락할 것이니 그 재능을 하늘에서 드래곤을 떨어뜨리는 데 사용하라."

어린 대장장이가 이런 일방적인 통보에 홀가분해졌는지 혹은 경악하고 있는지 겉으로는 드러나지 않았다. 어쨌든 판결 이후 곧바로 집행되는 사형선고만큼은 면한 셈이었다. 어차피 죽음을 면치 못한다는 건 틀림없었지만, 최소한 며칠은 더 살 수도 있을 것이다.

한편 아그네스는 서럽게 울었다. 막 열다섯 살이 된 아그네스는 지금까지 단 한 번도 부르크스메아데를 벗어나 본 적이 없었다. 그런데 이제 엘프족의 포로가 된 아그네스는 앞으로 펼쳐질 불확실한 미래에 대한 걱정에 마음이 갈가리 찢기는 것 같았다. 트리스탄은 그럼에도 불구하고 최대한 평정심을 찾으려 노력하는 아그네스의 태도에서 그녀의 굳은 결기를 읽을 수 있었다.

카이와는 달리 원래 트리스탄은 아그네스와 그리 각별한 사이가 아니었다. 그에게 그녀는 항상 신경질적이고 예민한 소녀에 불과했다. 한마디로 말하자면 그냥 짐 덩어리였다. 그렇지만 지금 아그네스는 비록 먼지투성이에 눈물 자국이 뒤범벅된 얼굴이었지만 처음으로 성숙해 보였다. 그녀는 용감하게 대처하려 노력했고, 그런 굳은 결심은 그녀를 내적으로도 성숙하게 했다.

병사들은 아그네스와 야레드를 트리스탄과 다른 소년들이 묶여 있는 말 뒤편으로 끌고 갔다. 그새 마을 여인 세 명이 끌려가는 딸을 향해 가슴을 도려내는 비명을 질러 대는 이르멜을 부축했다. 이르멜은 어디선가 다시 나타난 슈테판이 아내의 비명을 억누르려 품에 꽉 껴안기까지 사방을 주먹으로 치고, 발길질하며 난동을 부렸다. 슈테판의 눈가에도 눈물이 가득했다.

"아그네스." 트리스탄은 대열의 두 줄 뒤에 묶여 끌려오는 어린 누이를 속삭이듯 불렀다. "나 여기 있어. 내가 널 돌봐줄게, 알았지?"

"어떻게 말이야?" 아그네스는 트리스탄을 쳐다보지도 않고 흐느꼈다. 보닛 아래로 그녀의 짙은 머리카락 몇 가닥이 후드득 흩날렸다. 아그네스는 처절히 홀로 남겨지고, 버림받은 심정이었다. 트리스탄은 딱히 뭐라고 답을 해야 할지 몰랐기에 입을 다물었다.

"곧 스스로 자신을 챙기는 법을 익히게 될 거야." 야레드가 말했다. "그리고 가장 중요한 건 말이지, 무슨 일이 생겨도 그것 때문에 무너져서는 안 된다는 걸 깨닫는 거야!" 말을 건네는 야레드의 시선이 힐끗 엘프 전사들을 향했다.

아그네스는 손으로 눈가의 눈물을 훔쳐내고 마치 학교 선생님의 가르침을 듣는 진지한 표정으로 야레드를 응시했다. 그리고는 자신이 처한 운명에 순응하겠다는 태도로 천천히 고개를 끄덕였다. 트리스탄은 그런 아그네스의 용기에 감탄했다. 사실 남자들로 가득한 적대적인 이민족 무리에 강제로 끌려가는 어린 소녀가 저 자신을 잘 추스르지 못하는 건 당연한 일이다. 그건 트리스탄도, 그리고 다른 마을 소년들도 매한가지였다. 아마 좌절하고 무너지지 않는 것만이 이제 그들에게 남은 유일한 목표일 것이다.

날카로운 채찍 소리가 여정의 시작을 알렸다. 선두에 선 말들이 빠른 걸음으로 움직이며 손목에 찬 강철 수갑의 사슬이 팽팽해졌다. 또다시 아낙네들의 탄식과 곡소리가 사방에 울려 퍼졌다. 트리스탄은 시선을 앞으로 고정했다. 그나마 부르크스메아데에서 한 번이라도 더 보고 싶은 유일한 사람은 십중팔구 곡식 창고에 감금되었거나, 마구간에 묶여 있을 테니까. 슈테판과 이르멜은 항상 그를 키워준 후견인일 뿐이었다. 그리고 오늘로써 그렇게 진 빚을 다 갚았으니 그들에게는 작별을 고하는 눈빛조차 과분했다. 단지 마지막으로 그들을 위해 딱 하나만 더 해야겠다고 결심했다. 그가 할 수 있는 선에서 최대한 아그네스를 보살피는 것이었다.

굳은 결심과 함께 트리스탄은 앞으로 서서히 나아갔다.

그들은 3일 내내 대륙을 이동했다. 흠뻑 젖어 추위에 꽁꽁 얼고, 굶주린 채로. 간혹 부실한 식량을 보급하거나 엘프 부대에 소년들을 추가로 징병할 때만 잠시 멈춰 섰다. 새로운 마을로 진군할 때마다 언제나 똑같은 곡소리가 울려 퍼졌고, 매번 마음이 무너진 가족들이 헤어지는 일이 반복됐다.

트리스탄은 언젠가부터 새로 징집된 소년들의 이름 외우기를 그만뒀다. 누군가의 이름을 묻는 순간 인연이 시작되기 때문이다. 힘든 환경에서 만난 인연은 낯선 이들을 금세 친구로 만든다. 훗날 그들이 전투에서 죽어 버린다면 친구를 잃은 슬픔은 그만큼 그를 힘들게 할 테니까. 그래서 트리스탄은 새로운 소년들이 올 때마다 외모 혹은 습관을 따 별명을 지었다. 이를테면 마르고 근육은 없지만 얼굴이 곱상하고 눈빛이 또렷한 작은 소년을 비젤족제비이라고 불렀다. 반면 부트분노라고 별명을 붙인 소년은 곰을 연상시켰다. 그는 평소에도 별로 말이 없지만 가끔가다 한 마디씩 꺼낼 때마저도 잔뜩 화만 낼 뿐 무슨 말인지 알아듣기조차 어려웠다.

그중에는 반스트악동, 파우스트주먹, 무펠투덜이처럼 비록 같은 처지라도 좀 껄끄러운 이들도 있었다. 밤마다 트리스탄은 아그네스가 이들에게서 최대한 멀리 떨어진 곳에 침낭을 펼치도록 신경을 썼다. 그렇지만 잠잘 때조차 전부 수갑을 차고 서로 묶인 상태였기 때문에 그마저도 그리 쉽지 않았다. 날이 밝아 말들이 다시 이들을 끌고 갈 때면 야레드, 아담 그리고 트리스탄은 어떻게 해서든 아그네스의 주변 자리를 사수하려고 힘썼다. 소녀는 어떻게든 주변에서 보호받는 기분이 들었다. 그렇지만 점차 시간이 흐르며 노예들을 재촉하는 엘프의 채찍이 등판을 후려치는 횟수가 늘어날수록 아이들의 눈빛은 점점 흐려지고, 공격적으로 변했다.

"혹시 너도 느꼈냐?" 나흘째 되던 날, 프론슈타인에서 샤텐발트그림자 숲 방향으로 이동하던 도중 야레드가 속삭였다. 원래 사람들은 이 숲에 절대 들어오지 않았다. 빽빽하게 우거진 이 어둠의 숲속에는 코볼트, 도깨비불, 유령늑대가 곳곳에 숨어 있었다. 하지만 엘프는 이미 수년 전에 이 험난한 숲의 피조물마저 정복했고, 그 이후로 숲을 자유롭게 관통할 통행권을 얻었다. 그리고 다행히도 이 권한은 엘프에게 종속된 무기력한 포로에게도 적용됐다.

오늘은 아담이 조금 앞에 선 아그네스 곁에서 빠른 걸음으로 걸었다. 엘프 기수들 뒤로 이어지는 아이들의 행렬은 이제 20미터가 족히 넘었다. 숯가마가 있는 프론슈타인 마을에서 건장한 소년들을 여럿 차출했기 때문이었다. 엘프들이 그 마을 사람들에게 강요한 고된 노동은 이 소년들이 당당한 풍채의 청년으로 성장하게 하는 원동력이 되었다. 그리고 엘프는 적절한 시기에 등장해 그사이에 잘 단련된 청년들을 징병했다.

"뭘 말이야?" 트리스탄이 물었다. "배고픔?"

야레드는 특유의 의미심장한 미소를 지었다. "맞아, 배고픔도 네게는 낯선 일이겠지. 잠시 깜빡했다. 하지만 내가 말하려던 건 그게 아니야. 갈수록 분위기가 공격적으로 변하는 게 느껴져? 이제 누구도 새로 끌려온 사람의 심정을 이해하려 하지 않아. 오히려 정반대지, 눈물을 흘리는 모습만 봐도 조롱하기 바쁘니까."

트리스탄은 끄덕였다. "그래, 그건 나도 느꼈다."

"그건 전부 절망에서 비롯된 거야." 야레드는 조용히 말을 이어나갔다. "저들은 사람을 괴물로 만들려 해. 이런 식이라면 오래 걸리지도 않겠지. 그러면 우리는 서로를 습격하는 것도 거리낌이 없어질걸."

"그렇다면 차라리 엘프들을 공격하는 게 낫지 않을까." 트리스탄은 야레드 외에 누구도 들리지 않을 정도의 작은 목소리로 중얼거렸다. 트리스탄의 내면에 쌓여만 가는 분노는 약자 혹은 같은 처지에 놓인 동지들이 아니라 오직 정복자만을 향한 것이었다. 시간이 흐를수록 그들에게 반항하고픈 충동은 커져만 갔다.

야레드는 곁에서 그런 트리스탄의 태도를 지켜보며 미간을 찌푸렸다. "지금은 그냥 포기해. 그래 봤자 상처 몇 개 더 늘어나는 꼴밖에 되지 않으니까."

"지금 흉터 몇 개 늘어나는 건 아무렇지도 않아." 트리스탄은 말했다.

야레드는 다시 빙긋 웃었다. "난 네 말을 못 믿겠는데. 난 네가 소녀들에게 눈을 접으며 추파 던지는 걸 얼마나 좋아하는지 알고 있거든. 그렇지만 얼굴이 흉터투성이가 되면 그것도 전혀 먹히지 않는다고." 그는 묶인 팔을 들어 제 얼굴을 가리켰다.

트리스탄은 설령 야레드의 말대로라고 해도 그게 무슨 상관이냐는 듯이 어깨를 으쓱했다. 얼굴을 제대로 거울에 비춰 본 적은 없었지만 트리스탄은 사실 소녀들이 자기 외모를 꽤 좋아한다는 걸 알고 있었다. 여관집 딸 마르가는 한때 그에게 시를 써서 건네기도 했다. 비록 운율도 갖추지 않은 매우 서투른 시였지만, 트리스탄의 반짝이는 눈과 윤기 흐르는 짙은 머리카락을 흠모하는 마음을 노래했다. 트리스탄은 비록 서투른 시였어도 그걸 받아 보고 얼마나 우쭐해졌었는지 마르가에게 단 한 번도 말하지 않았다.

그 대신 폭풍우가 몰아치던 날 밤, 술집 뒤에 쌓인 빈 맥주통 사이에서 그녀에게 키스했다. 트리스탄보다 한 살 많은 마르가가 곱상하게 생긴 청년과의 은밀한 데이트를 꺼리지 않는다는 건 마을 사람이라면 누구나 알았다. 아무리 고아일지라도 잘생긴 청년을 마다할 여자는 없다. 그렇기에 트리스탄은 틈틈이 시간이 날 때마다 그녀를 마구간으로 유혹했었다. 그러던 어느 날 마구간 건초더미 위에서 마르가와 사랑을 나눴다. 석유 램프의 어두컴컴한 불빛 아래 술집에서 흘러나오는 취객들의 노랫소리와 간간이 말들이 내는 히힝 소리에 맞춰.

트리스탄은 그때 마르가가 흘리던 낮은 신음이 아직도 귓가에 생생했다. 눈을 감고 집중하면 여전히 자신을 꽉 죈 마르가의 허벅지와 귓가를 간지럽히던 뜨거운 숨결이 느껴졌다. 트리스탄은 살면서 그때만큼이나 남자로서 갈망의 대상이 된 기분을 느껴 본 적이 없었다.

그렇지만 사랑으로 뜨거웠던 밤은 안타깝지만 다시 반복되지 않았다. 아마 여관집 딸은 고아와 지속적인 관계를 맺는 건 불행에 이르는 지름길이라는 사실을 깨달았을 것이다. 어쨌든 그때부터 태도가 돌변한 마르가는 트리스탄이 이런 부질없는 행동을 그만둬야겠다고 결심할 때까지 한사코 그의 유혹을 뿌리쳤다. 트리스탄은 그때를 떠올릴 때마다 한숨이 나왔다. 앞으로는 품에 여자를 안을 일은 더는 없을 것만 같았다. 하지만 최소한 이제 숫총각으로 죽을 일은 없을 테니 그나마 그것을 위안으로 삼아야 했을까. 야레드가 넌지시 암시한 게 이런 맥락이었던 걸까?

"그래서?" 트리스탄은 소년 대장장이에게 질문했다. "그러면 넌… 맘에 드는 여자가 있어도 공격적이지 않다는 말이냐?"

야레드는 의미심장한 표정을 지으며 한쪽 눈썹을 치켜떴다. "이런 얼굴이라면 최소한 자신의 *공격성* 정도는 자제할 줄 안다는 말이지." 그가 대답했다. "하지만 다른 폭도 놈들도 그걸 터득했을 거라고는 생각하지 않는데."

그는 턱을 들어 앞쪽에 아그네스 뒤 두 번째 줄에서 양파껍질 같은 원피스 속에 은밀히 감춰진 그녀의 엉덩이에 대해 시시껄렁한 대화를 주고받는 파우스트주먹, 반스트악동, 무펠투덜이을 가리켰다. 그 모습을 보는 순간 트리스탄은 끓어오르는 분노로 이를 악물었다.

“잠시라도 아그네스를 시야에서 놓치면 안 되겠어.” 야레드도 다시 한번 다짐했다.

그리고 대장장이의 말은 옳았다. 한밤중에 트리스탄은 수상한 낌새에 갑자기 눈을 떴다. 누군가가 자신의 입가를 손으로 누르려는 순간이었다. 순간 잠이 확 달아났다. 휘둥그레 눈을 뜬 트리스탄은 제 위에 올라타 온몸으로 그를 꼼짝 못 하게 제압하려는 반스트를 발견했다. 짧지 않은 그의 기름진 머리카락이 트리스탄의 얼굴을 향해 드리워져 있었다. 반스트의 눈빛에는 광기 서린 야수의 잔인함이 깃들어 있었다. 그 뒤편에 무펠이 무릎을 꿇고 앉아 트리스탄이 꼼짝하지 못하도록 양팔을 붙들었다. 두 사람은 아무 소리도 내지 않았고, 손목에 묶여 있는 수갑만이 움직일 때마다 서로 부딪쳐 작은 소음을 낼 뿐이었다. 순간 트리스탄은 그들이 노리는 목표가 자신이 아니라는 생각이 번뜩 들었다. 그는 가까스로 머리를 아그네스 쪽으로 돌렸다. 아니나 다를까 파우스트가 어느새 슬그머니 다가가 아그네스의 입가를 누르고 있었다. 참기 힘들 정도로 분노가 차올랐다. 당장이라도 괴성을 지르며 자신을 결박한 놈들을 찢어발기고, 저 무뢰한의 코를 부러뜨려 버리고 싶었지만, 당장 그가 할 수 있는 건 아무것도 없었다. 도대체 엘프 보초병들은 전부 어디로 사라졌단 말인가?

"왜, 귀가 뾰족한 감시인이 그립기라도 한가 보지?" 반스트가 귓가에 속삭였다. "지금 그놈은 아주 깊은 잠에 빠져 있어. 와인을 너무 많이 마셨거든."

아그네스의 억눌린 비명이 트리스탄의 신경을 모조리 앗아갔다. 파우스트를 나무기둥에 묶어 놓은 사슬은 그가 노린 희생양에게 기어갈 수 있을 정도로 충분히 길었다. 그리고 지금 그놈은 우악스러운 손길로 아그네스를 꽉 붙잡고 소리 지르지 못하게 하는 동시에 다른 한 손으로 원피스 자락을 위로 끌어올리려 하고 있었다. 하지만 사슬에 묶인 손으로는 쉽지 않아 보였다. 아그네스는 그가 자신의 한쪽 팔을 놓치자 아래에 깔린 채로 마치 미꾸라지처럼 꿈틀거리며 손발을 버둥거렸고, 온 힘을 다해 그를 때렸다. 파우스트는 아그네스를 얌전하게 만들려는 속셈으로 복부를 한 차례 가격했지만 소녀는 그의 공격을 막아 내며 더 격렬하고 절망적인 몸짓으로 방어했다.

지금 이 상황에서 벗어날 방법은 하나뿐이라고 생각한 트리스탄은 이빨로 반스트의 손을 뼈마디가 느껴질 정도로 꽉 물어 버렸다. 입속으로 비릿한 피 맛이 느껴졌지만 미친 늑대처럼 그의 손을 물고 놓지 않았다. 반스트는 비명을 질렀지만 트리스탄이 기대한 만큼 그리 크진 않아서인지 보초병은 오지 않았다. 반스트는 자신이 느낀 고통을 앙갚음하려는 듯 트리스탄의 얼굴에 주먹질해댔다. 트리스탄이 잠깐 정신을 잃을 때까지. 다시 의식을 되찾은 트리스탄의 팔은 어느새 풀려 있었고, 무펠의 모습도 보이지 않았다. 그런데 뒤편에서 시끄럽게 헐떡이는 소리와 눈밭에서 뒤엉켜 구르는 소리가 들렸다. 무슨 일이 벌어진 걸까?

"이 미친년이!" 무펠이 욕설을 내뱉었다.

이어 어디선가 소녀의 날카롭고 청명한 비명이 울려 퍼졌다. "야레드! 아담!"

정신을 차린 트리스탄은 그 틈을 타 닥치는 대로 주먹을 휘둘렀다. 한 손으로 자기의 멱살을 누르고 있는 반스트의 관자놀이와 왼쪽 눈을 연이어 가격했다.

곧이어 반스트는 트리스탄 옆으로 쓰러졌다. 트리스탄은 누군가 옆에서 "이제 제발 좀 놔라!"라고 울먹이듯 외치는 소리를 듣고서야 아직도 자신의 치아가 그의 손에 박혀 있다는 사실을 깨달았다. 그제야 턱관절을 풀고 그의 손을 놓아 준 트리스탄은 혐오감에 치를 떨며 턱가에 흐르는 피를 훔쳤다.

순간 흉터로 가득한 야레드의 얼굴이 트리스탄 위에 등장했다. 그는 흥미롭다는 표정을 지으며 히죽 웃었다. "이 짐승 같은 놈!" 그는 농담 섞인 말투로 내뱉었다.

그렇지만 지금 트리스탄은 그를 신경 쓸 틈이 없었다. 트리스탄은 벌떡 일어나 아그네스를 구하러 나섰다. 그런데 그의 여동생은 이미 안전한 상태였다. 비젤족제비이 곁에서 그녀를 부축하며 마치 어린아이를 다루듯 아그네스를 토닥이고 있었고, 눈 바닥에서는 아담이 파우스트와 뒤엉켜 싸우고 있었다.

나무기둥에 이들을 한데 묶어 둔 사슬은 두 소년이 제대로 움직이기 힘들 정도로 이리저리 뒤엉켜 있었다. 아담의 팔이 파우스트의 어깨에 뒤엉켰고, 몸의 방향을 틀려고 할 때마다 서로를 더 옥죄였다. 아담은 더는 그를 가격할 수 없게 되자 상대를 공격하는 데 자신의 튼튼한 두개골을 사용했다. 이마를 사용해 눈이 핑 돌 정도로 강하게 상대의 코를 내리치자 파우스트는 정신을 잃었다.

아담이 기절한 그를 바닥에 내려놓기도 전에 엘프 병사와 사령관이 다가와 그에게 칼을 겨눴다.

“무슨 일이냐?” 정복자가 물었다.

“이 자식이 소녀를 공격했습니다, 주인님!” 아담이 항변했다. 그러면서 파우스트에게서 팔을 빼내려고 했지만 쉽지 않았다. 두 사람의 사슬은 식량 꾸러미를 묶어 놓은 끈처럼 이리저리 뒤엉켜 있었다.

“네 놈 말이 진실이라는 걸 우리가 어떻게 확인하지?” 엘프가 대답했다.

“그의 말은 진실입니다.” 트리스탄이 외쳤다. “아그네스는 야영지 다른 편에 잠자리가 필요합니다. 이곳은 안전하지 못합니다.”

“우리가 왜 마법사 따위의 안전을 신경 써야 하나?” 사령관이 말했다. 그는 벌써 이 사건에 흥미를 잃어버린 것 같았다.

“그 아이는 마법사가 아닙니다!” 트리스탄이 외쳤다. “그랬다면 최소한 자신을 지키려 마법을 사용했겠지요. *당신*은 정녕 그것을 모르시는 겁니까?”

그 순간 모두가 잠시 숨을 멈췄다. 지금까지 엘프를 향해 이런 불경한 태도를 보인 소년은 단 한 명도 없었다. 인간의 정복자는 ‘주인님’으로 불리기를 원했다. 그 어떤 상황에서도 그의 이름을 입 밖에 내거나, 그냥 ‘당신’이라고 언급하는 태도는 허락되지 않았다. 물론 트리스탄도 그것을 잘 알고 있었다. 그렇지만 간밤의 싸움과 엘프들의 무자비한 태도에 극도로 흥분한 상태에서, 그의 내면 깊은 곳에서 치밀어 오른 뭔가가 부당한 세상을 향해 목청껏 외친 것이다.

엘프 사령관은 눈을 찌푸리며 가늘게 떴다. 오점 하나 없는 얼굴에 심기 불편한 감정이 고스란히 드러나며, 목 주변 힘줄이 격하게 뛰기 시작했다. "주인에게 그런 식으로 대답하는 노예는 없다!" 그는 쇳소리를 내며 말했다. "저놈에게 채찍 열 대를 쳐서 저 고삐 풀린 입을 제대로 간수하는 법을 깨닫게 하라!"

그는 다른 두 병사에게 눈짓했고, 그들은 트리스탄을 번쩍 들어 주변에 보이는 나무 근처로 잡아끌었다.

"안 돼요!" 아그네스가 두려움으로 가득 찬 눈빛으로 애처롭게 바라보며 외쳤다. "제발 그러지 마세요. 트리스탄은 그저 저를 도우려 했던 거예요!"

엘프들은 아그네스의 절규에 아랑곳하지 않았다. 병사 중 한 명이 나무기둥에 쇠고리를 세게 내리쳤다. 그리고는 트리스탄의 팔을 위로 당겨, 그곳에 고정했다. 어디선가 나타난 단도 하나가 트리스탄이 걸친 옷의 끈을 거침없이 잘라 버렸고, 이어 무자비한 손길이 그의 옷을 찢으며 등판이 그대로 노출됐다. 차가운 바람이 그의 벌거벗은 피부 위에 닿았다.

순간 트리스탄의 머릿속은 새하얘졌다. 그때 귓가에 휘파람 소리가 들렸고, 트리스탄의 시선은 아그네스를 향했다. 아그네스 뒤에 앉은 비젤은 그녀를 진정시키는 동시에 붙잡아 주려는 듯 아그네스의 어깨에 살포시 팔을 둘렀다. 그 곁에서 아담은 자신과 기절한 파우스트를 옭아맨 사슬과 여전히 씨름 중이었다. 야레드만이 오롯이 캠프파이어 불빛 아래 몸을 곧추세우고 서서 아그네스가 출발할 때 트리스탄에게 했던 충고를 상기하라는 듯이 고개를 끄덕이고 있었다. '절대 무너지지 마라!'

그 사이에 야영장에 자고 있던 사람들이 거의 모두 깨어났다. 엘프 전사들도 인간 소년들이 절망한 표정으로 웅크리고 앉아 서로 귓속말을 주고받는 이 연극을 지켜보러 다가왔다.

아무런 예고도 없이 첫 번째 채찍질이 시작됐다. 처음에 트리스탄은 아무것도 느끼지 못했다. 마치 공포에 질린 자의식이 감각을 거부하는 것처럼. 그렇지만 곧이어 고통이 거세게 밀려왔다. 뜨겁고, 온몸을 경련하게 만드는 감각이 전신을 휘감았고, 뇌에 불이 붙은 것만 같았다. 트리스탄은 입가를 질끈 깨물며 지금 묶인 떡갈나무의 거친 껍질에만 집중하려고 안간힘을 썼다. 머릿속에는 온통 *절대로 무너지면 안 돼!*라는 생각뿐이었다.

다시 한번 휘리릭 공기를 가르는 소리와 함께 채찍이 아까와 거의 똑같은 위치를 강타했다. 세 번째로 휘둘러진 채찍은 그 혀를 트리스탄의 어깨너머까지 날름거렸고, 그렇게 그의 가슴까지 침범했다. 네 번째 채찍질은 트리스탄의 등판에 기다란 피멍 자국을 남겼다. 횟수가 늘어날 때마다 트리스탄은 비명을 지르지 않고 버티기가 점점 힘들어졌다. 그는 있는 힘을 다 끌어모아 절대로 신음하지 않으리라 결심한 이 목표 하나만큼은 반드시 지켜야겠다고 이를 악물었다. 엘프 사령관은 그런 그의 굳은 결의를 알아차린 것 같았다.

“멈춰라!” 그는 채찍을 휘두르는 병사에게 명령하고는 채찍 손잡이를 빼앗아 들었다.

트리스탄은 무슨 일이 벌어질지 예감했다. 저 엘프는 반항하면 할수록 그런 태도를 견디지 못하는 게 분명했다. 트리스탄은 눈을 꾹 감고 건초더미에서 마르가와 함께 보냈던 그 날 밤을, 그녀의 입술이 안겨 주던 달콤한 느낌을 떠올렸다. 다음 채찍질이 이어졌다. 채찍은 피부에서 가장 연약한 부분인 척추를 정밀하게 강타했다. 피부는 그대로 찢기고, 눈밭에 핏방울이 튀었다.

엘프의 얼굴은 보이지 않았지만 트리스탄은 그가 이 정도로 만족하지 않는다는 것이 느껴졌다. 보란 듯이 채찍질은 계속 이어졌고 그 안에 실린 엘프 사령관의 힘은 점점 거세졌다. 트리스탄의 등에서는 따뜻한 피가 샘처럼 뿜어져 나왔다. 트리스탄의 감각은 안개처럼 흐릿해졌다. 그렇지만 의식이 반쯤 나간 상태에서도 질긴 가죽 채찍이 그를 강타하고 있는 이곳에 울려 퍼지던 아그네스의 절망에 찬 비명이 어느새 멈췄다는 걸 알아차렸다. 트리스탄의 육체는 고문과 기절이 반복되는 과정에 갈기갈기 찢어진 넝마처럼 엉망이 되어 버렸다. 그리고 갑자기 모든 것이 고요해졌다. 채찍질은 멈췄지만 고통은 계속됐다. 트리스탄은 입술을 짓이겼다.

엘프는 피로 얼룩진 채찍을 눈밭에 집어 던졌다. "명령에 복종하지 않은 놈이 어떻게 되는지 똑똑히 보아라." 그는 다른 소년들을 향해 몸을 돌렸다. "나는 호리엘 폰 트레간디르다. 내 이름을 똑똑히 기억하라. 그렇지만 감히 내 앞에서 그 이름을 입에 올릴 생각은 추호도 하지 말라." 그의 음성은 마치 사악한 뱀의 속삭임처럼 들렸다.

조금 후 누군가 트리스탄의 사슬을 풀어 줬다. 푹 쓰러진 그는 두 발로 제대로 서지 못할 정도로 무력했다. 엘프 병사 두 명이 그를 야영장으로 질질 끌고 가서 그의 자리에 거칠게 쓰러트렸다. 눈물마저 말라 버린 아그네스가 그를 쫓았다. 또다시 그렁해진 아그네스의 눈물방울이 트리스탄의 볼 위로 떨어지는 순간 그는 완전히 기절해 버렸다.

“너 굉장히 용감했다.”

트리스탄은 마치 100년 동안의 긴 악몽을 꾼 것만 같았다. 처음에는 자신에게 말을 건네는 사람이 아그네스라고 생각했다. 그렇지만 눈을 제대로 뜨고 보니 비젤이었다. 소년은 그의 곁에 책상다리 자세로 앉아 그를 뚫어져라 바라봤다. 이미 날이 밝았지만 햇살은 빽빽하게 우거진 숲의 그늘을 뚫지 못했다. 누군가 몸을 숙여 흠뻑 젖은 담요를 트리스탄의 등에 덮었다. 순간 이상하게도 등이 마비된 느낌에 트리스탄은 자리에서 벌떡 일어나려 했다.

“그러지 마!” 비젤이 그를 나무랐다. “지금 네 상처를 눈으로 진정시키려는 거야. 그러니까 얌전히 누워 있어. 저들이 오래 자면 잘수록 다시 달리기까지 시간을 버는 거니까."

트리스탄은 몸을 다시 누이고 신음을 흘렸다. 무의식적으로 손가락이 목에 걸린 구슬 목걸이로 향했다. 그렇지만 목에는 아무것도 잡히지 않았다. 트리스탄은 다시 벌떡 일어났다.

"내 부적!"

"쉿." 비젤이 검지를 입 앞에 대며 다급히 속삭였다. "조용히 좀 해! 그 못생긴 장난감 같은 거 말하는 거면 내가 빼놨어. 상처 소독하는 데 거추장스러워서 말이야."

"그거 어디 있어?"

비젤은 눈가를 찌푸렸다. 그리고는 벨트에 찬 주머니에 손을 넣더니 목걸이를 꺼내 들었다. "이거 말이지?"

트리스탄은 아무 대답도 없이 잽싸게 손을 뻗고는 재빨리 가죽끈을 머리 위로 올려 목걸이를 다시 차려고 했다. 그러자 광분한 벌 떼가 자신을 공격하는 것만 같은 타오르는 통증이 등판을 찌르며 온 감각을 앗아갔다. 그는 최대한 입술을 악물며 버텼다.

비젤은 그 모습을 관찰했다. "너 꽤 잘 참는다." 그가 말했다. "저 사령관은 네가 징징대고 애걸복걸하기를 원했던 것 같은데. 앞으로 조심하는 게 좋겠어. 그놈은 널 피떡이 되도록 쥐어팰 기회를 절대 놓치지 않을 테니까." 비젤은 비록 작은 목소리로 속삭였지만 그 의미는 명확했다. "어쨌든 지금 다른 놈들 전부 너에 대해 경탄하고 있어. 넌 오늘 영웅이었다."

끔찍한 고통에도 불구하고 트리스탄의 입가에 작은 미소가 걸렸다. 그의 저항으로 주변의 관심을 끌어내고, 그것으로 불한당의 습격으로부터 아그네스를 지켜냈다면 최소한 의미는 있었을 테니까 말이다.

"내 누이는 어때?" 트리스탄이 그녀에 관해 물었다.

"그 아이는 괜찮아." 비젤은 어깨를 으쓱했다. "오빠의 등판이 얼마나 난도질당했는지 생각해 보면 어린 노예 소녀의 상태가 어떨지는 알 만하지."

"솔직히 난 걔 친오빠가 아니야." 트리스탄이 고백했다. "우리는 혈연관계도, 친척도 아니다. 난 그 애의 진짜 오빠 대신 징발되어야 하는 고아거든."

트리스탄은 갑자기 이 얘기를 왜 털어놓는 건지 자신도 의아했다. 몇 시간 전만 해도 타인의 사연을 알게 되는 일을 번거롭다고 생각하며 최대한 피했던 그였다. 아마도 특정 경험은 그 사람의 사고방식마저도 변화시키는 걸지도 모른다. 아무튼 지금 그의 눈앞에 있는 비젤이 적절한 상대처럼 느껴졌다. 왜 그런지 그 이유는 트리스탄도 알지 못했지만.

"아아," 소년은 말했다. "네 심정이 어땠을지 조금은 이해가 간다."

"왜? 너도 고아였냐?"

비젤은 고개를 살며시 흔들었지만 이마를 치켜뜨며 주름을 만들었다. 아무리 장님이라도 그의 얼굴을 보면 뭔가 비밀을 감추고 있다는 걸 알아챘을 것이다. 다른 질문이 이어지는 걸 막으려는 건지 비젤은 곧바로 담요를 살짝 치켜들고, 서둘러 트리스탄의 등판을 살폈다. "이제 등에서 눈을 걷어 내는 게 낫겠어. 그렇지 않으면 오히려 부작용으로 동상이 생길 수도 있으니까." 비젤은 단호히 말했다.

비젤은 조심스럽고 능숙한 손길로 먼저 담요를 치우고, 피로 붉게 물들고 질척해진 눈을 걷어 냈다. 트리스탄은 신음했고, 치아는 추위에 덜덜 떨렸다.

"상태가 어때?" 트리스탄은 몸을 부들부들 떨었다.

"뭐, 심하지." 비젤은 무뚝뚝하게 대답했다.

"나중에 다시… 그러니까 이제 여자들과는 영영…"

소년은 코를 살짝 찌푸리더니 고개를 좌우로 흔들었다. "창상 괴저가 이 이상 덧나지 않는다면… 물론 흉이야 남겠지. 하지만 그런 건 아무것도 아니야. 또 이런 데 흥미를 느끼는 여자들도 많거든."

트리스탄은 냉소적인 미소를 지었다. "네가 그런 걸 어떻게 아냐, 이 꼬맹아! 살면서 아직 여자랑 제대로 뒹굴어 본 적도 없으면서."

그냥 정황상 그럴 것 같았다. 비젤은 열일곱 살에 이미 어른이 된 조숙한 부류는 아니었다. 섬세한 콧날과 짙은 속눈썹이 특히 눈에 띄는 곱상한 얼굴이었다. 피부도 유달리 고왔고 입술도 범상치 않을 정도로 도톰했다. 트리스탄의 말에 그의 양 귓가가 시뻘겋게 물드는 것만 봐도 알 수 있었다.

"그래서 넌, 뭐?" 도리어 트리스탄에게 호통치며 묻는 비젤의 목소리가 살짝 높아졌다.

"그러니까, 이 형이 자세히 설명해 줄 수 있지. 그게…"

"알았어, 알았으니까 그만해!" 비젤은 황급히 트리스탄의 말을 잘랐다. "난 아무 얘기도 듣고 싶지 않아." 그는 들췄던 담요를 바닥에 내려놓고, 뒤편에 있는 나무들을 향해 시선을 돌렸다. 아마 아무것도 모르는 자신의 무지함이 난처하여 그냥 이 주제를 피하고 싶었으리라.

"뭘 찾는 거야?" 트리스탄이 물었다.

"집시이끼."

“집시이끼?”

“그래, 네 상처 치료에 도움이 될 거야. 저기 저쪽에 좀 자라는 거 같아. 어쩌면 사슬이 저기까지…”

말을 끝내기도 전에 그는 조용히 그리고 능숙한 포복 자세로 기어갔다. 트리스탄은 여전히 잠에 취해 있는 다른 소년들의 곁을 소리를 내거나 사슬로 얼굴을 건드리는 실수 없이 재빠르게 움직이는 그의 모습을 지켜봤다. 비젤의 움직임은 우아할 정도였다.

트리스탄은 이마에 주름을 만들었다. 저 비젤은 정말 이상한 놈이었다. 그가 자신을 도우려는 건 분명했지만, 왜 그런 걸까? 혹은 다시 말해, 그가 트리스탄에게 원하는 것은 무엇인 걸까? 그와의 대화는 야레드 혹은 아담과 조금 다르게 느껴졌다. 비젤이 남자에게 조금 부자연스러운 흑심을 품는 놈은 아닌지 잠시 떠올려 봤지만 트리스탄은 금세 고개를 흔들었다. 트리스탄은 어느새 그의 뒷모습에서 시선을 돌려 아그네스를 찾았다.

그리고 마을 소년들에게서 몇 미터 떨어진 곳에서 자리를 잡고 잠들어 있는 동생의 모습을 발견했다. 이리저리 뒤척이고 연신 낮은 한숨을 내뱉는 걸 보니 그녀도 악몽에 시달리는 것 같았다. 어쨌든 아그네스에게는 아직 아무 일도 일어나지 않았다.

나머지 포로들은 대다수 엘프처럼 여전히 잠들어 있었다. 단지 그 사건 이후 오늘 밤부터 2인조로 배치된 보초병들만이 숲속 빈터 가장자리에서 이끼를 뜯고 있는 비젤을 감시하고 있었다. 보초병은 비젤이 움직일 때부터 그를 눈여겨보긴 했지만 그냥 내버려 뒀다. 아마도 약초채집은 채찍으로 다스려야 하는 벌칙 목록에 없었던 모양이다.

파우스트, 반스트, 무펠은 그 이후로 다른 쪽에 격리된 채 묶여 있었다. 셋 모두 자고 있었다. 캠프파이어의 불빛 아래 드러난 그들의 얼굴은 곳곳이 푸르뎅뎅했다. 그제야 트리스탄도 얼굴에 통증이 느껴졌다. 아마 반스트와의 몸싸움에서 멍이 들었을 것이다. 그렇지만 등판에 느껴지는 고통에 비하면 이런 상처는 새 발의 피였다.

엘프 보초병들은 이미 훨씬 전부터 비젤의 움직임을 파악하고 있었지만 그는 처음 슬그머니 움직였을 때만큼이나 조심스레 되돌아왔다. 그의 오른손에는 이 샤텐발트그림자 숲에만 서식하는 은빛 이끼 한 다발이 들려 있었다. 약초는 그 모습 하나하나가 소나무를 축소해 놓은 것 같았다. 비젤이 살그머니 그의 곁으로 기어와 코앞에 이끼를 내밀자 트리스탄의 눈에 유난히 긴 그의 속눈썹이 들어왔다.

“자, 여기. 매일 한주먹씩 사용하면 네가 살아남을 확률도 꽤 늘어날 거다.”

“넌 이런 걸 어떻게 아는 거냐?”

“엄마한테 배웠어. 우리 마을 치료사셨거든. 그래서 이런 채찍으로 생긴 상처를 다루는 일이 종종 있었지.”

트리스탄은 대답하는 그의 표정을 매우 자세히 관찰했지만 거짓을 말하는 낌새는 보이지 않았다. 그렇지만 이 소년은 뭔가 몹시 수상쩍었다.

비젤은 몸을 숙여 다시 담요를 살짝 들고 약초를 짓이겨 상처에 꼼꼼히 붙이기 시작했다. 트리스탄은 하마터면 주변에 있는 사람들이 전부 잠에서 깨어날 정도로 비명을 지를 뻔했다.

“세상에, 뭘 그리 세게 붙이는 거야?” 트리스탄이 씩씩대며 말했다.

“도움이 될 만큼 세게.” 비젤이 아무 감흥 없이 대답하며 약초를 계속 붙였다.

그제야 트리스탄은 등에 생긴 상처가 얼마나 크고 깊은지 체감했다. 재빨리 뭔가 다른 생각에 집중하려 애를 썼지만 아무 효과도 없었다. 하지만 곧 다른 피멍을 치료하려 비젤이 몸을 숙이는 바람에 트리스탄은 딴생각에 빠져들었다.

그를 혼란스럽게 하는 내음이 콧속으로 흘러들어 왔기 때문이었다. 미약하지만 뭔가 몹시 자극적인 향기였다. 당황한 트리스탄은 비젤의 얼굴을 유심히 살폈다. 비젤은 바로 트리스탄 위에 몸을 숙이고 있었지만, 그의 모습을 제대로 관찰하려면 눈과 고개를 틀어야 했다.

순간 모든 것이 명확해졌다. 풋소년의 체향도 없이 섬세한 행동에 도톰한 입술 그리고 지상의 것이 아닌 것 같은 이 향기는 바로… "여자… 너… 너 여자였냐!"

깜짝 놀란 비젤이 뒤로 물러섰다. 그의 눈이 번뜩였다. 아니, 그녀의 눈이. 그 눈빛이 분노인지 두려움인지 트리스탄은 알 수 없었다. 그녀는 아니라고 부정해야 할지 잠시 고민하는 것처럼 보였다. 하지만 트리스탄이 사실을 알아차린 상황에서 별 의미 없는 선택이었다.

트리스탄은 자신이 이런 속임수에 어떻게 빠졌는지 믿을 수 없었다. 물론 여자아이치고는 두꺼운 겨울옷을 입은 비젤은 제법 건장해 보였다. 어쨌든 좀 말랐지만 근육질인 청년처럼 보였다. 그녀는 아마도 가슴이 작거나 옷 속에 칭칭 동여맸을 것이다. 그러고 보니 그녀는 겉모습만 남성적인 분위기를 풍길 뿐, 그 밖의 모든 것은 원래 그럴 수밖에 없는 것처럼 너무 여성적이었다. 아마 사람의 눈은 항상 제 마음이 보고 싶은 것만 보는 것이 분명했다.

문득 전날 스쳤던 장면이 트리스탄의 머릿속에 떠올랐다. "나 네가 어제 서서 볼일을 보는 걸 봤는데. 두 발로 서서!"

"크게 떠들지 마!" 비젤이 황급히 말했다.

"서서 눴잖아!" 트리스탄이 속삭이며 다시 말했다.

입술을 꽉 다문 비젤은 짜증 난다는 투로 트리스탄에게 말했다. "하지만 넌 그냥 뒤에서 본 거지." 그녀는 간단히 답했다.

"뭐라고? 여자는 서서 할 수 없잖아!"

"아마 그럴 수 있을걸."

몇 초간 그들은 서로를 엿보는 듯한 시선을 나누었다. 그러더니 비젤이 결심한 듯 설명했다. "난 이 숲에 들어서자마자 이 세상을 뜨고 싶진 않았어. 그들이 아그네스에게 무슨 짓을 하려 했는지 너도 똑똑히 봤잖아. 이런 간단한 눈속임이 때로는 천 개의 무기보다 훨씬 유용해."

"하지만 어떻게…?"

짜증 난다는 기색을 감추지 않은 그녀는 신음을 흘렸다. "그저 적당한 지점을 끌어올리고 누르면 다 돼… 연습 좀 하고, 몇 번 실수하고 나면."

트리스탄은 이 고통스러운 새벽에 자신이 이렇게 웃을 거라고는 생각도 못 했다. 그렇지만 정말 실소를 금하지 못했다. 머릿속에 떠오르는 모습이 너무 우습기도 하고 생뚱맞기도 해서 웃지 않고 배길 수가 없었다. 이런 불필요한 횡격막의 진동으로 등에 통증이 찾아왔다. 다시 한번 불타오르는 통증이 그를 괴롭히자 그제야 트리스탄은 웃음을 멈췄다. 순간 트리스탄에게 중요한 질문이 떠올랐다. "그런데 넌 여기에 왜 있는 거냐?"

"너랑 같은 이유지 뭐. 동생 대신 죽으라네." 비젤이 대답했다. "내 쌍둥이 남동생. 그러니까 내가 조금이라도 먼저 세상에 나왔으니 동생이 맞다고 해야 하나."

트리스탄은 도저히 이해할 수 없었다. "걔가 너보고 가라고 그냥 두디?"

그녀는 고개를 저었다. 처음으로 그녀의 모습이 처량해 보였다. "처음부터 내가 가는 거였어. 부모님이 그렇게 교육시켰거든. 누구도 동생에게 물어본 적도 없었고, 나도 그랬지. 부모님에게 자식은 우리 둘뿐이셨어. 그래서 꼭 아들이 남기를 원하셨거든."

"그렇지만 여자아이가 이런 전쟁에서 살아남을 확률은 희박한데!" 무심결에 트리스탄이 말했다.

비젤은 상처 입은 표정으로 트리스탄을 바라봤다. "그건 남자도 마찬가지야. 우리 모두 드래곤이 내뿜는 화염에 타 죽을 거야. 성별이랑은 상관없이." 그러더니 하늘을 향해 턱을 치켜들며 덧붙였다. "그렇다고 네가 나랑 붙으면 이길 거라고 생각한다면 그건 착각이다!"

트리스탄은 또 웃음을 터트릴 뻔했다. 그렇지만 이번에는 아까 등에서 느꼈던 통증을 제때 떠올리며 정신을 차렸다.

트리스탄 주변에 있던 소년들이 차츰 일어나기 시작했다. 하나둘 추위에 뻣뻣해진 사지를 죽 펴고, 반쯤 얼어붙은 발가락에 온기를 일으키려 비비댔다. 그 모습을 지켜보는 것만으로도 트리스탄은 자신이 얼마나 추위에 떨고 있는지 또 한 번 체감했다. 차가운 눈에 젖어 축축해진 담요는 영 쓸모가 없었다. 지금 이 순간만큼은 엘프들이 덮고 있는 늑대 가죽을 얻기 위해서라면 삶의 절반을 내놓으라고 해도 그럴 수 있을 것 같았다. 하지만 등에 느껴지는 통증이 정말로 조금은 줄어들었다.

"내 셔츠가 어디로 갔는지 너 아냐?" 트린스탄이 비젤에게 물었다.

그녀는 고개를 끄덕였다. 그리고는 뒤편에서 셔츠를 집어 트리스탄의 앞에 내놓았다. "내가 골풀로 좀 기워 놨어. 뭐 다른 건 전혀 없어서 말이야. 하지만 이것도 오래 버티지는 못할 거야."

트리스탄은 진심으로 놀랐다. "그러니까, 너도 여자처럼 어쨌든 바느질은 할 수 있다는 거냐…." 트리스탄이 중얼거렸다.

"그보다 고맙다는 말이 먼저지 않나!" 그녀가 툴툴댔다.

"그건 그러네…. 전부 다 고맙다."

민망하다는 표정을 지은 둘은 서로를 바라봤다. 비젤의 눈에 불안감이 서려 있었다. 아마 트리스탄이 배신할까 봐 고민하는 것이리라. 비젤은 트리스탄 손에 셔츠를 건네며 돌아서려 했다. 이에 트리스탄은 그녀의 팔을 잡고 제 곁으로 가까이 잡아당겼다. "네 이름을 알려 줘!" 그녀의 귓가에 속삭였다.

비젤은 잠시 망설였다. 하지만 그녀는 나지막한 목소리로 속삭였다.

"마론이야."

트리스탄이 그녀의 손을 붙잡았다. "난 트리스탄이다. 난 네 비밀을 절대 누설하지 않을 거다, 마론."

카이

부르크스메아데는 죽은 도시처럼 삭막해졌다. 눈이 가득 쌓인 거리에 돌아다니는 사람마저 없었다. 식당도 전부 문을 닫았고, 가정마다 집의 벽난로 앞에 붙어 꼼짝도 하지 않았다. 단지 농가에서 흘러나오는 배고픈 소 울음소리만 간간이 들려왔다.

매년 엘프들의 징발이 휩쓸고 가면 마을 전체가 초상집 분위기로 변했다. 죽음의 징발을 모면하고 남은 아이를 둔 부모들도 문을 굳게 걸어 잠갔다. 원래 슈테판과 이르멜의 계획은 지금과는 조금 달랐다. 최소한 이웃에게 들키지 않는 선에서 조용히 닭도 몇 마리 잡고, 평소 이르멜의 말버릇처럼 카이의 '부활'을 축하하려고 했다. 하지만 일이 틀어지고 말았다. 유일한 희생양이 되길 기대했던 트리스탄뿐만 아니라 아그네스까지 엘프에게 붙잡혀 갔으니까.

여동생 문제만 아니었다면 카이는 닭을 잡는 대신 이르멜이 저렇게 침대에 누워 엉엉 울고 있는 저 모습이 꽤나 기꺼웠을 것이다. 카이는 원래부터 자기 대신 트리스탄을 드래곤 전쟁에 참전시키려는 부모의 계획을 극도로 혐오했다. 하지만 그들의 결정은 번복되지 않았다. 선발이 있기 전날 카이는 트리스탄에게 도망치라고 설득하기로 결심했다. 카이와 트리스탄은 작은 방을 함께 썼다. 그들은 지푸라기로 만든 요를 깐 잠자리에 머리를 맞대고 누웠다. 카이와 트리스탄은 다른 사람에게 들리지 않을 정도로 속삭이며 대화를 나눴다.

“프론슈타인으로 가. 그곳에 숯장이를 찾아가면 일거리를 얻을 수 있대.” 카이가 제안했다. “하지만 우선 엘프들이 마을을 떠날 때까지 숨어 있어야 해. 조심하면 그들은 널 찾지 못할 거야.”

하지만 트리스탄의 대답은 정말 그다웠다. 별다른 설명 없이 짧지만 분명한. “그럴 수도 있겠지. 하지만 그러면 대신 널 끌고 갈 거다.”

이어진 카이와 트리스탄의 논쟁은 끝이 없었다. 그 시간 내내 대부분 목소리를 높인 건 카이였다. 운명을 스스로 짊어질 준비가 됐다고 카이가 재차 강조했지만, 그때마다 트리스탄도 고집을 꺾지 않고 제 할 말만 했다. 카이는 그의 고아 형이 양부모인 슈테판과 이르멜에 대한 고마움 때문에 고집을 피우는 것이 아니라는 걸 알고 있었다. 양부모만 놓고 본다면 트리스탄은 뒤도 돌아보지 않고 프론슈타인으로 줄행랑쳤을 것이다. 카이와 트리스탄을 묶어 놓은 유대감이 이렇게 그를 사지로 몰았다.

"우리는 다시 만날 거다." 그것이 트리스탄이 등을 돌리며 잠을 자는 척하기 전 마지막으로 내뱉은 말이었다.

카이의 죄책감은 배가되어 마음을 더욱 짓눌렀다. 트리스탄을 잃은 것만으로도 충분히 끔찍한데, 이제 아그네스 일까지 더해졌다. 결국 따지고 보면 아그네스도 저를 위해 희생당한 것이다. 카이가 '마법사는 나다!'라고 외치려 하는 순간 슈테판이 황급히 그의 입을 틀어막았다. 그리고 카이를 마구간에 감금한 슈테판은 그가 마법을 쓰기 전에 재빨리 주먹으로 관자놀이를 세게 내리쳤다. 잠시 정신을 잃었던 카이가 다시 일어나 보니 모든 상황이 끝난 후였다. 엘프들은 이미 마을을 떠났고, 트리스탄과 아그네스는 사슬에 묶인 채 끌려갔다. 카이에게는 마지막 인사조차 허락되지 않았다. 카이는 그런 부모가 너무도 미웠다.

"다시 돌이킬 수 없는 일이다." 슈테판이 단호히 말했다.

"네가 그때 마법사라고 밝혔어도, 그들은 아그네스를 풀어 주지 않았을 거다."

하지만 카이는 그렇지 않다는 걸 알고 있었다. 엘프들은 목적을 이루는 데 별 쓸모가 없는 어린 여자아이 따위에겐 흥미가 없었으나, 단지 체면을 잃지 않기 위해 누구라도 끌고 가야 했던 것뿐이다. 슈테판과 이르멜은 그를 위해 의도적으로 아그네스를 버렸다. 아무렇지도 않게 고아 한 명과 딸을 장자를 위한 희생양으로 삼은 것이다. 따라서 카이가 느끼는 책임은 그만큼 컸다. 전부 저 때문에 벌어진 일이니까.

카이는 신음을 흘리며, 잠자리에서 이리저리 뒹굴었다. 두통에 머리가 깨질 것 같았다. 더욱이 비어 있는 트리스탄의 잠자리, 흐느끼는 이르멜의 울음소리, 집안 어디에선가 재잘거리던 아그네스의 부재가 그를 더 괴롭혔다. 집안에 이렇게나 냉기가 가득하다니! 어느새 흐느끼는 소리가 뚝 끊겼다. 사방이 적막해지는 순간 카이는 깨달았다.

이런 죄책감을 안고 이대로 살 수는 없어!

카이는 결심했다. 이불을 걷어차고 벌떡 일어나 셔츠와 바지를 껴입고 두꺼운 양말을 신었다. 단지 카이의 신발과 외투가 1층 거실에 있다는 게 문제였다. 그의 예상대로라면 지금쯤 슈테판이 그곳에 있을 것이다. 아무튼 낙심한 아내가 울다가 지쳐 잠든 부부의 방에 우두커니 앉아 있지는 않을 것이다.

카이는 한 시간 정도를 초조하게 기다렸다. 그런 뒤 두 사람이 모두 잠들었을 거라고 확신이 드는 시점에 발끝으로 살금살금 방을 나섰다. 어디를 밟으면 삐걱거리는지 잘 알고 있었기에 아래층으로 향하는 사다리는 큰 문제가 아니었다. 그리고 실제로 벽난로 옆에 슈테판의 모습이 보였다. 그는 커다란 개처럼 양가죽을 둘둘 말고 잠들어 있었다. 카이의 신발과 외투는 벽난로 옆에 걸려 있었다.

카이는 그곳으로 살금살금 걸어갔다. 발을 딛는 곳마다 삐걱거렸다. 지금만큼은 앙상하게 마른 제 몸이 천만다행으로 여겨졌다. 그나마 마루에 실리는 체중이 얼마 되지 않아 사람을 깨울 만한 소음을 만들지는 않았기 때문이다. 덕분에 슈테판은 드르렁 코를 골며 계속 잠을 잤다.

카이는 마지막으로 잠든 아버지를 바라봤다. 부모에게 치밀었던 분노에도 불구하고 마음 한구석이 조금 아려왔다. 아침이 오면 부모는 그들에게 남은 유일한 자식마저 사라졌다는 걸 깨달을 것이다. 하루에 세 명을 잃는다는 건, 제아무리 무정한 부모라고 할지라도 감당하기 힘든 일일 터이다.

카이는 한숨을 삼키며 벽에 걸린 외투를 집고 신발을 향해 손을 뻗었다. 그리고 집에서 나오기 직전 빵 반 덩어리, 작은 칼, 색이 바랜 이르멜의 초록 스카프를 가방에 담았다. 눈보라가 휘몰아치는 밖에 혼자 다녀야 하는 그에게 쓸모가 있을 것이다. 또한 이르멜은 끝까지 뭔가 도둑맞았다는 것조차 깨닫지 못할 것이 분명했다. 앞으로 감수해야 할 고통으로 정신없을 테니까.

자기가 시도하려는 이 일의 성공 가능성이 거의 제로에 가깝다는 걸 카이도 알고 있었다. 아그네스와 트리스탄을 엘프의 손에서 구출하려 하다니. 카이보다 위대한 전사라도 이런 무모한 도전을 감행하지 못할 것이다. 어려서부터 트리스탄과 함께 대련했기 때문에 몽둥이를 어느 정도 휘두를 줄은 알았다. 물론 대련은 항상 일방적이었다. 체구가 크고, 영양섭취가 좋은 트리스탄은 지푸라기 인형을 솜씨 좋게 베어 내곤 했었다. 카이와 인형이 딱하나 다른 점이 있다면 움직인다는 정도일까. 카이의 실력은 트리스탄만도 못했다.

더군다나 몽둥이는 주로 농부나 도적 떼가 사용하는 조잡한 무기일 뿐이었다. 반면에 엘프는 문스틸월강철로 만든 검을, 드래곤은 화염을, 그리고 데몬은 치명적인 눈빛을 무기로 사용했다. 그런데 고작 나무 몽둥이 하나만으로 어떻게 그들과 대적한단 말인가?

차츰 밤이 깊어지며 바람이 거세졌다. 카이 얼굴에 날아와 내리꽂히는 얼음 결정은 유리 조각처럼 날카로웠다. 카이는 외투를 다시 한번 꽉 여미고 폭풍에 맞섰다. 우선 부르크스메아데에서 최대한 멀리 벗어나야 했다. 그나마 눈보라가 쳐서 좋은 점은 처음부터 별로 남길 만한 것도 그리 많지 않았던 그의 홀연한 출정의 흔적이 전부 사라진다는 것이었다. 처음에 카이는 그럭저럭 앞으로 잘 나아갔지만, 몇 킬로미터쯤 지나자 체력이 고갈됐다. 약해 빠진 카이의 몸뚱이가 이런 생고생에 익숙하지 않았던 것이다.

작은 숲 가장자리에서 잠시 멈춰 선 카이는 방향을 가늠해 보려 했다. 그가 틀리지 않았다면 프론슈타인은 동쪽 방향이고, 샤텐발트그림자 숲는 북쪽이다. 부르크스메아데를 방문했던 엘프들은 우선 프론슈타인에 들러 인근 마을에서 노예를 추가로 징집할 것이다. 그런 뒤 그들에게 비교적 안전하고 통과하기 쉬운 샤텐발트를 가로지르는 경로를 택할 것이 분명했다. 따라서 지금 곧바로 북쪽으로 이동한다면, 그들이 프론슈타인을 경유해서 오는 것보다 시간을 단축할 수 있을 것이다. 운이 따른다면 엘프보다 먼저 샤텐발트에 도착할 수도 있을 것이다. 더욱이 포로를 끌고 가야 하는 엘프들은 이동 속도가 그다지 빠르지는 못할 것이 분명했다. 그런 다음 뭘 어떻게 해야 할지는 생각할 겨를조차 없었다.

피곤에 지친 카이는 깊게 심호흡하며, 겨우 다시 몸을 움직였다. 가는 길목에 호신용으로 적당한 막대기를 발견했다. 카이는 이따가 적절한 장소를 발견하면 막대기의 양 끝을 작은 칼로 벼려야겠다고 생각했다. 그러면 최소한 이거라도 무기처럼 쓸 수 있을 테니까.

카이는 그날 밤을 지새울 은신처로 쓸 만한 숯장이의 버려진 오두막을 발견했다. 우선 집에서 가져온 빵조각을 꺼내 조금 먹고, 갈증 해소를 위해 눈을 한주먹 녹여 먹었다. 그런 뒤 바싹 마른 낙엽을 오두막 한곳에 쌓은 뒤 그곳에 몸을 뉘고 기절한 듯 잠들었다.

그다음 날 아침, 카이는 추위에 온몸이 부서질 것 같은 통증을 느끼며 신음을 흘렸다. 지난 몇 시간은 어떻게든 길을 걸어왔지만, 이제 그의 비루한 몸뚱이는 단 1미터도 앞으로 못 간다고 비명을 질렀다. 좌절감이 마음에 스며들었다. 처음 집을 나올 때만 해도 카이는 형제를 구출하는 과정에서 죽거나 노예로 전락할지라도 마음을 굳게 먹고 약해지지 말자고 다짐했었다. 그렇지만 고작 부르크스메아데에서 몇 킬로미터 떨어진 곳에 있는 외딴 오두막에서 약해 빠진 체력 탓에 이렇게 허무하게 생을 마감하리라고는 전혀 계산하지 못했다. 의기소침해진 마음을 부여안고, 임시숙소에 드러누워 방법이 없을까 곰곰이 생각했다.

그는 마법사였다. 질병에 걸린 사람들을 치료해 주는 일도 그에게는 그리 어려운 일이 아니었다. 그렇지만 그런 그도 배고픔을 달래는 방법은 알지 못했다. 그리고 바닥난 체력을 보충하는 일도 불가능했다. 하지만 집중해서 마력을 쓰면 날씨 정도는 어떻게 해볼 수 있을 것 같았다. 물론 이런 마법은 일반적으로 지속시간이 그리 길지 않았다. 예전에 가뭄이 들기 전, 들판에 비를 뿌리는 마법에 성공한 적이 있었다. 그러니 이번에도 몸을 따뜻하게 데울 만큼의 햇살을 일으키는 정도는 성공할 수도 있을 것이다.

카이는 힘겹게 몸을 일으켜 밖으로 나섰다. 문밖에는 여전히 눈보라가 미친 듯이 휘몰아쳤다. 세찬 바람이 카이의 머리카락을 휘날리며 그의 외투 아래로 파고들며 얼굴을 때렸다. 카이는 두 눈을 감고 여름을 떠올렸다.

바람이여, 넌 나를 이기지 못하리라. 눈이여, 내가 너를 녹이고 말리니. 구름이여, 당장 흩어져라. 나는 너희를 베어내는 검이로다. 카이가 머릿속으로 주문을 외우며 명령했다.

마법을 사용하는 데 필요한 마력은 신체의 힘과 무관했다. 이는 자연의 힘을 거스르는 정신력이자 확신으로 미지의 영역에서 무적이 되게 해 주는 힘이다. 평소에 카이는 마법을 구사할 수 있다는 확신이 항상 있었다. 그렇지만 오늘만큼은 제대로 성공할지 자신이 없었다.

태양이여, 어서 모습을 드러내 날 위해 이 전투에 참여하라. 나는 네 주인이고 너는 내 종이니. 뜨겁게 타올라 빛을 비추어라. 저 얼음을 물로 녹여 버릴지어다!

바람이 멈췄다. 두 눈을 꾹 감은 카이는 제 심장박동에 집중했다. 이윽고 카이의 두 뺨에 최후의 눈송이가 사르르 녹아 사라졌다. 주위가 적막에 잠겼다. 붉은빛이 꾹 감은 눈꺼풀 사이로 스며들었다. 따뜻한 열기가 피부에 번졌다. 카이가 건 마법이 성공했다!

기대감에 가득 부푼 채 감았던 눈을 서서히 뜬 카이가 주변을 둘러봤다. 그가 희망했던 대로 어느덧 하늘에는 구름이 사라지고, 태양이 밝게 비추고 있었다. 그렇지만 그것이 전부는 아니었다. 아예 쌓여 있던 눈이 전부 녹아 버린 것이다. 숲 가장자리의 나무에 쌓여 있던 눈도 사라졌고, 공중에는 나비가 살랑살랑 날아다녔다. 오두막 가장자리, 그것도 바로 카이의 코앞에 붉은 과실이 잔뜩 달린 사과나무가 보였다. 하지만 저 멀리 지평선마다 여전히 겨울한파가 맹위를 떨치고 있었다. 이 마법은 카이가 지금까지 시전했던 마법 중 단연 최고였다. 카이는 환호했다.

생기를 되찾은 카이는 나무 위로 올라 가져갈 수 있을 만큼 사과를 잔뜩 땄다. 그중 하나는 그 자리에서 베어 물고는 슬슬 배가 아프기 전에 적당히 먹으라고 자신을 다그쳤다. 그리고 남은 사과들을 전부 가방에 넣고 발걸음을 옮겼다.

겨울과 맞닿은 경계선에 이르기까지 여름 날씨를 만끽하며 대략 한 시간 정도 계속 걸어갔다. 이 경계는 여름과 겨울을 가르는 자연의 단면이었다. 한쪽에서는 새들이 지저귀고 개구리가 울었지만, 반대편에는 잿빛 하늘 아래 온통 백색으로 아름답지만 치명적인 장관이 펼쳐졌다.

이 기묘한 경계선 앞에 모인 농부들은 겨울인 쪽을 뚫어져라 응시했다. 카이는 사람들의 편의를 고려하여 숲에 길을 더 내주는 것이 좋을지 잠시 고민했다. 하지만 그러면 사람들의 이목이 쏠릴 것이라는 결론을 내렸다. 카이는 그저 이 근방을 지나는 고독한 방랑자여야 했다. 그러나 벌써 농부 중 몇 명이 지나가려던 카이를 발견했다. 자신을 향해 고개를 돌리는 모습을 보았지만 카이는 당당한 걸음걸이로 다가갔다.

“여보게, 낯선 청년.” 검정 모직으로 만든 두꺼운 외투를 입은 조잡한 인상의 남자가 그를 불렀다. 그는 이마를 찌푸리며 업신여기는 시선으로 카이를 이리저리 뜯어봤다. 다른 농부들이 그 뒤에 뭉쳐 있는 걸 보니 어쨌든 그가 마을에서 가장 나이가 많거나 인정받는 위치인 것 같았다.

“안녕하세요.” 카이가 최대한 싹싹한 목소리로 인사했다. “오늘 날씨가 참 요상하죠.”

“그렇게 얘기할 수도 있겠지.” 농부가 투덜거렸다. “분명히 이건 마법사 짓이야. 여기 어딘가에 마법사 놈이 있는 게 분명해.”

카이가 침을 꿀꺽 삼켰다. “그게 정말인가요?” 카이가 조심스레 물었다. “나도 그 마법사를 한번 보고 싶네요. 지금까지 마법사를 마주친 적이 한 번도 없어서요.”

남자는 카이의 말에 대꾸도 없이 그저 위아래로 훑어보았다. 농부는 자신이 보고 있는 것에 뭔가 미심쩍어하는 것처럼 보였다. 급기야 그의 얼굴에 의심이 피어올랐다. “어디로 가는 겐가?” 그가 물었다.

"이모와 이모부를 만나러 가고 있어요. 아들을 낳았는데 내가 대부를 맡기로 했거든요." 카이가 둘러댔다.

"어디에 사는데?"

이 간단한 질문에 순간 카이는 곤경에 빠졌다. 샤텐발트로 가는 길을 제대로 알지 못했을뿐더러 가는 길목에 위치한 도시 이름을 들어본 적도 없었기 때문이다. 지금까지 슈테판과 함께 목탄 구매를 위해 몇 차례 달구지를 타고 프론슈타인까지 가 본 게 전부였다. 그런 카이에게 이제 남은 유일한 대안은 모자란 척, 연기하는 것뿐이었다.

"프론슈타인 근처에 있는 독립 농가지요."

"프론슈타인이라고? 그러면 어디에서 출발한 거지?"

"역시 농가죠."

"그렇다면 어느 마을 근처에 있는 농가지?"

농부와의 대화는 서서히 하지만 확실히 심문처럼 변해 갔다. 카이가 다른 농부들이 느끼는 긴장감을 온몸으로 느낄 수 있을 정도였다. 주변 사람들은 지금 여기서 무슨 일이 벌어지고 있는지 대충 감을 잡았다. 그들이 마법사를 발견한 것이다. 바로 양 세 마리와 밀 한 자루 가치가 있다던.

"내가 당신에게 빚진 건 없는 것 같은데요." 카이가 무뚝뚝하게 말을 건넸다. "지나가게 좀 비켜 주시죠. 지금 좀 급하거든요."

"이런 눈보라에 뛰어들 정도로 급하단 말인가? 제정신인 사람이라면 누가 그런 짓을 하지?"

"남몰래 언제 어디서라도 여름을 불러올 능력이 있는 사람이라면 그렇겠지." 뒤에서 여자의 음성이 들려왔다. 누더기를 걸친 중년 여성은 주변 사람을 헤치며 사내 곁으로 다가왔다. "저 사람이 이런 여름 날씨를 불러온 마법사가 분명해요. 그러니까 어서 그를 엘프에게 데려다주고 보상금을 나눠요!" 그녀가 말을 하려고 입을 벌리자 남은 치아가 거의 없는 잇몸이 고스란히 노출됐다.

"마법사가 아니라니까요!" 카이가 거세게 반박했다. "난 친척을 방문하러 가는 여행객일 뿐이에요. 그리고 그게 아니더라도 당신들은 아무 증거도 없잖아요."

"그런 건 상관없다." 처음에 말을 걸었던 남자가 다시 말했다. "엘프들은 진실을 확인하는 그들만의 방식이 있다. 그걸로 사실이 입증되면 우리 밥그릇을 가득 채워 줄 거다. 설령 네가 아니라고 해도 우리는 잃을 게 없잖나." 그는 다른 농부들에게 돌아섰다. "어서 저 마법사를 붙잡아!"

카이는 무슨 말을 해도 먹히지 않는다는 걸 깨달았다. 그런 상황에서 이제 카이가 선택할 방법은 단 하나였다. 어서 다시 겨울 속으로 재빨리 도망치는 것. 그러면 농부들이 더는 그를 쫓지 않을지도 모른다. 카이는 우측으로 돌며 마법을 펼쳤고, 자신을 잡으려 달려드는 두 남자를 날려 버렸다. 또 다른 한 남자가 카이의 길을 가로막았다. 하지만 카이는 가지고 있던 나무 몽둥이를 그의 다리 사이로 던져 그를 넘어트렸다. 그런데 뒤에서 누군가 손을 뻗어 카이를 세게 붙잡았다. 깜짝 놀란 카이가 뒤로 돌아 그를 밀쳐내려 했지만, 순간 카이를 엄습한 공포는 그의 몸에서 커다란 마력을 방출했다. 지금까지 그런 일이 두 번 있었다. 처음은 저장창고에서 소시지를 훔쳤다고 비난하며 아버지가 그를 무자비하게 폭행할 때였다. 카이는 무고함을 강력히 호소했지만, 슈테판은 그를 믿어 주지 않았고 벨트를 풀어 그것으로 카이를 무자비하게 때렸다. 당시 카이의 의지와는 상관없이 눈에 보이지 않는 거대한 마력이 카이의 몸에서 쏘아져 나와 슈테판을 강타한 후 그를 집 반대편으로 패대기쳤다. 두 번째는 그나마 다행히도 달구지를 타고 프론슈타인으로 향하던 중 그들을 털려던 도적 떼를 물리칠 때 일어났다.

그리고 그런 현상이 지금 또다시 벌어졌다. 강력한 마력 파동은 그를 붙잡으려던 사람뿐만 아니라 그곳에 모여 있던 농부들의 절반을 혹독한 눈보라가 치는 겨울 경계선 너머로 패대기쳤다. 일부는 미동도 하지 않고 그대로 있었고, 다른 일부는 공포에 젖어 미친 듯이 소리를 질러 댔다.

"저놈이 그 마법사다!"

"도망쳐!"

"아니, 어서 저놈을 붙잡아!"

카이는 지금이 아니면 영영 도망칠 기회가 없다는 걸 직감했다. 호흡할 때마다 점점 마력이 고갈되고 있는 몸 상태가 모든 숨구멍으로 느껴졌다. 내면에 무력감이 치밀어 올랐다. 카이는 온 힘을 다해 달렸다. 신묘한 계절의 경계선을 넘자 살을 베는 것만 같은 추위와 폐 속으로 스며드는 차가운 공기가 느껴졌다. 걸음을 옮길 때마다 발에 눈이 밟히며 뽀드득 소리를 냈다. 겨우 도망쳤다고 생각할 때쯤 갑자기 굳은살이 가득한 우악한 손이 카이의 목덜미를 뒤에서 낚아챘다. 순간 균형을 잃은 카이가 비틀거렸다.

"멈춰라, 이 꼬마야." 누군가의 말소리가 카이에게 들렸다. "우리한테서 그렇게 쉽게 도망칠 수는 없지!"

황급히 뒤를 돌아본 카이는 그가 자신의 정체를 밝혀낸 그 농부라는 걸 깨달았다. 남자의 눈에 두려움이 보였지만, 그럼에도 가진 힘이 가늠되지 않는 마법사를 붙잡을 정도로 용감했던 것이다. 카이는 그 모습에 조금이나마 감탄했다.

그리고 곧이어 그가 자신을 내려치는 모습이 눈에 들어왔다. 그리고 눈앞이 깜깜해졌다.

⚜

귓가를 울리는 염소 울음소리에 카이의 정신이 차츰 되돌아왔다. 순간 카이는 부르크스메아데의 집에 돌아와 겨우내 집안에서 염소를 키우는 아담네 집에 와있다고 생각했다. 겨울에 염소를 집안에서 키우면 염소들이 얼어 죽는 걸 방지하고, 동시에 집안 가득 염소의 숨결에 실내온도가 올라가는 일석이조의 효과가 있었다. 하지만 제대로 정신을 차리고 주변을 둘러보니 카이는 팔과 다리가 묶인 채 낯선 오두막 작은 방에 갇혀 있었다. 반듯한 사각형 형태로 지어진 아담한 방이었다. 벽 한가운데 있는 벽난로에서 나온 그을음이 여기저기 묻은 벽과 못을 박아 폐쇄해 놓은 창문이 눈에 들어왔다. 카이를 깨운 염소가 그의 곁에 무릎을 꿇고 앉아 그의 뺨을 핥으며 연신 음매 하고 울었다. 카이가 몸을 일으켰다.

예닐곱 아이들이 코앞에 있는 벽난로 주변에 깔린 염소 가죽 위에 옹기종기 모여 앉아 곁불을 쬐고 있었다. 누더기를 걸치고 얼굴이 지저분한 개구쟁이들이었다. 카이가 깨어났다는 것을 깨달은 아이들은 순간 가지고 놀던 장난감을 떨어트리고 눈알이 튀어나올 정도로 카이를 뚫어져라 응시했다. 그 눈빛이 얼마나 노골적이었는지 카이가 거부감을 느낄 정도였다. 동시에 카이의 손이 등 뒤에 묶여 있다는 것을 아는지 능글맞은 염소가 그에게 다가왔다. 염소는 카이의 뺨을 핥고, 그의 셔츠를 잡아당겼다. 카이는 어깨로 염소를 밀쳐 냈다. 그렇지만 카이의 이런 움직임은 아이들을 공포에 빠트리기에 충분했다. 아이들이 목청껏 비명을 질렀다.

"쉿! 얘들아 조용히 해! 너희에게 아무 짓도 하지 않을 거야." 카이는 어떻게든 아이들을 달래 보려 했지만, 아무 소용도 없었다. 모조리 벌떡 일어선 아이들은 누더기 옷을 밟아 걸려 넘어지면서도 계속 비명을 지르며 방 밖으로 달려나갔다. 카이가 신음했다. 몽둥이로 된통 맞은 것처럼 머리가 지끈거렸다.

"그래. 이제 깨어났나, 마법사?"

카이는 그 목소리를 곧바로 알아차렸다. 그를 붙잡아 쓰러트린 농부의 음성이었다. 이제 아무 두려움도 느껴지지 않는 얼굴로 나타난 그는 문지방에 서서 시꺼먼 턱수염을 쓰다듬었다.

"아이들에게 날 감시하라고 시킨 건가?" 카이가 믿을 수 없다는 표정으로 물었다. "내가 방금 전에 마법으로 이 마을 절반을 날려 버렸는데도?"

농부가 비웃었다. "원래 버려진 아이들이지. 도통 쓸모가 없는 놈들이라."

가까이 다가온 농부는 염소를 발로 차 쫓아 버렸다. 그리고는 벨트에 달린 주머니에서 뭔가를 꺼내 바닥에 뿌렸다. "자, 이제 네놈의 기회는 여기까지다. 딱 지금까지였어. 염소들이 마법사에게 사족을 못 쓴다며? 하지만 그 덕 좀 보려 했다면, 진즉에 사람들의 말을 잘 새겨들었어야지. 이제 네놈은 꼼짝없이 사로잡혔어."

제 주변으로 꼼꼼히 그려진 하얀 원형 결계를 카이가 황당무계하다는 시선으로 물끄러미 바라봤다. "그건 소금이네!" 카이가 외쳤다.

"여기는 잘리스부르크다, 마법사. 이곳에 사는 남자라면 모두 광산에서 일하지. 너 같은 놈들이 부대로 몰려와도 고삐를 채우는 데 필요한 소금은 넉넉하다. 염소 같은 빌어먹을 짐승이 핥아 먹지만 않는다면 말이다."

카이는 이마를 찌푸렸다. 태어나서 지금까지 이런 얘기는 들어본 적이 없었다. 부르크스메아데 집에서만 해도 소금을 먹은 적은 수천 번이 넘었을 거다. 소금을 손으로 집기도 하고, 먹은 적도 있었지만 아무 영향도 없었다. 도대체 무슨 일이 일어나는지 살펴보려는 생각에 카이는 소금 결계를 향해 묶인 발을 뻗어보았다. 하지만 아무리 결계를 부셔 보려 시도해 봐도 뜻대로 되지 않았다. 그의 다리는 소금을 밀어낼 수가 없었다. 마치 눈 앞에 펼쳐진 허상이라도 되는 것처럼 그 위를 쑥 통과해 버렸다. 소금 위에 펼쳐진 결계를 벗어나는 것도 불가능했다. 뭔가 그를 뒤로 물러서게 밀어냈고, 무형의 화염이 카이를 향해 덮친 것처럼 불타오르는 통증이 느껴졌다.

카이의 무기력한 도주 시도를 물끄러미 바라보던 농부가 음흉하게 웃었다. "네놈은 정말 아무것도 모르는군. 아무것도 몰라." 그가 단언하듯 말했다.

"내가 어떻게 알겠어? 나는 그저 부르크스메아데 촌부의 아들일 뿐인데. 지금까지 내게 마법에 관해 설명해 준 사람은 없었어." 카이가 투덜거렸다. 지금 이 순간 어머니를 향한 분노가 밀려왔다. 저를 붙잡은 이 사내에 대한 것보다 더 큰 분노가 솟구쳤다. 이르멜은 주기적으로 카이에게 소금 수정을 녹여 먹게 했다. 부족한 영양분을 보충하고, 건강을 유지하는 데 도움이 될 거라고 말하면서. 돌이켜보면 그것이 그의 마법을 은폐하기 위한 수단이었을 것이다. 에냐도르 대륙 전체가 그가 지닌 마법이라는 재능에 대해 잘 알고 있는 동안 카이 자신만 몰랐던 것이다.

"뭐, 그야…" 농부는 비웃으며 말했다. "네놈이 멍청했던 거지!"

"날 놓아 줘! 난 아무에게도 피해 주지 않았어. 내가 원하는 건 그냥 이 지역을 지나가는 것뿐이야." 하지만 이렇게 말하면서도 카이는 제 말이 얼마나 가소롭게 들릴지 자신도 느껴졌다.

"그 말은 틀렸어. 네가 마력을 마구 휘두르는 바람에 두 사람이 머리를 심하게 부딪쳤어. 그리고 늙은 베르타가 내 무릎에 턱을 찧었다고. 그래서 그나마 남아 있던 이빨마저 다 부서졌지. 네놈은 그 대가를 치러야 해."

카이는 분노가 치밀었다. "그건 내 탓이 아니야. 당신들이 날 엘프에게 넘기려고 했잖아!"

"아아, 그 생각은 여전히 변함없다, 꼬마 마법사." 농부가 단호한 어조로 말했다.

"카이! 내 이름은 카이다!"

어깨를 으쓱인 사내는 카이의 말에 "그래? 내 이름은 돌프다."라고 화답했다. "이제야 서로 소개를 했군. 하지만 그렇다고 해서 네놈이 우리에게 양 세 마리와 밀 한 포대를 빚지고 있다는 사실은 변하지 않지."

마음의 안정을 되찾은 그 남자는 벽난로 앞 염소 가죽 위에 풀썩 주저앉아 다리를 쭉 폈다. 그 모습을 보며 카이는 앞으로 탈출시도가 얼마나 가망이 없을지 깨달았다. 이 돌프라는 사내는 너무 확고했다. 저주하고 비난한다 한들 꿈쩍을 하지 않을 것이 분명했다. 하지만 어쩌면 연민을 자극하면 가능할 수도 있지 않을까?

"형제를 찾아야 해요." 갑자기 카이가 태도를 바꿔 최대한 차분한 목소리로 설명했다. "엘프들이 그 애들을 잡아갔어요. 원래 전쟁에 끌려가야 할 사람은 나였는데 말이죠. 우선 트리스탄과 아그네스를 구해 낼 테니, 그런 다음에 날 엘프에게 넘겨 줘요."

갑자기 그 말에 관심을 보인 돌프가 눈썹 하나를 높이 치켜뜨며 물었다. "아그네스? 여자냐? 엘프들이 여자를 노예로 데려가 뭘 한다고?"

"그들은 아그네스가 마법사라고 생각해요. 원래 그들이 원한 건 나였지만 날 발견하기도 전에 아버지가 먼저 날 끌고 갔어요." 카이가 설명했다.

"음…." 농부가 신음했다. "그러면 다른 사람은? 트리스탄이라고 했던가?"

"나 대신 선발심사에 나갔어요."

돌프의 표정이 눈에 띄게 굳었다. "그러면 고아냐?"

카이가 고개를 끄덕였다.

"고작 고아 한 놈을 위해 목숨을 내놓는다고? 제정신이 아니구나?"

별안간 그의 눈이 분노로 일그러졌다. 갑작스러운 돌프의 격렬한 반응에 카이는 당황했다. 부르크스메아데에서도 고아들은 사람과 가축 사이의 애매한 대우를 받긴 했다. 한편으로는 보살핌을 받았지만, 또 다른 한편으로는 처음부터 도살장에 끌려가야 할 운명이었다. 그렇다 보니 어느 누구도 그들과 진솔한 교감을 나누지 않았다. 그렇지만 미움보다는 연민과 동정의 대상이었다. 그러나 카이가 돌프의 표정에서 읽은 건 오로지 경멸뿐이었다. "트리스탄과 난 친형제나 다름없었어요." 그럼에도 카이가 말을 이어갔다.

농부는 경멸스럽다는 듯 헛기침을 하더니, 이내 고개를 절레절레 흔들었다. 그리고 벌떡 일어섰다. "아무래도 상관없다. 고아놈 하나 구하자고 엘프와 문제가 생길지도 모르는 모험을 할 생각은 전혀 없으니. 네놈은 예정대로 그들에게 넘겨질 거다. 엘프들은 지금 프론슈타인에서 출발해서 샤텐발트그림자 숲를 향해 이동 중이다. 거기서 네놈을 넘기고 보상을 받을 생각이니 그리 알아라."

말을 마친 농부가 그대로 뒤로 돌아 방을 나서자 카이는 풀썩 주저앉았다. 그는 방을 나서며, 방 한구석에서 어슬렁거리는 염소의 뿔을 붙잡고 밖으로 쫓아냈다.

힘이 쭉 빠져 버린 카이는 온통 지푸라기뿐인 불편한 잠자리에 드러누워 천장을 노려봤다. 카이는 염소를 떠올렸다. 돌프의 말이 사실이라면, 이 동물은 어쩌면 마법사의 동료이거나, 그렇지는 않다고 해도 어쨌든 마법사를 돕는 조력자가 되어 주지는 않을까. 만약 누구라도—이를테면 아이 중 한 명이라든가—염소를 다시 방에 들여보내 준다면, 어쩌면 염소가 이 빌어먹을 소금을 핥아 먹고, 이 망할 결계를 부셔 줄 수도 있을 것이다.

그렇지만 카이가 갇힌 그 방에 고아들도, 염소도 다시 돌아오지 않았다. 그날도, 그다음 날도. 그 사이에 카이는 몇 시간 동안 끙끙대며 노력한 결과 저를 포박해 놓은 줄을 가까스로 풀었지만, 소금 결계만큼은 어떻게 손쓸 도리가 없었다. 카이는 지금 저 자신을 지킬 수 있는 상태인지 확인하려고 마력을 일으켜 소금 결계를 향해 쏘아 보내 봤다. 그렇지만 마력은 소금으로 그린 원에 닿는 순간 부메랑처럼 뒤로 튕겨 나와 순식간에 그의 얼굴을 강타했다. 이는 카이가 태어나 처음으로 제힘을 몸소 느껴 보는 계기가 됐다. 그대로 날아가 벽에 부딪힐 정도로 그를 강타한 마력 탓에 카이는 2시간 이상을 완전히 정신을 잃고 기절하는 아픔을 맛보았다.

카이를 살펴보려고 다시 온 돌프는 단번에 무슨 일이 있었는지 파악했다. "네놈은 정말 아는 게 없군." 몸을 돌려 다시 카이를 혼자 두고 나가기 전 그는 또 한 번 비아냥거렸다.

그는 이제 벽난로 불을 지펴 주지도 않았다. 그래서 불이 꺼진 둘째 날 저녁부터 방안은 한겨울인 바깥만큼이나 냉골이었다. 추위에 오들오들 떨며 카이는 구석에 몸을 웅크렸다.

그때 별안간 방문이 열리더니 하녀 하나가 방안으로 들어왔다. 땋은 머리카락은 들개를 연상케 하는, 온통 잿빛투성이인 이 하녀는 전날에도 지금만큼 겁먹은 표정으로 이곳을 들렀었다. 하녀는 바닥에 그려진 소금 결계 앞에 무릎을 꿇고 앉아 계속 바닥만 뚫어져라 응시했다. 그리고 카이가 그 결계 너머 뒷벽까지 물러서기만 기다리더니, 두려운 손길로 음식이 담긴 그릇을 재빨리 소금 결계 너머로 건넸다. 며칠 새 이런 순서를 파악한 카이는 하녀가 들어오자마자, 그녀가 겁먹지 않도록 최대한 벽 뒤로 물러섰다. 하녀는 여느 때와 같이 무릎을 꿇고 앉아 결계 너머로 바싹 마른 빵 한 덩어리와 물 한 컵을 건넸다. 그렇지만 이번만큼은 음식을 건네고도 그 자리에서 꼼짝도 하지 않고 카이가 빵을 집어 한 입 베어 무는 모습을 관찰했다.

"빵과 물만 먹는 것도 꽤나 익숙해 보이네요…." 그녀가 말했다.

그제야 카이는 고개를 들어 하녀를 응시했고, 처음으로 그들의 시선이 마주쳤다. 카이가 고개를 끄덕였다.

"당신도 고아인가요?"

"아니. 장자야. 원래 우리 마을에서는 고아들이 더 잘 먹고, 잘 커."

"아아." 하녀는 경탄했다.

하녀에게 대답을 마친 카이는 손에 쥔 빵을 계속 먹었고, 하녀는 그런 그를 물끄러미 관찰하며 지저분한 손톱을 물어뜯었다. "저 작자는 왜 저렇게 고아라면 학을 떼는 거지?" 카이가 하녀에게 물었다.

하녀는 어깨를 한 번 으쓱였다. "아들 문제로 고아에게 한 번 호되게 당한 적이 있다네요. 원래 그 고아가 그의 아들 대신 선발에 나서야 했었는데, 선발 전날 밤 도망쳐서 제 목숨을 구했다지요. 그래서 엘프들이 결국 돌프의 아들을 끌고 갔어요. 그 뒤로 아무도 돌프 아들의 소식을 듣지 못했죠."

"그 얘기를 들으니 이제야 어느 정도 이해가 가네." 카이가 한숨을 내쉬었다. 그런 그에게 눈치도 없이 순진하게 트리스탄 얘기를 한 자신에게 짜증이 치밀었다. 공감을 끌어내기는커녕, 오히려 그 때문에 더 경멸당했으니.

"그런데 여기 있던 아이들은 전부 누구지?" 조금이라도 대화를 이어가고 싶은 마음에 카이가 궁금했던 것을 물었다. 여기 오두막에 갇힌 이후 겪은 외로움은 정말 낯설었다. 상대가 아무리 지저분하고, 눈망울에 배고픔이 가득한 사람이라도 어쨌든 대화를 나누니 숨통이 트였다.

"나처럼 전부 고아 출신이에요. 돌프가 아이들을 팔거든요. 하지만 간혹 팔 데도 없는 여자아이들이 잡혀 오기도 해요. 그리고 그런 군식구까지 거둘 농부는 없죠."

"아이들을 판다고?" 경악한 카이가 물었다. 마지막으로 입안에 쑤셔 넣은 빵조각이 목에 걸릴 뻔했다. "그러니까 다른 집에 돈을 받고 아이들을 내다 판다는 거야?"

하녀가 고개를 끄덕였다. “그렇게 돌프의 고객들은 아이를 키워야 하는 수고를 더는 거죠. 애써 키운 아이를 차마 선발대에 내보내지 못하는 사람들도 더러 있거든요. 그러니까 선발 직전에 아이를 사 오는 게 가장 깔끔한 거죠.”

카이는 한동안 망연자실하여 말을 잇지 못할 정도로 방금 안 사실에 당황했다. 그리고는 다시 입을 뗐다. “그럼 여자 아이들이면 어떻게 하는데?”

그러자 하녀는 다시 바닥으로 시선을 내리깔았다. “얼굴이 좀 반반하면 유곽에 자리를 잡고, 얼굴이 못나면 때때로 하녀가 되기도 하죠, 나처럼. 하지만 이도 저도 못된 아이들은 구걸하러 나가야 해요.”

하녀가 담담히 내뱉는 말투에 카이는 머릿속이 더 복잡해졌다. 고아 소녀에게 일어날 수 있는 최선이 고작 창녀가 되어 싸구려 유곽에 자리 잡는 것이라고 말하고 있지 않은가? 설마 저게 사실일 리는 없지 않을까, 아니면 정말인 건가?

카이가 더 질문하기도 전에 하녀가 먼저 말을 꺼냈다. “당신은 정말 마법사인가요?”

카이가 고개를 끄덕였다. “그런 것 같아.”

“그러면 병자도 낫게 할 수 있나요?”

“지금까지는 그랬었지. 왜?”

하녀의 눈에 희망이라는 불빛이 반짝였다. "딸이 있어요. 그런데 지금 심한 고열에 시달리고 있는데, 약초를 다루는 부인이 더는 손쓸 방도가 없다고 하더라고요…."

카이를 바라보는 하녀의 눈빛에 도무지 이 세상의 것이 아닌 것 같은 절실한 간청이 담겨 있었다. 카이는 그녀의 시선이 뿜어내는 절망에 소름이 돋았다. 무슨 짓을 하는 건지 알아차리기도 전에 하녀는 다 해진 외투를 살짝 젖히고, 블라우스 끈을 풀어 맨가슴을 노출했다. 하녀의 가슴은 늦여름 농익은 사과처럼 풍만하고 아름다웠다. 여성의 농염한 매력이 선사하는 이 자극적인 광경에 카이는 자석에 쇠붙이가 끌리듯 그녀에게 다가섰다. 만약 자신을 가로막는 이 결계만 없었더라면 카이는 성큼 팔을 뻗어 눈앞에 보이는 이 탐스러운 과실을 따고 싶었을 것이다.

"난 돈이 없어요. 하지만 원한다면 오늘 밤 당신을 찾아오겠어요. 그러니 제발 내 딸을 고쳐 주세요."

머리를 한 대 세게 얻어맞은 느낌이었다. 양심이 찔렸다. 지금 눈앞에 있는 그녀는 남자를 원해 쾌락의 밤을 제안하는 자유분방한 여인이 아니었다. 극심한 곤궁에서 벗어나기 위해 수치심을 무릅쓰고 제 몸을 팔려는 가련한 사람이었다. 한순간이라도 어떻게 그런 제안을 수락할 생각을 한단 말인가? "아아니." 카이가 말을 더듬으며 다시 뒷벽으로 성큼 물러섰다. "그건… 그건 하지 않아도 돼. 하지만 네 딸은 고쳐 줄 테니 어서 데리고 와."

"정말인가요?"

고개를 끄덕인 카이는 하녀가 재빨리 블라우스를 다시 위로 끌어당겨 끈을 묶는 모습을 지켜봤다. 격앙된 하녀의 손가락이 덜덜 떨렸다. 하녀가 성급하게 되물었다. "지금 당장이요?"

카이는 지금이 몇 시인지 전혀 감이 오지 않았다. 창문마저 봉쇄된 이 방에 갇혀 지내다 보니 시간 감각마저 사라졌다. 하지만 이 하녀는 돌프가 잠드는 시간을 가장 잘 알고 있을 것이다.

"그래." 카이가 대답했다.

하녀는 두 번 묻지 않았다. 유령처럼 조용히 사라지더니 몇 분 후 되돌아왔다. 둘둘 말린 누더기를 가슴에 고이 품고서. 자세히 살펴보니 그 안에 핼쑥하게 야윈 작은 여자아이의 얼굴이 살며시 보였다. 두 살 혹은 세 살쯤 되어 보이는 아이의 이마에는 땀이 송골송골 맺혀 있었고, 고열 중 환각이라도 보는 듯 꼭 감은 눈꺼풀이 꿈틀거렸다. 하녀는 일체의 망설임 없이 딸아이를 결계 너머로 건넸다. 카이는 아이를 서투르게 안았다. "아버지는 누구지?" 카이가 호기심에 물었다.

"돌프요."

"나쁜 새끼." 카이가 으르렁거렸다.

카이는 조심스럽게 넝마 더미를 풀고 아픈 아이의 흉곽이 드러나게 했다. 어린아이의 호흡은 매우 가빴다. 카이는 불덩이처럼 뜨거운 아이의 가슴에 손을 올려놓았다. 그런 다음 두 눈을 감고 온 정신을 집중하며 아이를 사로잡은 열에 사라지라고 명령했다.

나의 냉기가 네 열화를 잠재운다. 내 힘이 네 악마를 쫓아내리니. 약하디약한 넌 내 종이고, 나는 네 주인이로다. 열이여, 당장 사라져라. 내 바람은 네게 명령이리니!

아이에게서 손을 떼는 동시에 카이는 감았던 눈을 떴다. 카이의 두 눈은 겨울 밤하늘의 별처럼 청명했다. 아이의 몸에서 열기가 가셨다. 꼬마는 카이의 품에 안긴 채 물끄러미 그를 올려다보더니 이윽고 자지러지듯 울음을 터트렸다.

카이는 꼬마의 어미가 아이를 데려가도록 재빨리 소금 결계 근처에 내려놓았다. 하녀는 아이를 안아 들고 품에 꼭 안았다.

"쉿, 쉿! 조용히 하렴." 그녀가 아이를 얼렀다. "엄마 여기 있어! 다 괜찮아!" 하녀의 눈가에 눈물이 고였다.

아이를 안고 흔들며 토닥여 봤지만 아무 소용도 없었다. 꼬마는 창살에 찔린 것처럼 비명을 질러 댔다. 이 끔찍한 세상에 되돌아온 것 자체가 공포라고 울부짖는 듯. 벌떡 일어선 하녀는 도망치듯 방을 나섰다. 그렇지만 문지방에서 하녀는 다시 몸을 돌려 뒤를 돌아봤다. 그녀의 시선에 두려움과 고마움이 함께 담겨 있었다. "당신을 어떻게 도우면 될까요?" 카이는 고개를 저었다. "괜찮아. 우선 너와 네 딸아이를 챙겨."

그러자 다시 돌아선 하녀는 잠에서 깬 돌프에게 함께 있는 모습을 들킬세라 서둘러 도망쳤다.

깊은 한숨을 내쉬며 카이는 지푸라기 더미에 몸을 뉘었다. 이번 치료는 예전보다 훨씬 손쉽게 성공했다. 최근에 그가 썼던 마법, 그러니까 한겨울에 여름을 불러오는 그 마법만 해도 몹시 강력한 것이었다. 왜 그런 걸까? 카이의 시선이 소금 결계에 닿았다. 순간 한 가지가 번뜩 떠올랐다. 부르크스메아데에서 도망쳐 나온 이후, 카이는 소금을 조금도 섭취하지 않았다. 아마 그것이 카이가 강해진 이유인 것 같았다. 수년간 이르멜은 계속 카이의 마력을 약화시켰다. 그렇지만 카이의 몸에서 소금이 전부 정화된 지금 그의 내부에는 새로운 마력이 차올랐다. 이런 상태가 얼마나 지속할지, 그리고 이 힘으로 무엇을 이룰 수 있을지는 여전히 알아봐야 했다. 하지만 돌프가 내일 혹은 모레 그를 엘프에게 팔아넘긴다면, 그럴 기회는 영영 사라지고 말 게 분명했다.

여전히 바닥에 드러누운 카이가 골머리를 썩이는 동안 갑자기 뭔가 긁는 소리가 나더니, 가까이서 음매 울음소리가 들려왔다. 벌떡 일어난 카이는 발 가까이 접근한 염소가 긴 혀를 내밀어 소금 결계를 핥는 모습을 멍하니 바라봤다. 순간 뿔이 난 하얀 머리를 들어 올린 염소도 카이를 응시하며 입가에 묻은 소금을 훑어 냈다. '그놈 참!' 카이는 이 동물의 얼굴 어딘가에 숨겨진 짓궂은 표정을 발견한 듯한 느낌이 들었다. '아까 방을 나선 하녀가 딸을 치료해 준 고마움에 방문을 잠그지 않고 나갔구나!'

카이는 염소에게 씩 미소를 지었다. "그래, 착하다. 계속 먹어치우렴." 카이가 속삭였다. 그러자 염소는 다시 머리를 숙이고, 소금 결계 주변을 돌며 소금을 게걸스럽게 먹어치웠다.

지금까지 카이는 샤텐발트그림자 숲를 이렇게 가까이서 본 적이 없었다. 이 오래된 숲에 관해서 카이가 알고 있는 몇 안 되는 이야기도 한여름 밤 부르크스메아데 사람들이 모닥불 주변에서 들려준 전설이 전부였다. 그 가운데 진실이 얼마나 되는지는 카이도 알지 못했다. 하지만 그 이야기 중 극히 일부분이라도 실화라면 이 울창한 원시림을 가로지르려 내딛는 첫발자국은 곧 저승길로 향한 무모하고 어리석은 출발일 터이다.

잠시 멈춰 선 카이는 돌프의 집에서 데려온 염소 목에 묶어 놓은 줄을 휙 잡아당겼다. 탈출 시점부터 지금 이 순간까지 충실한 염소는 가야 할 길을 알려 주며, 그를 곧장 이 샤텐발트까지 인도했다. 그 사이 눈보라도 멈췄고, 흐릿하지만 하늘에서 햇살이 비췄다. 그렇지만 여전히 정강이 높이까지 눈이 쌓여 있었기에 카이는 여기저기 폴짝폴짝 뛰어다니는 염소의 자취와 함께 눈 위에 발자국을 남겼다. 만약 돌프가 그의 뒤를 쫓고 있다면 몇 킬로미터 뒤쯤에서 쫓아오고 있을 것이 확실했다.

카이는 두 눈을 찌푸렸다가 태양을 향해 깜박였다. 숲 입구에 다가가 살펴보니 여느 숲과 크게 다르지 않았다. 나무가 시커멓지도, 나뭇가지가 유령의 손처럼 움직이지도 않았다. 코볼트도, 도깨비불도, 맹수도 보이지 않았다. 고작 팔뚝만한 어치 한 마리가 떡갈나무 위에 앉아 구슬피 울고 있었다. 원래 이 숲이 다른 평범한 숲과 별반 큰 차이가 없는데, 불청객을 피하려고 누군가 고의로 험악한 이야기를 지어내 퍼트린 게 아닌가 하는 생각이 들었다.

카이는 서둘러 숲속으로 들어가려 했지만, 손에 쥔 염소의 목줄이 팽팽해지며 그가 가려는 길을 제지했다. 카이는 몸을 돌려 염소를 바라봤다. "왜 그래? 어서 들어가서 엘프들을 염탐할 은신처를 찾아야 해. 그들이 잠든 야밤에 보초병을 쓰러트리고, 우리 사람들을 구해야 하니까. 그러려면 우선 숲속으로 빨리 들어가야 해."

돌아오는 대답은 단호했다. '음메에~' 울음소리와 함께 카이가 가려는 반대 방향으로 목줄이 팽팽하게 당겨졌다. "절대 꿈도 꾸지 마! 같이 안 가면, 나 혼자라도 갈 거야!"

염소는 아예 뒷발로 서서 뿔로 줄을 끊어 내려 했다. 그래서 카이는 염소의 목줄을 놓았다.

"알았어, 원하는 대로 해!" 격분한 표정으로 카이는 염소를 노려봤다. "그럼 여기 있어, 이 겁쟁아! 마법으로 마을 절반을 날려 버린 나야. 그러니까 보초병 두세 명쯤 마력으로 치워 버리는 건 일도 아니라고."

말을 마친 카이는 숲을 향해 돌아서서 성큼성큼 걸어갔다. 한동안 카이 뒤편에는 아무 소리도 들리지 않았다. 그러다가 불현듯 뽀드득 눈을 밟는 염소 발소리가 뒤따랐다. 염소는 결국 카이 뒤를 쫓아오고 있었다. 그러나 예전과 달리 염소는 이젠 카이를 바라보지 않고, 고집스레 숲만 응시했다. 몹시 상처받은 것처럼.

그 모습에 카이는 웃음을 터트렸다. "아하, 너 나한테 진짜 화났다 이거구나." 카이가 중얼거렸다. 걸음을 멈추지 않고 계속 걸어가면서 잠시 몸을 숙인 카이는 아까 놓았던 염소의 목줄을 다시 쥐었다. 첫 발걸음은 가벼웠지만 숲 경계에 이르러 막상 그 안에 들어서려니 발이 쉽게 떼어지지 않았다. 카이는 걱정스러운 눈빛으로 염소를 한 번 응시했다. 최소한 염소가 지금까지 카이가 주워들은 얘기들을 모르기만을 바랐다.

그렇게 몇백 미터쯤 걸어가다 보니 카이는 숯장이 오두막에서 보냈던 첫날밤처럼 체력이 떨어지며 기진맥진해지는 걸 느꼈다. 굽어지는 길을 뒤로하며 숲속 깊숙이 들어간 카이는 지금까지 자신이 본 것 중 가장 우거진 수풀이 돌무더기를 지붕처럼 덮고 있는 장소를 발견했다. 하늘이 조금도 보이지 않는 그 내부에는 주변에 수북이 쌓인 눈송이 하나 내려앉지 않았다. 그 대신 황금빛으로 빛나는 나뭇잎들이 깔려 있었다. 이 잎들은 막 나무에서 떨어진 것처럼 싱싱해 보였다.

"어떻게 이런 행운이." 카이가 쾌재를 불렀다. "난 잠시 쉬어야 할 거 같아. 네가 망 좀 보렴."

황금빛 나뭇잎 위에 철퍼덕 드러누운 카이는 곧장 깊은 잠에 빠져들었다.

카이는 한밤중에 울리는 말발굽 소리에 잠에서 깼다. 여전히 잠에 취해 몽롱한 상태로 몸을 일으킨 카이는 정신을 차리려고 애썼다. 처음에는 지금 자신이 어디에 있는지조차 제대로 알아차리지 못할 정도로 비몽사몽이었다. 잠시 후 자신이 이 샤텐발트에 무모하게 쳐들어온 이유가 떠올랐다. 하지만 뭔가 이상했다. 마치 이 숲이 그의 힘을 빨아들이는 것 같은 요상한 기분이 들었다. 카이의 귓가에 울리는 나지막한 염소의 울음소리가 지금 뭔가 이상한 일이 벌어지고 있음을 일깨우려는 것 같았다.

"엘프들이야!" 카이가 염소에게 속삭였다.

조심스레 돌무더기 가장자리로 기어가 살짝 그들을 염탐했다. 정말 그들이었다. 카이의 고향 마을을 초상집처럼 만들어 놓은 그 엘프 전사들. 거만하고 무표정한 얼굴로 준마

위에 앉아 있던 그 모습 그대로였다. 40~50명은 족히 넘는 소년들이 강철 수갑을 차고, 마치 가축처럼 줄에 묶인 채 그들의 뒤를 따르고 있었다. 한 명이라도 뒤처지려 하면 곧장 등짝에 채찍질이 퍼부어졌다. 양 가장자리와 끝에서 인간 노예를 재촉하며 통솔하는 병사들은 인간들이 신음을 흘리며 고통스러워하는 모습을 무척이나 즐기는 것 같았다.

이어 트리스탄과 아그네스를 발견한 카이는 깜짝 놀라 몸을 움츠렸다. 그들은 행렬의 중간쯤에 있었는데, 아그네스는 아담 옆에, 트리스탄은 야레드 옆에 서 있었다. 겉으로는 두 사람 모두 비교적 건강해 보였지만, 엄청 긴장하고 있는 모습이 역력했다. 카이의 호흡이 가빠졌다. 이제는 성급한 결정은 절대 금물이었다. 이 무리의 뒤를 쫓으며 밤이 깊어지고 엘프들이 가장 방심하는 순간이 올 때까지 인내심을 가지고 기다려야 한다. 그때까지는….

그런데 카이의 뒤편에서 약한 불빛이 이는 것이 느껴졌다. 재빨리 뒤돌아선 카이는 깜짝 놀랐다. 여태껏 깔고 누워 있던 이파리들이 갑자기 빛나기 시작했다. 그 사이에서 작은 등적색 불꽃이 활활 타오르며 솟아올랐다. 불꽃들은 그의 눈높이에서 하나로 뭉치기도 하고, 그중 일부는 좀 더 가까이에서 카이를 관찰하고 싶은 것처럼 그의 주변을 둥둥

떠다녔다. 카이는 제 발치에서 떨고 있는 염소의 긴장감이 고스란히 느껴졌다. 처음 불꽃을 발견하자마자 염소는 숨을 곳을 찾는 것처럼 카이에게 찰싹 붙었다.

“저게 뭐지?” 답해 줄 사람이 아무도 없다는 걸 알면서도 카이가 속삭였다. 사실 답은 필요 없었다. 카이의 깊숙한 내면에서 울리는 음성이 까무러칠 정도로 그를 놀라게 한 그 정체를 알려 줬기 때문이었다. 그것은 수많은 방랑자의 숙명이자 인간들이 남긴 사념이었다. 황홀하게 타오르는 죽음. 바로 그것이 카이를 데리러 온 것이다.

카이의 입술이 경외심에 떨리며 그 이름을 읊조렸다.
“도.깨.비.불.”

아그네스

아그네스는 이곳에 '샤텐발트'라는 이름이 붙여진 이유를 이제 알 것 같았다. 숲길을 따라 이동하던 이틀 내내 길 좌우에서 그들을 쫓는 수상쩍은 생명체가 느껴졌다. 휙 스치듯 사라지고는 으르렁거리는 소리, 바스락대고 투레질하는 소리가 연신 귓가를 맴돌았지만, 도무지 그 실체를 알 수 없었다. 오직 시커먼 실루엣과 번뜩이는 눈들이 그들을 뚫어져라 노려보는 게 느껴질 뿐이었다. 그런 느낌만으로도 아그네스는 공포에 질려 굳어 버릴 것만 같았다. 수풀에 가린 그 정체 모를 생물체 중 일부는 어떻게 보면 늑대처럼, 또 어떻게 보면 괴물처럼 보였다. 언뜻 보이는 윤곽만으로 짐작하건대, 날개 달린 뱀 혹은 아예 형태조차 알 수 없는 미지의 괴수 같기도 했다.

울창한 숲에서 자신을 훑는 흉측한 시선을 느낄 때마다

아그네스는 저절로 눈이 감기고 다리가 제대로 말을 듣지 않았다. 그럴 때마다 노예를 감시하는 엘프 병사가 멈춰 선 그녀의 등판을 채찍으로 후려쳤다. 트리스탄이 겪은 잔혹한 매질은 아니었지만 아그네스는 뼛속까지 아픔을 맛보았다.

아그네스와 함께 끌려온 소년들도 매한가지였다. 겉으로는 제아무리 아무렇지도 않은 척해도 솔직히 공포와 두려움에 떨지 않는 이는 없었다. 트리스탄도 마찬가지였다. 숲을 통과하는 몇 날 며칠 동안 모두가 겁에 질려 있는 가운데, 트리스탄은 거의 아무 말도 하지 않았다. 트리스탄은 온종일 이를 꽉 다물었다. 이미 곪아 염증이 생긴 등판의 상처로 인해 끔찍한 고통에 시달리고 있다는 걸 들키지 않으려 안간힘을 썼다.

저녁마다 트리스탄은 주로 그 낯선 사내와 함께 있었다. 사건이 있었던 그 날 밤 아담과 야레드에게 도움을 청해 아그네스를 구해 준 소년이었다. 모두가 비젤족제비이라고 부르는 그 사내는 트리스탄이 임시방편으로 수선한 셔츠를 벗는 걸 돕기도 하고, 약초로 그의 상처를 치료해 주기도 했다. 둘이서 서로 속삭이듯 대화하는 소리가 아그네스에게도 들렸지만, 그 대화 내용까지 정확히 알아들을 수는 없었다. 어쨌든, 트리스탄과 그 사이에 우정이 싹튼 건 분명해 보였다.

그리고 그건 정말 트리스탄답지 않은 일이었다.

아그네스는 지금 그런 일에 신경 쓸 겨를이 없었다. 아그네스는 제 문제만으로도 충분히 머리가 아팠기 때문이었다. 밤마다 아그네스는 심한 악몽에 시달렸다. 파우스트주먹가 그녀를 바닥에 내리누르며, 주먹으로 그녀를 강타하는 장면이 반복됐다. 잠을 자려고 눈을 감으면 그녀의 얼굴을 핥던 파우스트의 혀와 그녀의 골반을 강하게 압박하던 그놈의 불룩해진 하복부가 떠올랐다.

아그네스를 괴롭혔던 그놈과 그의 두 떨거지는 낮에는 그녀와 멀찍이 떨어져 있었다. 그렇지만 안전할 정도로 떨어져 있다고 해서 마음을 놓을 수는 없었다. 놈들은 여전히 시도 때도 없이 그녀의 엉덩이를 놓고 질펀한 농담을 주고받았다. 하지만 얼마 지나지 않아 다시 수풀에서 들리는 바스락 소리에 파우스트, 반스트, 무펠은 바지에 오줌을 지리지 않으려고 애써야 했다. 그리고 그건 주변의 다른 사람들도 매한가지였다.

마침내 숲을 벗어나던 아침, 트리스탄이 아그네스 옆에 서게 되었다. 그의 손목은 상흔으로 가득했다. 거의 모든 시간을 다리 한쪽을 질질 끌며 뛰느라 시선이 온통 발끝을 향해 있었다. 아그네스는 통증 때문에 뛰는 것이 무척이나 힘들 거라는 걸 알고 있었기에 자신만의 생각에 잠긴 트리스탄을 방해하지는 않았다. 숲 가장자리에 있는 마지막 나무 꼭대기 위로 햇살이 비추자 그제야 아그네스는 숨을 깊게 내뱉으며 트리스탄의 옆구리를 살짝 건드렸다.

"트리스탄…"

천천히 고개를 든 트리스탄은 태양을 향해 두 눈을 깜박였다. 그의 두 눈에 수상쩍은 열기가 보이고, 잠시 정신이 혼미해 보였다. "지금 열나잖아!" 아그네스가 속삭였다.

트리스탄이 고개를 끄덕였다. "그래, 이렇게 몇 시간 이상을 계속 아픈 건 정말 적응하기 힘드네. 머리가 제대로 돌아가지 않아…."

아그네스는 덜컥 겁이 났다. "난 그 집시이끼가 좀…"

"그건 통증을 줄여 주고 회복을 돕는 거다." 트리스탄이 중얼거렸다. "하지만 마법 물약은 아니니까… 카이가 하는 것처럼."

처음에 맞은 채찍질 중 하나가 그의 어깨에서 가슴을 가로질렀다. 그나마 그게 덜 심한 상처 중 하나였지만, 워낙 잘 보이는 부위에 남은 상흔이라 절대 엘프에게 반항하지 말라는 경고처럼 보였다.

아그네스는 트리스탄에게 팔을 뻗어 위로해 주고 싶은 갑작스러운 충동을 간신히 억눌렀다. 그러면 주변에 있는 다른 사내들에게 그의 약점을 쥐여 주는 꼴이 될 게 틀림없었다. 지금까지 트리스탄과 아그네스, 둘 사이에는 서로 끈끈한 정이나 유대감이 없었다. 그런데 엘프에게 끌려오고 나서야 아그네스는 트리스탄이 갑자기 무척 가깝게 느껴졌다. 더욱이 트리스탄은 이제 아그네스 삶의 일부분인 동시에 믿을 수 있는 유일한 사람이었다.

"앞으로 무슨 일이 생길 것 같아? 우리 어디로 가는 걸까?" 아그네스가 그에게 물었다.

입술을 굳게 다문 트리스탄을 보며 아그네스는 이번만큼은 통증 때문이 아닐 거라고 추측했다.

"알빈가르트." 트리스탄이 다소 얼버무리는 투로 말했다.

"그러니까 엘프의 왕국을 말하는 거지? 그렇지만 정확히 어디로 가는 걸까?"

"여기 온 애들 중 몇몇은 쾨니히스하인 근방에 있는 부대를 말하더군." 트리스탄이 시선을 바닥으로 깔며 설명했다. "아마 전쟁터에 내보내기 전에 그곳에서 검술과 궁술 훈련을 시킬 모양이다."

아그네스가 침묵했다.

"실력을 제대로 발휘하지 못하는 사람을 따로 추려내기

때문에 그곳에서부터는 우리 중 여럿이 목숨을 잃을 거라 하더군."

"따로 추려낸다니…" 아그네스가 트리스탄의 말을 되짚었다. 트리스탄이 정작 아그네스의 운명이 걸린 문제에 관해 입 밖에 꺼내기를 주저하자 그녀가 직접 말했다. "그러면 나는? 난 어떻게 되는 거야?"

마침내 둘의 시선이 마주쳤다. 하지만 트리스탄의 눈빛은 도리어 아그네스를 더 불안하게 했다. "나도 모르겠다." 그가 속삭였다.

"그들이 우리를 떼어 놓겠지."

"그렇겠지."

한동안 둘은 입을 다문 채, 계속 나란히 달렸다. 그렇게 언덕 하나를 넘어오니 근처에 쌓인 눈이 지나온 곳의 절반밖에 되지 않는 낯선 지형이 나왔다. 햇살은 점점 강렬해지고, 공기도 인간의 땅보다 훨씬 훈훈했다. 물론 알빈가르트에도 겨울은 있다고 했다. 그렇지만 훨씬 덜 혹독하고 덜 고된 것처럼 보였다.

"절대로 다시는 그에게 그런 식으로 대들지 마." 아그네스가 마지막으로 덧붙였다. "그건 너무 무모해. 파우스트에게서 날 보호해 줘서 고맙지만, 엘프한테는 그러지 마."

트리스탄은 대답하지 않았다. 아그네스는 그런 트리스탄의 모습을 이미 잘 알고 있었다. 트리스탄은 상대와 싸우고 싶지 않을 때마다 입을 닫고 자기만의 생각에 잠기곤 했다. 따라서 트리스탄이 아무 말도 없는 건 그가 아그네스의 말에 동의해서가 아니었다.

"내 말 들었어, 이 고집쟁이야?" 아그네스가 그에게 다가갔다. "난 오빠가 나 때문에 죽는 건 싫다고!"

입술을 굳게 다문 트리스탄은 앞에 선 사람의 등을 응시했다. "나 귀 안 먹었다."

아그네스는 서로 길이 갈라지기까지 얼마나 남았을지 알지 못했다. 하지만 하나는 분명했다. 엘프들은 아까 언급했던 그 부대에 자신을 데리고 가지 않을 것이다. 그리고 어쩌면 그게 더 나을 수도 있었다. 하지만 이제 그 대신 무엇이 그녀를 기다리고 있을지 무척 궁금했다. 그녀를 고문할까? 죽일까? 그런 생각만으로도 아그네스의 위장은 말린 자두처럼 오그라들었다. 공포의 냉혹한 손가락이 그녀의 목을 조여 오는 듯 숨이 막혔다. 아그네스는 억지로라도 천천히 호흡하려고 애썼다. 어쩌면 자신의 운명에 관해 트리스탄보다는 야레드와 이야기를 나누는 게 나을지도 모르겠다고 생각했다. 그와 함께 있을 때는 최소한 트리스탄처럼 부글부

글 끓어오르며 당장이라도 폭발할 거 같은 화산 꼭대기에서 있는 기분이 들진 않았다.

하지만 바로 그다음 갈림길에서 행렬은 가던 길을 멈췄다. 소년들은 잠시 허락된 휴식시간에 기뻐했지만, 아그네스의 심장은 다시 오그라들었다. 바람에 머리카락을 휘날리며 검은 준마를 탄 호리엘이 다가왔다. 투구조차 쓰지 않은 걸로 보아 그 어떤 포로들의 반항도 계산하지 않고 있는 것이 확실했다. 뾰족한 귀, 고운 얼굴, 건장한 몸, 겉모습만큼은 잔혹함의 현신이 아닌 다정하고, 섬세한 생명체처럼 보였다. 호리엘의 곁에는 검은 곱슬머리를 한 젊은 엘프가 있었다.

호리엘은 검으로 아그네스를 가리켰다. “저 마법사를 데려가시지요. 베리안이 옥사에서 저 여자의 혀를 풀어놓을 것입니다.”

다른 엘프가 고개를 끄덕이더니 말에서 내려 아그네스에게 다가왔다. 아그네스는 곁에 선 트리스탄의 몸이 경직되는 걸 느꼈다. 그는 그 엘프처럼 아그네스의 왼편에 서 있었다. 사슬에 묶여 있고, 고열로 혼미한 상태였지만 아그네스를 데려가려는 엘프를 제지하려고 덤벼들면 여전히 골칫거리가 될 게 분명했다. 그리고 아마도 호리엘은 그 점을 노렸을 것이다.

트리스탄 곁으로 접근한 엘프 장교는 그의 팔 너머로 손을 뻗어 아그네스를 결박한 사슬을 잡으려 했다. 트리스탄은 강철 수갑이 그에게 허용한 그 협소한 공간을 이용하여 엘프의 손을 거칠게 위로 쳐 냈다.

"안 돼!" 트리스탄이 단호하게 외치며 사나운 눈빛으로 장교를 노려봤다.

그 눈빛에 행동을 멈출 정도로 깜짝 놀란 장교는 잠깐이나마 깊은 인상을 받은 것 같았다. 그렇지만 이내 오른손에 들고 있던 강철 수갑으로 분노를 담아 트리스탄의 관자놀이를 세게 내리쳤다. 아그네스는 제 오라비가 무릎을 꿇는 모습을 지켜봤다. 호흡이 흐트러진 트리스탄이 그르렁거렸다. 눈썹 부위가 찢어져 피가 흘러내렸다. 아그네스는 비명이 터져 나올 것만 같았지만 억지로 삼켰다. 그리고 침착하게 엘프를 뚫어져라 응시했다. 그 종족에게 일반적인 무표정한 얼굴에서는 아무 감정도 읽히지 않았다. 아그네스 역시 무너져 내리는 마음속 사정을 트리스탄에게 들키고 싶지 않았다. 아그네스는 사슬에 묶인 제 손목을 트리스탄에게 내밀었다. 아무 말도 없이 트리스탄은 그 손을 붙잡았다. "잘 지내, 트리스탄." 시선을 바닥에 떨군 채 아그네스가 속삭였다. "아그네스…" 상흔으로 가득한 트리스탄의 손이 다급히 그녀를 붙잡았다. "너 야레드가 했던 말 아직 기억하지?"

아그네스가 끄덕였다.

"항상 잊지 마, 내 말 들어?"

"너도 잊지 마, 트리스탄."

아그네스는 당장이라도 울음을 터트릴 것만 같았다. 들키지 않으려고 갖은 애를 썼지만 트리스탄이 모를 리가 없었다. 평생을 아그네스와 함께했던 트리스탄이다. 지금은 그 어느 때보다 가장 최악인 상황에 처해 있지만, 아그네스를 바라보는 트리스탄의 눈빛에 그윽한 연민이 담겨 있었다. 트리스탄은 사슬에 묶인 손으로 수년간 그에게 행운을 가져다준 부적인 구슬 목걸이를 풀었다. 그리고 황급히 아그네스의 손에 쥐여 주었다. "이거 가져가!" 그가 그르렁거렸다. "이미 나한테는 효력을 다한 거 같아."

"트리스탄, 아니야, 난…"

곁에서 이들의 대화를 듣던 엘프 장교는 이만하면 작별 인사는 충분하다고 판단했다. 아그네스의 팔을 붙잡고 사슬 아래로 그녀를 잡아당겨 그가 있는 쪽으로 데려왔다. 아그네스는 손을 꼭 쥐고 구슬을 주먹 안에 감췄다.

아그네스는 되돌아보지 않았다. 그리고 잡혀 온 소년들의 눈에 서린 표정도, 다시 끌려간 트리스탄이 심하게 매질 당하는 모습도, 같이 왔던 무리가 저 지평선 너머로 사라지는 모습도 전부 보고 싶지 않았다. 이제 그녀는 강해져야 했다.

엘프 장교는 우선 아그네스를 제 갈색 준마에 태우고, 뒤이어 안장 위에 민첩한 동작으로 올랐다. 한 손으로 아그네스의 허리를 붙잡은 엘프가 말의 옆구리를 발로 차며 출발 신호를 보냈다. 스탠딩 자세에서 대기하던 말이 서서히 달리기 시작했다. 그 바람에 바닥에 쌓여 있던 눈이 휘날렸고, 설탕 가루처럼 그들의 얼굴을 향해 날아왔다. 아그네스는 어떻게든 떨어지지 않으려고, 손으로 갈기를 꼭 붙잡았다. 지금까지 아그네스는 말을 타 본 적이 없었다. 그러니 그녀 아래에서 힘차게 뜀박질하는 말의 모습에 아그네스는 아연실색했다. 이 망할 말발굽의 3박자를 이해하고 몸이 거기에 적응할 때까지 한참이 걸렸다. 몇 킬로미터를 그렇게 이동한 뒤 엘프는 말고삐를 잡아당겨 속도를 줄였다. 아그네스는 통증이 느껴지는 중요 부위를 살며시 잡았다.

“말과 똑같이 호흡해야 한다.” 엘프 장교가 말했다.

말이야 참 쉽지. 자기는 분명 유년시절부터 매일 안장에 앉았을 거면서. 아마 저 엘프는 빨래하고, 양말을 뜨거나 버터를 비축해 놓는 일은 단 한 번도 해 본 적이 없었을 것이다. 하지만 아그네스는 그것밖에 할 줄 아는 게 없었다. 이를테면 거친 사내놈들과 지내는 법이라든가, 마법사로 몰렸을 때 어떻게 해야 하는지는 아무도 알려 주지 않았다. 갑자기 눈물이 흘렀다.

그럼에도 불구하고 엘프는 계속 자기 할 말만 했다. "말의 움직임을 느껴 봐. 보행법에 따라 박자가 모두 다르니까. 그걸 느끼려고 노력해야 해."

말이 다시 빠른 속도로 달리기 시작하자 아그네스의 몸이 앞뒤로 거칠게 흔들렸다.

"거참 같이 호흡하며 느껴 보라니까." 엘프 장교가 말했다.

아그네스는 두 뺨에 흐르는 눈물을 더는 참지 못했다. 공감 능력이라고는 조금도 없는 이 냉혈 엘프 같으니라고! 지금은 승마수업 할 기분이 아니라는 걸 정말 깨닫지 못하는 걸까? 더욱이 그가 그녀를 어디로 데리고 가든, 그곳에는 감옥과 고문기술자가 아그네스를 기다리고 있을 것이다. 분명 호리엘이 그리 말했으니까. 아그네스의 눈물이 엘프의 강철 장갑에 뚝뚝 떨어지자 그는 달리는 말의 속도를 조절했다.

"좋아, 그럼 맘대로 해. 말에서 굴러떨어지든지. 넌 참 말도 안 듣는구나."

"못 하겠어요!" 눈물을 뚝뚝 흘리며 아그네스가 엘프를 향해 몸을 돌렸다. 그들의 시선이 마주쳤다. 엘프는 트리스탄과 나이 차이가 그리 나지 않아 보였다. 그리고 원래 엘프 종족이 그렇듯, 외모가 무척이나 아름다웠다. 각진 얼굴에 유독 반짝이는 푸른 눈과 윤기가 흐르는 곱슬머리가 부드러운 인상을 선사했다. 뾰족한 귀 끝에는 작지만 번쩍이는 다이아몬드가 박혀 있었다. 당장 곤경에 빠진 처지임에도 그런 그의 미모에 잠시 넋을 잃을 정도였다.

"널 포로로 붙잡은 게 나라는 걸 기뻐해야 할 거다." 엘프가 거만하게 말했다. "데몬족의 노예였으면 더 끔찍했을 테니까. 그들은 전사들에게 널 욕보이게 하고, 끝에는 드래곤 먹이로 던져 줬을걸."

아그네스가 몸서리쳤다. "그들과 전투해 본 적이 있나요?" 무심결에 질문이 흘러나왔다.

엘프는 대답하지 않았다. 그 대신 입술을 꾹 다물고는 시선을 돌려 앞을 응시했다. 그러니까 없다는 말이었다.

"그러면 데몬을 직접 본 적은 있나요?"

"있다." 하지만 그 이상은 말하지 않았다.

그가 마침내 다른 주제를 꺼내기 전까지 한동안 그들은 아무 말 없이 침묵하며 말을 탔다. "내가 네 형제의 목숨을 구해 줬다는 건 확실히 알고 있으리라 생각한다. 그때 내가 손으로 한 대 내려치지 않았더라면 호리엘이 다시 채찍을 들었을 테니. 그랬다면 분명 괴저로 목숨을 잃었겠지…. 어쩌면 곧 그리될지도 모르겠다만."

"그래서 지금 내가 당신에게 고마워해야 하는 건가요?" 다소 어이없다는 표정으로 아그네스가 뒤돌아 그를 응시했다. 불현듯 속에서 솟구친 짜증에 눈물마저 말라 버렸다. "당신들은 우리의 고향과 긍지를 빼앗고, 우리를 노예로 삼아 괴롭히고 있잖아요…. 그런데 당신이 내 오라비를 바닥에 때려눕혔다고 감사 인사를 바란단 말인가요?"

엘프 장교는 언짢은 기분을 그대로 드러냈다. 아그네스의 주제넘은 대꾸를 벌하려는 듯 빠르게 말을 몰았고, 주체하지 못한 아그네스의 몸이 마치 밀가루 자루처럼 이리저리 흔들리는 모습을 비웃었다.

저녁 무렵 아그네스와 엘프는 산등성이에 갈라진 틈을 찾아 휴식을 취했다. 아직 겨울인데도 이곳의 나무는 전체적으로 푸르렀다. 더욱이 뿌리를 내리는 데 땅은 조금도 필요하지 않다는 듯이 가파르게 뻗은 암석 사이를 비집고 우뚝우뚝 솟아 있었다. 엘프는 그곳에서 조금 떨어진 곳에 산속으로 이어지는 좁은 길을 가리켰다. 처음에는 야생 산양이나 염소 같은 산짐승이 이용하는 오솔길처럼 보였다. 그렇지만 자세히 살펴보니 자주 사용되는 길처럼 반들반들 다져진 지반 위에 여러 발자국과 말굽 흔적이 눈에 들어왔다.

"내일 아침, 저 길로 다시 출발한다. 아마 점심때쯤이면 도착할 거다." 그가 아그네스에게 알려 줬다.

아그네스는 등 뒤에 손이 묶인 채로 바위에 기대어 앉았다. 어쨌든 강철 수갑만은 면할 수 있었다. 털가죽을 몸에 두른 엘프는 아그네스의 목에 밧줄을 걸고, 그 끝을 손목에 연결하여 허리에 단단히 고정했다.

"날 어디로 데려가는 건가요?" 아그네스가 물었다.

그는 털가죽으로 된 담요를 정돈하더니 그 위에 편안하게 드러누웠다. "아엘프스탄으로 간다." 대답하는 그의 음성은 몹시 오만했다.

"아엘프스탄? 그곳이 어디죠?"

그가 믿기지 않는다는 표정으로 두 눈을 좁혔다가 떴다. "아엘프스탄을 모른단 말이야? 님룬트 왕국의 성을?"

"엘프의 성 말인가요?" 아그네스가 침을 꿀꺽 삼켰다. 엘프 성에 관한 이야기라면 아그네스도 들어본 적이 있었다. 요정이 사는 산속 깊은 골짜기에 있다던 베일에 싸인 성. 그 광경을 마주하면 성의 아름다움 때문에 눈물을 흘리지 않는 사람이 없다고 했다.

짐작건대 엘프 장교는 화들짝 놀란 그녀 모습이 무척 인상적인 것 같았다. 그는 만족스러운 미소를 띠며 옆으로 돌아누웠다. "내일이면 너도 네 눈으로 직접 보게 될 거다."

그렇겠죠. 아그네스는 속으로 생각했다. 아침이 오면 부르크스메아데 촌부의 여식은 전설에 휩싸인 엘프의 성을 보게 될 것이다. 하지만 그 성문 뒤에 그녀를 기다리고 있는 건 무엇일까? 깊은 골짜기에 지어진 지하감옥이 떠오르자 손이 덜덜 떨렸다. 엘프들이 귀찮은 포로를 없애 버리는 광경이 눈앞에 어른거렸다.

불길한 예감과 새로운 악몽에 괴로워하며 아그네스는 근심, 걱정으로 가득한 잠에 빠져들었다. 다음 날 아침, 잠에서 깨어난 아그네스는 자신이 동태처럼 꽁꽁 얼지 않았다는 사실을 깨달았다. 주변은 말할 것도 없이 제 몸 위에도 하얀 눈이 몇 센티미터나 소복이 쌓여 있었지만, 그녀의 몸엔 지난 며칠과 달리 처음으로 온기가 돌고 있었다. 몸 위에 쌓인 눈을 털어 내려고 몸을 일으킨 아그네스는 그제야 자신이 늑대 가죽을 덮고 있다는 걸 깨달았다. 얼떨떨해하며 믿기지 않는 시선으로 장교를 바라봤다. 이미 깨어 있던 그는 불 앞에 웅크리고 앉아 냄비에 얼음덩어리를 녹이고 있었다.

“당신이 덮을 담요를 내게 준 건가요?” 아그네스는 넋이 나간 목소리로 물었다.

“잘 잤나.” 엘프는 대답 대신 아침 인사를 건넸다.

“왜 그랬어요?”

그는 그저 어깨를 한번 으쓱였다. “네가 멈추지 않고 하도 이를 부딪치며 떠는 바람에 시끄러워서 도통 잠을 잘 수가 있어야지.”

“아아, 그래서요….” 아그네스는 이 엘프가 친절한 건지, 그냥 자기가 필요해서 그런 건지 곰곰이 생각해 봤지만 딱히 뭐라 결론을 내리지 못했다.

“거기서 뭐 하는 거예요?” 궁금해진 아그네스가 질문했다.

“차 끓여. 레오드릴 샘의 얼음이지. 이 물을 마시면 가야 할 목적지까지 무사히 갈 수 있다고 하지. 길을 잃지도 않고, 도깨비불에도 면역이 생긴다나.”

“오오…” 아그네스가 감탄했다. “그들이 무엇을 어떻게 하는데요? …내 말은 도깨비불 말이에요.”

“가야 할 길에서 벗어나게 하지. 마주친 곳이 산 위라면 골짜기로 뛰어내리게 한다는 말이지. 숲이라면 상대를 현혹해 늪과 수렁으로 꾀어내고, 서서히 늪에 가라앉는 모습을 곁에서 지켜보며 귓가에 죽음의 노래를 부르지. 드래곤 브레스만큼 잔혹하고, 데몬족만큼 사악한 아주 역겨운 것들이지."

그가 저를 바라보며 짓궂은 표정으로 피식 웃는 걸 보니 자신의 낯빛이 창백해진 게 분명했다. 어쨌거나 엘프가 감정을 드러낸다는 것 자체가 워낙 보기 드문 광경이었기에 아그네스도 살짝 놀랐다. 엘프는 그새 끓고 있는 물에 약간의 허브와 나뭇잎을 넣었다가 조금 뒤 다시 건져 내고는 식히기 위해 냄비를 차가운 눈 위에 내려놓았다. 그리고 발로 눈을 밀어 불을 껐다. 그러고는 마침내 아그네스에게 다가와 묶어 놓은 밧줄을 풀어 주었다.

"일어나라. 이제 가야 한다."

아그네스는 순순히 그 말을 따르며, 차 한 모금쯤은 얻어 마실 수 있지 않을까 내심 기대했다. 생각만 해도 심장이 빠르게 뛰었다. 며칠 동안 먹은 것이라고는 육포와 말린 과일이 전부였다. 입안에 뭔가 따뜻한 음식이 들어왔던 기억이 족히 몇 년은 된 것만 같았다. 드디어 양손이 자유로워진 지금, 아그네스는 벨트 주머니에서 트리스탄이 준 목걸이를 꺼냈다. 잠시 애정 어린 눈빛으로 목걸이를 바라봤다. 트리스탄이 항상 그랬던 것처럼 아그네스도 손가락으로 구슬을 쓰다듬었다. 이어 깊은 한숨을 내쉬고는 행운의 부적을 목에 걸었다. 엘프는 추위에 꽁꽁 얼어붙은 손가락으로 목걸이 고리를 채우는 아그네스를 물끄러미 응시했다.

"그게 다 뭐냐? 네 유년시절 추억이라도 되는 건가?"

"아니요, 우리 부모님이 트리스탄을 발견했을 때 가지고 있던 거예요. 아마 그의 친모가 음… 악령을 막아 주려고 목에 걸어 줬겠죠."

"악령? 엘프를 말하는 건가. 하지만 그건 아무 효과도 없었지."

그렇게 말하고도 호기심이 생겼는지 아그네스에게 다가온 그가 목걸이를 잡았다. 뿌연 이물질이 하나도 없는 투명한 유리구슬 중앙에는 민들레 씨앗이 들어 있었다. 엘프 장교는 몇 번을 이리저리 손가락 사이로 굴려 보고는 시답잖다는 듯 손가락으로 튕겼다.

"애들 장난감이로구나. 인간은 참으로 미신에 약한 종족이야. 그렇기에 지금 너희들이 이렇게 노예로 전락했겠지."

엘프는 식히려고 눈밭에 내려놓았던 냄비로 향했다. 입술을 쭉 내밀어 차를 한 모금 마시고는 나머지를 말에게 먹였다. "왜 그래?" 아그네스의 망연자실한 눈빛을 본 그가 물었다. "저 좁은 협로를 따라 우리를 데려가는 게 누구지? 가는 도중에 이 녀석이 벼랑 아래로 뛰어내려 제 운을 시험해 보려 들면 어쩌지? 내가 녀석에게 그럴 기회를 줄 것 같은가?"

아그네스는 고개를 저었다. 확실히 기대가 지나쳤었다. 질투심 어린 눈빛으로 아그네스는 냄비에 담긴 차를 홀짝이며 핥는 말을 바라봤다. 엘프 장교는 그녀를 들어 올려 안장에 앉혔다.

"이제 승마를 배울 기회는 없을 거다." 그는 다소 조롱하는 투로 말했다. "오르는 길이 매우 위험하기는 하지만 그런 만큼 천천히 갈 것이야." 말을 마친 그는 고삐를 쥐고 산으로 방향을 틀었다.

오솔길은 한동안 매끈한 암석 사이로 이어지다가 점점 넓어지더니 어느새 흙바닥이 되었다. 길 위로 드리워진 나뭇가지나 통행에 방해가 되는 지점이 없는 것만 봐도 이 길이 얼마나 자주 이용되는지 알 수 있었다.

산 위에 오를수록 길은 다시 좁아졌다. 어느 지점에서는 그 폭이 겨우 두 발을 디딜 수 있을 정도로 좁았다. 좌측은 암석이 하늘을 향해 높이 뻗어 있었고, 우측은 가파른 낭떠러지였다. 이제 출발한 지점에서 수백 미터를 올라온 아그네스와 엘프 발밑으로 자갈 더미와 그것을 뚫고 드문드문 자라난 나무들이 보였다. 그 어디에도 추락하는 몸을 받아 줄 만한 강이나 덤불도 없었다. 말이 발을 헛디디는 순간 그것은 곧 모두의 죽음으로 이어질 것이다. 하지만 말의 고삐를 느슨히 쥔 엘프 장교는 이 동물이 스스로 갈 길을 찾을 거라 믿고 있는 듯했다.

아그네스는 뭐라도 시선을 돌릴 만한 주제를 찾으려 했다. 그게 무엇이든 다른 얘기를 나누고 싶었다. 매 순간 아그네스를 공포에 몰아넣으며 현기증을 일으키는 아찔한 높이에 관한 것만 아니라면 무엇이든 상관없었다.

"내 이름은 아그네스예요." 덜덜 떨리는 목소리로 그녀가 말했다.

"알고 있다." 엘프가 대답했다.

"그러면 당신은요?"

"난 없는데." 그는 제 유머가 재미있다는 듯 혼자 키득거렸다.

그 순간 발을 헛디딘 말이 비틀거렸다. 오솔길을 밟은 발굽이 미끄러지며 말의 몸에 미약한 경련이 일었다. 아그네스가 비명을 질렀다. 그녀는 붙잡을 만한 곳을 찾아 손을 버둥거리며 뭐라도 붙잡으려 했다. 그렇지만 그녀의 몸은 멈추지 않고 계속 미끄러지려 했다. 다시 한번 도약하며 두 앞발을 높게 쳐든 말의 갑작스러운 움직임에 아그네스가 중심을 잃고 허우적거렸다. 굴러떨어지는 돌 소리, 발굽으로 암석을 긁는 소리가 주변에서 들렸다. 그때 팔 하나가 아그네스의 복부를 강하게 휘감아 뒤로 잡아당겼다.

"큰일 날 뻔했군!" 엘프가 말했다. "근데… 그만 나 좀 놓지, 이제 안전하니까!"

쇼크 상태에 빠진 아그네스의 몸은 근육 하나도 꿈쩍 못할 정도로 무기력했다. 올바른 길에 들어선 말이 다시 안정적인 발걸음을 되찾자 거친 숨을 몰아쉬던 아그네스는 그제야 제가 왼손으로 엘프의 허벅지 부근 어디인지, 혹은 그가 착용한 갑옷에 부착된 비늘 모양의 다리보호대인지 모호한 것을 꼭 움켜쥐고 있다는 것을 깨달았다. 아그네스는 붙잡고 있던 것에서 화들짝 손을 떼었다.

"완전 겁에 질렸던데." 그가 말했다. "인간들은 전부 그런가? 그러니 우리와의 전쟁에서 패할 수밖에."

아그네스가 고개를 흔들었다. "아니에요… 사람들이 전부 그런 건 아니에요. 난 아직… 어리잖아요. 그리고 경험도 없고요."

"그리고 여자아이고."

"그렇죠."

그가 자신에 대해 어떻게 생각하든 솔직히 아그네스는 개의치 않았다. 또 한 번 말이 발을 헛디딘다면 모든 게 끝장날 것이다. 저 너머 아엘프스탄에서 자신을 기다리고 있는 것이 무엇이든 뭔 상관이겠는가. 지금 중요한 건 그곳에 무사히 도착해야 한다는 것이다. 그래야만 이 목숨을 건 이 여정에서 어떻게든 살아남을 희망이 생기는 것이다.

하지만 이런 소동은 다행히도 다시 일어나지 않았다. 엘프의 성은 아주 오랜 옛날부터 산 너머 깊숙한 요새에 숨겨져 있었다. 말을 타고 마지막 우회로를 돌자 갑자기 저 멀리 위풍당당한 엘프 성이 시야에 들어왔다. 석양이 비추는 성의 모습은 옛 노래에서 묘사한 것처럼 정확히 산골짜기 중앙에 자리 잡고 있었다.

하늘을 향해 우뚝 솟은 상아색 탑은 화려한 금실 세공과 달팽이 집처럼 말린 지붕으로 도드라져 보였고 그 주변의 첨탑도 나선형으로 틀어진 예사롭지 않은 지붕이 덮고 있었다. 가장 높은 탑 꼭대기에는 아주 멀리서도 보일 정도로 봉화가 활활 타오르고 있었다. 마치 명랑한 유령처럼 성 너머로 너울거리며 춤을 추었다.

엘프는 아그네스의 눈가에 고인 눈물을 훔쳤다. “인간이란…” 엘프가 경멸조로 중얼거렸다.

하지만 아그네스는 그녀 앞에 모습을 드러낸 장관에 좀처럼 시선을 떼지 못했다. "정말… 믿기지 않을 정도예요. 성이 공중에 떠 있는 건가요?" 아그네스가 물었다.

"그렇지 않다. 자연적으로 형성된 암석 아치 위에 지은 것이다. 우리 건축가들이 그것을 지반으로 활용하고, 교량을 지어 통로를 확보했지. 지난 200년 동안 성벽에 균열 하나 없이 그 모습 그대로 유지하고 있다. 말 그대로 난공불락인 성이지."

아그네스는 성에서 시선을 떼고는 곁의 동행인을 바라봤다. "당신 정말 자랑스러워하는군요." 아그네스가 말했다.

그가 고개를 끄덕였다.

"진짜 이름이 뭐예요?"

"이스타리엘."

잠시 그가 그렇게 긍지를 느끼는 대상이 뭐냐는 질문이 입가를 맴돌았다. 짐작건대 이스타리엘은 이 웅장한 성을 건축하거나 혹은 데몬족이나 드래곤과 전쟁에 참전하는 담대함과는 거리가 먼, 고귀한 가문에서 곱게 자란 철부지처럼 보였다. 하지만 섣불리 그를 화나게 할 생각이 조금도 없었기에 아그네스는 그냥 그 질문을 속으로 삼켰다. 그 대신 성 앞에 이르는 길의 마지막 구간을 지나 아엘프스탄 성문에 들어설 때까지 상앗빛 탑 꼭대기에서 너울거리는 화염의 향연을 하염없이 응시했다.

"저 불은 무슨 신호죠?"

"다른 가문의 귀족을 호출하는 신호다. 주변 산꼭대기에도 같은 봉화가 피어올랐을 거다." 이스타리엘이 성 뒤에 펼쳐진 산 능선을 손으로 가리켰다. 실제로 그곳에도 불꽃이 피어오르고 있었고, 그 뒤 좀 더 먼 곳에도 그보다 좀 작아 보이는 세 번째 봉화가 눈에 들어왔다.

"왜 부르는 건데요?"

이 질문을 입 밖에 내뱉는 순간 아그네스는 자신이 선을 넘었다는 것을 깨달았다. 제아무리 늑대 가죽을 빌려주고, 산골짜기로 떨어지지 않도록 보호해 줬다고 해도 이스타리엘은 단순히 그녀와 함께 여행하는 길동무가 아니다. 그는 그녀의 적이었고, 주인이었다. 따라서 인질의 호기심을 충족시켜 주려는 생각 자체가 없을 것이다. 잔뜩 찌푸린 아스타리엘의 표정을 보며 아그네스는 제 생각이 옳았다는 걸 확인했다.

"앞으로 말조심하는 게 좋을 거다, 마법사." 그가 대답했다. "이곳에서 그런 질문을 입에 올리면 네 머리로 값을 치러야 할 테니."

어쩌면 그건 아그네스가 입을 다물고 얌전히 침묵을 지키고 있어도 곧 그녀에게 벌어질 일이기도 했다. 이런 불길한 예감이 확신에 이르자 지탱하기 힘든 멍에가 그녀의 어깨를 짓누르는 느낌이 다시 찾아왔다. 끔찍한 공포가 아그네스의 마음속을 다시 장악했다.

말이 석조 교량에 첫걸음을 들이기도 전에 성문이 활짝 열렸다. 뾰족한 투구를 쓰고, 창을 든 경비병이 열댓 명 넘게 달려 나와 좌우로 대열을 맞춰 섰다. 그들은 절도 있는 동작으로 창을 들어 올려 지붕 형태로 만들었다.

깜짝 놀라 휘둥그레진 눈으로 아그네스가 이스타리엘을 돌아봤다. "이거… 원래 이래요?" 아그네스가 말을 더듬었다. "내 말은… 그러니까 회군하는 전사들을 전부 이런 식으로 환영해 주나요?"

몸을 곧추세우고, 아무 말 없이 말을 몰던 엘프는 병사들이 만든 환영 울타리를 지나 성의 대리석 현관 안으로 들어섰다. "아니다."

"그럼 당신은 누구인 거죠?" 넋이 나간 아그네스가 중얼거렸다.

홀 중앙에서 기다리고 있던 엘프가 마주 오는 그들을 응시했다. 이스타리엘과 아그네스가 다가오자 말고삐를 넘겨받으며 고개 숙여 인사했다. "저하, 돌아오신 걸 환영합니다. 폐하께서 제게 인사를 당부하시며, 그분의 애정을 전하라 말씀하셨습니다." 그가 공손히 말했다.

"괜찮다. 나도 부왕께서 직접 나와 주실 거라고 기대하지 않았으니." 이스타리엘이 중얼거리며 안장에서 뛰어내렸다.

"이… 이 인간 여자는 누구인지요?" 이스타리엘을 기다리던 엘프가 불쾌한 표정으로 아그네스를 쳐다보며 질문했다.

"호리엘이 남부 마을 선발 과정에서 포로로 잡은 소녀다. 아마 마법을 쓴다는 의혹을 받고 있다지." 이스타리엘이 대답했다. "하지만 내게 묻는다면…" 그는 아그네스에게 오만한 눈빛을 던졌다. "그녀는 아마 마법과 전혀 상관없는 사람일 거다. 두려움과 무지로 가득한 젖먹이일 뿐이지."

"그렇지만 저하…"

이스타리엘은 손동작 하나로 그의 말을 싹둑 잘라 버렸다. "하지만 내 사령관의 당부를 따르도록 하지. 부왕께 보고할 때 그 말도 전하도록 하라."

엘프는 다시 허리 숙여 절하고는 고개를 끄덕였다. 그런 다음 병사를 불러왔다. 급히 달려온 엘프 두 명이 그들 앞에 멈춰 서서 자세를 가다듬었다.

"이 마법사를 베리안에게 데려가라. 그가 이 소녀에게 마력이 있는지, 없는지 그 여부를 알아낼 것이다."

아그네스는 비명을 지르고, 도망가고, 무릎 꿇고 빌며 자비를 구하고 싶은 마음이 동시에 들었다. 고문만 피할 수 있다면 뭐든지 할 수 있었다. 아그네스는 제 운명에 두 주먹을 불끈 쥐고 반항하는 야레드나 트리스탄과는 달랐다. 그녀는 지금 제 앞에 일어난 일을 견디기 힘들어하는 작은 여자아이에 불과했다.

"이스타리엘, 부탁해요…." 다가온 두 병사가 말 위에서 아그네스를 번쩍 들어 끌어내리는 동안 이스타리엘을 향해 그녀가 애원했다.

그러자 엘프는 격분한 표정으로 아그네스를 향해 돌아섰다. "지금 나를 뭐라 부른 거지, 마법사?"

그의 눈에는 오는 여정 내내 아그네스가 단 한 번도 보지 못했던 분노가 활활 타올랐다.

"저하…." 몸을 덜덜 떨며 아그네스가 그 앞에 풀썩 무릎을 꿇었다.

"네 무례한 행동을 채찍으로 다스리지 않은 걸 다행으로 여겨라." 그가 말했다. 그리고는 그대로 뒤돌아 성안으로 이어진 대리석 계단을 오르며 사라졌다.

병사들은 아그네스의 겨드랑이를 거칠게 낚아채고는 이스타리엘이 사라진 곳과 다른 쪽으로 그녀를 끌고 갔다. 감옥이 있는 지하로.

⚜

지하감옥은 우아한 엘프 성의 매력이 조금도 묻어 있지 않았다. 일반적인 요새에 있는 흔하디흔한 감옥처럼 음침했다. 아무튼 아그네스가 느낀 소감은 그랬다. 지금까지 살면서 그녀는 이런 장소의 내부를 실제로 본 적이 없었다. 감옥 여기저기에 쌓인 녹슨 사슬과 수갑을 본 그녀는 겁이 덜컥 났다. 시커멓게 그을린 벽에 어른거리는 횃불만이 좁은 복도를 따라 희미한 빛을 비췄다. 중앙에 있는 복도를 따라 좌우로 감방이 나란히 배치되어 있었다. 그 안에 웅크리고 있는 형체들이 아그네스의 눈에 들어왔다. 그 형체들은 갑자기 나타난 병사들을 보고는 마치 겁먹은 짐승처럼 황급히 뒤로 물러섰다. 일부는 울부짖으며 신음을 흘렸지만, 개중에는 아예 말을 잃어버린 것 같은 이들도 더러 있었다. 땀 냄새, 오물 그리고 오줌 냄새가 코를 찔렀다.

“저기 뒤편에 자리가 있네.” 그들이 베리안이라고 부른 남자가 말했다. 역시나 감옥을 관리하는 고문기술자조차도 외모가 아름다웠다. 유독 어깨가 넓은 이 엘프는 은실을 넣어 장식한 아름다운 금발을 귀 너머로 땋아 올렸다. 그의 아름다운 용모는 잔혹한 고문 따위와는 거리가 멀어 보였다. 냉기와 잔혹함이 서려 있는 표정만이 그가 하는 일을 넌지시 암시하고 있었다.

병사들은 복도 끝에 있는 감방으로 아그네스를 데려갔다. 베리안이 감방문을 열자, 뒤에서 누군가 아그네스를 안으로 밀쳐 넣었다. 아그네스는 곰팡이가 가득 핀 지푸라기 위에 얼굴을 처박으며 넘어졌다.

“내일 보자, 마법사.” 고문기술자가 말하며 밖에서 문을 잠갔다. 철창 사이로 아그네스에게 미소 짓는 그의 모습이 보였다. 몹시 불길한 예감이 드는 야릇한 거짓 웃음이었다. 그대로 지나가려던 베리안은 옆 감방에서 흘러나온 목소리에 발길을 멈췄다.

“베리안…” 감방 구석에 앉아 있던 시커먼 형체가 쉿소리를 내며 그를 불렀다. “베리안… 어찌 방도를 찾았나? 어서 날 해방시켜 주게!”

그 음성에서 느껴지는 절망과 좌절감에 아그네스는 온몸에 소름이 돋아 올랐다. 자리에서 벌떡 일어난 아그네스가 옆방 죄수의 얼굴을 확인하려 했지만, 아직 어둠에 익숙하지 않은지라 잘 보이지 않았다.

다시 돌아선 엘프는 곧바로 옆 감방 앞에 섰다. “어쩌면.” 그가 아무렇지 않은 듯 담담하게 대답했다. “한 번 시도해 보겠나?”

“그래.” 그 음성이 쉿소리를 흘렸다. “난 준비됐어!”

“그럼 이리 와라! 여기 창살 근처로!”

죄수는 힘겹게 일어섰다. 움직일 때마다 관절에서 뼈가 부러지는 듯한 소리가 났다. 이윽고 짙은 턱수염과 엉클어진 갈색 머리카락이 보였다. 그 아래 숨은 얼굴은 여전히 그림자에 가려 제대로 보이지 않았다. 절뚝이는 걸음걸이로 힘겹게 감방문을 향해 다가간 그는 양손으로 피부 아래 뼈마디가 하얗게 드러날 정도로 거세게 철창살을 쥐었다.

“자, 그럼.” 베리안이 농담조로 말을 이었다. “지금까지 시도할 때마다 사용한 무기는 관습적인 평범한 것들이라 한계가 있었지. 하지만 이번에는 내가 친히 마력이 담겨 있는 놈을 가져왔지.”

“마력이라고?” 연신 신음을 흘리며 거의 울다시피 하는 목소리로 죄수가 되물었다. “강한 마법사여야 할 텐데, 최소한…”

“세상에서 가장 강한 마법사라지, 아마.” 베리안이 이를 악물며 단도 하나를 꺼내 들었다. 그의 눈가에 득의만만한 눈빛이 흘렀다. 그가 꺼낸 단도를 응시하던 죄수는 순간 크게 당황하며 움츠러들었다. 비틀거리며 제가 머무는 감방의 어둠 속으로 황급히 물러서려 했지만, 고문기술자가 그의 손목을 강하게 붙들었다. "이 단도를 알고 있지 않나, 엘리야? 내가 이 안에 세상에서 가장 강한 마법이 걸려 있다고 말하면 그걸 아니라고 반박할 텐가?"

이 말을 끝으로 엘프는 말을 멈추고 곧장 칼날을 창살 사이로 보이는 죄수의 심장에 깊숙이 박아 버렸다. 경악에 찬 비명을 내뱉은 죄수가 비틀거리며 뒤로 물러섰다. 칼을 가슴에서 뽑아내자 피가 철철 흘러내렸다.

"베리안…" 그는 죽어가며 신음을 흘렸다. "언젠가 내가 널 꼭 죽이고 말 거야."

광기에 사로잡힌 그는 이미 정신이 흐려진 것 같았다. 아그네스는 소리 지르지 않기 위해 양손으로 입을 막았다. 밀고자 두스틴이 죽는 모습을 목격하기 전까지만 해도 아그네스는 눈앞에서 사람이 죽어가는 모습을 본 적이 없었다. 이렇게나 많은 피를, 그것도 이렇게 가까이서!

"그래, 어디 노력해 봐." 고문기술자가 중얼거렸다. 베리안은 아마 그럴 용도로 허리띠에 묶어 놓았을 수건을 꺼내 단도를 쓱 닦았고, 수건은 이내 붉게 물들었다. 그리고 냉담히 뒤로 돌아 병사들을 이끌고 옥사를 벗어났다.

엘프들이 한 걸음씩 멀어질 때마다 아그네스 주변에 어둠이 내려앉았다. 그나마 벽에 있던 희미한 횃불도 이제는 단 하나만 남았다. 없는 용기를 전부 쥐어짠 아그네스가 옆 감방과 자신이 있는 곳을 가르는 창살까지 얼마 안 되는 거리를 기어가는 데도 한참이 걸렸다. 바닥에 엎어져 있는 시체의 상처에서 계속 흐르는 피가 지저분한 바닥을 가로질러 지푸라기에 스며들었다. 아그네스가 있는 방향으로 뻗은 망자의 팔이 창살 주변까지 닿아 있었다. 아그네스는 창살 사이로 두 손가락을 뻗어 그의 맥을 짚었다. 전혀 뛰지 않았다. 이 감옥에서 죽는다는 건 이렇게나 쉬웠다. 엘프들은 무표정한 얼굴로 아무렇지도 않게 사람을 죽였다. 흐느껴 울며 다시 벽으로 물러난 아그네스는 한참을 울다가 잠이 들었다.

몇 시간이 지났을까, 아니 어쩌면 며칠이 흘렀을까, 귓가를 스치는 노랫소리에 아그네스는 정신이 번쩍 들었다. 베리안이 그녀를 가둔 후 시간이 얼마나 흘렀는지 정확히 알 수는 없었지만, 지난밤 보았던 복도의 횃불이 새것으로 교체되어 있었다. 지하실은 전보다 확실히 밝아졌지만 아그네스는 주변 상황을 둘러볼 엄두가 나지 않았다. 정말로 제대로 보고 싶은 마음이 있기나 한 건지 확신할 수조차 없었다.

저기 멀리 앞쪽에서 울부짖는 다른 죄수의 앓는 소리가 그녀의 귓가를 때렸다. 좌측에 있는 죄수는 잠을 자면서 신음을 흘렸다. 하지만 그녀를 깨운 노랫소리는 우측 감방에서 들렸다. 그쪽으로 머리를 돌린 아그네스는 너무 놀라 까무러칠 뻔했다. 그곳에는 죽었다고 생각했던 죄수가 다시 구석에 쪼그리고 앉아 노래를 부르고 있었다.

"귀니퍼, 너무나도 붉은 당신의 입,
석고같이 창백했던 당신의 피부,
내 사랑은 당신의 죽음으로 돌아왔지,
당신은 그렇게나 날 믿었었는데."

그의 음성은 확실히 전보다 힘이 실려 있었다. 깊고 맑은 목소리. 그러나 그 안에 녹아 있는 슬픔과 번민에 아그네스는 저도 모르게 몸서리칠 수밖에 없었다. 갑작스러운 부활보다 이 남자에게서 뿜어 나오는 절망감이 어쩌면 아그네스를 더 놀라게 했는지도 모른다. 마치 수천 년은 쌓인 것 같은 지독한 좌절감.

갑자기 노랫소리가 멈췄다. 아그네스는 그 죄수의 얼굴을 보려고 시야를 옭아매는 감옥의 어둠을 파헤쳐 보려 했지만, 그는 다시 그림자 속으로 숨어들었다.

“뭘 그렇게 노려보냐, 꼬마야?” 그 남자가 물었다. 아그네스보다 훨씬 눈이 밝은 그 남자는 아마도 이런 어둠이 꽤나 익숙한 것 같았다.

“당신은 죽었잖아요.” 아그네스가 대답했다. 아그네스의 목소리는 그녀가 의도한 것보다 훨씬 당차고 용감했다.

“그렇게 보였을 수도 있지.” 그가 대답했다. 엘리야가 아그네스를 향해 기어왔다. 그의 손과 무릎 아래 있던 지푸라기가 바스락거렸다. 처음에 아그네스는 도망칠까 생각했지만 마음을 굳게 먹었다. 저 죄수가 소름 끼치게 무섭긴 해도, 저를 해칠 수는 없을 테니까. 그들 사이에 가로놓인 철창이 그를 막아 줄 것이다. 아그네스 쪽으로 기어온 죄수가 철창에 이마를 대고 숨을 몰아쉬었다. 지저분한 얼굴에는 머리카락이 여기저기 들러붙어 있었다. 더러운 오물과 덥수룩한 머리카락 사이에 파묻힌 눈을 찾아 마주 보기조차 쉽지 않았다. 하지만 그와 시선이 마주친 순간 갑자기 아그네스의 마음이 따뜻해졌다. 반짝이며 생동감이 가득한 그의 눈동자는 따스한 봄날의 여린 잎사귀를 연상시키는 맑고 온화한 색조를 띠고 있었다! 그 모습에 불현듯 카이가 떠오른 아그네스는 마음 한편이 저렸다. 이제는 절대 다시 보지 못할 오라비!

“이런 넌 아직 애잖아.” 그가 말했다. “그들이 널 왜 데려온 거지?”

“그들은… 내가 마법사라고 생각해요.” 아그네스가 흐느껴 울며 말했다. 맑고 투명한 웃음소리가 그에게서 터져 나왔다. “아니야, 설마 걔들이 그럴 리가!”

그는 진심으로 이 상황이 웃긴 것 같았다. 아그네스가 아랫입술을 실룩였다. 왠지 조롱당하고 있는 듯한 굴욕감이 느껴졌다.

“만약 내 말이 사실과 다르다면 내 모든 걸 걸겠어요!” 아그네스가 분통을 터트리며 말했다.

순간 죄수는 웃음을 멈췄다. “쉿쉿, 꼬마야, 미안하다. 사람을 대하는 일이 이제는 너무 낯설어서 말이야. 하지만 베리안은 네가 마법사가 아니라는 걸 정확히 알고 있을 거야. 그렇지 않았다면 절대로 널 내 옆방에 두지 않았겠지.”

“그때, 다른 방은 없다고 했어요.” 아그네스가 중얼거렸다.

“아아, 베리안은 필요하다면 어떻게든 방을 비워 자리를 만들었을 거야. 내 말을 믿으렴. 정확히 한 곳을 겨냥해서 단도로 찌른다거나, 채찍질 한 번이면 충분하지. 그러면 필요한 만큼 빈 옥사가 생기니까. 그는 죽이는 분야에서는 최고 전문가야. 네 몸에서 죽음에 이르게 하는 혈관을 전부 꿰고 있지. 한 번 찌르면 절대 빗맞히는 경우가 없어. 네게서 생명이 흘러나와 죽음의 문턱에 이르러야 넌 그가 네게 치명상을 입혔다는 걸 깨달을 정도야."

아그네스는 흐르는 눈물을 멈추지 못했다. 이곳은 모든 것이 끔찍하고, 불공평했다! "하지만 당신만큼은 그러지 못했잖아요!" 딸꾹질을 삼키며 아그네스가 말했다. "당신을 죽이지는 않았어요."

죄수는 끙끙거리며, 지푸라기 위에 다시 나자빠졌다. "그랬어." 그는 제 발끝을 응시하며, 한숨을 쉬었다. "죽였지. 하지만 난 죽을 수 없는 몸이야. 계속 다시 살아나거든."

"당신은… 죽지 않는다는 건가요?" 아그네스는 두 뺨에 흐르는 눈물을 훔치고, 황급히 그를 쳐다봤다. "당신에게는 정말 행운이네요!"

그가 냉소적인 웃음을 터트렸다. "행운? 너 진짜 행운이 뭔지 아니? 그냥 눈감으면 다시는 절대로 깨어나지 않는 능력이야. 고문을 당해 네 몸이 부서지고, 네 정신이 찢겨나가기 전에 더 나은 세상으로 도망쳐 버리는 거지. 그게 진정한 행운이라는 거다! 내 말을 믿으렴, 꼬마야. 가능하다면 난 당장이라도 너와 바꾸고 싶구나. 영원히… 죽을 수 있는 몸이 될 수만 있다면."

아그네스는 이 상황을 도무지 받아들이기가 힘들었다. 이 남자가 죽는 모습을 제 눈으로 목격하고, 심장이 멈춘 걸 제 손으로 느껴 보지 않았더라면 그냥 그를 미친 사람으로 치부했을 것이다. 하지만 확실히 그가 말한 내용이 전부 사실 같았다.

"엘리야… 맞죠?" 아그네스가 그에게 물었다. 그는 무관심하고, 약간은 정신이 나간 것 같은 눈빛으로 아그네스를 바라봤다. "어떻게 그렇게 된 거예요? 왜 죽지 않는 거죠?"

"난 저주를 받았거든. 이 고통을 견디고 있는 게 벌써 수백 년은 족히 흐른 것 같은데, 아직 해결책을 찾지 못했어. 이건 그의 복수였지."

"누가 복수한 건데요?"

엘리야는 아그네스를 머리끝에서 발끝까지 찬찬히 살펴봤다. 그리고는 고개를 절레절레 흔들더니 원래 있었던 구석으로 되돌아갔다.

아그네스는 겁먹은 동물처럼 웅크리고 앉아 다시 노래를 부르는 그의 모습을 말없이 지켜봤다.

"귀니퍼 너무나도 붉은 당신의 입,
석고처럼 창백한 당신의 피부,
덫에 빠져 내가 너무 늦어버렸어,
이제 당신은 영영 내 신부가 되지 못하겠지."

카이

지금까지 살면서 카이는 이렇게나 기분이 황홀했던 적이 없었다. 그를 힘들게 한 모든 것들이 순식간에 사라졌다. 트리스탄과 아그네스에 대한 걱정도 더는 그를 괴롭히지 않았고, 약한 몸뚱이조차도 이제는 축복처럼 느껴졌다. 느리지만 계속 그의 몸에서 피가 흘러나와 마지막 한 방울까지 사라질 때까지 이런 기분이 이어질 것이다. 근심, 걱정, 염려까지 모두 흐르는 피와 함께 사라질 것이다. 홀린 듯 숲속으로 한걸음 또 한걸음 옮길 때마다 카이는 점점 더 황홀감에 젖어 들었다.

도깨비불의 노랫소리에는 리듬이 있었다. 그 노래의 박자가 죽음에 이르는 속도를 결정할 것이었다. 도깨비불은 당장 여기서 그가 죽는 걸 원치 않았다. 죽음의 향연을 벌일 장소는 따로 정해 놓았다. 따라서 그들이 바라는 장소까지 이동할 힘이 그에게 남아 있어야 한다. 카이는 이들의 노랫소리를 도저히 거부할 수 없었다. 오히려 이 기분에 더 취하고만 싶었다. 춤추는 불꽃의 마법에 홀린 카이는 그들을 따라 울창한 숲속으로 정처 없이 발걸음을 옮겼다. 지금 카이의 귀에는 걱정스러운 염소의 울음소리가 조금도 들리지 않았다. 너무나 애달픈 동시에 달콤한 죽음의 노랫소리만이 그의 귓전을 맴돌았다.

나뭇등걸 같은 장애물이 나타나도 카이는 본능적으로 그것을 타고 넘었고, 유령의 팔처럼 카이를 붙잡는 가문비나무의 나뭇가지에 걸려도 아무 일 없다는 듯 무조건 앞으로만 나아갔다. 머리카락이 뽑혀 나가고, 외투 자락도 갈기갈기 찢어졌지만 카이는 계속 앞으로, 또 앞으로 나아갈 뿐이었다.

도깨비불은 늪 위에 멈춰 섰다. 수백에 이르는 불꽃들이 늪 한가운데에 뭉쳐서 카이를 기다리고 있었다. 얼마 남지 않은 길을 빨리 오라고 재촉하듯 이제 그들의 합창 소리가 커졌다. 어차피 돌아가는 길에는 힘이 필요하지 않을 것이므로 아낌없이 마지막 남은 힘을 다하라고. 이것이 모든 고통의 끝이라고. 늪가 진흙탕에 카이가 멈춰 섰다. 그의 눈앞에 끝없이 넓은 늪이 펼쳐져 있다. 단숨에 끝나지는 않겠지.

그렇지만 노랫소리… 이 노랫소리가 그를 깊숙한 늪으로 인도해 줄 것이다. 그토록 원했던 영원한 안식의 세계로.

카이는 마지막으로 하늘을 바라봤다. 하늘에 높이 뜬 핏덩이처럼 붉은 달 주변을 불꽃들이 춤을 추며 에워싸고 있었다. 사람이 떠올릴 수 있는 것 중 가장 아름다운 이 광경은 정말 황홀한 그림 같았다. 카이가 무릎을 꿇었다. 이제 정말 때가 온 것이다. 카이는 물속으로 걸어 들어가려 했다.

그런데 갑자기 그를 향해 뛰어든 무언가 때문에 카이는 미처 그 생각을 행동으로 옮기지 못했다. 허공에서 튀쳐나온 것 같은 하얀 악마였다. 섬뜩하게 충혈된 눈에 뿔 달린 머리를 한껏 휘두르며 염소가 주변 덤불에서 튀어나왔다. 염소는 뿔로 카이의 옆구리를 찔러 댔다. 극심한 통증이 그의 의식 속으로 파고들었다.

"염소야…"

카이가 옆으로 비스듬히 쓰러졌다. 염소는 시끄러울 정도로 크게 울음소리를 내며, 불꽃의 노랫소리에 훼방을 놓았다. 그리고 카이 위에 올라타고는 발굽으로 마구 두드렸다. 결국 죽음의 노래를 완성하는 박자가 흐트러지기 시작했다.

지금 여기서 내가 뭘 하는 거지?

잠시 카이의 지각 능력이 되돌아왔다. 카이는 도깨비불을 한 번 쳐다보고, 눈 앞에 펼쳐진 늪, 그리고 제 위에서 미쳐 날뛰는 염소의 모습도 차례로 둘러보았다. 지금 눈 앞에 펼쳐진 상황은 그야말로 백척간두이자 일촉즉발이었다. 당장 뭔가 조치를 취하지 않으면, 영영 되돌이킬 기회가 없을 것이다.

눈을 떠라, 천둥이여! 구름이여, 사라져라! 날 위해 저 멀리 사라지며, 너희가 진 마음의 짐을 벗어 던지라! 비여, 여기 있는 작은 불꽃들이 전부 씻겨 나가도록 내 위로 굵은 빗방울을 퍼부어라!

하늘에서 빛이 번쩍였다. 이어 강력한 천둥 번개가 샤텐발트를 뒤흔들었다. 그리고 굵은 소낙비가 카이의 머리 위로 쏟아졌다. 마치 데몬의 군대가 무방비 상태인 작은 마을을 습격하는 모양새로 물폭탄이 도깨비불에 작렬하자 귀화의 노랫소리가 갑자기 멈췄다. 도깨비불 일부가 비에 젖어 산화했다. 굵은 물방울은 치지직 타들어 가는 소리와 함께 도깨비불을 소멸시키거나 짙은 안개 같은 수증기로 만들어 버렸다. 그중 일부는 미친 듯이 날뛰며 늪지대 양편에 있는 덤불 속으로 뛰어들었다.

카이도 순식간에 뼛속까지 흠뻑 젖고 말았다. 카이는 곁에 서서 의기양양한 모습으로 귀여운 꼬리를 신나게 흔들어

대는 염소를 바라봤다. 고마운 마음에 카이는 염소를 잠시 위로 들었다가 내려놓았다. 염소와 카이는 이제 눈길을 마주했다. 염소가 그를 물끄러미 바라보며 씩 미소를 지었다. 카이가 염소의 수염을 살그머니 잡아당겼다. "네가 날 구했구나, 이 하얀 악마."

그 대답으로 염소는 뿔로 카이의 늑골을 한 차례 더 들이받았다. 카이는 괴성을 지르며 껑충껑충 뛰었다. "네가 옳았어. 당장 여기서 나가야 해."

반쯤 걷고, 반쯤 기는 자세로 카이는 몸을 질질 끌며 앞으로 나갔다. 카이는 왔던 길로 되돌아가는 길 내내 앞장선 염소의 뒷모습만 주시하며, 다른 곳엔 조금도 시선을 주지 않았다. 주변에서 연신 나뭇가지가 부서지는 소리가 났지만, 카이는 단 한 번도 고개를 돌리지 않았다. 유령의 손 같았던 가문비나무가 길을 막고 그를 멈춰 세우려 하자 카이는 단숨에 가지를 부러트려 버렸다. 그러나 덤불 사이로 언뜻언뜻 보이는 그림자가 차츰 늘어났다. 덤불 안에서 형형한 눈들이 그를 노려봤다. 그를 게걸스럽게 먹어 치우고 싶은 탐욕으로 가득한 눈빛! 염소도 그 눈빛을 알아차렸는지 몸을 부들부들 떨며 멈춰 섰다. 후두둑 소리를 내며 떨어지던 비가 이제 그쳤다. 그러자 주변에서 아주 낮고 깊게 그르렁거리는 소리가 들려왔다. 나뭇잎을 밟아 바스락거리는 소리, 거대한 뱀이 내는 것 같은 쉬쉬 소리, 어둠 속에서 날개를 퍼덕이는 소리….

"염소야, 이쪽이야!" 카이가 자신의 길동무를 불렀다. 염소는 카이의 말을 따르며, 폴짝폴짝 뛰어왔다. "내 곁에서 떨어지지 마. 무슨 일이 생겨도 항상 내 다리 아래 붙어 있어. 알아들었지?"

염소는 울음소리로 대답했다.

카이의 머리 위에서 나뭇잎들이 바스락거렸다. 주변을 돌아본 카이는 독수리의 몸에 여자 얼굴을 한 괴물을 발견했다. 구불거리는 적갈색 머리카락이 어깨를 지나 날개까지 뒤덮고 있었다. 비록 괴기한 모습이었지만 한편으로는 아둔한 구석이 있어 보였다.

"엄청 약한 인간이로군." 그녀는 쉰 목소리로 말했다. "하피의 먹잇감으로 딱이네. 그리고 하피 새끼를 위한 먹이도 있군. 염소라니, 이렇게 좋을 수가!"

"그 생각은 잊는 게 좋을 거야. 이 날개 달린 괴물아!" 카이가 소리치며 그녀를 향해 손을 뻗었다. "꼼짝도 하지 마, 그렇지 않으면 내가…"

하피는 카이가 하는 말에 조금도 개의치 않았다. 날카로운 발톱을 세우고 카이에게 다가왔다. 끊임없이 "인간이야, 염소도 있어! 하피 새끼를 위한 먹이."라고 소리 지르는 모습이 너무도 괴기스러웠다.

카이는 그녀를 향해 마력 돌풍을 쏘아 보냈다. 커다란 굉음과 함께 그의 손에서 뻗어 나간 마력이 하피의 가슴 정중앙에 내리꽂혔고, 그대로 공중에 붕 뜬 채 뒤로 튕겨 나간 하피는 시야에서 사라져 저편 덤불 사이로 떨어졌다. 이어 나뭇가지가 우지끈 부러지는 소리가 들렸다.

"인간이 날 때렸어. 내 새끼에게 줄 먹이가 이제 없다니! 먹이가 사라졌다고오오오오오오!" 하피가 저 멀리서 울부짖었다.

카이는 가쁜 숨을 고르며 마음을 가다듬으려 했다. 그런데 이번에는 뒤편 덤불 사이에서 그르렁거리는 소리가 들렸다. 황급히 돌아서서 주변을 살피자 어슬렁거리며 접근하는 유령늑대가 보였다. 눈처럼 하얀 털을 지닌 늑대는 목덜미 털을 거칠게 곧추세우고 위협하려는 듯 머리를 아래로 낮췄다. 늑대는 조용히 카이 주변을 맴돌며, 그의 움직임을 관찰했다. 늑대의 시선이 카이와 덜덜 떨고 있는 염소를 스쳐 지나갔다.

"네놈도 염소를 노리는 거야, 그렇지?" 카이가 사납게 소리쳤다. "그러려면 나부터 죽여야 할 거다!"

늑대가 입가를 씰룩이며 위협적으로 이를 드러냈다. 일반 늑대와 몸집이 거의 두 배나 차이 날 정도로 거대했다. 어쩌면 늑대의 공격을 막는 데 필요한 마력이 부족할 수도 있겠다는 생각이 스치자 카이는 덜컥 겁이 났다. 그냥 이 염소를 그대로 늑대에게 넘기고 제 목숨만이라도 구하는 게 훨씬 쉬운 선택이리라. 그렇지만 겁에 질려 애처롭게 음매 울고 있는 이 하얀 악마는 벌써 카이의 목숨을 두 번이나 구해 줬다. 카이는 그런 염소의 은혜를 저버릴 수 없었다.

"썩 꺼져, 그렇지 않으면 네놈도 하피 꼴이 될 테니!"

카이는 유령늑대를 향해 손을 뻗었다. 하지만 순간 힘이 쑥 빠져나간 상태가 느껴졌다. 카이는 이미 너무 지쳤고, 기진맥진했다. 이렇게 그의 마력을 빼앗는 이 숲이 원하는 것은 단 하나일 것이다. 바로 카이를 이 세상에서 없애는 것.

하지만 마음을 굳게 다진 카이가 늑대를 향해 조심스레 발걸음을 옮겼다. 염소는 뿔을 아래로 내린 채 그의 곁에 꼭 붙어 있었다. 맹수의 얼굴에 망설임이 스쳤다. 늑대는 으르렁거리며 머리를 좀 더 아래로 낮췄지만, 이내 낑낑거리며 꼬리를 안으로 말았다.

"내가 썩 꺼지라고 했지!" 카이가 호통을 쳤다. 결국 카이에게서 시선을 뗀 늑대는 진이 빠질 정도로 한참을 망설이다가 힘차게 껑충 뛰어 수풀 뒤편으로 사라졌다. 늑대가 멀어지자 그림자 사이로 들려오던 쉬쉬 소리, 날개 치는 소리를 비롯한 무엇인지도 모를 흉악한 소리가 전부 사라졌다.

두려움에 남몰래 몸을 떨던 카이는 그냥 무릎을 꿇고 전부 포기하고 싶은 충동을 간신히 이겨 냈다. 하지만 어디든 등만 붙일 곳이 있다면 그대로 쓰러져 자고 싶은 마음이 간절했다. 급박했던 상황은 어느 정도 정리되었지만 갑자기 공포와 죽음에 대한 불안감이 덮치면서 카이의 정신이 혼미해져 갔다. 다행히도 그 모습을 옆에서 지켜본 염소가 명민하게 넋이 나간 카이의 바지를 잡아당기며 정신을 차리게끔 도왔다. 그들은 어서 숲의 경계선이 보이기만을 간절히 갈망하며, 비틀거리며 발걸음을 이어나갔다.

어서 여기서 나가고 싶다!

드디어 숲에서 벗어났다. 또 다른 소동이나 요사스러운 것과 마주치는 불상사 없이 그들은 숲 입구에 도착했다.

카이는 뒤를 돌아보며, 염소의 머리를 쓰다듬었다. "네가 없었으면 어쩔 뻔했어! 처음부터 네가 옳았어. 저 안으로는 절대 들어가면 안 돼. 그런데 이제 어쩌면 좋지?"

그들의 왼편으로 카이의 시선이 닿는 저 멀리까지 샤텐발트그림자 숲가 이어졌다. 안전하게 이 숲을 우회해서 가는 가능성이 조금이라도 있다면 카이는 마다하지 않고 그 우회로를 따라 프론슈타인까지 갈 생각이었다. 물론 프론슈타인에 도착한 뒤에 뭘 어떻게 해야 할지는 아무런 예측이나 계획도 없었다. 하지만 그게 어디든 숲이 끝나는 지점은 있기 마련이었다. 모든 것은 끝이 있다는 사실만으로도 숲으로 들어가지 않고 우회하는 길을 찾을 가능성은 아직 남아 있는 셈이었다. 물론 이런 방식으로는 이른 시일 내에 트리스탄과 아그네스를 구출하지는 못하겠지만, 그래도 최소한 그들을 구출할 기회가 언젠가는 생길 것이다.

깊은 생각에 잠긴 카이가 두 손을 코트 주머니에 찔러 넣었다. 순간 손에 잡힌 단단하고 둥근 것을 주머니에서 꺼냈다. 그건 며칠 전 카이가 마법을 써서 얻은 사과였다. 카이는 사과를 둘로 쪼개 커다란 반쪽을 염소에게 건네고, 자신은 나머지 작은 반쪽을 먹었다.

"알빈가르트까지 가려면 먼 길이 되겠다." 사과를 우물우물 씹으며 카이가 말했다. "네가 그 길을 잘 찾기만을 바랄 수밖에."

카이의 말에 하얀 악마가 음매 울더니 꼬리를 흔들며 깡충깡충 앞으로 뛰어갔다.

⚜

카이와 염소는 샤텐발트를 좌측에 끼고 프론슈타인으로 통하는 길을 따라 사흘을 걸었다. 주변의 이목을 피하고 싶었던 카이는 엘프 수비대가 머물고 있는 이 광산마을을 우회하여 빙 돌아가려고 했다. 그렇지만 도시가 가까워질수록 심해지는 배고픔에 뱃속이 요동쳤다. 잘리스부르크에서 겪은 일 이후로 카이는 마법으로 무리하게 여름을 불러오는 짓은 이제 절대 하지 말아야겠다고 결심한 터였다. 결국, 비축해 놓았던 사과도 다 떨어졌다. 오는 길목에 카이가 찾은 식량이라고는 얼어붙은 들장미 열매와 쌉싸름한 허브들이 전부였다. 염소는 그나마 사정이 나았다. 눈 속에 하얀 머리를 거의 어깨까지 처박은 염소는 풀냄새가 나는 것들을 찾아 모조리 뜯어먹었다. 그러더니 카이 곁에서 만족스러운 표정으로 그것을 질겅질겅 씹었다. 그 모습을 지켜본 카이는 차라리 염소가 되고 싶은 심정이었다.

프론슈타인을 조금 앞두고 그들은 갈탄 숯가마 터에 도착했다. 가마터는 텅 비어 있었다. 하얀 눈으로 뒤덮인 설경 한가운데 남은 새까맣고 둥그런 반점만이 옛 모습의 흔적을 간직하고 있었다. 카이는 예전에 오두막 일부였을 커다란 각목 위에 앉았다. 그 사이 카이의 뱃속에서 요동치는 소리는 이 근방의 늑대들을 전부 끌어들일 정도로 시끄러웠다. 카이와 염소가 아무 탈 없이 여기까지 온 것만 해도 큰 행운이었다.

"넌 좋겠다." 카이가 마치 반려견처럼 코를 킁킁 들이대며 옛 숯가마 터 주변을 여기저기 맴도는 염소를 내려다보며 말했다. 이윽고 가마터 한가운데에 멈춰 선 염소는 석탄재와 눈이 뒤섞인 곳에 주둥이를 처박고, 고집스레 냄새를 맡았다. 그러다 다시 카이 앞에 다가온 염소는 머리의 절반이 칠흑처럼 새까맸다. 하지만 결국 그 아래에서 먹을 만한 걸 찾았는지 뭔가를 질겅질겅 씹고 있었다. 그 모습에 카이가 웃음을 터트렸다.

"지금 네 꼴이 어떤지 네가 볼 수 있으면 좋을 텐데!" 그때, 카이에게 아이디어 하나가 번쩍 떠올랐다. 자리에서 벌떡 일어난 카이는 저린 다리를 질질 끌며 길동무에게 다가갔다. "널 진짜 악마로 만들면 어떨 것 같아?"

카이는 악동처럼 짓궂게 씩 웃어 보이고는 재가 뒤섞인 시꺼먼 눈을 한 손 가득 집어 염소의 등에 뿌렸다. 그러고는 그것을 양손으로 골고루 펴 바르고 자신이 완성한 작품을 바라봤다. "완벽해. 이제 내가 새 옷을 입혀 줄게. 그러고 나서 제발 뭣 좀 먹으러 가자."

한 시간 뒤, 지팡이를 짚은 나이 든 할머니가 회색 염소를 끌고 프론슈타인 성문을 통과했다. 이르멜의 스카프를 머리에 둘러 눈에 띄는 적금발 머리카락을 숨긴 카이였다. 콧잔등의 주근깨는 얼굴에 재를 발라 가렸고, 시든 풀을 채워 넣어 둥글어진 등은 살짝 굽어 보였다. 검버섯이나 통풍의 흔적이 조금도 없는 매끄러운 손은 겨울에 추위를 쫓으려는 빈민들처럼 누더기로 둘둘 감아 감췄다.

성문을 지키는 엘프 병사들을 비롯하여 그 누구도 카이를 주목하지 않았다. 하얀 염소를 한 마리를 데리고 마법사가 주변을 어슬렁거린다고 불한당 돌프가 엘프 수비대에 밀고했더라도, 이 정도 변장이면 그들의 눈을 속이기에 충분했다. 물론 그놈은 엘프의 분노가 카이가 아닌 저를 향할까 봐 두려워 아예 밀고하지 않았을 가능성도 있긴 했다.

카이는 시내 중심에 있는 식당으로 향했다. 부르크스메아데 식당보다 훨씬 규모가 큰 것을 보니, 제법 많은 일꾼과 상인에게 음식을 제공하는 곳인 것 같았다. 식당 앞에는 소달구지 외에도 엘프 병사들의 것으로 추정되는 말 몇 마리도 묶여 있었다. 당시 인간이 이 고상한 동물을 소유하는 건 금지였다.

카이는 염소의 목 끈을 더 세게 움켜쥐었다. "절대 울음소리를 내면 안 돼, 알았지?" 카이가 속삭였다. "최대한 빨리 데리러 올게."

잔뜩 겁먹은 염소는 연신 콧김을 내뿜는 것으로 대답했다. 아무래도 염소는 카이가 세운 계획이 썩 마음에 내키지 않는 것 같았다. 카이는 자신이 염소와 제대로 소통하고 있는 건지 여전히 확신이 서지 않았다. 더군다나 카이는 지금 시도하려는 이 계획이 약간 부끄럽기도 했다. 이 식당 주인이 날마다 디저트와 고기를 상다리 부러지게 차려 먹는 부유한 사람일 것이므로 괜찮을 거라고 저의 비루한 계획을 합리화하려 했지만 창피한 마음이 드는 건 어쩔 수 없었다. 카이는 이곳에서 그동안 누리지 못했던 풍성한 식사로 힘을 보충할 생각이었다. 식당에 들어선 카이는 맥주 바 뒤에 선 주인을 발견했다.

"네, 할머니? 뭘 어떻게 해드릴갑쇼?" 주인이 물었다. 실제로 그는 거의 비만에 가까울 정도로 매일 잘 먹고 사는 사람처럼 보였다. 두 뺨은 불그레했고, 이마에는 땀방울이 송송 맺혀 있었다.

"여기서 가장 최고인 음식을 내주게. 그리고 물 한 잔이랑 벌꿀 술도 한 잔 가득." 카이가 쉿소리를 내며 말했다.

한쪽 눈썹을 치켜뜬 주인이 노골적인 시선으로 카이를 훑었다. "할머니, 돈은 내실 수 있는 거유?" 그가 확인차 물었다.

"아니." 카이가 사실대로 대답했다. "하지만 대신 내 염소를 주겠네."

"염소를요?" 주인은 호기심 어린 눈으로 계산대에서 몸을 쭉 빼고 겁에 질려 덜덜 떨며 마루에 서 있는 작은 짐승을 주시했다. "어디 아픈 놈이유?"

"아니, 엄청 건강한 놈이구먼. 단지 겁먹은 게야. 워낙 주변에 사람이 많은 걸 좋아하지 않거든."

고개를 절레절레 흔들며 계산대를 돌아 나온 주인이 염소를 유심히 관찰했다. 카이는 숨을 멈추고, 제발 주인이 염소의 털만큼은 손대지 않기를 속으로 간절히 바랐다. 다행히도 주인은 무척 순진한 사람이었다.

"살이 오른 건 아니지만 대체로 건강해 보이네요. 왜 직접 잡지 않는 거유?" 그가 물었다.

카이는 누더기로 둘둘 감싼 두 손을 비볐다. "이 망할 놈의 통풍 때문이지, 이 양반아! 내 나이쯤 되면 뼈가 약해지거든. 그러니 겨울이 더 깊어가지 전에 어서 내게 최후의 만찬을 내주게나!"

카이의 설명에 주인이 고개를 끄덕였다. 꽤 좋은 거래를 했다고 생각한 주인은 두 손을 비비며 주방 하인에게 염소를 헛간에 데려다 놓으라고 지시했다. 카이는 충실한 길동무가 끌려가는 뒷모습을 물끄러미 바라봤다. 물론 염소는 카이가 절대 울음소리를 내지 말라고 경고했음에도 불구하고 불안했는지 끊임없이 울어 댔다. 다행히 아무도 별다른 의심을 하지 않았다.

카이는 식당의 제일 후미진 곳에 앉아 머리를 푹 숙였다. 이윽고 하녀 하나가 뜨거운 감자와 모락모락 김이 피어오르는 고기조각이 담긴 접시를 앞에 내려놓았다. 딱 봐도 힘줄이 많아 질긴 고기조각과 돼지껍질처럼 버리려고 발라 둔 부위를 섞어 만든 음식이었다. 하지만 카이에게 그런 건 아무래도 상관없었다. 어차피 지난 몇 년 동안 제대로 된 밥상을 받아 본 적이 없었다. 당장 눈앞에 차려진 음식을 바라보기만 해도 입안에 침이 고였다.

"할머니, 여기요. 무척 시장하신가 봐요?" 하녀가 음식을 내려놓으며 말했다.

카이에겐 아무 말도 들리지 않았다. 포크와 칼이 세팅되기까지 참고 기다릴 여유도 없었다. 카이가 두 손으로 음식을 입안에 마구 집어넣었다. 손가락과 혀가 뜨거운 감자에 데여 화끈거렸다. 굶주렸던 배를 가득 채우고 싶은 욕망이 얼마나 컸는지 씹는 것마저도 거의 생략하고 싶을 정도였다. 그런 가운데 목구멍 안으로 허겁지겁 퍼 넣은 음식물에서 추출된 액체가 입가로 줄줄 흘러내렸다.

“오오, 할머니. 그러시다가 정말 큰일 나셔요.” 그 모습을 지켜본 하녀가 조심스레 말했다. 걱정스레 한숨을 쉬며 돌아선 하녀는 다른 손님에게 다가갔다.

마지막 한 입까지 깨끗이 뱃속에 밀어 넣은 카이는 벌꿀술마저 끝장내고, 만족스러운 트림을 한 후 의자 팔걸이에 몸을 기댔다. 익숙하지 않은 섭취량에 놀랐는지 카이의 뱃속은 폭동을 일으켰다. 그제야 무절제하게 과식한 자신을 잠시 자책했지만, 그건 전적으로 오랜 배고픔 때문에 이성을 잃어버렸던 탓이었다. 오래간만에 포식한 만찬을 다시 게워내지 않도록 카이는 몇 분을 가만히 앉아 있었다. 그런데 문득 떠오른 염소에 대한 죄책감이 그를 황급히 의자에서 일어서게 했다. 카이는 주인이 염소를 우선 헛간에 데려다만 놓고 즉시 도살하지 않았기만을 간절히 바랐다. 카이는 출구로 가는 길에 하녀와 다시 마주쳤다. 자그맣지만 높은 코와 금발 곱슬머리가 돋보이는 예쁜 소녀가 그제야 카이의 눈에 들어왔다.

“몸을 조금 더 녹이고 가시지 그러세요, 할머니?” 염려하는 목소리로 그녀가 말했다.

카이가 고개를 저었다. “이제 가야 한다우.” 카이가 쉿소리를 내며 나지막하게 말했다.

“어디로 가시는 길이세요?”

아주 잠깐 카이는 혹시 이 하녀가 자신을 위험에 빠트리지 않을까 염려했지만, 금세 생각을 바꿨다. ‘지역 사람들 역시 약자나 도망자 편에 서는 일이 드물지 않지. 그들도 어쨌든 엘프의 포로 신세인 건 매한가지니까.’ 게다가 알빈가르트로 가려면 도대체 얼마만큼 동쪽으로 계속 가야 하는지 알고픈 속셈도 있었다.

“이 길의 왼편에 있는 샤텐발트그림자 숲는… 도대체 어디까지 이어지는 게유?” 카이는 부디 나이든 노파의 음성처럼 들리기만을 빌며 하녀에게 속삭이듯 물었다.

“샤텐발트요? 설마 그 숲을 지나가시려는 건 아니시죠?” 깜짝 놀란 하녀가 대답했다.

카이가 고개를 절레절레 흔들었다. “아니지, 그건 아니야. 난 그 숲을 돌아서 가는 길이라우. 그런데 아무리 가도 끝이 보이지 않아서 말이야. 며칠을 계속 걸어도 내가 가는 길 왼쪽에 그 숲이 계속 이어지더라 말이야.”

그 말에 소녀는 더 당황한 것처럼 보였다. 뒤로 한 걸음 물러선 하녀는 카이를 유심히 관찰했다. 하녀가 무엇을 알아차린 건지 감이 오지 않았다. 그녀의 표정만 보면 아직 딱히 확신까지는 이르지 못한 것 같았다. 순간 하녀의 눈동자가 좌우로 불안하게 흔들리더니 치우다 만 옆 식탁에서 황급히 여러 개의 접시를 차곡차곡 쌓았다. 매우 숙련된 솜씨였다. 카이는 이제 떠나야 할 순간이라는 걸 깨달았다. 카이는 최대한 하녀의 눈에 띄지 않고 그 곁을 지나치려 했지만, 그녀가 재빨리 곁으로 다가왔다. 하녀의 입가가 카이의 귀 가까이 다가왔다.

"이틀은 더 가야 해요. 하지만 볼프늑대 협로를 넘으려는 생각은 버리세요. 몹시 위험하거든요." 그녀가 속삭였다. 그러더니 쌓아 놓은 접시 더미를 들고 주방으로 사라지려고 했다.

카이는 그녀의 팔을 붙잡았다. "고마우이." 카이가 중얼거렸다. 뭔가 다른 말은 전혀 떠오르지 않았다.

거의 겁먹은 표정으로 하녀는 눈에 띄지 않게 황급히 카이의 팔을 뿌리쳤다. 아주 잠시지만 그들은 서로를 가만히 응시했다. "당신은 눈이… 너무 어려 보여요. 밝은색이기도 하고요! 그러니 아무쪼록 시선을 최대한 바닥으로 내리는 게 좋겠어요." 그 말을 끝으로 하녀는 모습을 감췄다.

하녀의 조언을 마음 깊이 새긴 카이는 최대한 머리를 숙이고 식당을 벗어났다. 밖으로 나와 식당 문을 닫자마자 엘프 두 명이 그를 향해 다가왔다. 번쩍이는 갑주를 걸쳤지만 투구는 쓰지 않았다. 카이는 빛날 정도로 윤기가 흐르는 머리카락, 화려하게 치장한 귀, 정성 들여 땋아 올린 머리카락을 곁눈질로 바라봤다. 이 종족은 모든 것이 빛났다. 내면만 제외한다면. 엘프들은 서로 대화를 나누는 중이었다.

"그놈이 말하기를 마법사 하나가 염소를 훔쳤다지 뭔가. 그 농부 녀석처럼 고집만 세고 쓸모없는 하얀 염소라던데. 그 농부 놈이 하도 무례한 요구를 하기에 센드리엘이 그놈의 엄지손가락을 잘라 버렸다네."

그 말에 제 발이 저린 카이가 움찔했다. 혹시라도 발각될까 두려워 식당 외벽에 몸을 바싹 붙이고, 속이 좋지 않은 사람처럼 헛구역질하는 시늉을 했다. 카이는 억지로 연기할 필요조차 없을 정도로 속이 불편하던 차였다. 그런 모습에 혐오감을 느낀 듯 엘프들은 그를 피해 서둘러 식당 문을 열었다.

"솔직히 그 마법사가 정말 있기나 한 건지 누가 알겠나? 어쩌면 그놈이 염소 한 마리를 그냥 잃어버린 걸지도 모르지. 인간들이란 산전수전 다 겪은 영악한 무리들이니까." 엘프는 동료에게 말하며 문을 닫고 안으로 들어갔다.

그제야 거친 숨을 내쉬며 카이가 다시 몸을 일으켰다. 그러니까 상황인즉슨, 돌프가 정말로 그를 밀고했던 것이다. 아마 최소한 엘프들이 잃어버린 염소만큼은 보상해 줄 거라고 기대했던 모양이다. 결국 그것 때문에 가장 중요한 손가락을 대가로 잃었다지만. 어쨌거나 그 어리석은 농부가 불쌍하다는 생각이 들었다.

카이는 가능한 한 조용히 식당 건물을 돌아 헛간으로 향했다. 헛간은 이끼로 뒤덮인 평평한 지붕이 그리 높지 않은 건물이었다. 그 안에서 어렴풋이 들리는 울음소리에 카이는 염소가 자신을 얼마나 애타게 기다리고 있는지 느껴졌다. 헛간 안에서 들리는 또 다른 목소리에 카이가 조심스레 문가로 다가섰다.

"그렇게 멀뚱히 서 있지 말고 어서… 어제만 해도 너도 원한다는 느낌이었는데." 남자가 말했다.

"티발트, 제발. 날 놓아줘!" 여자가 애원했다.

"그럼, 놓아주고말고. 우선 너랑 볼일이 다 끝나면 말이지!"

자신에게 친절을 베풀었던 하녀의 목소리를 알아차린 카

이가 경악을 금치 못했다. 그런데 그녀가 왜 지금 여기 헛간에 있는 걸까? 그 답은 곧이어 마부가 한 질문에서 찾을 수 있었다.

"그런데 왜 염소 주변을 기웃거리는 거냐?" 그가 호통을 쳤다.

"그냥 한 번 쓰다듬어 보려고 했던 것뿐이야, 정말이야!"

"거짓말하지 마!"

뺨을 내리치는 둔탁한 소리가 울려 퍼졌다. 카이는 무의식적으로 제 뺨을 감쌌다. 수백 미터 밖에서도 그 소리를 알아차릴 만큼 카이도 그런 식으로 맞은 적이 셀 수도 없었다. 카이의 마음속에 분노가 치밀어 올랐지만, 저 여자를 도울 방법이 도무지 떠오르지 않았다.

"아니야, 아니라고, 날 놔줘!" 이제 여자도 비명을 질렀다. "정말 말할 테니까, 어서 놓아줘!"

잠시 정적이 흘렀다.

"지금 홀에 엘프 두 명이 왔는데, 그들은 하얀 염소를 데리고 다니는 마법사를 찾고 있어." 여자가 털어놓았다. 이제 그녀의 음성은 훨씬 차분해졌지만 여전히 겁에 질려 있었다.

"그래서? 여기에는 하얀 염소가 없는데."

“그래서 살펴보려던 참이었어. 혹시 저 염소가…”

“뭐? 칠이라도 했을까 봐?”

침묵이 흘렀다. 카이가 입술을 잘근잘근 씹었다. 마부가 지금 저 회색 숫염소가 사실은 문제가 되고 있는 하얀 염소라는 걸 발견한다면, 그땐 저 둘을 다 없애야만 했다. 냉철히 보면, 이제 곧 발각되기 전 촌각을 다투는 시간을 도망치는 데 쓰는 것이 정답일 것이다. 하지만 그런 식으로만 계산한다면 그의 길동무를 구해 낼 해법은 영영 없어질 터였다.

“정말이네. 아무래도 석탄재 같은데.” 카이는 마부가 하는 말이 들렸다. “너 어떻게 알았어? 그럼 마법사는 어디에 있는 거냐?”

“드라고니아 방향으로 가고 있어. 하지만 난 그가 어떤 길로 갈지 알고 있어. 그걸 우리가 엘프에게 말한다면…”

“우리라고?” 그러자 남자가 비열한 미소를 지으며 크게 웃었다. “그걸로 네 몸값을 때울 수 있을 거라 생각했냐! 밀고는 네가 아니라 내가 할 거야. 그렇지만…” 그가 잠시 말을 멈췄다. “…몇 분 뒤에 한다고 해도 늦진 않겠지.”

하녀는 신음을 흘리며, 흐느껴 울더니 숨이 막히는 듯 비명을 질렀다. 찢어지는 비명 소리가 카이의 귓가를 파고들었다. 카이는 더는 가만히 참고 보기가 힘들었다. 자신이 무슨 행동을 하는지 제대로 인지하기도 전에 카이는 무작정 헛간 안으로 돌진했다. 그 안에 들어서자 기쁜 표정으로 '음매~' 울고 있는 염소와 반쯤 옷이 벗겨진 하녀 그리고 누런 이와 바짝 깎은 짧은 머리에 엄청 짜증 난 표정을 한 마부가 동시에 카이를 쳐다봤다. 잠시 그들은 아무 말도 없이 조용히 서로를 노려보기만 했다. 곧이어 하녀는 옷이 벗겨져 드러난 가슴을 황급히 가렸다.

"저이가 바로 그 사람이야." 그녀가 나지막한 목소리로 말했다. 이번에 카이의 시선을 피하는 건 바로 그 하녀였다.

"저건… 그냥 늙은 할멈이잖아!" 사내가 신경질적으로 내뱉었다. "어서 꺼져, 할멈. 여기는 할멈이 있을 곳이 아니니까."

"아아, 그건 아닌 거 같은데," 카이는 아무 위협도 느끼지 못한 저 마부가 충분히 가까이 다가오기만을 기대하며, 최대한 노인의 음성을 흉내 내며 대꾸했다. "난 네놈의 정력을 강하게 해 줄 수 있는데!"

그러자 마부는 심술궂게 비웃으며 위협적으로 말했다. "난 그딴 거 필요 없어. 남은 이빨이라도 제대로 건사하고 싶으면 어서 꺼지라고!"

카이는 한 걸음씩 그에게 다가갔다. "그러지 말고 내가 한

번 손쓰게 해 주게, 멋진 청년." 카이가 살랑거리며 말했다. "고작 손 한 번 올리면 되는 건데!"

그렇게만 된다면 카이는 곧바로 저 사내가 비명을 지르며 바닥을 데굴데굴 구를 정도로 강력하고 끔찍한 두통을 안겨 줄 속셈이었다. 여성을 폭행하고 자신의 잇속을 채우려 아무렇지도 않게 타인을 죽음으로 몰아넣는 저런 몹쓸 종자는 천 배는 심한 통증에 시달려 봐야 한다.

마부는 이마를 찌푸렸다. 차츰 이 상황이 왠지 수상쩍어 보였기 때문이었다. 그는 한 걸음 뒤로 물러서더니, 벽에 세워 놓은 도끼를 들었다. 이제 카이는 제 계획이 물거품이 되었다는 걸 깨달았다. 카이는 마력 돌풍을 쏘아 그를 간단히 떨쳐 낼 수도 있었다. 그렇지만 그 위력이 너무 강력하기도 했고, 섬세하게 제어하지 못해 실수로라도 프론슈타인을 통째로 날려 버리면, 오히려 지금 이곳에 주둔하고 있는 엘프들에게 자신을 존재를 알리는 꼴이 될 거라고 생각했다. 그래서 뭔가 다른 방법을 선택해야만 했다.

그 사내에 닿기까지 고작 몇 걸음을 남겨둔 상태에서 카이가 멈춰 섰다. 헝클어진 머리와 얼굴에 여기저기 긁힌 자국이 가득한 하녀는 덜덜 떨며 그의 우측에 서 있었다.

"그래, 알았어." 카이가 돌연 제 본래의 음성으로 말했다.

그리고 포기하겠다는 것처럼 두 손을 위로 번쩍 들었다. "솔직히 털어놓을게. 내가 바로 그 마법사야. 그러니까 내 염소를 돌려받았으면 좋겠어. 그 대신 네 소원을 하나 들어줄게."

"…소원 …하나라고?" 마부가 말을 더듬었다.

카이가 고개를 끄덕였다.

"그게 뭐든지?"

"그래, 맞아."

얼빠진 미소가 그 사내 얼굴에 퍼졌다. "그러면 난 커다란 농장과 내 침대를 데워 줄 하녀들을 거느린 농장주가 되고 싶다!"

"너의 소원은 내게 명령이니, 이루어질지어다." 그의 말에 카이가 화답하며, 공중에 손가락을 튕겼다. "이제 어서 염소를 풀어 줘."

다소 황당한 표정을 한 마부가 제자리에서 한 바퀴 돌더니 자신을 내려 봤다. "하지만 난 전이랑 조금도 달라지지 않았는데!"

"그래, 맞아. 하지만 네 농장으로 가면 새 옷이 거기에 있을 거야. 네 식솔들이 옷을 준비해서 기다리고 있을 테니까."

머리를 긁적이는 사내는 몹시 심각하게 고민하는 것 같았다. 카이는 그가 외모만큼이나 어리석기만을 간절히 바랐다.

"혹시라도 나를 속이려고 하는 거라면…!" 갑자기 그가 협박했다.

"그럴 리가. 그러면 내가 이 지역에서 도망치기도 전에 네가 돌아와 날 죽일 텐데. 당신 같은 사내는 날 두렵게 하거든. 당신 같은 사람은…" 카이는 사내에게 바짝 다가서서 살짝 손을 올렸다. "원래 마법도 필요 없잖아. 당신이 지닌 힘이 워낙 강하니까."

피여, 사라져라, 그리고 근육을 뭉치게 하라! 정자여, 앞으로 네 자손은 절대 성장하지 못하리라. 온몸의 힘이 다 사라지고, 영원한 갈증에 허덕일지어다.

사내는 무슨 일이 벌어졌는지 조금도 알아차리지 못했다. 무신경하게 카이의 손을 떼어 내며 풀어진 바지 끈을 다시 매만졌다. "그럼 이제 어디로 가면 되는 거냐?"

"북문으로 나가서 한 5분 정도 직진하면 될 거야. 그곳에 장원이 있어. 양쪽에 방목장이 하나씩 있고, 기와지붕 집이랑 당신이 세기 힘들 정도로 많은 젖소가 있는 헛간도 있을 거야."

행복에 겨운 남자의 눈이 유리처럼 반짝였다. "네놈을 데려가야겠어. 그 염소도 같이. 장원이 보이면 거기서 풀어 주겠어. 그리고 계집, 너도 따라와!"

그는 하녀의 팔뚝을 거칠게 잡아끌었다. 카이는 거기까지 계산하진 못했다. 하지만 차라리 두 사람과 함께 이 도시를 벗어나는 게 저에게도 이롭다는 생각이 들었다. 엘프의 눈과 귀가 닿는 범위에서 벗어나면 더 강력한 마법을 시전해서 이 마부 녀석을 없앨 수 있을 것이다. 카이가 염소의 목줄을 쥐려 하자 마부가 먼저 가로챘다.

"티발트, 그냥 난 식당으로 돌아가는 게 낫지 않을까?" 하녀가 여기서 벗어나 보려고 시도했다.

"허튼소리." 이어 마부가 명령했다. "장원이 있다면 넌 곧바로 내 하인 숙소로 들어오면 돼. 만약 사실이 아니면 성난 식당 주인이 벌을 주려 할 때 그 책임을 최소한 네년에게 미룰 수 있겠지."

마부는 하녀를 헛간 밖으로 거칠게 떠미는 동시에 한 손으로는 염소를 끌고 갔다. 카이는 머리에 스카프를 둘러 얼굴을 가리고는 그 뒤를 따라갔다. 그들은 프론슈타인을 가로질러 북측 성문으로 빠르게 뛰어갔다. 그곳 보초병들은 이 요상한 일행과 염소를 유심히 뜯어보며 강도 높은 검문에 나섰다.

"어디로 가는 거지?" 그들 중 한 명이 질문했다.

카이는 속으로 제발 이 멍청한 티발트가 얼마 전에 제 영지가 생겼다고 떠들지 않기만을 간절히 빌었다. 하지만 다행히 마부는 그런 얘기를 꺼내는 대신 식당 주인이 시킨 심부름 때문에 양봉가에게 가서 벌꿀 술 두 통을 가져와야 한다고 대답하고는 서둘러 다녀와야 한다고 강조했다. 불한당의 연기가 통했는지 보초병들은 그들을 통과시켜 주었다.

하녀는 계속 카이를 주시했다. 성문에서 장원이 있을 것으로 추정되는 장소로 이동하는 내내 하녀는 시선을 카이에게 고정한 채 계속 그를 관찰했다. 시야 밖으로 그런 그녀의 태도가 느껴졌지만 카이는 별다른 반응을 보이지 않았다.

"여기 일이 정리되면 당신은 뭘 할 건가요?" 하녀가 갑자기 물었다.

"그건 너랑 상관없는 일이야." 카이가 쌀쌀맞게 대답했다. 이 하녀는 그를 엘프에게 밀고하려던 전력이 있었다. 티발트에 버금가는 배신자였다. 사실 그녀에게도 응당 질병을 일으켜 복수했어야 했다. 두스틴이 걸렸던 이질 같은 질병쯤으로. 아니면 최소한 그 예쁜 얼굴 한가운데 발열성 두드러기를 피게 한다든지.

"당신이 가는 길에 나도 데려가요!" 그녀가 속삭였다.

"죽어도 그럴 일은 절대 없어!"

"뭐야, 니들 뭐라고 둘이 속닥이는 거야?" 티발트가 그사이에 끼어들었다. 카이는 아무 대답도 하지 않았다. 그보다 이제 마법을 써도 될 정도로 성에서 멀리 벗어났는지 가늠해 보려고 노력했다.

"도대체 얼마나 더 가야 하는 거야?" 사내가 투덜거렸다.

"다음 고개만 넘어가면 보일 거야."

두 주먹을 불끈 쥔 카이가 계속 걸어갔다. 이제 이 두 사람이 그를 계속 긴장하게 했다. 카이는 하녀를 다치게 하지 않고 떼어 낼 방법이 도무지 떠오르지 않았다. 아마 카이가 마력을 방출하는 순간 그녀 역시 덤으로 저 멀리 있는 나무까지 내동댕이쳐질 게 뻔했다. 카이는 마력을 끌어모으려 손가락을 마주 비볐지만 별안간 아무 느낌도 없었다. 순간 당황한 카이가 재빨리 다시 시도해 보았다. 몸에서 아무런 반응이 일어나지 않았다. 원래 따끔거리던 피부의 느낌도, 제어하기 힘들 정도로 혈관에서 밖으로 터져나가려는 무형의 힘도 전혀 느껴지지 않았다. 그때, 카이가 번뜩 깨달았다.

"내게 준 음식에 뭐가 들었었지? 소금인가?" 카이가 하녀에게 다급한 음성으로 속삭였다.

하녀는 어깨를 으쓱였다. "당연하죠. 그렇지 않으면 그런 꿀꿀이죽 같은 재료에 어떻게 간을 하겠어요?"

카이는 생각이 짧았던 자신을 저주했다. 지난 2주 동안 섭취했던 소금양에 비하면 조금 전 그는 식당에서 마력에 독이 되는 것을 스스로 퍼붓다시피 한 것이었다. 게다가 마지막 남은 마력마저도 탈탈 털어 저 마부의 씨를 말려 버리는 데 써 버렸다. 그리고 지금은 자신을 지킬 힘조차 남아 있지 않았다. 혼란에 빠진 카이가 뚜렷한 계획을 세우기도 전에 일행은 앞서 카이가 말한 고개를 넘어 버렸다.

충격에 휩싸인 티발트는 그 자리에 꼼짝도 하지 않고 서서 제 앞에 펼쳐진 허허벌판을 노려봤다.

"네놈이 날 이딴 식으로 속였단 말이지…."

그는 차마 그 이상 말을 잇지 못했다. 카이가 눈을 돌려 알아채기도 전에 별안간 달려든 마부가 카이의 얼굴에 주먹을 날렸다. 비틀거리던 카이가 뒤로 쓰러졌다. 터진 입가에 비린 피맛이 느껴졌다. 그때 그림자 하나가 카이의 머리 위로 태양을 가렸다. 양발을 넓게 벌리고 카이의 위에 선 티발트가 다시 주먹을 높게 쳐들었다.

"내가 이렇게 도망친 탓에 이제 식당 주인이 나한테 채찍질을 해댈 거다." 격노한 마부가 울분을 터트렸다.

"그런 게 두려우면 애초에 도망치지 말았어야지." 카이가 되받아치자 그는 발로 카이의 옆구리를 세게 찼다.

"네놈은 마법사도 아니야. 제 몸 하나 제대로 지키지도 못하는 놈이 무슨!"

그는 또다시 발로 카이를 찼다. 이번에는 조금 전보다 훨씬 세게. 욱신거리는 고통에 카이의 몸이 절로 오그라들었다.

"이것 좀 보라고! 이렇게 내 마음대로 해도 아무것도 못하는 놈이! 도대체 마법을 어떻게 쓴다는 거야!"

또다시 발을 든 마부가 아예 카이를 밟아 버리려 했다. 이미 자포자기하는 심정이었지만 조금이나마 몸을 보호하려는 생각에 카이는 몸을 웅크리고, 복근에 힘을 줬다. 하지만 복부를 강타할 거라 예상했던 고통이 느껴지지 않았다. 때마침 뭔가가 마부의 뒤통수를 가격했던 것이다. 순간 눈이 휙 돌아간 마부가 뒤로 벌러덩 쓰러지며 카이 쪽으로 넘어졌다. 머리카락을 바싹 깎은 그의 머리통이 카이의 가슴에 널브러졌다.

카이는 축 늘어진 마부를 성급히 밀쳐 내고 자리에서 벌떡 일어섰다. 카이는 이번에도 그의 충실한 길동무인 염소가 뿔을 한껏 아래로 낮추고 있을 거라 기대했다. 그렇지만 정작 잿빛 악마는 길 가장자리에서 태평하게 딸기를 따는 데 온 정신이 팔려 있었다.

그 대신 길 한가운데에는 큼지막한 나뭇가지를 손에 든 하녀가 서 있었다. 그녀의 눈빛이 매섭게 번뜩였다. 승리에 고취한 시선으로 손에 쥔 무기를 옆으로 던지고는 의기양양하게 가슴 앞에 팔짱을 꼈다. “어쨌든 내 이름은 그레타예요. 고맙다고 인사를 하려면 알아야 할 테니 말이죠!” 카이가 얌전히 고개를 끄덕였다.

“고마워, 그레타.”

“그런데 정말 마법을 쓸 줄 몰라요?”

“아니야. 이렇게 소금을 잔뜩 먹지만 않는다면 말이지.”

그 말이 무슨 뜻인지 하녀가 정확히 알아들은 것 같지는 않았지만, 그녀는 되묻지 않았다. 그 대신 곧바로 본론을 꺼냈다. “난 당신과 함께 갈 거예요. 마법사님. 최소한 내가 당신보다 더 나은 길동무를 찾을 때까지요.”

카이는 손에 두른 넝마로 얼굴에 흐르는 피를 닦았다. 코피가 흘렀고, 뼈도 부러진 것 같았다. 마법으로 치유하려면 얼마나 기다려야 할까?

“나보다 좋은 길동무는 천지에 널렸어.” 카이가 말했다.

"지금은 당장은 없잖아요. 하지만 날 데려갈 마음이 있는 백마 탄 기사님이 등장한다면 당신을 고이 보내 드리죠."

원한 건 아니지만 카이는 웃음을 터트리고 말았다. "넌 도적 떼를 만나도 어떻게든 불가에 네 자리 하나쯤은 건질 아이로구나." 카이가 말했다.

하녀가 콧잔등을 찌푸렸다. "어쩌면요. 하지만 최소한 도적 떼 대장이랑만 상대하겠죠."

그때 그들 곁에 쓰러져 있던 티발트가 신음을 흘렸다. 그는 카이의 생각보다 훨씬 머리가 단단한 놈이었다.

"맙소사, 저놈이 당장 다시 일어나는 건 아니겠지?" 당황한 카이가 말했다.

그레타는 가소롭다는 표정으로 티발트를 쳐다봤다. 그러더니 숲 근처로 돌아가 조금 전 마부를 내리쳤던 나무 몽둥이를 다시 들고 돌아왔다.

"꼬마 도련님, 좀 비켜 보세요!" 그녀가 카이에게 지시했다.

카이는 아무 말 없이 옆으로 비켜섰다. 그녀의 모습에 반쯤 놀라고, 반쯤 진저리치며. 그리고 그레타가 마부의 두개골을 가늠해 보더니 앞으로 몇 시간쯤은 거뜬히 기절해 있을 정도로 세게 내려치는 모습을 지켜봤다.

"자, 이걸로 해결된 거죠." 그레타는 이렇게 말한 후 얼굴에 달라붙은 금발 머리카락을 후 불었다. 그런 그레타의 용기와 과감한 실행력에 카이는 솔직히 감탄하지 않을 수 없었다. 어리고 예쁜 외모를 지닌 그레타는 그 누구보다 살려는 의지가 확고했다. 그렇지만 여전히 배신자라는 사실에는 변함이 없었다. 그녀가 말했던 것처럼 더 나은 길동무가 나타나면 카이도 티발트와 같은 처지가 될 수도 있었다.

"어쨌든 나한테서 멀리 떨어져 있어." 카이는 무슨 말을 하려는 건지 자신도 알지 못한 채 그레타에게 선언했다.

순간, 그레타의 얼굴에 미소가 사라졌다. 그녀는 머리를 재차 정돈하더니 누더기처럼 너덜너덜해진 옷의 끈을 숙련된 솜씨로 묶어 어깨너머로 늘어뜨렸다. 그냥 아무 생각 없이 하는 행동 같았지만 모르긴 몰라도 아마 동작 하나하나가 계산된 것이 분명했다.

"그렇게 겁먹지 마요, 도련님. 당신 곁에 가까이 가지 않을 테니까요. 지금 당장 가장 시급한 건 당신의 마력이 되돌아오는 일이잖아요. 그렇지 않으면 당신은 어디 쓸 데도 없다고요. 하지만 난 보시다시피 당신에게 큰 이득이에요. 그러니까 이런 내가 당신을 보호해 주는 걸 다행으로 여겨요."

말을 마친 그레타는 몸을 숙여 티발트가 걸친 겨울용 케이프를 벗기고는 기분 좋은 듯 콧노래를 흥얼거리며 제 어깨에 둘렀다. 하지만 케이프도 그녀의 헐벗은 몸을 다 가려주지 못했다. 거친 모직물이 가린 곳 위로 맨 종아리와 목덜미 언저리가 덩그러니 불거져 나와 있었다.

깊은 한숨을 내쉬며 돌아선 카이가 염소의 목줄을 잡았다. 그리고 평소보다 억세게 자신의 뒤로 잡아당겼다. 그레타를 떼어 놓을 생각을 왜 더는 하지 않는 건지 자신도 알 수 없었다. 어쩌면 그를 구해 준 고마움 때문이었을지도. 아무튼 저 부끄럼 없는 뻔뻔한 태도와 야하게 찢어진 옷 때문은 아닐 것이다. 아니면 정말 그런 걸까?

트리스탄

"그래서 나 죽는 거냐?"

"아니."

새 이끼로 교체하려고 상처에 붙여 놓은 오래된 이끼를 오른손으로 떼는 동안 마론은 왼손으로 살포시 트리스탄의 어깨를 짚었다. 트리스탄은 내심 그녀가 그 손을 계속 거기에 두기를 기대했다. 마론의 손길은 뭔가 따스하고, 인간적이었다. 원래 이런 식의 신체접촉이 익숙했던 적도 없지만, 엘프의 노예가 된 지금은 아예 상상하기조차 어려운 기분 좋은 촉감이었다. 이르멜도 트리스탄을 이런 식으로 대하지 않았다. 그나마 트리스탄에게 이와 비슷한 느낌을 안겨 주었던 여자는 여관집 딸, 마르가가 유일했다. 그것도 딱 하룻밤뿐이었지만. 그 생각이 떠오르자 트리스탄은 절로 한숨이 나왔다.

“뭐야?” 마론이 물었다.

“아무것도 아니야…. 그냥 예전 일이 좀 떠올라서.”

“예전 일? 그러니까 열일곱 번째 생일이 앞으로 며칠 남았는지 거꾸로 세던 그 시절 말이야?” 그녀의 말이 매우 씁쓸하게 들렸다. “그때에 비하면 지금도 그리 나쁘지만은 않지. 부모가 우리에게 허락했던 날들보다 더 많은 하루가 이렇게 날마다 흘러가고 있으니까.”

마론은 조금 전 어깨에 생긴 피멍을 치료하려고 잠시 트리스탄의 어깨에 올려놓았던 손으로 거추장스레 드리운 트리스탄의 덥수룩한 머리카락을 살며시 옆으로 치웠다. 그의 등에 전율이 흘렀다.

“추워? 너 지금 소름 돋았어.”

트리스탄이 고개를 저었다. “아니, 난… 맞다… 좀 추운 것 같기도.”

“너 지금 뭐냐?”

야영지에 도착한 이후 추위는 참을 만할 정도로 누그러들었다. 더욱이 호리엘이 그들을 부대 배치를 위한 전투훈련에 혹독하게 몰아붙이지도 않았다. 그들은 텐트에 앉아 쉬거나 비록 눅눅한 담요이긴 하지만 그 아래로 기어들어 가 막간의 휴식을 취할 수도 있었다. 어쨌든 예전만큼 추위에 몸이 얼어붙는 일은 별로 없었다.

트리스탄이 몹시 당황스러운 표정을 지으며 둘러댈 또 다른 이유를 생각해 내려는 순간, 텐트 입구의 리넨 차양을 헤치며 야레드가 들어왔다. 머리와 어깨 위에 수북이 쌓인 눈이 그가 움직일 때마다 후두둑 바닥에 떨어졌다.

"젠장, 밖에서 좀 털고 들어와!" 마론이 야레드에게 투덜거렸다.

마론의 항의에 눈을 좁혔다 뜬 야레드가 아무런 대꾸도 하지 않고 눈을 털어 내려 밖으로 다시 나갔다. 다시 텐트 안으로 돌아온 야레드는 짜증 나는 눈초리로 마론을 째려봤다.

"지나칠 정도로 까칠한 네놈의 태도에 슬슬 짜증이 나려 한다, 비젤!" 야레드가 혼자 투덜거렸다. 그러더니 트리스탄 곁에 앉아 그의 상처를 살펴봤다. "생각보다 괜찮아 보이네. 이제 어느 정도 나았다고 말해도 되겠어, 형제."

트리스탄은 마론이 치료를 중단하고, 다시 옷을 입혀 주는 것이 못내 아쉽기는 했지만, 차라리 이렇게 분위기가 전환되어서 그나마 다행이라고 생각했다. 며칠 전 그녀는 셔츠에서 임시로 기웠던 골풀을 뜯어낸 후 바늘과 실로 셔츠를 다시 수선했다. 그 결과 찢어진 셔츠가 예전에 이르멜이 해 주던 것처럼 감쪽같이 수선됐다.

“그래. 오늘 아침에 그렇게 처맞았는데도 아직 어디 하나 부러지지 않았지.” 이곳에 끌려온 소년들이 진짜로 맞붙어 싸워야 했던 오늘의 실전 전투훈련을 암울하게 떠올리며 트리스탄이 대답했다. 이유는 모르겠지만 실전훈련에서는 파우스트가 자꾸 트리스탄의 대련 상대로 나섰다. 보호 장비, 혹은 몸 안에 넣는 쿠션 하나 없이 목검으로 상대를 쓰러트려야 하는 실전훈련에서만 만나는 걸 보면 결코 우연은 아닌 것 같았다.

“그게 다 위대하신 호리엘 님의 분노 때문 아니겠냐.” 야레드가 덧붙였다. “점점 그분도 파우스트가 네 수준에 미치지 못한다는 걸 깨닫겠지. 하지만 네게서 목검마저 빼앗아 버린 건 참으로 그다운 행동이었어.”

“트리스탄이 무기 없이도 파우스트 놈의 면상을 곤죽으로 만들어 버렸으니 망정이지….” 마론이 끼어들었다. 그녀의 음성은 무척이나 공격적이고 들떠 있었다.

야레드는 그러나 그녀에게 맞장구를 쳐 주지 않았다. 여느 때와 마찬가지로 야레드는 그녀를 그곳에 없는 사람처럼 취급했다.

트리스탄은 격분한 두 사람이 상대에게 뿜어내는 노기를 감지했다. “그나마 그들이 널 궁수로 배치한 걸 다행으로 생각해야 해." 분위기를 전환해 보려 트리스탄이 말했다.

"안 그래도 충분히 그러고 있어!" 야레드가 제 자리에 쓰러지듯 눕더니 허리띠에서 숨겨 놓은 육포 한 조각을 꺼내 들었다. 그리고 천천히 맛을 음미하며 육포를 씹었다.

"그거 어디서 났어?" 눈을 동그랗게 뜬 마론이 물었다.

"군량 텐트에 있는 친구가 줬지." 의기양양한 말투로 야레드가 대답했다. 마론은 그때 야레드의 장난기 어린 눈빛을 제대로 보지 못한 듯했다. 화가 난 마론이 그를 노려봤다.

"우리보고 지금 그 말을 믿으라고? 그들이 직접 네게 음식을 건넸단 말이냐? 네 손모가지를 잘라 버릴 수도 있는 일인데도 말이야?"

마음이 상한 야레드가 벌컥 화를 냈다. 두 사람은 서로를 마주 보며 벌떡 일어섰다.

"그래, 줬다!" 야레드는 입술을 꽉 물고, 으르렁거렸다. "왜, 얼굴에 상처투성이인 놈에게 먹을 것 좀 준 게 이상하다 이거냐? 어디 너한테도 줄지 한 번 직접 가보지그래. 어쩌면 여자애처럼 곱상한 네 외모가 도움이 될지도 모르지!"

트리스탄은 그 말에 마론의 두 뺨이 붉어지는 걸 알아차렸다. 그녀와 한 약속을 꼭 지켜야 한다는 생각에 트리스탄은 둘만의 비밀을 야레드를 비롯한 그 누구에게도 발설하지 않았다. 그렇지만 다른 소년들이 하나둘씩 그녀를 의심하는 상황이 이어졌다. 무리 중에 감각이 둔한 놈들까지 모두 그녀가 뭔가 다르다는 걸 알아차린 것이다. 트리스탄은 급기야 몸을 일으켜 서로 으르렁거리는 두 싸움닭 사이를 비집고 들어갔다.

“산책하러 나간다더니 도대체 왜 이러고 있는 거니?” 트리스탄이 마론을 향해 중얼거렸다.

야레드의 비난에 맞서 마론도 된통 쏴 주고 싶은 마음이 굴뚝같았다. 하지만 그녀는 모두를 위해 잠시 휴전하는 것이 낫겠다고 결정했다. “쥐뿔도 모르는 것들이!” 욕설을 뱉으며 외투를 집어 든 마론이 반항적인 태도를 보이며 눈 내리는 밖으로 휙 나가 버렸다.

그제야 트리스탄의 마음이 좀 가벼워졌다.

“넌 쟤를 왜 가까이 두는 거냐?” 여전히 제 분을 못 이겨 씩씩대는 야레드가 트리스탄에게 물었다.

“그거야 내 목숨을 구했잖아.” 트리스탄은 야레드를 설득해 보려 했지만, 대장장이는 그의 말을 잘라 버렸다. “그건 신께서만 아실 일이다. 저놈이 돌봐 주지 않았어도 다시 건강해졌을 수도 있지. 쟤 뭔가 좀 이상하다는 거 넌 안 느껴지냐?”

“도대체 무슨 얘길 하려는 거냐?”

야레드는 양손으로 허리를 짚었다. 트리스탄은 야레드가 자신을 응시하는 시선이 불편하게 느껴졌다. "재가 네 상처를 치료하는 모습을 어제 유심히 지켜봤는데 말이야. 정말 야릇하게 만지더라."

"야릇하게?"

"아무것도 모른 척하지 마. 그래도 네가 묻는다면 말해 주지. 저 비젤 놈은 남자를 좋아하는 놈이 분명해! 아담도 그렇게 생각한다고."

"니들은 그걸 어떻게 아는데?" 트리스탄이 되물었다. "설령 재가 우리와 뭔가 좀 다를지는 몰라도, 절대로 적은 아니잖나. 샤텐발트를 행군하던 때 기억나? 그때 노예로 잡혀 온 우리 분위기가 어떻게 가라앉고 있는지 지적한 건 바로 너였잖아. 그러니까 이제 파우스트와 그 패거리가 저질렀던 잘못을 네가 다시 반복하지 않았으면 한다!"

트리스탄의 말은 제대로 먹혔다. 막사에 발을 들인 이후 야레드는 처음으로 숨을 길게 내쉬었다. 그러더니 시선을 돌리며 깊은 생각에 잠긴 것처럼 보였다. "그럴지도 모르지." 마침내 그가 중얼거렸다. "저놈을 받아들이도록 노력은 해보지. 하지만 앞으로도 꽤 오랫동안 좋아하지 못할 수도 있다, 알았냐?"

트리스탄은 웃음을 터트리며 주먹으로 친구의 어깨를 가볍게 툭 쳤다. 이들은 함께 야레드의 담요를 덮고 누웠다.

"그러면 이제 비젤이 돌아오기 전에 어서 군량 텐트 꼬마 얘기 좀 풀어 봐!"

⚜

다음 날 전투훈련은 항상 그랬던 것처럼 야영지와 드래곤 산맥 사이에 위치한 뻥 뚫린 평야에서 시행됐다. 야영지 맞은편 쾨니히스하인 방향으로 배치된 궁병을 또 다른 엘프가 이끄는 동안 호리엘은 검사검으로 무장한 보병부대를 지휘했다. 야레드가 속한 부대의 훈련은 비교적 평온하게 진행되었다. 채찍질도, 부상도 거의 없었다. 한 멍청한 궁병이 저지른 불의의 오발 사고로 훈련을 받던 소년이 화살에 맞아 사망한 사건이 딱 한 번 있었지만, 엘프 사령관의 잘못은 아니었다.

호리엘은 첫 전투에 내보낼 만한 병사를 최대한 많이 양성하는 일에만 몰두하고 있는 것 같았다. 지금도 호리엘은 노예부대 선두에서 뒷짐을 지고 마치 사형집행인처럼 이리저리 바쁘게 걸어 다녔다. 한 사람씩 노려보는 냉혹한 시선만으로도 훈련병들 사이에 공포를 자아내기 충분했다.

"우리는 인간을 정복했다. 그리고 데몬족과의 전쟁에서도 승리했다. 이제 마지막으로 남은 드래곤족을 창공에서 끌어내리는 순간, 우리는 에냐도르의 진정한 주인이 될 것이다. 그리고 그것이… 바로 너희 궁병이 짊어진 사명이다."

전사에게 있던 용기마저 앗아가는 기술을 호리엘만큼 터득한 자도 또 없을 것이다. 트리스탄은 저 거만한 엘프가 도대체 무슨 의도로 저러는 건지 궁금했다. 전쟁터에서 가장 먼저 목숨을 내놓는 역할이 그들의 몫이라는 건, 딱히 상기시켜 주지 않아도 모두 잘 알고 있었다. 보병부대 역시 드래곤족 동맹군인 데몬 군대와 지상에서 맞서 싸워야 했다. 한 번의 시선만으로 사람의 목숨을 앗아간다는 데몬족의 치명적인 눈빛을 가장 먼저 받아내야 할 병사들이다. 아마도 그들 중 다수는 검을 뽑을 기회조차도 없이 전사할 것이다. 아무리 엘프들이 단조한 문스워드월검가 강력한 무기라 할지라도 뽑기도 전에 목숨을 잃는다면 그게 다 무슨 소용이겠는가. 더욱이 엘프는 지금까지 단 한 번도 인간에게 그들의 검을 건넨 적이 없었다. 인간 노예 병사는 항상 나무로 만든 원시적인 무기를 들고 참전했다.

"너희가 운이 좋다면," 호리엘이 말했다. "맞서 싸울 데몬족이 검은 눈동자를 지녔을 수도 있다. 검은 눈동자를 지닌 데몬의 눈빛에 실린 힘은 붉은 눈동자들보다는 그나마 약하다. 따라서 단숨에 너희의 목숨을 앗아가는 대신 엄청난 고통을 주는 데서 끝날 수도 있다. 물론 너희와 마주할 적군이 붉은 눈일 수도 있다. 그러면 그냥 하늘에서 너희를 기다리고 있는 신의 계시로 기꺼이 받아들여라. 알다시피 탈영은 절대 불가능하니 꿈도 꾸지 말라. 드래곤족은 너희 몸을 불태워 버리는 반면, 데몬족은 정신을 소멸시킨다. 그들은 눈빛 한 번으로 너희를 쓰러트릴 것이며, 끔찍하고도 무한한 고통을 안겨 줄 것이다. 그 눈빛을 마주한 자는 그 고통을 참아내느니 어서 정신이 몸부림치는 육체를 놓아 주기만을 간절히 바랄 것이다."

사령관의 연설이 계속 이어지는 동안 트리스탄의 오른편에서 작은 소음이 들려왔다. 귀에 거슬렸다. 트리스탄은 슬쩍 곁눈질로 옆 소년을 보았다. 부르크스메아데 목사의 아들, 단이었다. 단은 공포와 추위에 치아를 부딪치며 딱딱 소리를 내고 있었다.

"정신 차려!" 트리스탄이 그에게 속삭였다.

하지만 이미 호리엘도 그 소리를 들은 뒤였다. 증오로 가득 찬 엘프의 시선에 단이 얼어붙었다. "너희 인간들이 이렇게 끔찍할 정도로 겁쟁이가 아니었더라면 아마 지금 너희들의 대열에 내가 서 있을 것이고, 너희가 사령관이 됐었겠지." 호리엘이 비아냥거리며 다가왔다. 그는 덜덜 떠는 소년의 코앞에 멈춰 섰다. 그리고 눈을 가늘게 좁혔다가 뜨고는 단에게 통보했다. "네 이빨에서 나는 그 망측한 소음을 당장 멈추지 못하겠다면, 내 친히 부셔 주겠다."

트리스탄은 어떻게든 마음을 가라앉히려고 애쓰는 단의 모습을 보았다. 단은 입술을 굳게 다문 채 목검을 있는 힘껏 붙잡았지만 허사였다. 그의 치아에서는 계속 딱딱거리는 소리가 났다.

"사령관님." 갑자기 저 멀리 우측에서 누군가의 목소리가 끼어들었다. 순간 그것이 마론의 음성이라는 걸 깨달은 트리스탄은 경악했다. 한껏 이마를 찌푸린 호리엘이 그녀에게 돌아섰다. "사령관님, 오늘 문스워드로 대련해도 된다는 것이 정말인가요?"

엘프는 이렇게 무례하게 끼어든 마론의 행동에 불쾌함을 그대로 드러냈지만, 어쨌든 마론은 그가 꺼내려던 다음 주제를 제대로 짚어냈다. 호리엘은 그녀의 말에 흥미를 보였다. "문스워드를 단조하는 것은 엘프에게만 전해 내려오는 능력이다. 보름달이 뜬 밤 신성한 갱도에서 채굴한 광석으로 검을 단조하지. 따라서 우리 엘프 외에 그 누구도 그 검을 잡지 못한다!"

"하지만 사령관님… 문스워드 없이 어떻게 데몬족을 벨 수 있단 말입니까!"

또 마론이었다. 트리스탄은 가능하다면 재빨리 그녀에게 뛰어가 그 입에 재갈을 물리고 싶은 심정이었다. 호리엘이 자신을 어떻게 짓이겨 놓았는지 제 눈으로 목격하지 않았던가? 호리엘은 당장이라도 그녀의 셔츠를 찢어 버리고, 등판에 피가 철철 흐를 때까지 채찍으로 난도질하라 명하고도 남을 자였다.

그렇지만 엘프는 예상과 달리 격노하기는커녕 음흉한 미소를 지었다. "이리 와라, 꼬마야. 네가 문스워드를 쓸 수 없다는 걸 내 직접 보여 줄 테니!" 한 걸음 옆으로 비켜선 호리엘이 검을 들었다.

순간 트리스탄의 호흡이 멈췄다. 겁먹은 표정으로 발걸음을 뗀 마론이 대열 앞으로 나왔다. 그녀는 불안한 시선으로 계속 두리번거렸다. 호리엘이 한 엘프 병사에게 눈짓을 보내자 그는 마론에게 제 검을 건넸다. 마론은 엘프가 검에서 손을 떼자 검의 손잡이를 붙잡았지만 너무 무거운 나머지 풀썩 주저앉고 말았다.

그 모습에 호리엘이 소리 내어 웃었다. "이런 약골을 누가 검사부대에 배치한 거지? 내가 그랬던가?" 호리엘은 그의 어깨너머 있는 다른 엘프에게 물었다. 그들은 조소 어린 그의 말에 동의하고는 가슴 앞에 팔짱을 꼈다. "자 어서, 내게 덤벼 봐라!"

마론은 이제 양손으로 검을 움켜잡았다. 조금은 겁에 질렸지만 그녀의 얼굴에 집중하려는 표정이 역력했다. 마치 맹수처럼 엘프 주변을 돌며 그의 움직임을 주시하더니, 반응을 살피려는 듯 먼저 가벼운 공격을 시도했다.

트리스탄은 미친 듯이 맥박이 날뛰는 걸 느끼며 마론의 행동을 지켜봤다. 그녀는 자신이 지금 무슨 행동을 하는 건지 분명히 잘 알고 있었다. 앞서 트리스탄에게 결투에서 자신을 이기지 못할 거라던 호언장담이 완전 허풍은 아닌 것 같았다. 누군가 마론에게 검술을 가르친 게 분명했다. 하지만 그렇다고 해서 호리엘을 상대할 수 있는 수준은 아니었다. 저 엘프는 강함과 동시에 믿기지 않는 민첩성을 갖췄다. 얼굴에 미소를 띤 호리엘은 검을 검집에서 뽑지도 않은 채 마치 춤을 추듯 가벼운 스텝을 밟으며 손쉽게 마론의 공격을 피했다.

"문스워드는 한 손으로 드는 검이다." 마론의 공격을 여유롭게 피하면서 그가 설명했다. "선택받은 전사만이 휘두를 수 있는 고귀한 무기지."

마론은 듣기 싫은 말을 계속할 여유를 주지 않겠다는 듯이 이번에는 측면에서 제대로 그를 압박했다. 하지만 양손으로 검을 잡았기 때문에 칼을 내리칠 때 온몸을 실어야만 했다. 따라서 마론의 동작은 그만큼 더디고 날카롭지 못했다. 이쯤에서 대련을 마쳐야겠다고 결정했는지 엘프는 마론의 공격을 막아 낸 후 반쯤 몸을 돌려 반격했고 그녀를 쓰러트렸다. 허겁지겁 일어난 마론은 몸을 겨우 지탱했다. 다시 자세를 잡아 보려고 했지만 그사이에 사령관의 검이 그녀의 팔뚝을 스쳤다. 예리한 문스틸의 칼날이 그녀가 입은 셔츠를 두 동강 냈고, 심각하진 않지만 피가 철철 흐를 정도의 상처를 입혔다. 놀란 그녀가 비명을 질렀다.

"보았느냐? 이것이 너희 인간들에게 문스워드를 주지 않는 이유다. 너희들은 그럴 만한 재목이 아니니까." 평가를 마친 호리엘이 검을 내렸다. "문스틸월강철로 만든 날카로운 칼날로 너희들의 운을 시험해 보고 싶기도 하겠지. 하지만 아무리 데몬족 군대가 이곳으로 진군한다고 해도 내가 너희에게 이 고귀한 무기를 건넬 거라 꿈도 꾸지 마라."

트리스탄은 이제 마론이 제발 포기하기만을 마음속으로 간절히 빌었다. 분위기상 저 엘프가 그냥 이대로 그녀를 용서해 줄 것도 같았다. 어쨌든 마론에게 대련을 허락했던 이가 그였으니까. 그렇지만 마론은 그런 트리스탄의 마음을 배신하듯 또다시 그를 공격했다. 이번에는 뭔가를 깨우친 것 같았다. 원심력을 이용하지 않고, 엘프 앞으로 곧바로 돌격했다. 또 다른 공격이 이어질 거라고 미처 예측하지 못했던 호리엘은 한 박자 늦게 우측으로 몸을 회전하며 마론의 칼을 피했다. 마론이 든 문스워드의 칼끝이 그의 갑주를 스쳤고 흉갑에 달려 있던 은빛 비늘 장식을 조금 베어 냈다. 뒤이어 마론은 우아한 몸놀림으로 자세를 취했다.

호리엘은 믿기지 않는다는 시선으로 훼손된 갑주를 응시했다. 마론을 노려보는 그의 눈빛에 살의 가득한 경멸이 녹아들었다. "네가 감히…" 그가 씩씩거리며 욕설을 퍼부었다.

잠시 그들은 서로를 노려봤다. 둘의 눈에서 불이 뿜어져 나올 것 같았다. 호리엘이 공격에 나섰다. 그는 깃털처럼 가볍고 우아하게 한 손으로 검을 흔들며 전진했다. 한 번, 두 번, 세 번, 호리엘은 연속해서 검을 휘두르며 상대를 몰아붙였다. 마론은 점점 뒷걸음질 쳤다. 첫 공격은 안정적으로 막아 냈지만, 두 번째 공격을 받자 비틀거렸다. 역부족이었다. 그녀가 든 검을 사정없이 강하게 가격한 마지막 공격은 끝내 버텨 내지 못했다. 쨍그랑. 공중을 날아오른 검이 트리스탄의 발밑으로 떨어졌다.

마론의 얼굴이 새파래졌다. 마론은 엘프의 분노를 누그러뜨리려는 마음에 조금도 망설이지 않고 재빨리 무릎을 꿇었다. 그렇지만 이런 굴복을 뜻하는 행동도 광기로 뒤집힌 호리엘의 눈에 들어올 리가 없었다. 분노에 일그러진 얼굴로 호리엘이 그녀 앞에 섰다.

"지금 네가 저지른 허튼짓은 엘프를 눈곱만큼이라도 건드린 마지막 사례로 남을 것이다." 호리엘은 마론을 향해 침을 뱉었다. "머리를 조아려라!"

모두가 이제 눈앞에서 벌어질 일을 예감했다. 트리스탄도 마찬가지였다. 트리스탄은 깊게 생각할 틈도 없이 그대로 몸을 숙여 발밑에 떨어진 문스워드를 집어 들었다. 순간, 너무 가벼운 검의 무게에 흠칫 놀랐다. 호리엘의 말은 틀렸다. 이 검은 인간인 트리스탄을 거부하지 않았다. 검의 손잡이도 그와 오랜 시간을 함께했던 것처럼 손에 꼭 맞았다. 마치 검이 트리스탄의 모든 동작을 미리 꿰고 있는 것 같았다. 더 나아가 그가 휘둘러야 하는 올바른 방향을 찾도록 이끌어 주는 것처럼 느껴지기까지 했다.

호리엘은 검을 들어 마론의 뒷목을 겨눈 뒤 칼날을 하늘 높이 들어 올렸다. 그렇지만 엘프가 휘두른 검은 사람의 살과 힘줄이 아닌 또 다른 문스틸월강철과 부딪쳤다. 공중에 섬광이 튀었다. 트리스탄은 자신이 호리엘이 휘두른 검을 어렵지 않게 막아 냈다는 것에 깜짝 놀랐다. 호리엘이 당황하여 균형을 잃고 뒷걸음질 치는 틈을 타 트리스탄이 호리엘과 마론 사이로 뛰어들었다.

그 자리에 모여 있던 병사들이 웅성거렸다. 엘프들이 무기를 집어 들었다. 모두가 호리엘을 응시하며 명령을 기다렸다.

트리스탄은 호리엘이 그 상태에서 우선 물러설 거라 예상했다. 어쩌면 병사들에게 그를 죽이라고 명령할 수도 있었다. 아무튼 상황이 이렇게 된 마당에 무슨 일이 벌어지든 제 목숨을 최대한 값지게 팔기로 결심했다. 손에 쥔 검이 고동쳤다. 절체절명의 상황에서도 검에서 뿜어 나오는 미지의 힘이 그에게 확신과 용기를 선사했다.

호리엘의 아름다운 얼굴이 흉측하게 일그러졌다. "넌 또 뭐냐?" 그가 트리스탄에게 욕설을 뱉으며 물었다.

"트리스탄입니다. 부르크스메아데 출신 인간이죠."

"틀렸다." 격분한 엘프가 씩씩거렸다. "넌 노예고, 드래곤의 먹잇감이지. 그 이상은 아무것도 아니다!"

"그건 두고 보도록 하죠." 트리스탄이 문스워드를 어깨 위로 휘둘렀다. 뒤편에서 마론이 흐느껴 우는 소리가 들렸다. 트리스탄은 뒤를 돌아 마지막으로 그녀를 보고 싶은 충동을 간신히 억눌렀다. 그 대신 호리엘의 움직임을 주시하며 그 자리를 굳건히 지키고 서 있었다. 병사들이 몸을 일으키는 모습을 유심히 관찰하면서 트리스탄은 그들이 입은 갑주의 유일한 취약점을 단번에 알아차렸다. 바로 어깨 부위였다. 트리스탄은 손에 쥔 문스워드로 정확히 그곳을 베어 내기로 결심했다. 검은 트리스탄의 생각을 확실히 이해한 것 같았다. 그의 손에 들린 검이 응답하듯 꿈틀거렸다.

하지만 호리엘은 트리스탄의 예상과는 완전히 다르게 반응했다. 그는 잠시 트리스탄을 노려보더니 검을 내리고, 병사들에게 눈짓을 보냈다. "네가 무엇인지 내 친히 일깨워 주마. 우선 그것부터 제대로 깨닫게 한 후에… 죽음을 허락하겠다. 어서 저 방자한 놈을 잡아라!"

하늘에서 다시 눈이 내리기 시작했다. 하얀 눈송이가 하늘에서 춤을 추듯 떨어졌고, 야영지 앞 연무장은 아무도 밟지 않은 순결한 황무지처럼 모습을 바꿨다. 하늘에서 떨어지는 눈발이 지상의 거의 모든 소음을 삼켜 버렸다. 강철을 두드리는 대장장이의 망치질 소리만이 고요한 정적을 깨고 울려 퍼졌다. 그 소리가 멈추자 트리스탄은 때가 되었다는 걸 직감했다. 호리엘이 하려던 것이 무엇이든, 이제 그 준비가 끝난 것이다.

막사 한가운데 있는 기둥에 묶인 채 주저앉아 있는 트리스탄은 거의 움직이기조차 힘든 상태였다. 오래지 않아 방문객이 찾아왔다. 텐트 앞에 서 있던 두 보초병 중 하나가 방문객을 안으로 들여보내기 위해 막사의 덮개를 들어 올렸다. 그리고 야레드가 걸어 들어왔다. 걷어 올린 소매 아래 드러난 팔에는 시커먼 그을음이 가득했고, 땀이 송골송골 맺혀 있었다. 야레드는 안절부절못하며 한 걸음씩 다가왔다.

"트리스탄, 난…"

"괜찮아. 뭘 그렇게 요란하게 만든 거냐?"

야레드는 괴로운 표정으로 트리스탄을 바라봤다. "낙인."

트리스탄은 시선을 바닥으로 떨어트렸다.

잠시 마음을 가라앉힐 시간이 필요했다. 이윽고 고개를 끄덕이며 자신을 옭아맨 사슬이 허락하는 범위 내에서 힘겹게 몸을 일으켰다. "이제 내게 마음의 준비를 하라고 널 이곳으로 보낸 거냐?"

“트리스탄, 그는 널 무너뜨리기 위해 뭐든 할 거야. 내 책임이 크다. 네게 강해져야 한다고 말하는 게 아니었어.”

트리스탄이 고개를 저었다. “네가 아그네스와 내게 그런 충고를 했을 때 난 그게 우리가 선택할 수 있는 유일한 길임을 확신했어. 엘프들이 우리의 자유를 앗아갔으니까. 하지만 우리의 긍지와 용기만큼은 그들에게 빼앗겨선 안 돼. 그러니까 처음부터 강해지는 것 말고는 다른 길은 없었던 거야.”

야레드가 한숨을 쉬었다. 그의 눈에 절망이 가득 했다.

“이게 다 그 망할 비젤 놈 때문이야! 대체 넌 왜 또 그놈을 도우려 나선 거냐?”

“그래야 했었으니까. 네놈처럼 그놈도 내 친구다. 너희 둘 중 누구였어도 난 똑같이 그랬을 거다.” 트리스탄이 비젤을 감쌌다. 그리고는 좀 더 차분한 태도로 덧붙였다. “그놈은 좀 어때? 팔에 난 상처는 괜찮아 보이던가?”

“그거야 그냥 긁힌 정도지.” 야레드가 투덜거렸다. “지금 그놈은 막사에 주저앉아서 마치 계집애 같은 눈을 하고는 흐느껴 울고만 있다니까.”

트리스탄의 입가에 야릇한 미소가 걸렸다. 트리스탄은 야레드와 다른 소년들이 어떻게 그렇게까지 눈뜬장님 같은지 참으로 놀라울 따름이었다. 트리스탄은 잠시 이 대장장이 친구에게 마론의 비밀을 털어놓는 게 어떨지 고민했다. 그가 사라진 후에도 그녀를 돌보고, 마음을 달래 주도록 부탁하기 위해서였다. 오늘 밤이 지나면 앞으로 마론을 손수 챙길 수 없을 테니까.

“트리스탄, 그가 널 죽이고 말 거다.” 야레드가 속삭였다. “하지만 그보다 먼저…”

“나도 알아!” 격분한 트리스탄이 얼어붙은 나무그루터기를 발로 힘껏 짓이겼다. 지금 이 공간에 이 이상의 좌절감이 스며드는 건 용납할 수 없었다. 그런 감정에 휘말리기 시작하면, 결국 호리엘이 원하는 대로 되는 것이기에.

야레드는 트리스탄 쪽으로 몸을 숙여 넌지시 말했다. “보급 막사의 그 꼬마 말이야… 엘프들이 그녀에게 무슨 나쁜 짓이라도 할까 봐 걱정이었다더군. 그래서 그녀는…” 야레드의 미간에 주름이 깊게 패었다. 그 주름의 깊이만으로도 트리스탄은 지금 그가 얼마나 큰 갈등에 빠져 있는지 알 수 있었다.

“그녀가 뭐…?”

대답 대신 야레드는 주머니에서 작은 유리병 하나를 꺼냈다. 투명한 액체가 들어있는 앰플이었다. 야레드는 트리스탄의 주먹 쥔 오른손을 서서히 펴고는 앰플을 쥐여 줬다.

“이건 샤텐발트에서 구한 와이번비룡 독이래. 삼킬 필요는 없고 피부에 닿기만 해도 충분하대. 이 독은 순식간에 모든 걸 끝장내 준다고 하더라. 앞으로 네가 뭘 어떻게 견뎌야 할지 모르겠다만 이만하면 됐다 싶을 때 그냥 이 앰플을 터트려 버려.”

트리트탄은 아무 말도 하지 않았다. 다만 야레드가 준 앰플을 손에 꼭 쥐었다. 야레드가 다시 몸을 일으키려 할 때 그들의 시선이 마주쳤다.

“정말 속상하다.” 야레드가 낮고 침울하게 속삭였다. 그 말을 끝으로 그는 막사를 떠났다.

트리스탄은 발밑 땅바닥을 노려봤다. 그러면서 호흡을 가다듬어 보았다. 의식적으로 숨을 들이마셨다 내뱉기를 반복하며 그는 어떤 역경에도 굴하지 않겠노라 마음을 다잡았다. 그리고 그 감정을 차분히 마음에 갈무리했다. 지난 17년 동안 날마다 참담한 일을 겪었지만 그때마다 심호흡을 하며 애써 평정심을 찾곤 했었다. 그럴 때면 의붓형제 카이의 손길이 그의 마음을 어루만져 주고 괴로움을 덜어 줬었다. 하지만 그 따스했던 손길은 이제 없다. 그에게 남은 건 산산조각난 자존심과 독이 든 앰플 하나가 전부였다.

트리스탄은 손에 쥔 앰플을 손가락 사이로 만지작거렸다. 하지만 마음의 결정을 내리기도 전에 막사 입구가 다시 열렸다. 병사 여럿을 대동하고 호리엘이 들어왔다. “저놈을 밖으로 끌어내서 기둥에 묶어라.” 그가 명령했다. “어디, 언제까지 제가 인간임을 주장할 수 있을지 두고 보자.”

한 병사가 다가와 트리스탄을 묶은 쇠사슬을 풀었다. 손목에 수갑은 찬 채 거칠게 일으켜진 트리스탄은 등을 밀치는 우악스러운 손길에 떠밀려 밖으로 나갔다. 병사들은 야영지 한가운데 명령에 불복종하거나 저항하는 이들을 묶어 놓는 기둥까지 트리스탄을 끌고 갔다.

그새 주변은 어둠이 내려앉았다. 짙어지는 어둠 속에 야영장의 모든 막사가 이 기둥을 포위하듯 에워싸고 있었다. 처형장에서는 엘프들이 소년들 앞에 섰다. 병사들 손에 들린 횃불 때문에 그 뒤편에 선 소년들 얼굴이 그림자에 가려져 어렴풋이 보였다.

트리스탄은 야레드, 아담 그리고 마론이 어디 있는지 궁금했으나 살펴볼 겨를이 없었다. 기둥 바로 옆에 놓인 화로 안에 검붉게 타오르는 석탄 사이로 뜨겁게 달아오른 낙인이 보였다. 트리스탄은 잠식해 오는 공포를 떨치려고 황급히 시선을 다른 곳으로 돌렸다.

엘프 중 한 명이 수갑에 사슬을 고정하고, 처형대 고리에 그 끝을 연결했다. 두 팔이 위로 들렸지만 이번만큼은 트리스탄도 고개를 빳빳이 들고 정면을 응시했다. 무엇을 하려는 속셈인지 이제 트리스탄은 확실히 깨달았다. 호리엘은 트리스탄을 굴복시키고 싶은 것이다. 저항의 태도를 구걸의 자세로 바꾸고자 하는 것이다. 그의 자존심을 모조리 불태워 없애려는 것이다. 끝까지 인간임을 내세웠던 그가 스스로 노예임을 자처하는 모습을 이 야영지에 있는 모두가 두 눈으로 똑똑히 지켜보기를 원했던 것이리라.

트리스탄은 엘프 사령관이 하는 말을 아예 듣지 않았다. 주먹에 쥔 앰플에만 온정신을 쏟았다. 그에게 자유를 약속하는 그 온기에만 집중하려고 애썼다. 트리스탄은 매우 조심스럽게 앰플을 쥔 손에 서서히 힘을 가했다. 그때 마론이 보였다. 눈물을 흘린 흔적이 가득한 그녀의 섬세한 얼굴이 돌처럼 굳어진 가면들 사이에서 한눈에 들어왔다. 그녀의 눈빛은 연민과 죄책감으로 가득했다. 그 모습을 본 트리스탄은 주저했다. '이대로 그냥 끝내 버린다면 마론은 더 큰 자책감으로 괴로워할 것이다.' 온몸에 전율을 느끼며 트리스탄은 몸을 돌려 호리엘을 응시했다.

"…너희 아비가 우리 선대의 노예였던 것처럼, 너희도 한

낱 우리의 노예에 불과하다.” 호리엘이 말했다. “이제 그 사실을 뼈저리게 느끼게 해 줄 것이다.”

호리엘은 들고 있던 횃불을 다른 엘프에게 넘기고는 트리스탄을 향해 돌아섰다. 그리고 숙련된 손길로 트리스탄의 셔츠를 잡더니 갈기갈기 찢어 버렸다. 얼마 전에 마론이 애써 꿰매어 놓은 자리도 다시 터졌다. 호리엘은 찢어 낸 셔츠를 무심하게 바닥에 내동댕이쳤다.

“이번만큼은 너도 비명을 지르지 않고는 못 배길 것이다.” 그가 조용히 말했다.

그리고는 석탄 화로에 다가가 낙인을 꺼내 들었다. 트리스탄은 야레드가 제련한 도장을 이제 제 눈으로 확인할 수 있었다. 낙인은 커다란 원과 작은 원 두 개가 교차되어 있는 모양이었다. 이 문양은 목줄과 고리를 형상화한 것으로 노예의 상징이었다. 트리스탄은 본능적으로 독이 든 앰플을 쥔 주먹에 힘을 더해 아까보다 세게 움켜쥐었다. 하지만 또다시 마론과 눈이 마주친 트리스탄은 그녀의 눈빛에 깃든 감정을 보며 어떻게든 정신을 다잡아 보려 안간힘을 썼다. 닭똥 같은 눈물이 뚝뚝 그녀의 뺨을 타고 흘렀다.

그때 트리스탄의 앞에 선 호리엘이 그들의 시선을 가로막았다. 느긋한 그의 동작 하나마다 만족감이 깃들어 있었다.

“네가 무엇이라고?” 그가 다시 트리스탄에게 물었다.

트리스탄은 대답하는 음성이 제발 떨리지 않기만을 바라면서 온몸 구석구석에서 용기를 그러모았다. “트리스탄입니다. 부르크메아데 출신인 인간입니다.”

“그건 정답이 아니다.” 엘프는 뜨겁게 달아오른 쇳덩이를 트리스탄의 가슴 한가운데 짓이겼다.

치지직 살이 타는 소리가 났다. 트리스탄의 피부가 녹아내리며 자극적인 김이 치솟았다. 그 무엇과도 견줄 수 없는 잔혹하고, 야비한 고통이 그의 몸을 꿰뚫었다. 어디에선가 날카로운 비명이 트리스탄의 귓가를 울렸다. 차츰 의식이 사라졌다. 불끈 쥔 주먹이 점점 오그라들었다. 지금이 바로 그때였다. 이 모든 것을 끝내야 하는 바로 그 순간. 트리스탄은 눈을 감았다. 그렇지만 눈을 감은 상태에서도 마론의 얼굴이 눈앞에 아른거렸다. 비탄에 젖은 마론이 뭔가를 말하고 있었다. 비록 소리가 잘 들리지 않았지만, 입 모양만 봐도 알 수 있었다. 마론은 같은 말을 반복했다. “안 돼!”

호리엘이 트리스탄에게서 쇳덩이를 치웠다. 연기와 함께 타들어 간 살에서 풍기는 악취가 공중에 자욱했다. 다른 엘프가 얼음장같이 차가운 물이 가득 든 양동이를 가져와 트리스탄에게 퍼부었다. 트리스탄은 숨쉬기가 힘들었다. 가

습팍의 열기가 그의 피부에 퍼진 혹한과 격렬한 싸움을 벌였다.

호리엘은 부르크메아데에서 트리스탄과 처음 조우했을 때처럼 트리스탄의 턱을 잡아 높게 치켜들었다. “이번만큼은 너도 비명을 지를 거라 내가 말하지 않았던가?”

트리스탄은 자신이 소리를 질렀는지조차 알지 못했다. 생사를 구분하기조차 어려운 지경이었으니까. 어쩌면 저 높은 곳의 권능이 트리스탄에게 연민을 느껴 혼절할 수 있는 은혜를 베풀었는지도 모른다. 머리카락까지 꽁꽁 얼어붙을 정도로 차가운 냉수를 끼얹지 않았더라면 분명 트리스탄은 혼절한 상태로 요단강을 건너고 말았을 것이다.

“네가 뭐라고?”

트리스탄의 귓가에 스치는 호리엘의 음성이 아주 멀리서 들리는 것 같았다. 트리스탄은 대답하려 했지만 도무지 목소리가 나오지 않았다.

“크게 말하라, 말이 들리지 않는다!” 엘프가 명령했다.

그러자 트리스탄의 정신이 조금은 맑아졌다. 트리스탄은 자신을 억압하는 자의 눈에서 야만적인 승리의 쾌감을 보았다. 추위에 입술이 여전히 덜덜 떨렸지만, 이제 조금은 움직일 수 있었다. “내 이름은 트리스탄이고… 부르크스메아데 출신이며… 그리고… 인간입니다.”

주변에서 웅성거리는 무리 사이에서 휘파람 부는 소리가 들렸다. 이를 세게 악문 호리엘의 턱관절에서 으드득 뼈 부서지는 소리가 났다.

“그래, 그렇다면 네놈에게 다시 한번 가르침을 줘야겠구나.” 호리엘이 비아냥거리며 벨트에 부착된 작은 칼집에서 단검을 꺼내 들었다. 매끈한 칼날에 은장식이 세공된 기품 넘치는 단검이었다. 트리스탄은 눈앞에서 번쩍이는 칼날을 바라봤다.

“드래곤이나 데몬과 싸우는 노예한테 굳이 혀는 필요 없지.” 호리엘이 말했다. “필요 없는 것은 그냥 잘라 버리는 것이 나을 때도 있다. 그러면 시도 때도 없이 불평하는 소리를 듣지 않아도 되니 말이다. 하지만… 혀가 없으면 노예맹세를 제대로 할 수 없을 테니, 어쩌면 그보다 먼저…” 호리엘은 트리스탄의 얼굴에 단검을 대고 이리저리 움직였다. 그리고 그의 귓가에 잠시 멈추더니 귓바퀴에 아주 작은 상처를 냈다. 그러더니 별안간 검을 다시 검집에 넣고 아연실색한 표정으로 그 자리에서 한 바퀴를 돌았다.

“방금 뭐였지?” 그가 옆에 서 있는 병사에게 물었다.

어둠 속에서 웅성거리던 엘프들, 사람들 모두가 숨죽였

다. 어디에선가 강하게 날개를 치는 소리가 들렸다. 이 세상의 어느 새와도 비교되지 않는 강력한 날갯짓이 내는 소리였다.

"드래곤이다!" 보초병 중 하나가 외쳤다.

"궁병!" 호리엘이 외쳤다. "무기를 잡아라!"

모두가 단숨에 흩어졌다. 창을 겨눈 엘프들이 고함을 지르며 몰아가는 탓에 소년들은 어쩔 수 없이 무기창고로 달려갔다. 그리고 야영지에 피워 놓은 모닥불이며 횃불들을 황급히 껐다. 트리스탄은 어떻게든 움직여 보려고 근육을 쥐어짰다. 이런 대혼란 속에서도 마론과 그의 친구들을 찾아보려고 애를 썼지만 그들의 모습은 어디에도 보이지 않았다. 있는 힘을 다해 사슬을 풀어 보려 했지만 헛수고였다. 어느새 호리엘은 사라지고 없었지만, 여전히 엘프 병사 하나가 그의 곁을 지키고 있었다.

"거기 너! 어서 이 사슬을 풀어!" 그를 바라보며 트리스탄이 외쳤다. 몸을 돌려 트리스탄을 바라보는 엘프의 얼굴에 짜증이 가득했다.

"어서 날 풀어 줘, 이 야영지를 방어하는 데 내가 도울 수 있어."

"제 몸뚱이 하나 제대로 건사하지도 못하면서." 엘프는 애써 그를 무시하며 말했지만 그 음성에는 공포가 담겨 있었다.

“그러면 그냥 내가 싸우다가 죽게 해 줘. 그냥 거기서 멀뚱히 서 있기만 하면 우리 둘 다 화염에 꼬치구이가 되어 버릴 거란 말이다!”

결정을 내리지 못한 엘프 얼굴에 망설임이 보였다. 불안한 시선으로 이리저리 두리번거리는 모습을 보니 주변에서 사령관이나 다른 상관을 찾아보려는 것 같았다. 그렇지만 오래 망설일 것도 없었다. 곧이어 보라매와 비슷하지만 그보다 천 배쯤은 더 날카롭고 큰 울음소리가 공중에서 울려 퍼졌기 때문이었다. 허공을 가르며 튀어나온 파이어볼이 밤하늘을 낮처럼 환하게 비췄다. 야영지를 향해 날아온 불덩어리는 트리스탄과 엘프가 있는 곳에서 불과 몇 미터 떨어지지 않은 곳에 있는 막사를 강타했다. 막사는 금세 화염에 휩싸였다. 그 불꽃을 조명 삼아 주인공이 모습을 드러냈다. 커다란 날개를 펼치고, 뾰족하고 긴 꼬리를 늘어트린 채 밤하늘을 가르는 검은 실루엣의 주인. 귀가 먹먹해질 정도로 날카로운 괴성이 공중을 지배했다. 이렇게 드래곤 한 마리가 하늘에서 하강하고 있었다. 그 드래곤은 곧바로 처형대가 있는 야영지 중앙을 향해 날아왔다.

"당장 날 풀어 줘!" 트리스탄이 성급히 외쳤다.

그의 곁에 있던 엘프의 낯빛이 창백해졌다. 그는 손가락 하나 꿈쩍하지 못하고 얼어붙었다. 드래곤의 목구멍에서 뭔가 번쩍이기 시작했다. 드래곤의 몸속에서 화염이 둥글게 뭉치기 시작했고, 피부에 난 비늘이 하나씩 전부 빛을 뿜어냈다. 이제는 주변을 공포에 몰아넣은 드래곤의 날카로운 이빨, 머리 위에 난 거대한 두 개의 뿔, 파충류 특유의 금빛 눈을 트리스탄이 자세히 관찰할 수 있을 만큼 거리가 가까워졌다. 땅에 내려앉은 드래곤은 입을 쩍 벌렸다. 엘프는 그제야 정신을 차렸다. 그는 제게 무기가 있다는 걸 깨닫고는 전투 자세로 창을 고쳐 잡았다. 그리고 파이어브레스를 내뿜으려는 드래곤을 향해 있는 힘껏 창을 휘둘렀다. 그러는 동안 화염은 탐욕스럽게 혀를 날름거리며 트리스탄이 묶여 있는 기둥을 덮쳤다. 드래곤의 화염을 피할 방법은 없었다.

트리스탄은 눈을 감고 마론을 생각했다. 머릿속으로 그는 그녀에게 *미안하다*고 말했다. *하지만 불에 타 죽는 거보다는 그래도 이게 나을지도*…. 그리고는 와이번 독이 든 앰플을 터트렸다.

아그네스

베리안은 아그네스를 이틀 동안이나 그냥 방치했다. 그녀가 마법사인지 별도로 검증하러 오는 엘프도 없었다. 하지만 아그네스는 매일 교도관이 엘리야를 죽이는 모습을 목격해야 했다. 베리안은 매번 새로운 살해방식을 고안하는 것에 병적인 즐거움을 느끼는 것 같았다. 아그네스가 이곳에 온 첫날 죄수에게 끔찍한 고통을 선사한 단도 외에, 석궁, 투검 같은 온갖 살인 도구를 골라왔다.

엘리야가 했던 말은 사실이었다. 그는 베리안의 무기는 과녁을 빗나가는 법이 없다고 했다. 다만 정확히 어디를 겨누는 건지는 알 수 없지만. 투검을 사용하던 날 베리안은 방문자를 데리고 나타났다. 이스타리엘 왕자였다. 베리안 곁에서 선 왕자가 무표정한 얼굴로 엘리야가 살해되는 과정을 묵묵히 지켜봤다. 그는 바로 옆 감방에 있는 아그네스에게는 한 번도 눈길을 주지 않았다. 오늘도 교도관이 제 임무를 완수하자 이스타리엘은 혐오감을 감추지 않으며 고개를 절레절레 흔들었다. "굳이 이런 짓을 왜 하는 거지? 아무런 의미도 없는데. 몇 분만 지나면 저놈은 또 깨어날 것 아닌가."

"그래서 무기를 곧장 회수해 오는 거지요." 베리안이 대답했다. 그리고 벨트에 걸어 놓은 접시 크기만한 열쇠뭉치를 잡아 그중 하나를 골라 쥐고는 감옥 문을 열고 안으로 들어가 엘리야의 시신에서 방금 던진 투검 일곱 개를 모조리 회수했다. 마지막으로 벽에 박힌 투검까지 잊지 않고 꼼꼼히 회수했다.

"내 질문에 아직 대답하지 않았네." 왕자는 다시 돌아와 감방을 꼼꼼하게 잠그고 있는 베리안에게 재차 물었다.

"그건 문에 자물쇠를 채우는 것만큼이나 중요한 일이지요." 베리안이 답했다. "별거 없습니다. 그러면 기분이 조금이라도 더 나아지니까 계속 반복하는 거랍니다. 그게 전부입니다."

이스타리엘은 한숨을 쉬었지만, 고귀한 제 신분을 이용해 교도관의 잔혹한 행동을 중단시킬 생각은 없어 보였다. 아그네스는 그런 이스타리엘의 태도가 영 마음에 들지 않았다. 그는 사람들이 엘프에 대해 말하는 것처럼 너무 냉정해 보였다. 이 성으로 오는 짧은 여정 동안 그의 내면에 연민 내지는 선한 구석이 조금은 있는 것 같다고 생각했던 아그네스는 일종의 배신감마저 느꼈다.

엘프 왕자는 초연한 표정을 유지하며 다른 감방을 일일이 둘러본 후 마침내 아그네스가 있는 곳으로 돌아왔다. 아그네스의 좌측 감방 앞에서 한참을 서 있던 이스타리엘은 콧잔등을 찌푸리며 비위 상한 눈빛으로 시체를 노려봤다. "저 자도 죽었군." 이스타리엘이 말했다.

옆에서 그 모습을 지켜보던 아그네스는 더는 참지 못하고 생각나는 대로 내뱉었다. "그래요, 벌써 이틀째 저런 상태죠." 아그네스는 다소 신경질적인 투로 이스타리엘에게 말했다. "내 주변에는 온통 시체들뿐이에요. 그중 하나는 매일 매일 죽었다 살아나죠. 이제 만족하시나요. 왕자님? 이것이 저하가 원하시던 건가요?"

교도관이 감방문을 우레와 같이 세게 내려치자 아그네스가 움찔했다. "불경을 저지른 저 여자의 혀를 뽑아도 되겠습니까, 저하?" 베리안이 이스타리엘의 의사를 물었다.

그렇지만 이스타리엘은 절도 있는 손짓으로 그를 제지했다. 그제야 처음 이스타리엘이 아그네스의 눈을 바라봤다. "죽은 자보다 더 끔찍한 운명도 있다." 판결을 내리듯 그가 말을 이었다. "이를테면 불사인 저 포로처럼 말이다. 그리고 난 네가 아무리 지금의 처지를 비관할지라도 여기 베리안과 운명을 맞바꾸고 싶진 않을 거라고 확신한다."

아그네스는 화가 치밀어 올랐다. 지금 아그네스를 가장 분노하게 하는 건 감옥에 갇힌 죄수들과 극도로 대비되는 섬세한 리넨 의복을 입고 나타나 남이 겪는 고통을 저울 위에 올려놓고 이성적인 척 판결문을 읊어대는 그의 오만한 태도였다.

"언젠가는 저하가 말씀하시는 말의 의미를 제대로 깨달으시기를 바랄 뿐이네요." 아그네스가 가시 돋친 투로 비아냥거렸다.

이내 이스타리엘은 그 말에 실린 혐오감을 깨달았다. 잠시 화가 난 것처럼 보였지만, 금세 정신을 가다듬은 그가 베리안에게 돌아섰다. "소금으로 시작해 보라. 하지만 조심하길. 그것으로는 저 막돼먹은 여자를 막기에 역부족일 테니."

교도관이 진지하게 고개를 끄덕이고는 다시 열쇠뭉치에 손을 댔다. 순간 겁먹은 아그네스가 감방의 구석까지 뒷걸음질 쳤다. 손에 단도를 든 베리안이 아그네스에게 다가왔다. 아그네스는 얼마 전 엘리야를 죽일 때 썼던 검이라는 걸 단번에 알아봤다. 그리 화려하지 않은 단도는 베리안처럼 투박하고 묵직했다. 그는 벨트에 묶어 놓은 작은 주머니에 손을 넣어 소금을 한 주먹 꺼내면서 다른 한 손으로는 검 끝을 아그네스의 심장에 겨눴다. 베리안은 소금으로 아그네스 주변에 원을 그리며 흩뿌렸다. 소금으로 그린 선의 처음과 끝을 연결하기 위해 베리안은 단도로 아그네스를 위협하여 벽까지 쫓아 보냈다. 이 작업을 모두 마친 베리안이 감방문까지 물러섰다. 교도관과 왕자는 기대에 찬 시선으로 아그네스를 응시했다.

"그럼 난 이제 뭘 어떻게 해야 할까요?" 아그네스가 물었다.

"이제 그 선을 넘어 결계 밖으로 나오라." 이스타리엘이 그녀에게 지시했다.

"소금 위를 넘어서요?"

"그렇다, 소금 위로."

아그네스는 도대체 이게 다 무슨 짓인지 전혀 이해되지 않았다. 하지만 자리에서 벌떡 일어나 소금 결계의 가장자리를 향해 발을 내디뎠다. 소금 너머로 다리를 뻗기 전에 아그네스는 잠시 망설였다. 지난 며칠 동안 베리안은 예측 불가능하고, 잔혹한 모습을 여과 없이 보여 줬다. 이 선을 넘어가면 무슨 일이 벌어질까? 하지만 이런 고민은 아무짝에도 쓸모가 없었다. 엘프의 분노를 부추기지 않으려면 선택의 여지가 없었으니까. 아무튼 아그네스는 소금 선을 가뿐히 넘어선 후 멈춰 섰다. 베리안도, 이스타리엘도 별 반응이 없었다.

"그래서 결론은 뭔가요?" 아그네스가 불안한 음성으로 물었다.

"네가 마법사가 아니라는 의미다." 왕자가 대답했다. 그의 음성이 왠지 조금은 홀가분하게 들렸다.

아그네스는 도통 무슨 일이 벌어지고 있는 건지 알 수가 없었다. 오라비인 카이 역시 마법사였지만, 지금까지 소금이 문제가 되었던 적은 단 한 번도 없었다. 다른 한편으로는 당연히 이런 소금 결계로 카이를 가둬 보려는 시도조차 없었다.

"존경하는 저하," 그때, 베리안이 끼어들었다. "저것은 단지 저 여자가 평범한 마법사가 아니라는 뜻입니다. 저기 저 놈도 소금으로 제압되지 않는 것과 마찬가지입니다." 베리안은 미동도 없이 바닥에 축 늘어져 있는 엘리야를 가리켰다.

"저 남자가 마법사인가요?" 자신도 모르는 새 아그네스의 입에서 질문이 툭 튀어나왔다.

이스타리엘이 고개를 끄덕였다. "마법사 중에서도 아주 강한 마법사지. 그래서 수년째 그를 죽이려 시도하고 있는 거다."

"그래서 *더욱이.*" 베리안은 '더욱이'란 말을 덧붙이며 죽여야 하는 이유를 강조했다. 그는 이를 악물고 말한 후 엘리야의 감방 앞에 침을 뱉었다.

"맞다. 그래서 *더욱이.*" 이스타리엘도 순순히 제 말을 수정했다.

"불사의 몸인 강력한 마법사와 손을 잡고, 함께 적을 물리칠 생각은 안 해 보셨나요? 당신들은 지난 수년 동안 고작 그를 가둬두기만 했다는 건가요?" 아그네스가 질문했다.

"그것도 벌써 시도해 봤다. 하지만 그리되지 않았지." 왕자가 은밀하게 대답했다. 베리안의 타오르는 눈빛으로 미뤄 보건대 지금은 아그네스가 입을 다물어야 할 때인 게 확실했다. 이와 관련된 주제가 어쩐지 그를 한없이 자극하는 것처럼 보였다. 그의 눈에는 지금까지 아그네스가 단 한 번도 겪지 못한 엄청난 증오가 서려 있었다. 아그네스가 조심스레 감방 뒷벽으로 물러섰다. 교도관의 집요한 시선이 그녀의 뒤를 쫓았다.

"마법사로 추정되는 저 여자에게 상처를 입히고 스스로

그 상처를 치유할 때까지 지켜보는 방법도 있습니다.” 베리안이 제안했다.

“그러면 비밀을 감추려고 자신을 치유하지 않겠지.” 이스타리엘이 반박했다. “며칠간 음식을 금하라. 그러면 저 여자가 자백할지도 모르니.”

그에게 전혀 어울리지 않는 박장대소가 교도관에게서 터져 나왔다. 하지만 베리안은 다시 재빨리 정신을 차렸다. “용서해 주십시오, 저하. 하지만 단식은 오히려 마법사를 더 강하게 할 뿐입니다. 육신이 약해질수록 마력을 그만큼 더 늘릴 수 있으니까요.”

“그렇다면 먹을 걸 주도록 하라.” 왕자가 지시했다. “하지만 그러면 마력의 여부를 입증할 수는 없겠군.”

베리안이 엄지손가락으로 단검의 칼날을 훑었다. 그는 계속 고민하는 것 같았다. “어쩌면 상처 입히는 방법을 시도해 보는 게 좋을 것 같습니다. 아예 치명상 정도로요.” 마침내 베리안이 제안했다. “아니면 비밀을 털어놓을 때까지 고문하는 방법도 있지요.”

이스타리엘이 한숨을 내쉬었다. 그리고는 겁먹은 표정으로 지저분한 지푸라기 더미에 앉아 제 목숨을 걱정하고 있는 아그네스를 한참 동안 주시하더니 고개를 저었다. “아니다, 다른 방법이 있을 거다. 내가 좀 더 고민해 보도록 하지."

"저하의 명을 따르겠습니다." 베리안이 불만을 삭이려는 듯, 이를 악물며 대답했다. 베리안은 내심 아그네스를 곧바로 끌고 가 고문용 기구에 앉히거나 손톱을 뽑는 것이 낫겠다고 판단했기 때문이었다. 그제야 아그네스가 참았던 숨을 토해 냈다. 비록 하루 혹은 이틀에 불과하겠지만 그나마 고통 없는 시간을 허락한 이스타리엘에게 고마움을 전하고 싶은 충동이 아그네스를 덮쳤다. 그렇지만 그녀는 그런 마음에 굴복하지 않고, 도리어 아랫입술을 앞으로 쭉 내밀며 암울한 표정으로 왕자를 응시했다.

"그녀에게 먹을 것을 주도록 하라." 이스타리엘은 뒤돌아 옥사를 벗어나기 직전에 지시를 내렸다. 그리고는 밖으로 향하는 복도를 따라 자유와 평온이 허락된 그곳으로, 향기로운 침대보와 3층 케이크가 있는 그의 성으로 사라졌다. 저 왕자는 분명 아그네스처럼 외톨이 신세가 되어 세상에서 버림받은 기분이 어떤 것인지 조금도 알지 못할 것이다. 아그네스는 그런 그를 경멸했다. 이어 끝까지 아그네스에게 적대적인 눈빛을 쏘아 보낸 베리안도 이스타리엘의 뒤를 따라 지하감옥을 나섰다.

엘리야가 죽음에서 또다시 부활하기까지는 얼마 걸리지도 않았다. 이번에는 거의 몇 분밖에 되지 않을 정도로 금방이었다.

“또 깨어나셨네요.” 아그네스가 말했다. “이번에는 어떻게 이렇게 빨리 되살아난 거죠? 처음에는 몇 시간이 걸렸었는데.”

불사의 죄수는 팔, 다리와 온몸을 이용해 무척이나 힘겹게 몸을 일으켰다. 그는 가슴팍의 심장 부근을 더듬더니 무거운 한숨을 내쉬었다.

“제발 이놈이 영원히 멈췄으면 좋겠구나.”

“심장박동이요?”

그가 고개를 끄덕였다. 그사이 아그네스는 죽음을 갈망하는 이 남자의 끝없는 고뇌를 조금씩 이해하기 시작했다. 단지 죽고 싶다는 목표 하나만으로 저렇게 끔찍한 고통을 날마다 견뎠는데, 또 얼마 지나지 않아 이 지저분한 감방에서 다시 깨어나는 일이 반복된다면, 정말 언젠가는 모든 걸 놓아 버리고 싶은 마음만 남을 것이 분명했다.

“이렇게 지낸 지 얼마나 됐어요?” 아그네스가 물었다.

엘리야가 어깨를 으쓱였다. “십여 년은 더 된 거 같다. 아마 거의 이십 년쯤 된 거 같구나.”

"그건 지금까지 내가 살아온 날보다 더 긴데요!"

"그래…." 힘없이 벽에 기대 바닥에 주저앉은 엘리야가 감방 창살을 물끄러미 응시했다.

"그들은 당신이 마법사라고 하던데요. 왜 도망가지 않아요? 그렇게나 강한 마법사라면 이곳을 탈출할 방법이 뭐든 있을 텐데요!"

그는 한동안 아무런 대답도 하지 않고 한숨만 쉬었다. "나는 여기서 벗어나지 못한다. 내 마력이 이 감방의 결계를 뚫지 못하거든."

아그네스는 번뜩 깨달았다. 베리안은 소금이 엘리야를 막지 못한다고 말했었다. 그렇다면 소금 대신 그런 역할을 하는 매개체가 있는 것이 분명했다. "그게 뭔가요?" 그녀가 물었다. "당신의 힘을 가로막는 것이 뭐죠?"

죄수가 그녀를 향해 머리카락으로 덥수룩한 얼굴을 돌렸다. 헝클어진 수염과 여기저기 묻은 지저분한 먼지 아래 교활한 미소가 살며시 보였다. "넌 영리한 아이로구나." 그가 대답했다. "그건 바로 피다. 그녀의 피."

"귀니퍼 님의… 피인가요?"

그가 간신히 알아볼 정도로 고개를 끄덕였다.

"귀니퍼 님에게 무슨 일이 생긴 건가요?"

"그녀는 죽었다. 그냥 죽어 버렸어." 그 말을 끝으로 구석으로 되돌아간 그는 또다시 노래를 흥얼거렸다.

⚜

다음 날 이스타리엘이 다시 찾아왔다. 그는 허리가 잘록하고, 금실과 은실로 화려하게 수놓은 흑회색 프록코트를 걸치고 있었다. 코트는 번쩍이는 뱀의 가죽처럼 화려했다. 높게 세운 코트의 깃 주변으로 왕자의 곱슬머리가 찰랑거렸다. 그의 모습은 샤텐발트의 음침한 나뭇가지 사이로 내리던 햇빛처럼 빛났다. 참으로 비현실적인 외모였다. 하지만 아그네스는 경멸을 담아 눈썹을 치켜떴다.

"넌 정말 고마움을 모르는 인간이로구나." 엘프가 말했다.

"왜죠? 당신이 마치 오물에서 허덕이는 닭들을 관찰하려는 공작새처럼 고고하게 돌아다니는 모습을 보며 기뻐하지 않아서요?"

"내 모습이 마음에 들지 않는가?"

"그래요." 그녀가 시인했다. "당신의 눈을 보면 내가 지금 어디에 있는지 다시금 깨닫게 되니까요. 그리고 당신이 있는 그곳도요. 밖에서 함께 말을 타고 올 때가 훨씬 마음에 들었던 것 같네요."

이스타리엘은 감정이 상한 듯 중얼거렸다. "나는 알빈가르트의 왕위계승자다. 갑주나 전투복 차림으로 왕궁을 배회하는 것은 격식에 어긋나지."

"*배회*한다고요?" 아그네스가 그의 말을 따라 했다. "그러니까 당신은 지금 배회 중인 거네요. 그건 또 무슨 업무인가요. 뭔가 의미가 있는 일이긴 한 건가요?"

아그네스는 자신이 이렇게나 불손해질 수 있을 줄을 미처 몰랐다. 이 감방에 갇히기 전까지 아그네스는 상대를 무시하는 말투로 엘프와 대화를 나누는 건 감히 엄두도 내지 못했었다. 게다가 그 상대가 적국의 왕자라니. 하지만 이스타리엘의 무언가가 그녀에게 얼마 남지 않은 처참한 삶 전부를 걸어도 좋을 만큼 그녀의 피를 끓어오르게 했다. 자신의 존엄성은 스스로 지켜야 한다. 그렇지 않으면 아무것도 남지 않는다던 야레드의 충고가 떠올랐다.

이스타리엘은 몹시 언짢아 보였다. 얼굴을 잔뜩 찌푸린 그가 감방 가까이 다가왔다. "난 널 도우려고 여기 온 거다, 마법사. 넌 미처 깨닫지 못한 거 같다만, 어제만 해도 고문받을 뻔한 널 내가 구해 준 거다."

"그래요, 몇 시간 혹은 며칠은 그렇겠죠. 하지만 그 후에는 어떻게 되는 건가요, 왕자님? 내 무죄를 입증할 만한 방법을 끝까지 찾아 주려 하진 않을 거잖아요."

그때 발을 질질 끌며 다가오는 소리가 들렸다. 옆 감방의 앞쪽에 그림자가 드리워졌다. 아그네스와 왕자는 소리가 나는 쪽으로 몸을 돌려 동시에 엘리야를 쳐다봤다. 불사의 죄수는 연녹색 눈동자를 이스타리엘에게 고정했다. 그의 눈빛이 오로라처럼 타올랐다.

"무슨 일이냐, 엘리야? 왜 나를 그런 눈빛으로 쳐다보는 거지?"

"왕자, 당신 뭔가 좀 이상한데!" 마법사가 쉰 목소리로 말했다.

"뭐가 이상하단 말이지? 내 프록코트? 아니면 머리 모양을 말하는 건가?"

"아니지!" 엘리야는 마치 살해당하지 않고 고통 없는 하루를 온전히 보낸 것처럼 별안간 생기가 솟았다. 그는 정말 기분이 좋은 사람처럼 행동했다. "그건 바로 네 심장이야!"

"내 심장?" 오싹해진 이스타리엘은 가슴에 손을 올리기까지 했다. "그게 무슨 말인가?" 지금 그 순간만큼은 아그네스도 이스타리엘의 관심 밖이었다. 이스타리엘은 엘리야에게 다가가 그를 노려봤다.

"어서 네 손을 이리 내 봐!" 마법사가 요구했다.

"차라리 악마의 말을 듣는 게 낫지!"

"어서 손을 달라니까! 정말 중요해! 꼭 봐야 해, 혹시…"

마법사의 청을 들어주는 대신 오히려 이스타리엘은 한 걸음 뒤로 물러섰다. 그는 이 상황이 몹시 섬뜩했다.

"아무 짓도 하지 않는다니까. 괜찮아, 그러니까 어서," 엘리야가 약속했다. "다른 한 손으로 석궁을 들고 내 머리를 겨눠. 언제라도 쏠 수 있게. 그러니까 손만 좀 이리 내밀어 보라고!"

"절대 그럴 일은 없다." 이스타리엘이 말했다. "네놈이 미쳤구나. 내게 닿는 순간 넌 마법을 걸겠지. 가서 베리안을 데려오겠다." 이스타리엘은 그대로 돌아서서 이곳을 벗어나려 했다. 그러자 아그네스가 창살에 가까이 다가와 그의 뒷모습에 대고 외쳤다. "겁쟁이!"

그 말에 격분한 이스타리엘이 멈춰 섰다. "너 방금 뭐라 한 거지?"

"당신은 겁쟁이라고요. 알빈가르트의 왕자님. 인간 마을에서 의지할 데 없는 아이들을 납치하듯 끌고 오면서, 당신 자신은 데몬족이나 드래곤에게는 꼼짝도 하지 못하니까요. 그리고 여가 시간에 하는 일이라고는 고작 주변을 배회하는 것뿐이잖아요. 마법 결계에 감금돼서 아무것도 못 하는 나이 든 노인이 손 좀 보여 달라는데, 당신은 도망칠 생각뿐이죠."

이스타리엘이 되돌아왔다. 그는 제대로 대꾸조차 하지 못할 정도로 격앙된 상태였다. "그는… 나이 든 노인이… 아니란 말이다!" 그는 손가락으로 엘리야를 가리켰다. "그리고 난… 겁쟁이가… 아니야!"

"그러면 어서 증명해 봐요!"

심호흡을 한 이스타리엘이 돌연 감방 앞에 섰다. 꽉 낀 프록코트 아래로 보이는 그의 가슴이 오르내렸다. 입술을 굳게 다물고 턱을 치켜든 이스타리엘이 도도한 발걸음으로 엘리야에게 다가갔다. "자, 여기 있다!" 그는 고개를 돌려 아그네스를 뚫어져라 응시하며, 창살 사이로 팔을 뻗었다. "이제 만족하냐?"

그녀가 고개를 끄덕였다.

마법사는 이 세상에 그보다 흥미로운 것은 없다는 듯 손을 덥석 잡았다. 그의 손가락이 능숙하게 엘프 왕자의 손 위로 미끄러져 내려왔다. 그리고 눈을 지그시 감고 무아지경에 빠진 표정으로 이해할 수 없는 말을 중얼거렸다. 깊은 신음 소리가 흘러나오기도 했다. "아아… 내 이럴 줄 알았다!"

왕자의 손을 놓으며 그가 한숨을 내쉬었다. "드디어 때가 왔군. 이제 시작인 건가!"

"뭐가 시작한다는 건가?" 이스타리엘이 황급히 물었다. 그는 내밀었던 손을 다시 거둬들이려 했지만, 그 순간 엘리야의 표정이 돌변했다. 엘리야는 다시 한번 그의 손을 덥석 붙잡더니 감방 안으로 거칠게 잡아당겼다. "왕자, 유감이지만 난 이제 이곳에서 나가야겠네!"

"엘리야!" 약속과 다른 행동에 화가 난 아그네스가 다급하게 외쳤다. "그에게 아무 짓도 하지 않겠다고 약속했잖아요! 당장 그를 놓아줘요!"

하지만 아그네스의 말을 듣기는커녕 왕자의 프록코트 소매를 찢었고, 그 아래로 이스타리엘의 피부가 노출됐다. 엘리야는 길고 지저분한 손톱으로 왕자의 팔 안쪽을 꿰뚫어 손목까지 피부를 긁어내렸다. 이스타리엘이 비명을 질렀다. "감히 뭐 하는 거냐? 어서 놓아라!"

"당장 멈춰요!" 이제 아그네스도 고함을 질렀다.

마법사는 손짓으로 묘한 파동 형태를 그리더니 피가 흐르는 상처 위를 쓸었다. 그의 목구멍에서 신음이 흘러나왔다. 그리고 아무 일도 없었다는 듯 왕자를 놓아줬다. 깜짝 놀라 뒷걸음질 친 이스타리엘은 팔을 내려다봤다. 상처가 저절로 아물고 있었다. 순식간에 아무 흔적도 없이 상처가 사라지더니 깨끗하고 새하얀 피부로 되돌아갔다. "나한테 무슨 짓을 한 거지?" 숨이 멎을 것 같은 목소리로 이스타리엘이 물었다.

"네게 표식을 새겼다." 엘리야가 말했다. "달이 차고 기우는 동안 네게 내려진 신탁을 찾아 실현해야 한다. 그것을 해내지 못하면, 넌 죽고 말 것이다. 그러니 어서 날 풀어 주는 게 좋을 거다. 내가 그 신탁을 알아낼 장소로 널 데려다줄 수 있으니까."

"널… 널 풀어 주라고?" 이스타리엘이 말을 더듬었다. "방법도 모르지만… 널 풀어 줄 마음은 추호도 없다!"

"그러면 그냥 죽겠다는 말인가?"

"그렇다!" 왕자가 외쳤다. 그런 뒤 엘리야도, 아그네스도 돌아보지 않고 그대로 그곳에서 뛰쳐나갔다. 아그네스는 당황하여 어찌할 바를 몰랐다. 그런데 얼마 후 그는 석궁을 들고 되돌아왔다.

"네 제안에 대한 나의 대답을 알려 주려 왔다!" 왕자는 비장한 목소리로 이렇게 외치고는 엘리야를 향해 석궁을 겨눴다. 운명에 몸을 맡긴 듯 마법사는 한 걸음 뒤로 물러서며 양손을 머리 위로 들었다.

"네가 그럴 거라 예상했다." 마법사가 중얼거렸다. 곧이어 이마 정중앙에 화살을 맞고 마법사가 바닥에 쓰러졌다. 아그네스는 연민을 느끼며 안쓰러운 눈빛으로 그 모습을 지켜봤다. 이스타리엘 역시 심기가 몹시 불편한 표정이었다.

"미안해요." 아그네스가 창살 사이로 속삭였다. "난 그가 약속을 지킬 줄 알았어요."

"그럴 줄 알았다고 하면 다인가?" 왕자가 조소했다. "이제 나는 저 멍청한 인간이 내게 덮어씌운 저주 어린 신탁을 찾아 헤매거나 아니면 죽어야 하는 신세가 되고 말았다. 이게 전부 네 책임이다!"

아그네스는 무거운 책임감을 느끼며 그를 바라봤다. "정말 미안해요. 하지만 어쨌든 이미 벌어진 일이니까… 그의 말을 따라야 하지 않을까요."

왕자가 서로의 숨결이 느껴질 정도로 가까이 그녀를 향해 몸을 숙였다. "내게 무슨 일이 생기든, 너랑은 전혀 상관없는 일 아닌가. 넌 그저 여기서 도망쳐 그 비참한 마을로 돌아가려는 마음뿐일 테니까."

아그네스가 고개를 푹 숙였다. 그녀는 그의 말에 아무런 대답도 하지 못했다.

이스타리엘

이스타리엘은 다소 풀이 죽은 눈빛으로 제 피부에 새겨진 표식을 물끄러미 바라봤다. 지금 그는 자기 방 창가에 앉아 있었다. 창 너머 보이는 산 정상에는 알빈가르트의 봉화가 활활 타올랐다. 밤하늘에는 엘리야가 명시한 기간이 매순간 흐르고 있다는 걸 상기시키듯 보름달이 휘영청 떠 있었다.

그의 팔뚝 안쪽에 새겨진 표식이 화려한 자태를 뽐냈다. 엘프의 검 두 자루가 십자가처럼 교차한 형태로 새겨진 이 표식은 그 칼끝이 맥박이 뛰는 손목 지점에 정확히 닿아 있었다. 한순간 너무 가려워서 피부가 붉어질 때까지 벅벅 긁어 보기도 하고, 세게 비비고, 씻어도 봤지만 아무 소용도 없었다. 이 표식은 그가 마법에 걸렸다는 증거였다. 몹시 소름이 끼쳤지만, 이 표식은 달 하나가 차고 기우는 시간 안에 그가 예언을 실현해 내야 한다는 사실을 상기시켰다. 마법사의 말이 진짜라면 말이다.

그때 인기척도 없이 벌컥 문이 열리고, 누군가 방안으로 들어왔다. 이스타리엘은 황급히 소매를 내려 표식을 가렸다. 고개를 들어 문 쪽을 바라보니, 제 쌍둥이 여동생 이조라의 모습이 보였다. 그녀의 밝은 백금발은 은실처럼 반짝였다. 오늘처럼 보름달이 뜨는 날이면 샹들리에를 압도할 정도로 그 빛은 강렬해졌다. 단지 반쯤 감은 듯 가늘게 뜬 눈에 깃든 슬픔만큼은 그 아름다운 모습에 어울리지 않아 보였다. 방으로 들어오는 이조라의 호흡이 거칠었다.

"이조라, 나··· 그냥 혼자 있고 싶다." 그가 쌍둥이 여동생에게 말했다.

하지만 이조라는 그 말에 전혀 개의치 않았다. "난 절대 그 남자랑 결혼하지 않을 거야!" 이조라가 폭발했다.

이스타리엘이 한숨을 쉬었다. 그는 창가에 놓인 소파 건너편 자리를 손으로 가리켰다. 그러자 그의 여동생은 문을 닫고 우아한 걸음걸이로 다가왔다. 하얀 쿠션 위에 살포시 앉은 이조라는 섬세한 동작으로 다리를 포개고 드레스 자락을 정돈했다.

"몇 달 전부터 로리안이 네 신랑이 되리라는 걸 알고 있었잖아. 명망 있는 가문의 모든 고위 귀족들이 전부 이 결혼식에 초대됐다. 인제 와서 돌이킬 수는 없어. 그건 너도 잘 알고 있겠지."

이조라의 눈에서 구슬 같은 눈물이 흘러내렸다. "하지만 난 그를 사랑하지 않는단 말이야." 이조라는 격정적으로 말했다. "난 그가 누군지도 모르는데!"

이스타리엘은 짐짓 경고하는 듯 검지를 입가에 들어 올렸다. "행여 부왕 앞에서 그런 말은 절대 하지 마라. 사랑을 입에 올리는 건 엘프 공주로서 격에 맞지 않는 태도니까. 사랑이란 인간들이 만들어 낸 감정에 불과해. 그리고 결국 그 감정이 그들을 나약하게 하고, 고통만 가져다줬으니까. 넌 또 도대체 어떻게 그런 터무니없는 생각을 하게 된 거지?"

"책에서 읽었어." 이조라가 조금은 격앙된 상태로 말했다. "저 아래 지하 묘지에서."

"거기엔 절대로 가지 마. 다시는…." 이스타리엘이 동생에게 훈계했다. 이스타리엘의 기억에 그의 여동생은 항상 호기심 때문에 곤경에 처하곤 했었다. 그럴 때마다 그는 쌍둥이 여동생의 대화 상대가 되어 주고, 발 벗고 나서서 도와주곤 했었다. 하지만 이번만큼은 동생이 확실히 선을 넘었다. 어떻게 결혼식을 불과 사흘 남겨두고 지하 묘지를 기웃거리며 인간의 책 따위를 탐독할 생각을 할 수 있단 말인가?

무뚝뚝한 표정과 태도로 일관하며 이스타리엘은 동생에게 일언반구도 하지 말라고 경고했다. 그러자 이조라는 앞으로 몸을 숙여 그의 무릎에 손을 얹었다. "너도 꼭 한 번 읽어봐야 해! 고귀한 레이디의 호의를 얻으려고 드래곤을 죽여야 하는 기사 이야기야. 하지만 그는 결국 드래곤을 해치지 않았고, 그 레이디는 홧김에 다른 남자를 선택하지. 내 생각에…" 그녀의 눈동자가 한없이 맑아졌다. "내 생각에는 떠나버린 사랑이 안겨 주는 고통만큼이나 괴로운 일은 없어…."

"내가 한 말이 바로 그거잖아." 이스타리엘이 투덜거렸다. "그런 감정은 고통만을 안겨 줄 뿐 남자를 약하게 만들어. 그래서 그 기사가 결국 어떻게 됐는데?"

"오오…!" 즐거운 미소가 그녀의 얼굴에 퍼졌다. "그는 자신이 사랑한 여자의 남편에게 결투를 신청해. 그렇지만 그 남편이 야비한 속임수를 써서 기사는 크게 다치지. 낙담한 채 무기력하게 죽어가고 있는데… 그에게 목숨을 빚진 드래곤이 그가 다시 회복할 때까지 그를 돌봐 줄 하녀를 보내. 그리고 열이 내리고 고열 때문에 흐릿했던 시야가 다시 뚜렷해졌을 때, 그는 제 앞에 있는 하녀의 얼굴을 바라보지. 그리고 그때 그는 깨달았어. 지금까지 겪었던 일련의 시련

들이 전부 그녀를 만나기 위해서였다는 걸. 애초부터 그들의 운명은 서로를 위해 정해져 있었던 거야. 그녀는 그의 달이고, 그는 그녀의 태양인 거지."

자기 이야기에 흠뻑 취한 이조라는 어느덧 창가에 서 있었다. 밤하늘을 밝게 비추는 둥근 달을 황홀한 눈빛으로 응시했다. 창가로 스며든 달빛에 그녀의 머리카락이 은빛으로 빛났다.

이스타리엘은 그녀의 어깨를 쥐고 살며시 흔들었다. "저 봉화를 좀 봐라!" 그가 그녀를 일깨웠다. "봉화가 타오르고 있다, 이조라! 내일이면 아엘프스탄의 귀족들이 전부 회합을 할 거다. 로리안과의 네 약혼은 절대 물릴 수 없어. 엘프의 미래를 생각해야지. 지금 순리에 어긋나는 사랑 타령을 할 때가 아니야. 내가 보증할게. 로리안은 위대한 전사이고, 외모도 출중해. 너희 자식들은 앞으로 쾨니히스하인을 지배할 것이고, 너희가 진두지휘할 군대가 드래곤을 쓰러트릴 거다. 로리안과 넌 아엘프스탄의 수호자가 될 거야. 그것이 하녀와 사랑에 빠지는 어리석은 인간들의 이야기보다 훨씬 중요하다."

이스타리엘의 말에 모욕을 느낀 이조라가 그의 손을 뿌리쳐 어깨에서 떼어 내고, 바닥을 노려봤다. "난 네가 날 이해해 줄 거라 생각했어." 그녀가 중얼거렸다.

"아니." 그가 단호하게 말했다. "사랑이란 그저 허상에 불과해. 그건 잠시 널 들뜨게 했다가 사라져 버리는 신기루 같은 거야. 그런 걸 꿈꾸는 어리석은 짓은 인제 그만둬라."

그때, 이스타리엘의 팔뚝이 다시 간지러웠다. 순간 이스타리엘은 셔츠를 찢어 버리고, 피가 날 때까지 벅벅 긁고 싶은 충동을 간신히 억눌렀다. 이조라는 평소와 뭔가 다른 이스타리엘의 낯선 움직임을 놓치지 않았다. "너 왜 그래?"

그가 격렬하게 부인했다. "아무것도 아니다. 이제 괜찮아. 그러니까 어서 네 방으로 돌아가서 얌전히 결혼식 준비나 해. 어떻게 해도 바꿀 수 없는 것들은 그냥 좋게 받아들이고. 그냥 네 운명에 만족해라, 이조라."

이조라는 아무 말도 없었다. 하지만 자리에서 벌떡 일어나서 은빛으로 빛나는 머리칼을 귀 뒤로 넘기는 모습을 보며, 이스타리엘은 지금 그녀가 얼마나 기분이 언짢은지 알아차렸다. 지금쯤 속이 타고, 문드러졌을 것이다. 그런 그녀의 모습을 지켜보는 것만으로도 이스타리엘의 마음이 무거웠다. 그러나 그는 이런 그들의 고통을 치유할 방법이 도무지 떠오르지 않았다.

"로리안이 널 깍듯이 대해 줄 거다." 이스타리엘이 약속했지만 이조라는 아무 대답도 없었다. 어깨를 축 늘어트리고 이스타리엘의 방을 나간 이조라가 등 뒤로 살며시 방문을 닫았다.

⚜

팔 안쪽에 생긴 표식 때문에 이스타리엘은 도무지 잠들지 못했다. 간지러운 증상은 멈췄지만, 상처 났던 부위가 계속 욱신거렸다. 이스타리엘은 침대에서 몸을 일으켰다. 땀방울이 이마에 송골송골 맺혔다. 그는 엘프족 특유의 우아한 동작으로 조용히 일어나 옷장이 있는 곳으로 향했다. 이스타리엘은 단출한 회색 바지, 셔츠, 가죽 튜니카 그리고 털이 달린 외투를 꺼내 입었다. 그리고 비장한 손길로 허리띠에 문스워드를 고정했다.

이스타리엘은 결심을 굳혔다. 공포 때문은 아니었다. 그의 진심을 모르는 자라면 뒤에서 손가락질해 댈지도 모르지만…. 이렇게 가만히 성에 처박혀 죽을 날만 기다리느니 마법사와 그의 예언에 맞서 보고 싶었다. 이스타리엘을 허약한 샌님으로 여기는 그의 아버지는 이런 결정을 절대 이해하지 못할 것이다. 그렇지 않다면 전쟁을 총괄할 최고 지휘관으로 왜 그가 아닌 로리안을 임명했겠는가? 이스타리엘 또한 자신의 가치를 모두에게 증명하고 싶은 야심이 있었다. 그도 성 밖으로 나가 엘프의 운명을 결정지을 중대한 과업에 동참하고 싶었다. 엘리야가 예지를 통해 본 것이 무엇이든 굉장히 중대한 일임엔 틀림없었다. 그리고 이스타리엘은 이제 그 과업에 동참하거나 혹은 막아야 할 것이다. 그게 무슨 일이냐에 따라.

예전부터 그 불사의 인간에게는 그를 소스라치게 하는 무언가가 있었다. 이스타리엘뿐만 아니라 베리안을 포함하여 다른 엘프들 역시 그의 마성 어린 눈과 마주칠 때면 소름이 돋곤 했다. 이제는 뭉개진 기억처럼 흐릿하지만, 누더기를 걸친 죄수가 되기 전 당당하고 세련됐었던 엘리야의 옛 모습이 어렴풋이 떠올랐다. 그때부터 이미 엘리야는 으스스하고 종잡을 수 없는 마성을 뿜어내고 있었다. 어릴 적 이스타리엘은 그와 말을 섞는 것마저도 감히 엄두도 내지 못했다. 한마디로 범접하기 어려운 존재였다. 엘리야가 옥사에 갇힌 후 서서히 광기가 잦아든 후에야 그와 마주 설 때도 어느 정도 안심이 되었다. 하지만 그나마 완전히 마음을 놓을 순 없었다. 딱 오늘만큼만 그랬었다.

방에서 나온 이스타리엘은 드문드문 불이 켜진 성의 회랑을 유령처럼 은밀하게 통과해 여동생의 방으로 갔다. 그리고 노크도 없이 조금 열려 있는 문을 밀고 들어갔다. 이조라는 그에게 등을 돌린 채 침대에 누워 있었고, 침대 옆 협탁에는 여전히 불이 밝혀져 있었다.

"이조라." 그가 속삭였다.

그러자 그녀가 벌떡 몸을 일으켰다. 깜짝 놀란 이조라는 방금까지 읽고 있던 책을 덮어 황급히 베개 아래 숨겼다. 아마 지하 묘지에서 슬쩍 빼돌린 인간의 이야기를 담은 책일 것이다. 이스타리엘은 그런 동생의 태도에 제 입장을 표명하려는 듯 인상을 찌푸렸다. 이조라는 솔직히 제 행복을 스스로 결정하기에 충분할 정도로 나이가 찼다. 그것이 아무리 무의미한 인간에 대한 동경이라 해도 그녀의 선택인 것이다.

이조라는 갑자기 쳐들어온 쌍둥이 오빠를 위아래로 훑었다. "무슨 일이야?" 그녀가 물었다. "너, 지금 전투복에 검까지 찼는데, 갑주는 걸치지 않았네. 설마 아버지가 널 스파이로 보낼 생각이신 거야?"

이스타리엘이 고개를 저었다. "한동안 아엘프스탄을 떠나 있을 거야." 그가 간결하게 말했다.

뜻밖의 놀라운 소식에 이조라가 표정을 찌푸렸다. "혼자?

왜? 그리고 어디 가려는 건데?" 정말 이조라다운 질문이 쏟아졌다. 이조라는 원래 질문을 멈추는 적이 없었다. 그리고 언제나 동시에 여러 질문을 한꺼번에 쏟아 내곤 했다.

이스타리엘이 희미하게 미소를 지었다. "그건 나도 몰라. 내가 아는 건 그저 이 일을 제대로 완수하지 못하면 내가 죽는다는 거야. 그리고 운이 좋으면 나도 마침내 내 운명을 깨닫는 계기가 되겠지."

이스타리엘은 그녀의 침대 가장자리에 살짝 걸터앉았다. 이조라는 새하얀 손을 그의 팔에 얹었다. 창문을 통해 침투한 달빛에 이조라의 머리카락이 밝게 빛났다. 이스타리엘은 부드러운 동생의 손길로 기분이 나아지고, 치유받는 듯한 간지러움을 느꼈다. 달빛 아래 있을 때마다 여동생은 밝은 빛을 뿜어냈고, 그녀가 손을 댄 모든 병자는 건강을 되찾았다. 이조라는 마법사가 아니었지만 기적 그 자체였다. '나의 *문프린세스*(moon princess)' 왕은 이조라를 그렇게 불렀다.

"네 운명은 이곳에 있어. 나와 부왕의 곁인 여기 아엘프스탄에."

이스타리엘은 대답 대신 쓰디쓴 웃음만 지어 보였다. "너도 곧 로리안과 아엘프스탄을 떠나 쾨니히스하인으로 옮길 거잖아. 그리고 부왕은… 아버지는 단 한 번도 날 제대로 보시지도 않지. 앞으로도 날 왕위계승자로 탐탁지 않아 하실걸."

이조라가 그의 말을 곧바로 부인하지 못한다는 것만으로도 대답은 충분했다. 이스타리엘의 말은 사실이었으니까. 지금까지 이스타리엘은 단 한 번도 왕이 버린 큰아들의 빈자리를 제대로 채우지 못했다. 앞으로 엘프의 제일 검을 거머쥘 적장자였던 큰아들. 이조라가 문프린세스로 칭송받듯, 그도 '*스타프린스*(star prince)'로 불렸다. 밤하늘에 켄타우루스 별자리가 떠 있는 동안엔 그의 신체는 그 어떤 통증도 느끼지 않는 무적이었다. 그건 분명 또 하나의 기적이었다. 반면 이스타리엘에게는 아무것도 없었다. 지금까지 그는 그저 있으나 마나 한 왕자였다. 엘프 종족을 다스릴 군주로 단 한 번도 물망에 오르지 못했던 그냥 그런 왕자. 그의 입지는 기적의 정반대 편에 있었다.

이조라는 우울한 생각에 빠져 있던 이스타리엘을 다시 현실로 깨웠다. "무슨 소리야. 가지 않으면 왜 죽는다는 거야?" 궁금증을 참지 못하고 그녀가 물었다.

"엘리야… 그자가 내게 마법으로 표식을 새겼어. 그 예언을 찾는 데 달이 차고 기우는 만큼의 시간을 허락했지. 내가 거부하면 그대로 죽을 거래."

"마법의 표식?" 망연자실한 표정으로 이조라가 그를 바라봤다.

이스타리엘이 고개를 끄덕였다. 그리고 소매를 걷어 여동생에게 그 표식을 보여 줬다. 그녀는 그곳에 살아 있는 데몬이라도 있는 것처럼 그 표식을 뚫어지게 노려봤다. "하지만… 하지만 이건 엘프의 상징인 문스워드잖아!" 이윽고 그녀가 입을 열었다.

소매를 다시 내린 이스타리엘이 고개를 끄덕였다. "바로 그것이 어쩌면 이 일이 정말 내 운명일지도 모른다는 희망을 품게 하는 이유기도 해. 설령 이 표식이 나를 죽음으로 내몬다 하더라도, 긍지를 가질 만한 표식이니까."

이조라의 눈가에 맺힌 굵은 눈물방울이 뺨에 은빛 자국을 남기며 떨어졌다. "가지 마!" 그녀는 이스타리엘에게 애원했다. "혼자서는 절대 안 돼!"

"혼자 가지는 않을 거야." 이스타리엘이 말했다. "그리고 그게 지금 네 방에 온 이유이기도 하다, 이조라. 지하 묘지에 어떻게 들어가는지 알려 줘. 그 안에 있는 물건이 나도 좀 필요하거든."

"지하 묘지?"

이스타리엘이 고개를 끄덕였다. 이조라는 숨이 멎었다.

지하 묘지에는 데몬족 그리고 인간과 치른 전쟁에서 수집한 다양한 전리품들이 폐쇄된 창고 안에 잠들어 있었다. 그렇지만 지금 이조라가 읽는 책이 왜 그곳에 있었는지는 미스터리였다. 어쩌면 엘프의 시각으로는 역사적 유물과 인간의 연애소설을 제대로 구분하지 못했기 때문일지도 몰랐다. 그러나 지하 묘지에서 이스타리엘이 가져오려는 건, 그보다 훨씬 의미심장한 것일 터이다. 만약 부왕이 이스타리엘의 계획을 알았더라면 아마 가장 가까이에 있는 드래곤 레어에 그를 먹이로 던져 버렸을 것이다.

"도대체 뭘 가지고 오려는 건데? 이유가 뭐야? 그게 왜 필요한 건데?"

이조라의 질문은 동시에 최소 세 개가 기본이었다. 그리고 항상 그랬듯이 이스타리엘은 그중 하나만 대답했다. "그게 없으면 멀리 가지 못하거든. 그러니까 어서 들어갈 방법이나 알려 줘. 내 짐작에 그냥 보초병 앞을 지나가진 않았을 것 같은데? 그곳에는 그 누구도 얼씬거리지 못하게 하라는 명령이 내려져 있는 것으로 안다."

이조라가 이불을 걷어치우며 침대에서 내려오려 했지만 이스타리엘이 그녀를 제지했다. "안 돼." 그가 단호하게 말했다. "넌 함께 갈 수 없어. 네 꿍꿍이를 모를 줄 알고. 넌 내가 뭘 가지고 가는지 보려는 거잖아. 하지만 넌 차라리 아무것도 모르는 게 낫다, 이조라! 그냥 내 말만 믿어!"

이스타리엘의 단호한 태도에 언짢아진 이조라는 그의 손을 뿌리치며 제게서 떼어 냈다. "나도 같이 갈 거야. 내가 없으면 넌 절대 그 입구를 발견하지 못해. 도대체 네 머릿속엔 뭐가 들어 있는 거야? 한밤중에 불쑥 내 방에 쳐들어와서 황당무계하게시리 네 운명을 찾으러 떠나겠다고 통보하면 다야? 흔적 하나 남기지 않고 사라지려는 도둑처럼 나마저도 따돌리려 하고 말이야. 지금 둘이 함께 가든지, 아니면 아무도 못 가!"

이스타리엘이 깊은 한숨을 내쉬었다. 이조라가 이런 식으로 고집을 피우기 시작하면, 더 길게 언쟁을 해 봤자 아무런 의미가 없다는 걸 잘 알고 있었다. 엘프 레이디라고 하기에 동생은 지나치게 완고한 면이 있었다. 이스타리엘은 로리안이 앞으로 맞닥트릴 제 처지를 제대로 알고나 있을지 염려됐다.

"하, 그래. 알겠어." 그가 말했다. "그럼 같이 가지. 네가 앞장서."

이조라는 그가 말을 바꾸기라도 할세라 민첩하게 움직였다. 그러나 언제나처럼 품위 있는 우아한 동작으로 침대에서 몸을 일으키고는 어깨에 숄을 둘렀다. 쌍둥이 남매는 함께 방을 나섰다. 복도에 있던 횃불 하나를 손에 집어 든 이조라는 망설임 없이 지하감옥 쪽으로 발길을 옮겼다. 지하로 이어진 계단을 반쯤 내려가자 길이 두 갈래로 나뉘었다. 그리고 한쪽은 부엌세간과 연회에서 쓸 축제용 가구를 보관하는 다용도실로 이어졌다. 공들여 만든 정교한 의자와 탁자들이 이미 말끔한 상태로 준비되어 있었다. 이제 앞으로 사흘만 있으면 공주의 결혼식이 열릴 예정이었다. 이조라가 그 사이를 헤치며 나아가더니 반대편 벽 앞에 멈춰 섰다.

"이제 어떻게 하려는 거지? 여긴 막다른 곳이잖아." 이스타리엘이 혼잣말로 중얼거렸다.

그러자 이조라가 가볍게 고개를 저었다. "아니, *여기가* 지하 묘지로 가는 통로야."

이스타리엘은 지금 그들이 서 있는 곳이 정확히 지하 묘지 위라는 것은 인지했지만, 그 어디에도 숨겨진 문, 혹은 그런 비슷한 것이 보이지 않았다. 그때 횃불을 그에게 건넨 그의 여동생이 몸을 숙였다. 그리고는 외벽 사이에 벌어진 틈에 그녀의 섬세한 손가락을 집어넣더니 네모난 돌 하나를 밀어냈다. 그리고 조금씩 그것을 끄집어냈다.

"여기서 밖으로 나가는 거야?" 당황한 이스타리엘이 물었다.

“맞아, 우선 밖으로 나갔다가 한층 아래로 내려간 뒤 다시 들어가야 해.” 이조라가 농담하듯 대꾸했다.

왕자의 얼굴이 창백해졌다. 지금 저 밖으로 나간다는 말은 이 깜깜한 어둠 속에서 아찔한 협곡 위로 균형을 잡으며 걸어야 한다는 의미였다. 그리고 이스타리엘이 아는 바로는 저 밖에는 발을 디딜 만한 길이 전혀 없었다. 정확히 천연 돌 아치 가장자리가 성벽의 끝이었다. 그러니 지금 이조라가 끈기 있게 파내고 있는 이 출구 밖에는 심연이 입을 떡 벌리고 있을 것이 분명했다.

“너… 확실한 거야?”

이조라가 황당한 표정으로 그를 쳐다보더니 이내 고개를 저었다. “아니, 이스타리엘. 내가 지금 여기서 뭐 하고 있는지 잘 모르겠는데.” 이조라가 비꼬았다. 그리고는 느슨해진 돌조각이 밖으로 떨어져 나올 때까지 파내는 작업을 계속 이어갔다. 드디어 이조라가 만든 통로는 가늘고, 날씬한 엘프가 겨우 통과할 크기가 되었다. 이조라는 그 구멍으로 수월하게 빠져나갔다.

“어서 빨리 따라와!” 먼저 구멍을 빠져나간 그녀가 이스타리엘을 불렀다. 이조라는 발을 딛고 서 있을 만한 공간을 찾은 것 같았다.

케이프를 단단히 여민 이스타리엘은 손에 든 횃불을 주변에 보이는 거치대에 꽂은 후 한숨을 길게 내쉬었다. 정말 내키지 않았지만 무릎을 꿇고 한 손으로 벽의 구멍을 짚었다. "나 여기 통과하지 못할 거 같은데!" 이스타리엘이 밖을 향해 외쳤다.

"그곳으로 나와야 해. 그것 말고는 나도 방법이 없어." 그녀가 대답했다.

이스타리엘은 어떻게든 상체를 밀어 넣었지만, 그만 어깨가 껴 버렸다. 밖에는 칠흑 같은 어둠 외에 아무것도 보이지 않았다. 있는 힘껏 몸을 앞으로 밀어 넣었더니, 반대편의 돌덩이들이 심연으로 굴러떨어지는 소리와 함께 가까스로 구멍에서 빠져나올 수 있었다. 그나마 튜니카의 두꺼운 가죽이 그가 상처 입지 않도록 보호했다. 마침내 상체가 자유로워지자 이스타리엘은 손으로 앞을 더듬으며 허공에 손을 내밀었다. 그의 예상대로 바로 밑에는 협곡이 시커먼 아가리를 쩍 벌리고 있었다.

"이조라, 발을 어디에 내디뎌야 할지조차 모르겠다!"

"기다려 봐, 이제 곧 구름에 가려진 달이 모습을 드러낼 거야. 그러면 앞이 보일 테니까." 근처에 있는 이조라가 대답했다.

이조라의 말은 옳았다. 몇 초도 지나지 않아 달빛이 그녀의 머리카락에 쏟아졌고, 횃불보다 밝게 빛났다. 이제 이스타리엘은 지금 자신이 있는 위치를 알아차렸다. 아치 위로 1미터 되는 지점에 성벽보다 발 두 폭 정도 턱이 진 장식이 길게 이어져 있었다. 지금 위치에서 보면 그 장식이 불거져 나온 턱을 따라 길이 나 있는 것처럼 보였다. 물론 현기증을 느끼지 않아야만 걸을 수 있는 좁다란 길이었다.

“네 위에 있는 벽의 돌출 부분을 붙잡고 천천히 다리를 빼내 봐.” 이조라가 방법을 알려 줬다.

이스타리엘은 이조라가 알려 준 대로 하면서도 지하 묘지를 지키는 보초병들을 없애고 들어가는 방법 대신 이 길을 쫓아온 자신을 욕했다. 마침내 이스타리엘도 비틀거리며, 성벽 위 좁은 돌출부에 발을 딛고 섰다. 곁에 선 이조라가 연신 웃음을 터트렸다. 이제 그녀의 머리카락뿐만 아니라 눈동자도 빛났다.

“도대체 너 이 짓을 얼마나 자주 한 거야?” 절대로 발밑을 보지 않으려 애쓰며 이스타리엘이 물었다.

“뭐, 몇 번쯤.” 이조라가 즉답을 피하는 말투로 대답했다. “이제 얼마 남지 않았어. 최대한 벽에 바짝 붙어야 해!”

그런 뒤 이조라는 조심스레 한 발씩 걸으며 낭떠러지에서 균형을 잡았다. 이스타리엘은 입을 꾹 다문 채 그녀의 뒤를 따랐다. 균형을 잃어버릴까 봐 그는 숨도 제대로 쉬지 못했다. 어둠 속에서 환히 빛나는 이조라의 머리카락 때문에 발밑의 길은 잘 보이지 않았지만, 덕분에 까마득한 심연도 보이지 않았다. 그나마 다행이었다. 하지만 여전히 나락 위라는 건 미친 듯이 날뛰는 그의 심장박동으로 알 수 있었다.

앞으로 몇 미터쯤 이동한 이조라가 다시 멈춰 섰다. 지하 감옥과 인접한 지하 묘지는 천연 아치 위에 지어진 성의 가장 아래층에 있었다. 그리고 지금 여동생이 무릎을 꿇고 앉은 그 지점에는 전사 한 명이 들어갈 만한 틈새가 있었다.

"아치에 균열이 생겼어?" 깜짝 놀란 이스타리엘이 외쳤다. "그러면 아엘프스탄이 붕괴할 수도 있다는 의미인데."

"아마도 아닐걸." 이조라가 대답했다. "이건 이미 수년째 저랬어. 만약 성에 위협이 되는 상태였더라면, 건축가들이 벌써 알아차렸겠지. 이제 이쪽으로 들어갈 거야."

"왜 아무도 이 구멍을 메우지 않은 거지?"

"왜냐면 밖은 물론이고, 안에서도 이 틈새까지 올 이가 없으니까. 이쪽 밖은 협곡이고, 저기 안쪽은 보초병들이 지키고 있잖아."

그건 그렇군. 이스타리엘이 속으로 생각했다. 아마 문프린세스가 인간의 문학작품을 구하려 이 틈새를 드나들 거라고는 이 성의 그 누구도 상상조차 못 했겠지. 고개를 절레절레 흔들며 이스타리엘은 이조라를 따라 구멍 안으로 들어갔다. 지하 묘지에 들어서자 어둠이 다시 그들의 얼굴에 내려앉았다.

"내가 여기 서서 묘지 안을 밝혀 줄게." 이조라가 말했다. 이어 그녀가 들어온 입구 근처에 서자 틈새로 쏟아진 달빛이 그녀의 머리카락에 내려앉으며 빛을 반사했고, 서서히 묘지 내부가 보였다. 처음에 이스타리엘의 시야에 들어온 지하 묘지의 모습은 돌로 지어진 미로 같았다. 암석과 돌로 쌓은 벽을 따라 곳곳에 설치된 벽장에는 인간과 데몬족 세계에서 가져온 물건들이 가득 차 있었다. 마차 바퀴, 곰 가죽, 철검 등이 휘어진 뿔, 삼지창 옆에 놓여 있었다. 이곳에 드래곤과 관련된 물품을 보관하는 공간이 따로 있는지는 이스타리엘도 알 수가 없었다. 엘프족은 아직 드래곤 영지를 약탈할 기회를 얻지 못했으니까.

"어서 다음에 이어지는 좌측 담장을 살펴봐 봐." 이조라가 조언했다. "거기가 책을 발견한 곳이야."

이스타리엘은 그의 눈길을 사로잡은 낯설고 신기한 물건

에서 시선을 돌리고, 두 번째 칸으로 향했다. 천장까지 이어지지 않은 낮은 돌담이 미로 같은 분위기를 더욱 자아냈다. 이스타리엘은 이조라가 있어서 천만다행이라 생각했다. 그녀가 발산하는 빛이 천장까지 스며들어 주위를 밝혀 주었기 때문이었다. 이스타리엘은 서둘러 선반에 쌓인 물건들을 살펴봤다. 그곳에는 마법사 표식으로 가득한 책들이 꽂혀 있었다. 그 옆에는 꼼꼼하게 라벨을 붙여 놓은 작은 플라스크가 여럿 있었다. 이스타리엘은 라벨에 쓰인 글씨를 읽으려고 가까이 다가섰다. 그중 하나엔 '침묵의 물약'이라고 적혀 있었다. 그리고 '데몬족 방비용'이라고 쓰인 물약도 있었다. 이스타리엘은 이 플라스크들 속에 필시 여러 가지 마법 물약이 담겨 있을 것이라 확신하면서 가져온 주머니에 전부 쓸어 담았다. 그렇지만 정작 그가 찾고 있는 물건은 다른 것이었다.

"금방 찾을 수 있겠어?" 이조라가 소리쳤다. "이제 달이 지려고 해."

"잠시만, 거의 다 됐다!"

이스타리엘은 건너편 벽에서 찾는 물건이 들어 있을 것 같은 크기의 궤를 발견했다. 그 궤를 열자 번쩍이는 진주와 장신구들이 보였다. 다시 닫으려는데 그 안에 든 뾰족한 금붙이가 이스타리엘의 눈에 들어왔다. 이스타리엘은 궤를 다시 열어 황금 관 하나를 꺼내 들었다. 인간을 다스리던 옛 왕이 쓰던 왕관이 틀림없었다. 부왕이 쓰는 왕관에 비교하면 보석과 세공이 다소 볼품없었다. 그렇지만 왕관에는 그 대신 품격과 기상이 서려 있었다. 목숨을 잃은 인간종족의 옛 왕은 아예 존재하지 않았던 것처럼 에냐도르의 역사책에서 지워졌다. 이스타리엘의 손이 덜덜 떨렸다. 도대체 왜 이 물건이 지금 여기 있단 말인가?

이스타리엘은 왕관을 아무렇게나 상자에 내려놓고, 그 옆의 궤를 열었다. 이번만큼은 원하는 것을 찾을 수 있길 바라며.

“이제 빛이 곧 사라질 거야!” 이조라가 다시 한번 그에게 경고했다.

이스타리엘은 어떤 프레지오라이트녹수정 원석을 골라야 할지 확신이 서지 않았다. 원석마다 그 힘이 다를 수도 있었다. 하지만 더는 시간이 없었다. 이스타리엘은 선택의 여지 없이 궤에서 손에 집히는 대로 원석을 꺼내 들었다. 주먹만한 크기에 물방울 형태로 세공된 프레지오라이트였다. 마치 방금 전에 광을 낸 것처럼 매끈한 표면이 반짝였다. 이스타리엘은 서둘러 그 프레지오라이트를 주머니에 넣고 들어온 틈새를 향해 달렸다.

"찾으려던 물건을 찾은 거야?" 이조라가 그에게 물었다.

이스타리엘은 그저 고개만 끄덕였다.

"그러면 이제 어서 되돌아가야겠어."

둘은 낭떠러지 길을 되돌아와 성벽 구멍 앞에 섰다. 쌍둥이가 성안으로 들어가는 구멍에서 사투를 벌이고 있는 동안 다시 밤하늘을 뒤덮은 구름이 달을 집어삼켰다. 이조라는 여전히 타오르고 있는 횃불을 거치대에서 뽑아 들고는, 애처로운 눈빛으로 케이프를 걸치고 있는 쌍둥이 오빠를 응시했다.

"우리 이제 돌아가는 길이 이대로 이렇게 서로 달라지는 거야?"

"그래." 이스타리엘이 대답했다. "하지만 잠시뿐이지, 앞으로 영원히 그러는 건 아니니까. 그리고 특별히 너한테 줄 작별 선물을 준비했다."

이스타리엘은 주머니를 열고 그 안에 든 플라스크들을 뒤적거렸다. 그리고 마침내 찾으려던 물약을 발견했다. 싱긋 미소를 지은 이스타리엘이 여동생의 손에 물약을 쥐여 줬다. "로리안과 너를 위한 물약이야. 부디 네가 그리도 찾고 싶어 하는 걸 로리안이 네게 줄 수 있기를 바란다."

이조라는 물약을 물끄러미 바라봤다. 제가 방금 읽은 그것을 좋아해야 할지, 거절해야 할지 확신이 서지 않았다.

"사랑의 묘약?"

이스타리엘이 고개를 끄덕였다. "와인에 넣고 함께 마셔. 같이 마시는 게 가장 좋다고 하더라."

"이건…" 이조라는 혼란스러워 보였다. "그렇다고 같아지는 건 아니잖아. 진정한…"

이스타리엘은 이조라의 손을 잡아 그 안에 물약 병을 넣고는 살며시 감아쥐었다. "그래도 한탄만 하면서 허송세월하는 것보다는 낫다."

이조라는 아무 말도 하지 않았지만 물약을 되돌려주지는 않았다.

쌍둥이 남매는 계단으로 돌아갔다. 그곳에서 이스타리엘이 멈춰 섰다. "이제 헤어져야 할 시간이군."

"정말 같이 위로 올라가지 않을 셈이야?"

그가 고개를 저었다. 여동생의 시선이 계단에서 지하감옥으로 향했다. 예민해진 이조라가 숨을 들이마셨다. "도대체 누구를 풀어 주려는 거야? 설마… 아니지?"

"넌 인제 그만 잊어버려!" 여동생의 말을 가로막은 이스타리엘이 몸을 숙여 그녀의 이마에 살포시 입을 맞췄다. "다시 만나면 넌 결혼한 몸이겠네. 꼭 행복하길 바란다.”

“몸조심해야 해, 이스타리엘!” 이조라의 눈가에 눈물이 차올랐다. 훌쩍거리며 울던 이조라가 그를 놓아주더니 도망치듯 계단을 올라 제 방으로 되돌아갔다.

마침내 지하감옥으로 돌아서기까지 이스타리엘은 사라지는 여동생의 뒷모습을 한동안 지켜봤다. 다행히 이 시간쯤이면 베리안도 나머지 성안 식구들처럼 잠들었을 것이다. 북쪽 출구를 지키는 병사들은 그가 지닌 왕자의 특권으로 문제없이 지나칠 수 있을 것이다. 그렇지만 이 탈출 작전에서 가장 어려운 부분이 남아 있었다. 이제 엘리야 감방에 쳐진 결계를 파훼하는 방법을 알아내야 했다.

지하감옥의 문을 여는 순간 고문실에서 기척이 들렸다. 여전히 한밤중인 지금 이 시각까지 베리안은 깨어 있는 것 같았다.

이스타리엘은 지금 교도관의 마음 상태를 어느 정도 알고 있었다. 그런 까닭에 그가 뭔가 기분전환 될 만한 걸 찾으리라는 걸 짐작할 수 있었다. 분명 그것은 누군가에게 고통을 주는 일이리라. 그건 이 감옥에서 끝없이 반복되는 고통스러운 일상이었다. 그리고 그 원흉이 바로 이스타리엘이 탈출시키려는 그 남자였다. 그런 상황에서 베리안에게 탈출계획이 발각된다면, 아마 고귀한 신분도 이스타리엘을 보호해 주지 못할 것이다.

이스타리엘은 이를 꽉 물고, 좌측 감방에서 그의 귓가로 흘러들어 오는 날카로운 비명과 숨 막힐 듯한 신음을 최대한 무시하려고 노력했다. 왕자는 그 일대를 조용히 스쳐 지나 엘리야와 아그네스가 있는 감방으로 발걸음을 옮겼다. 다른 죄수들처럼 그들도 여전히 깨어 있었다. 마법사는 구석에 쭈그리고 앉아 멍하니 콧노래를 흥얼거리고 있었다. 반면 아그네스는 이스타리엘이 다가오는 모습을 곧바로 알아차렸다. 지푸라기 더미에 웅크리고 앉아 무릎을 몸에 바짝 붙이고는 앞, 뒤로 흔들고 있는 그녀의 눈가에는 여전히 눈물이 맺혀 있었다.

"밤마다…," 그녀가 속삭였다. "매일 밤 저래요."

이스타리엘이 창살 가까이 다가섰다. "나도 안다."

"그는 괴물이에요!" 아그네스가 흐느끼며 말했다.

왕자가 고개를 끄덕였다. "그래. 하지만 항상 그랬던 건 아니야."

"아니라고요?" 그녀의 턱이 파르르 떨렸다. 지저분한 손등으로 얼굴에 가득한 눈물을 훔쳤다. 아그네스는 마음을 도려내는 끔찍한 감정으로 몹시 힘들어하고 있었다. 이스타리엘은 위로하고픈 마음에 당장이라도 그녀를 안아 주고 싶었지만, 물론 지금은 절대 불가능하다는 걸 알고 있었다.

"그런데 여기는 왜 왔어요?" 아그네스가 물었다.

"너와 저 마법사를 여기서 꺼내 줄게. 그가 방법만 알려준다면." 이스타리엘은 엘리야를 가리켰다.

희망에 찬 소녀의 눈이 번뜩였다. 그것을 알아차린 이스타리엘이 히죽 미소를 지었다. 돌연 아그네스의 인상이 딱딱하게 굳어갔다. 아그네스는 그와 마주했던 시선을 거두고, 불사의 마법사가 있는 옆 감방 쪽으로 기어갔다. "엘리야! 엘리야! 내 말 들려요?" 아그네스가 소곤소곤 말했다.

마음속 어딘가에 푹 빠져 있던 그가 다시 현실로 되돌아오기까지는 한참이 걸렸다. 엘리야의 연녹색 눈동자가 감방 앞에 서 있는 왕자를 향했다. "빨리 왔구나." 이윽고 그가 말을 꺼냈다.

이스타리엘은 마법사의 음성에 담겨 있는 조롱을 무시했다. 그럴 거라고 이미 예상했었으니까.

"널 가둔 이 결계를 파훼하려면 어떻게 해야 하는 건가?" 이스타리엘이 무심한 목소리로 물었다.

"네 피로." 엘리야가 대답했다. 이스타리엘은 손질하지 않아 수북한 수염과 엉클어진 머리카락 사이로 기대에 들뜬 그의 표정을 보았다. 이스타리엘은 몹시 놀랐지만 속마음을 들키지 않으려고 애쓰며 말했다. "내 피? 귀니퍼처럼 죽음이라도 불사해야 한다는 말인가?"

엘리야의 얼굴에서 불현듯 기대에 찬 표정이 사라지고 평소와 같은 슬픔이 그 자리를 대신 뒤덮었다. "아니." 엘리야가 말했다. "그냥 네 피만 있으면 된다. 한 컵 정도면 충분하지."

"그런데 왜 내 피여야 하는 거지? 지금까지 왜 다른 이들에게 부탁하지 않은 건가? 이를테면 저 아이도 있지 않나?" 이스타리엘은 검지로 아그네스를 가리켰다.

"저 아이의 피는 쓸모가 없어. 네 피가 필요하지."

그러니까 엘프의 피, 아니 엘프 왕족의 피여야 한단 말이군. 하지만 이스타리엘은 그 이상 묻지 않았다. 대신 복도에 놓인 물통에서 국자를 가져온 뒤 허리춤에서 검을 꺼냈다. 그리고 속눈썹 하나 찌푸리지 않고 손바닥을 그었다. 그러자 곧바로 피가 흘렀다. 이스타리엘은 그의 문스워드를 다시 칼집에 넣고, 주먹을 세게 쥐고는 흐르는 피를 국자에 담았다. 두 죄수는 이스타리엘의 행동을 유심히 지켜봤다. 엘리야는 미소를 머금었고, 아그네스는 놀란 눈을 크게 떴다. 국자 가득 피가 채워지자 이스타리엘은 꽉 쥐었던 주먹을

풀고, 그것을 창살 너머 엘리야에게 건넸다.

“고맙다, 엘프 왕자!” 마법사가 말했다. 간단명료하게 감사의 뜻을 전한 엘리야는 지체 없이 네발로 감방을 기어 다니며 주변에 피를 뿌려 둥근 원을 그렸다. 그러면서 홀로 무아지경에 빠진 사람처럼 알 수 없는 말을 계속 중얼거렸다.

이스타리엘이 아그네스에게 고개를 돌렸다. “넌 집에 돌려보내 주겠다.” 그가 약속했다.

아그네스가 조심스레 고개를 끄덕였지만 말문이 막혀 차마 아무 말도 하지 못했다.

엘리야는 국자에 담긴 마지막 핏방울까지 남기지 않고 다 써서 피로 만든 원을 완성했다. 그리고 의기양양한 미소를 지으며 자리에서 일어섰다. 그의 우측에 있던 창살에 불꽃이 튀기 시작했다. 이스타리엘은 한 발자국 뒤로 물러섰다. 옥색 빛이 마법사의 손 주변으로 모여들더니 마침내 번쩍거리는 섬광이 뿜어 나왔다. 순간 이스타리엘과 아그네스는 손으로 눈을 가려야 했다. 감옥에 금속 파편이 요란하게 튀었다.

섬광이 사라지고 다시 시야가 열리자, 곧게 몸을 일으켜 세운 채 바로 제 곁에 서 있는 엘리야의 모습이 왕자의 눈에 들어왔다. 예전보다 훨씬 건장하고 호전적인 모습이었다.

방금 전의 공격으로 뒤편의 감방문까지 열렸지만, 기이하게도 깔끔하게 자물쇠와 빗장만 부서졌다. "이제, 어서 가자. 다른 이들도 찾아야 하니까."

"다른 이들이라면 누구를 말하는 거지? 난 우리가 예언을 찾으러 간다고 생각했는데."

엘리야는 대답은 생략한 채 출구를 향해 돌아섰다. 그가 양손을 들어 손짓을 하자, 단번에 주변이 고요해졌다. 그제야 이스타리엘은 감옥 내부가 얼마나 시끄러웠는지 알아차렸다. 자물쇠가 부서지는 광경을 본 포로들이 전부 광분하며 울부짖었기 때문이었다. 모두가 제 목숨을 구해 달라며 애원했다.

"방금 뭘 어떻게 한 건가?" 어리둥절해진 왕자가 물었다.

"저들을 침묵하게 만들었지. 유감스럽게도 이들을 전부 다 데려갈 수는 없네. 원치 않는 짐은 여기 이 꼬맹이 하나만으로도 충분하니까. 하지만 저 아이를 데려가지 않으면, 너도 가지 않겠지." 엘리야는 아그네스를 가리켰다.

이스타리엘이 고개를 끄덕였다.

엘리야는 아그네스가 갇힌 감방의 자물쇠에 손을 얹었고, 아까보다는 덜 요란하게 자물쇠를 부쉈다. 창백해진 얼굴로 서 있던 소녀는 그 광경에 놀라 꿈쩍도 하지 못했다. 이스타리엘이 아그네스의 손을 잡고, 감방 밖으로 잡아당겼다. 그리고 그들은 함께 달렸다. 침묵의 마법으로 이제 아무 소리도 내지 못하는 죄수들이 절망과 부러움이 담긴 눈을 크게 치켜뜨고 곁을 지나치는 일행의 뒷모습을 노려봤다.

이스타리엘은 고문실 주변도 이렇게 들키지 않고 그냥 지나갈 수 있기만을 간절히 바랐다. 하지만 그곳을 막 지나치려던 순간 문이 열리며 베리안이 밖으로 나왔다. 워낙 그는 자기가 맡은 죄수들 사이에서 일어나는 소란을 단 하나도 놓치지 않는 주도면밀한 교도관이었다. 불쑥 튀어나와 그들 앞에 선 베리안은 도주 중인 세 도망자를 노려봤다. 비밀스러운 예언으로 엮인 엘프 왕자와 농부의 어린 딸 그리고 불사의 마법사. 베리안의 얼굴이 혐오로 일그러졌다.

"이스타리엘!" 그가 경멸하는 투로 왕자를 불렀다. '저하' 혹은 '왕자' 같이 격식을 갖춘 정식호칭은 그냥 생략했다. 지금 이 순간 베리안에게 이스타리엘은 그저 탈출을 시도하는 배신자이자 파문당해 마땅한 범법자일 뿐이었다. 이스타리엘에게도 이러한 현실이 온몸으로 실감 나게 다가왔다.

"이제 네 형제도 다른 호칭으로 불리겠구나." 엘리야가 베리안에게 말하며 마력을 쏘았다. 마치 보이지 않는 손에 의해 밀쳐진 것처럼 베리안은 고문실 안으로 튕겨졌다. 엘프는 눈이 뒤집혀 흰자위를 드러내며 그대로 풀썩 쓰러졌다.

이스타리엘은 그 자리에 돌처럼 굳어 버렸다. 온몸이 마비된 듯, 아그네스의 손에서 전달되는 온기만 간신히 느껴질 뿐이었다. 갑자기 그녀가 잡았던 손을 놓았다.

"형제라니요?" 그녀가 중얼거렸다. "저 괴물이 당신의 형제인가요?"

이스타리엘이 고개를 끄덕였다. "베리안은 부왕의 적장자다. 원래 엘프의 왕으로 내정되어 있었지."

"*뭐라고요?*"

"지금은 자세히 설명할 시간이 없다." 엘리야가 아그네스를 꾸짖었다. "누가 우리를 발견하기 전에 어서 이 성에서 빠져나가야 해!"

아그네스가 뒤편에 손발이 묶여 있는 죄수들을 돌아봤다. "이제 저들은 어떻게 되는 거예요?"

"시간이 흐르면 그들은 원래대로 비명을 지를 수 있을 게다." 엘리야가 대답했다. "그러니 인제 그만 앞을 보려무나."

모퉁이마다 멈춰 주변에 누가 있는지 유심히 살피며, 민첩하고 힘차게 성의 통로를 스쳐 지나가는 엘리야의 모습에 이스타리엘은 감탄을 금치 못했다. 15년 혹은 20년 동안 감금되어 있었음에도 자유라는 향기가 그의 신체 능력 최고치를 다시 일깨운 듯했다.

이스타리엘은 지금 이 상황에서 마법사가 자연스레 무리의 리더 역을 맡았다는 것을 암묵적으로 받아들일 수밖에 없었다. 단지 성의 북문에서는 그 역할이 잠시 뒤바뀌었다. 문스워드를 과시하며 이스타리엘이 고고한 자세로 보초병의 곁을 지나는 동안 고개를 푹 수그린 엘리야와 아그네스는 얌전히 그의 뒤를 따랐다. 이스타리엘은 수상쩍어 보이지 않으려 여전히 피가 흐르는 왼손을 세게 쥐었다.

"저하." 보초병의 지휘관이 이스타리엘에게 인사를 건넸다.

어쩌면 이게 마지막이겠구나, 이스타리엘이 속으로 생각했다. *누군가 나를 저렇게 부르는 것도 이것으로 끝이겠지!*

"파비안." 이스타리엘이 대꾸했다.

"포로들을 인계하러 가시는 겁니까?" 아무리 단순한 질문이더라도 근본적으로는 이스타리엘을 막아선 것 자체가 이미 무례한 행동이었다. 알빈가르트의 왕자가 언제 무엇을 어떻게 하든 평민인 일반 병사가 개입할 일이 아니었다. 이에 눈을 찌푸린 이스타리엘이 엄한 눈초리로 사령관을 노려봤다. 그러자 그가 곧바로 고개를 숙였다. "저하, 무례를 용서하여 주십시오! 제가 도와드릴 일이 있을까요?"

“이들을 포박할 밧줄이 필요하다. 그리고 말 두 마리도.”

“곧바로 대령하겠나이다!”

그 즉시 지휘관은 다른 보초병에게 눈짓했고, 그 병사는 마구간을 향해 재빠르게 달려갔다. 얼마 후 그는 밧줄 여러 개를 몸에 두른 채 안장을 올린 흑마 두 마리의 고삐를 쥐고 돌아왔다. 이스타리엘은 그 밧줄로 포로를 포박하라고 명령했고, 두 사람은 아무 말 없이 순순히 밧줄에 묶였다. 이스타리엘은 아그네스를 성으로 데려올 때처럼 말 위에 앉히고 그 뒤편에 올라탔다. 병사들이 엘리야를 말 위에 태웠다.

파비안은 이스타리엘에게 고삐를 건넸다. “부디 편안한 여정 되시길 바랍니다, 저하!”

엘프 왕자는 고개를 끄덕였다. 그리고는 자신이 탄 말에 박차를 가했다.

그들은 나르누크 평야를 향해 말을 타고 내려가며 밤새 한마디도 하지 않았다. 앞서 엘리야는 폐허의 도시, 슈발벤하인이 있는 북동쪽으로 가야 한다고 알려 줬다. 그 이상은 이스타리엘도 알지 못했다.

덜덜 떠는 아그네스의 몸을 감싼 이스타리엘은 어떻게든 그녀에게 조금이라도 온기를 나눠 주려 노력했지만, 살이 베일 것 같은 차가운 공기가 무자비하게 그의 옷 사이로도 스며들었다. 말을 탄 지 불과 한 시간밖에 되지 않았는데 팔과 다리에 아무 감각도 느껴지지 않았다. 더욱이 머리도 몹시 복잡했다. 마지막에 감옥에서 자신의 도주를 목격한 베리안의 표정과 경멸로 가득한 그 눈빛도 아직 눈에 선했다. 지금쯤이면 아엘프스탄의 엘프들 모두가 자신이 무슨 일을 저질렀는지 알고 있을 텐데. 이제 엘프의 왕, 님룬트마저도 이스타리엘을 내칠 게 분명했다. 왕좌에 걸맞지 않은 둘째 아들 따위는 이제 필요도 없을 테니까. 부왕은 이제 이스타리엘 대신 누구를 왕위계승자로 선택할 것인가? 이조라? 아니면 혹시 로리안?

이스타리엘은 기회가 된다면 꼭 부왕의 신뢰를 다시 회복할 수 있기를 희망했다. 그렇지만 그것보다 지금 자신이 엘프 종족의 숙명을 위해 선택된 것임을 명심하기로 했다. 그렇더라도 절대로 불사인 마법사의 꼭두각시로 전락하지 않겠다고 맹세했다. 자꾸 불안한 마음이 그를 괴롭혔지만, 겨울의 살인적인 추위로 뛰쳐나와 숨을 쉬다 보니 한편으로는 뭔가 자유로운 기분이 차올랐다.

엘리야의 탈출을 도운 일이 경솔하고 어리석었을지라도, 달달하고 싱그러운 내음을 풍기는 보상도 있었다. 그 과정에서 아그네스도 풀려났기 때문이다. 겁먹은 눈망울에 마법도, 검도 제대로 다루지 못하는 여린 손을 지닌 지저분한 시골 소녀였지만 그녀는 묘하게 이스타리엘을 매료시켰다. 이스타리엘은 자신의 이 야릇한 감정에 관해 더는 깊게 생각하고 싶지 않았었다. 다만 그의 마음을 지배했던 건 그녀를 고문기술자 베리안에게 넘겨 버릴 수는 없다는 신념이었다.

새벽이 되자 평야 가장자리에 도착한 엘리야가 흑마의 고삐를 잡아당겼다. 이제 산이 평야로 이어지는 경계선에 서서 서쪽 지평선을 바라보니 광산의 도시, 나르누크가 저 멀리 시야에 들어왔다. 엘프 군의 순찰대 혹은 적의 정찰대가 나타나도 더는 이들을 숨겨 줄 만한 지형지물이 별로 없었다. 데몬족의 영역이 위험할 정도로 인접해 있었다. 슈발벤하인은 정확히 엘프와 데몬족, 두 왕국의 경계에 위치했다. 그런 지리적 배경으로 인해 폐허가 된 도시였다.

이스타리엘은 직접 겪지 못했지만, 데몬족과의 전쟁 때 화려했던 옛 엘프의 요새가 무너졌었다고 했다. 엘프의 왕, 님룬트가 두 차례나 이 요새를 재건하려 노력했지만, 그때마다 데몬족이 다시 침공했다. 결국 님룬트는 이 도시의 재건을 포기했다. 그 성을 유지하기가 힘에 부쳤기 때문이었다. 또한 이 도시가 잿더미로 남아 있는 동안만큼은 엘프가 데몬족을 상대로 온전히 승리하지 못했다는 뚜렷한 증거가 되므로, 데몬족에게 이곳 나르누크는 일종의 성지처럼 여겨졌다.

데몬은 인간처럼 노예로 삼는 것이 가능한 종족이 아니다. 데몬 군대가 그야말로 무차별적으로 도살당하자, 그들은 엘프에게 대항하기 위해 드래곤을 의지 무력화 상태로 만들어 이용했다. 인간이 엘프의 노예가 되었듯 드래곤은 데몬족의 노예로 이 전쟁에 참전하게 되었던 것이다. 최후에 누가 승리할지 아무도 모르는 이 끝없는 전쟁에.

엘리야는 생각에 잠긴 이스타리엘을 일깨웠다. "여기서 잠시 쉬자." 그가 결정했다. "쫓아오는 무리와 거리를 유지하려면, 오래 쉬지는 못해. 또한 위치를 드러낼지 모르니 불은 피울 수 없다네, 엘프 왕자."

이스타리엘은 머리카락에 이가 들끓는 저 인간이 제게 명령을 내리는 이 황당한 관계에 몹시 짜증이 났다. 불과 몇 시간 전만 해도 엘리야는 제 그림자보다도 못한 존재였다. 쓰러지고, 얻어터지기만 하던 그는 영원히 집행 중인 사형 선고를 받고 괴로워하던 사람에 지나지 않았다. 그런데 이제 몸을 꼿꼿이 세우고 말 위에 앉아 수염으로 덥수룩한 턱을 공중으로 치켜들고, 엘프족 왕자인 제게 해야 할 일과 해도 되는 일을 말하고 있었다.

이스타리엘은 무의식적으로 이를 빠득 갈았다. 그런 그의 모습에 아그네스가 뒤를 돌아보며 희미한 미소를 지었다. 악의가 있다거나, 비웃는 것 같지는 않았다. 하지만 아그네스가 그렇게 웃은 이유가 무엇이었는지 이스타리엘은 생각할 겨를이 없었다. 지금 그의 눈에는 시퍼렇게 얼어붙은 아그네스의 입술만 보였다.

"하지만 우리는 지금 당장 불이 필요한데." 그가 엘리야의 말에 반박했다. "아그네스가 몸을 좀 녹여야 해."

"아그네스?" 소녀가 몸을 떨었다. "당신 방금 정말 내 이름을 부른 거예요?"

엘리야가 눈을 부릅떴다. "그래도 참아야 해. 그녀에게 네 외투를 줘라. 최소한 털가죽이 몸을 따뜻하게 해 줄 테니까."

"그럴 수 없다!" 이스타리엘이 씩씩거리며 외쳤다.

분노한 둘의 시선이 공중에서 마주치며 불꽃이 튀었다. 이윽고 중간에서 한 가지 방법을 제안한 건 아그네스였다.

"내 오라버니도 마법사예요." 그녀가 설명했다. "오라버니가 이런 상황에 부닥친다면, 아마 날씨 마법을 써서 이 공간을 여름으로 바꿨을 거예요. 마법사님은 그런 거 못 하나요?"

"당연히 가능하지." 엘리야가 대답했다. "하지만 이 부근만 여름 날씨로 바꾸는 건, 모닥불을 피우는 것보다 아마 100배는 더 눈에 띄기 쉽단다. 그러니 그냥 계속 추위를 참아 낼 수밖에 없어."

이스타리엘이 고개를 절레절레 흔들었다. 그리고 아그네스가 좀 더 편한 자세를 취하도록 그녀를 살짝 들어 뒤로 잡아당긴 후 저도 말안장에서 자세를 가다듬었다. 이어 뽐내는 듯 미소를 지은 이스타리엘이 가져온 주머니에서 프레지오라이트녹수정를 꺼냈다. 프레지오라이트에 스며든 겨울 햇살이 보석 안쪽에서 부서지더니 여러 갈래로 광채를 뿜어냈다. 수천 개의 작은 무지개가 그 안에서 춤을 추며 마력 불꽃이 타올랐다.

엘리야는 마치 목이 말라 쓰러지려는 찰나에 물 한 모금이 아닌 포도주 한 통을 턱 하니 건네받은 것 같은 눈빛으로 이스타리엘을 뚫어져라 바라봤다. 그의 눈빛이 놀라움을 감추지 못했다. "너… 그거, 어디서… 난 거냐?"

"부왕의 지하 묘지에서." 이스타리엘이 으스대는 말투로 말했다. "제대로 된 프레지오라이트 하나 없이는 당신이 멀리 가지 못할 거라는 확신이 들더군."

"하지만 도대체 내 것을 어떻게 알아본 거지?" 엘리야 역시 숙련된 솜씨로 말에서 뛰어내려 성급히 원석을 집었다.

이스타리엘은 조금도 망설이지 않고 프레지오라이트를 그에게 건넸다. "그건 몰랐다. 아마도 유용한 것을 선택하는 것이 내 숙명이었을지도. 어쨌든 당신이라면 어떤 걸 가져왔더라도 어떻게든 제대로 사용할 거라고 믿었다."

"물론 그렇기야 하지." 엘리야가 대답하며 태양을 향해 원석을 들어 올렸다. 원석의 내부에 반사되던 무지개가 빛을 뿜어냈고, 마법사의 눈동자에도 불꽃이 타올랐다. "하지만 이 세상의 그 어떤 프레지오라이트도 이것만큼 날 강하게 해 주진 못했을 거다."

엘리야가 눈을 감고, 원석을 가슴 가까이 끌어당기자 그들의 눈앞에 섬광이 폭발했다. 놀란 말이 날뛰었다. 이스타리엘은 날뛰는 말의 고삐를 침착하게 붙들었다. 아그네스가 비명을 질렀다. 손으로 말의 갈기를 황급히 부여잡았지만, 놀란 말이 갑자기 뛰어오르는 바람에 그만 중심을 잃고 말았다. 아그네스가 곤두박질치려는 순간 이스타리엘이 손에 쥐었던 고삐를 놓고 떨어지는 그녀를 감싸 안았다. 그의 품에 안긴 아그네스의 눈이 공포에 질린 채 허공을 응시했고, 손으로 그의 어깨를 거세게 움켜쥐었다. 그 모습을 본 이스타리엘이 살며시 웃었다. 순간 그의 눈빛이 그녀의 마음에 와 닿았고, 아그네스는 처음으로 그가 제 마음에 들어오는 것을 허락했다. 그의 등을 따라 온기가 퍼졌다. 이전과는 뭔가 다른 온화한 빛이 세상을 감쌌다. 이스타리엘은 따스함을 피부로 느꼈다.

"도무지 믿기지가 않네요." 아그네스가 속삭였다.

이스타리엘은 아직 제 품에 안겨 있는 그녀를 물끄러미 바라보며 고개만 끄덕였다. 하지만 당황한 그녀의 표정을 보고는 그녀의 말이 자기가 생각하던 것과는 전혀 다른 뜻이었다는 걸 깨달았다. 머쓱하게 시선을 돌린 이스타리엘도 눈 앞에 펼쳐진 광경이 도무지 믿기지 않았다. 여기저기 세상을 뒤덮었던 눈이 감쪽같이 사라졌다. 지금 그들이 서 있는 부근뿐만 아니라 저 멀리 시야가 닿는 곳까지 전부 녹아 없어졌다. 발밑에 푸릇한 풀이 돋아나고, 줄기와 꽃대가 휘감아 오르더니 금세 꽃봉오리가 터졌다. 주변은 이내 꽃밭을 방불케 했다. 꽃밭 한 켠에는 얼음이 녹아 작은 도랑이 만들어졌다. 아그네스는 아직도 그의 품에 안긴 채 이리저리 몸을 돌려 갑자기 변해 버린 풍경을 둘러봤다.

"정말 여름이네요." 그녀가 속삭였다.

"그렇지." 엘리야가 다가오자 이스타리엘은 그녀를 재빨리 내려놨다. "그냥 이 일대뿐만이 아니야. 북풍은 이제 앙스트두려움 곶(岬)에서 슈투름폭풍 산맥까지 전역에서 침묵할 테니." 엘리야는 황홀해 보일 정도로 몹시 즐거워했다.

"그러면 당신이 에냐도르 전역에서 겨울을 몰아냈단 말인가?" 그 말에 깜짝 놀란 이스타리엘이 물었다.

마법사가 고개를 끄덕였다. "이렇게 하면 이제 아무도 우리 흔적을 찾지 못할 게 아닌가. 어쨌든 어디를 둘러봐도 똑같이 따뜻하니까. 이제 더는 추위에 떨지 않아도 된다." 그러더니 갑자기 하던 말을 멈췄다. 엘리야의 시선이 아그네스의 가슴 부근을 뚫어져라 응시했다. "그건 뭐지?" 엘리야는 대답도 기다리지도 않고 곧장 아그네스가 목에 걸고 있던 목걸이를 붙잡았다. 말에서 떨어질 뻔하면서 옷 속에 감춰 놓은 것이 밖으로 삐져나왔던 것이다.

이스타리엘은 저렇게 흥분한 태도로 반응하는 엘리야의 행동을 이해할 수 없었다. 그저 소작농의 아이들이 서로 나눠 가진 별 볼 일 없는 행운의 부적 따위가 아니던가. 그런데 도대체 무엇이 불사의 마법사를 저렇게까지 흥분시킨단 말인가?

“이거 어디서 난거지?” 엘리야가 다그쳤다.

소녀는 그의 손에서 목걸이를 다시 낚아채고는 한 걸음 뒤로 물러섰다. 그녀는 몹시 혼란스러운 것 같았다. “뭐를요? …난… 왜 그러시죠?”

낯빛이 창백해진 엘리야가 다시 아그네스에게 다가갔다. 이제 그의 눈은 흉흉하게 빛나기까지 했다. 목걸이를 다시 낚아챈 그가 아그네스의 팔을 강하게 붙잡았다.

“아파요!” 그녀가 괴로워하며 항의했다.

보다 못한 이스타리엘도 한마디 거들고 나섰다. “당장 그녀를 놓아라!”

엘리야는 대꾸도 하지 않고, 약한 마력을 일으켜 그를 옆으로 밀어 버렸다. 이스타리엘이 뒤로 비틀거리며 잔디밭에 엉덩방아를 찧었다.

“이거 어디서 난 거냐니까?” 엘리야가 큰 소리로 다시 물었다.

“오빠가 줬어요. 헤어질 때 내게 줬다고요. 난…”

“네 오빠라고? 네 오빠가 누군데? 부모는 누구지?”

“엘리야!” 이스타리엘이 외쳤다. 마법사를 공격해 봤자 아무 의미도 없다는 걸 이스타리엘도 잘 알고 있었다. 하지만 최소한 저렇게 갑자기 날뛰는 정신을 좀 가라앉힐 수는 있을 것 같았다. "아그네스가 말해 줄 것이니 더는 그녀를 아프게 하지 마라!"

이제 조금은 마음을 추스른 듯 엘리야가 아그네스를 붙잡고 있던 손을 풀었다. 머리에 손을 얹은 엘리야가 그녀와 조금 떨어졌다. "미안…하다…." 그가 신음했다.

놀란 아그네스가 몸을 계속 떨고 있었다. "당신은 정말 미쳤나 봐요!" 그녀가 중얼거렸다. 아그네스가 서둘러 목걸이를 옷 안으로 넣으려 했지만, 엘리야가 다시 제지했다. 이번만큼은 행동이 아니라 말로.

"제발 부탁이다." 엘리야가 말하며 손을 뻗었다. "부탁이니, 내게 그걸 보여다오. 꼭 되돌려주마. 빼앗으려는 게 아니다. 그럴 만큼 값진 물건도 아니고."

"그런데 왜 그렇게까지 광분하는 건가?" 자리에서 벌떡 일어난 이스타리엘이 반문했다.

엘리야는 그를 무시했다. 그는 아그네스가 목걸이를 풀어 제게 건넬 때까지, 오롯이 그녀만을 뚫어져라 응시하며 눈빛을 교환했다. 불사인 그의 눈빛이 구슬을 꿰뚫었다. 한참 동안 목걸이의 구슬을 뚫어져라 응시하던 그의 얼굴 위로 엉클어진 머리카락이 흘러내렸다. 쏟아진 머리칼을 옆으로 치우고, 목걸이를 품에 꼭 안아 보더니 마침내 아그네스에게 되돌려줬다. 아그네스는 이마를 찌푸린 채 목걸이를 돌려받았다.

"너희의 부모는 누구지?" 엘리야가 다시 한번 물었다.

"부르크스메아데 출신의 이르멜 크리스티안센과 슈테판 크리스티안센이요." 아그네스가 대답했다. 그 말에 엘리야는 달리 할 말이 없어 보였다.

"네 오빠는 이 목걸이를 어디서 얻은 거지?"

"부모님이 그를 데려왔을 때부터 목에 차고 있던 거예요. 그 이상은 나도 몰라요. 정말이에요!"

"그러니까 그가 네 친오빠가 아니란 말이냐? 그럼 고아란 말이구나!"

아그네스가 고개를 끄덕였다. 엘리야는 깊은 한숨을 내쉬었다. 머뭇거리며 앞의 지평선을 한 번 바라보고, 다시 뒤돌아 산맥을 멍하니 응시했다. "그 아이의 이름은 뭐냐?"

"트리스탄."

"지금 트리스탄은 어디에 있지?"

아그네스는 살짝 어깨를 으쓱였다. "그건 나도 몰라요. 마지막으로 봤을 때는 상처가 꽤 심했어요. 엘프들이 그를 쾨니히스하인에 있는 군부대로 데려갔어요. 드래곤과 싸우게 하려고요. 그래서 전혀 모르겠어요. 트리스탄이 아직…" 그때 갑자기 아그네스의 눈에서 눈물이 뚝뚝 떨어졌다. "…살아 있는지 말이에요!"

"그럴 거다. 내 말을 믿거라. 그 아인 꼭 그래야 해!" 엘리야는 숨 가쁘게 주변을 이리저리 배회하더니 고개를 돌려 말을 쳐다봤다. 말은 조금 멀리 떨어진 곳에서 한가롭게 풀을 뜯고 있었다. 예기치 않은 여름은 다행히도 괴롭기만 하던 그들의 도주를 빠르게 종식시켰다.

"이제 계획이 뭐지?" 이스타리엘이 물었다.

"말을 타고 이제 쾨니히스하인으로 이동하자." 엘리야가 결정했다. "왕자, 미안하지만 너를 위한 예언을 찾는 일은 조금 미뤄야 할 거 같군. 우선 트리스탄이 내가 생각하는 사람이 맞는지 확인해야 하네. 그리고 그때까지는…" 그는 두 눈을 감고 프레지오라이트를 다시 감싸 쥐었다. "엘프의 왕이 아엘프스탄에 머물 수밖에 없는 상황을 하나 마련해 주지."

카이

“이번만큼은 정말 제대로 해냈나 봐요!” 지난밤을 보낸 숲 가장자리 동굴에서 나온 그레타가 주변에 펼쳐진 갓 피어난 초록 잎사귀를 바라보며 신이 나서 말했다. 개구리가 웅덩이에서 개굴개굴 울었고, 나무 꼭대기에서는 다람쥐들이 술래잡기 놀이에 분주했다.

“이건 내가 건 마법이 아니야.” 카이가 말했다.

“그게 무슨 말이에요?” 하녀가 물었다. “어젯밤에는 추위에 얼어 죽지 않으려고, 어쩔 수 없이 당신 곁에 기댄 거였어요. 그런데 지금은 햇살이 얼마나 따사로운지 지금 걸친 이 누더기 같은 옷마저도 다 찢어 버리고 싶을 정도라니까요. 당신이 아니라면 누가 날씨를 이렇게까지 바꿀 수 있는 거죠?”

카이의 시선이 그레타로 향했다. 지저분하게 더럽혀진 그녀의 목덜미와 가슴선이 눈에 들어왔다. 더러움에 반쯤 가려 있긴 했지만 그녀의 선정적 자태는 보는 남자의 욕정을 자극하기에 충분했다. 카이는 본능에 저항하듯 애써 다른 곳으로 시선을 옮겼다. 카이는 지난밤 자신을 힘겹게 하는 것이 단지 겨울의 혹독한 맹추위 때문인지 아니면 자신에게 거리낌 없이 몸을 기대고 잠든 여자와 단둘이 들러붙어 있는 이 어색한 상황 때문인지 혼란스러워하며 뜬눈으로 밤을 보냈었다. "이건 다른 마법사가 건 마법이야. 나보다 훨씬 마력이 센 고수급 마법사일걸." 그가 대답했다.

그레타의 낯빛이 창백해졌다. 살짝 공포에 질린 표정으로 주변을 두리번거렸다. "그가 어디에 있는데요?"

"그건 나도 모르지. 어쩌면 여기서 꽤 먼 곳에 있을지도. 굳이 추측해 본다면 지금 이 여름 날씨는 아마 이 부근에만 펼쳐진 건 아닐 거야."

"당신은 그걸 어떻게 아는 거죠?"

"글쎄, 그건 나도 모르겠어. 하지만 느껴지는걸. 넌 이 열기가 느껴지지 않나? 내가 펼쳤던 마법은 그저 약간의 온기와 더불어 과일이 열리는 수준이었어. 하지만 이건 심오한 상급 마법이야."

"심오한 상급 마법이요?" 그녀가 맹랑한 말투로 설레발을 쳤다. "그거 알아요? 지금 나한테는 지금 이 상황이 얼마나 심오한지는 아무래도 상관없어요. 중요한 건 내가 이미 두 시간 전부터 따뜻한 직사광선을 쬐고 있다는 사실이죠. 혹시라도 가는 길에 이 마법을 시전한 마법사를 만난다면 당신은 어떻게 할 거죠? 날 그 자리에서 떼어 놓고 갈 건가요?"

양팔을 쭉 뻗은 그레타가 한 바퀴 빙그르르 돌았다. 카이는 숲속에서 춤을 추며 나지막하지만 매혹적인 음성으로 즐거운 비명을 지르는 그녀의 자유분방한 모습에 푹 빠진 눈빛으로 그녀를 바라봤다. 순간 염소조차 풀을 뜯는 걸 잊어버렸다. 염소는 그녀를 향해 몇 번 음매 울음소리를 내더니, 이리저리 폴짝 뛰며 그레타의 춤에 끼어들었다.

가벼운 미소가 카이의 얼굴에 번졌다. 부르크스메아데에서 도망쳐 나온 후 이런 긍정적인 기분이 드는 건 오늘 아침이 처음이었다. 이 대단한 마법사가 누구든 간에 혹독한 겨울은 이제 끝났다. 어느덧 일행은 샤텐발트 가장자리에 도착했고 두 가지 선택의 기로에 섰다. 볼프늑대 협로를 따라가든지 숲의 곁갈래길을 통과하든지. 그러면 트리스탄과 아그네스가 있는 곳에 좀 더 가까워질 것이다. 혹한과 궁극의 기아상태를 체험하는 동안 카이는 제게 많은 도움을 준 염소와 반쯤 헐벗은 하녀를 동반자로 얻었다. 물론 하녀는 분명 천방지축 골칫거리이고, 잠 못 드는 밤을 선사하지만. 어쨌든 당장 보이는 바로는 엘프도, 티발트도 그의 뒤를 쫓는 것 같지는 않았다. 아무튼 그의 탈출시도는 이대로 실패로 끝나지는 않을 것이다. 그리고 어쩌면 그의 형제들을 포옹하는 날이 곧 올 것만 같았다.

빰이 발갛게 달아오른 채 엉덩이를 씰룩이며 춤추던 그레타가 다시 그에게 다가왔다. “그러면 그는 대마법사인건가요?” 그녀가 물었다. “어떤 길로 갈지 이제 정했어요? 샤텐발트로 갈 건가요? 아니면 볼프 협로?”

“샤텐발트로 가자.” 카이가 대답했다. “숲의 곁갈래길이 정말로 1킬로미터밖에 되지 않는다면, 무시무시한 숲의 마물들이 우리를 주시하기 전에 그 길을 통과할 수도 있을 거야.”

카이는 그레타가 준 정보가 확실하기만을 마음속으로 간절히 빌었다. 여전히 도깨비불, 하피, 유령늑대와 마주쳤던 기억을 떠올리면 온몸에 소름이 오소소 돋았다. 다시는 겪고 싶지 않은 경험이었다. 그렇지만 볼프 협로는 그보다 훨씬 더 무시무시한 곳이다. 그레타의 설명에 따르면 그곳에는 유령늑대들이 떼 지어 다닐 뿐만 아니라 카이가 마력을 끌어모으기도 전에 그들을 통닭구이로 만들어 버릴 드래곤이 서식하는 위험천만한 곳이다.

그들은 지금 갈림길에 서 있었다. 저 멀리 뒤로는 바다가, 좌측에는 샤텐발트, 우측에는 드라고니아, 그리고 바로 눈앞에는 볼프 협로가 있었다. 카이의 목적지인 알빈가르트의 전장은 지금 여기에서 그리 멀리 떨어지지 않은 곳에 있었다. 카이는 그곳에서 최소한 트리스탄이라도 찾을 수 있기를 소망했다. 지금 시점에서 드래곤들의 영역인 드라고니아를 경유하는 볼프 협로를 택하는 건 시간 낭비이자 위험천만한 일이었다.

“좋아요.” 원피스를 무릎 위로 움켜쥐고 양 모서리를 매듭으로 묶으면서 그레타가 말했다. “지금은 여름이니까 들에는 한창 산딸기가 익고 있을 것이고, 마법사님이 내가 원하는 걸 이뤄 주겠죠. 이제 나만을 위한 아름다운 엘프 왕자님만 나타나면, 내 인생도 괜찮아질 거예요.”

왠지 기분이 언짢아진 카이가 걸음을 멈추고 휙 돌아섰다. “파렴치하고 저속한 널 바라보며 그런 감정을 허비할 엘프 왕자는 이 세상에 없을걸.” 카이가 중얼거렸다.

“그렇다면 고귀한 기사님은 어때요?” 그레타는 연신 깔깔대며 느릿하게 걸음을 옮겼다.

“그냥 도적 떼 우두머리로 만족하는 게 어때? 그게 훨씬 나은…” 그때 카이가 갑자기 입을 다물었다. “너도 들었어?”

그레타도 땅에 뿌리박힌 듯 그대로 멈춰 섰다. 그녀도 이제 그들이 지나온 길 뒤편에 귀를 기울였다. “말발굽 소리예요.” 그녀가 속삭였다.

카이가 고개를 끄덕였다. 그대로 염소를 돌아본 카이는 지금 그들이 벌써 볼프 협로의 초입 부근까지 접근해 있다는 걸 깨달았다. 염소는 평소와 달리 울음소리조차 내지 않고 긴장해 있었다. 위험을 감지한 그들은 확실히 알고 있었다. 소리가 조금이라도 새어나가면 그들의 위치가 발각될 수 있다는 것을. 카이가 그레타의 팔을 붙잡았다. “어서 저기 위로!”

“볼프 협로로요?” 그녀의 얼굴에서 핏기가 가셨다.

“만약 저 소리가 엘프들이라면 저들에게서 벗어날 유일한 길이야. 샤텐발트는 그들이 지배하고 있지만 드래곤은 아니니까.”

“하지만… 드라고니아는… 늑대들은…”

“원하면 넌 여기 남아도 돼. 운이 좋으면 그들이 널 다시 티발트와 여관 주인에게 데려다줄 거야.”

“그래요, 운이 좋다면 말이죠. 하지만 그렇지 않으면 그들이 날 죽일걸요!"

"어쩌면 저들 중 널 다정하게 반길 고운 왕자님이 있을지도 모르지." 카이가 비아냥거렸다.

하녀의 얼굴은 점점 어두워졌다. 카이는 그녀의 팔을 놓았다. 이제는 그레타 스스로 결정을 내려야 할 순간이었다. 카이는 이번만큼은 단호했다. 앞으로 그는 자기의 하얀 악마가 제시한 길이 아닌 곳으로는 절대 가지 않겠다고 확고히 결심했었다.

카이는 이르멜의 스카프로 만든 보따리와 케이프를 집어 들었다. 남은 사과 세 개와 버섯 한 주먹도 챙겼다. 돌길 사이로 몇십 걸음쯤 옮겼을 무렵 맨발로 그의 뒤를 헐레벌떡 쫓아오는 그레타의 소리가 들렸다. 그레타는 입을 꽉 다물고 머리카락을 바람에 흩날리며 그의 뒤를 쫓아오고 있었다. 어느새 벗어 버린 겨울 신발을 든 채 손을 흔들어 댔다. 어찌 됐든 지금 이 상황에서 그들은 최고의 길동무였다. 카이는 절대 그렇지 않다고 여러 번 강조했지만 사실이 그랬다.

두 사람은 염소의 뒤를 쫓아 최대한 빠르게 이동했다. 길은 좁았지만 통행하기에 무리가 없었다. 반쯤 산을 올랐을 때 염소는 시커먼 어둠 속으로 이어지는 동굴 안쪽으로 그들을 안내했다.

"젠장." 그레타가 욕설을 뱉었다. "저 안엔 들어가기 싫어요!"

그때 바로 아래서 그들을 향해 달려오는 말발굽 소리와 함께 사람의 말소리가 들렸다. 카이와 그레타는 황급히 주변의 커다란 바위 더미 뒤에 몸을 웅크리고 숨었다. 바위 사이로 엘프들의 모습이 보였다. 카이는 선두에 선 병사 한 명을 알아봤다. 프론슈타인 여관 앞에서 마주쳤던 그 병사였다. 그의 곁에서 말을 타는 엘프는 훨씬 화려하고 뾰족한 투구를 쓴 것으로 보아 지휘관인 것 같았다. 그리고 그 뒤를 엘프 병사 두 명이 버새수말과 암나귀의 잡종에 앉힌 인간을 엄호하며 따라왔다. 곱슬거리는 구레나룻에 덩치가 큰 남자의 손가락은 양손 모두 네 개뿐이었다.

"돌프야!" 카이가 중얼거렸다.

"당신을 엘프에게 밀고하려고 했다던 그 고아 판매상 말인가요?" 그레타가 속삭였다. 카이가 끄덕였다. "저들은 당신을 고문실에 가두려 눈이 뻘개 있는 것 같은데요!"

"생각을 바꾸고 싶다면 아직 늦지 않았어." 카이가 말했다.

말에서 내린 엘프 병사 하나가 방금 카이와 아그네스가

나온 동굴로 들어가 안을 살폈다. 동굴 밖으로 나온 병사는 그레타가 동굴에 두고 나온 겨울용 모직 케이프를 팔에 들고 있었다. 그 모습에 카이는 그레타의 뺨을 때려 주고 싶은 충동을 느꼈다.

또 다른 엘프 한 명이 카이와 그레타가 머리 숙여 숨은 바위 너머를 가리켰다. 이런 상황에서 볼프 협로는 이제 그들에게 남은 유일한 기회였다. 아마 엘프들은 그곳까지 쫓아오지는 않을 것이다. 카이와 그레타는 포복한 자세로 슬금슬금 뒤로 기어가며, 다시 동굴 안으로 들어갔다. 시야에서 그들의 모습이 사라진 후에야 몸을 일으켜 세운 카이와 그레타는 하얀 꼬리를 흔들며 어둠 속으로 먼저 앞장선 염소의 뒷모습만을 주시하며 뒤따라갔다.

아무것도 없었다. 동굴은 끝이 없는 것처럼 계속 이어졌고, 점점 더 그들을 가장 깊숙한 어둠 속으로 인도했다. 몇 발자국 옮기지 않았는데도 염소의 하얀 털조차 제대로 보이지 않았다. 간간이 그들에게 달라붙는 끈적이는 거미줄만이 이곳도 생명체가 사는 장소라는 걸 입증했다. 카이가 불쑥 그레타의 손을 잡았다.

"위대한 마법사님, 겁나시나요?" 그레타는 나지막한 음성으로 물었지만, 그래도 사람의 손이 닿아 기쁜 것처럼 들렸다.

"난 그저 네가 길을 잃지 않도록 배려하는 것뿐이야." 카이가 대답했다.

어딘가 암석에서 굴러떨어져 나온 돌 부스러기가 머리 위로 위험하게 떨어졌다. 깜짝 놀란 그레타가 황급히 몸을 움츠렸다.

그들은 입을 꾹 다물고 손으로 앞을 더듬으며 길을 찾아 나아갔다. 돌출한 암석에 이마를 찧지 않도록 앞으로 한 손을 뻗은 채 계속 걸었다. 카이는 최대한 눈을 부릅떠 보았지만 보이는 건 별로 없었다. 완전히 장님이나 마찬가지였다. 까마득해진 시야 하나만으로도 카이는 공포에 휩싸였다. 더군다나 지반이 갑자기 변하기 시작했다. 매끈했던 바위를 뒤덮은 뭔가가 나타났고, 그들은 발에 밟혀 부서지는 그 무언가에 걸려 비틀거렸다. 계속 맨발로 걷고 있던 그레타가 그런 변화를 가장 먼저 알아차렸다.

"카이…" 그녀가 속삭였다.

"왜?"

"지금 우리가 뼈다귀를 밟으며 걷는 거 같은데요."

"아니야." 그가 단언했다. 카이는 그레타의 손을 더 세게 잡았다. "나뭇가지일 뿐이야."

"그러면 나뭇가지가 어떻게 여기 안쪽까지 들어왔을까요?" 뭔가 뚝뚝 부서지는 바닥을 짚어 보려 몸을 숙이려 했지만 카이가 그녀를 다시 일으켜 세웠다.

"아니라니까. 그냥 나뭇가지일 뿐이라고. 드래곤이 여기 동굴 안까지 가져왔겠지."

"왜요?" 그녀가 몸을 떨었다. 카이가 쥔 그레타의 손이 땀으로 흥건했다.

"불을 피우려 했나 보지, 뭐. 아니면 엘프를 꼬챙이에 끼워 구이를 하려고 나뭇가지를 가져왔을지도. 하지만 엘프가 제때 도망쳐서 나뭇가지만 여기 남아 있는 걸 거야."

"네?" 그녀가 바짝 다가와 그에게 몸을 기댔다. "그러면 그 드래곤은 이제 어디 있는 걸까요?"

카이는 미친 듯이 요동치는 심장을 가라앉히려 심호흡을 했다. "또 다른 드래곤이 그에게 인간계의 위대한 마법사가 이 동굴을 지나갈 거라 알려 줬나 보지. 그 마법사를 물리칠 드래곤은 세상에 없으니까. 그는 무적이었거든."

"누군지 정말 강한 마법사인가 보네요."

칠흑 같은 어둠 속이라 아그네스에게 잘 보이지는 않겠지만 그럼에도 카이가 묵묵히 고개를 끄덕였다.

발밑에 밟히는 것을 부러트리고 굴리면서 그들은 계속 조심스레 앞으로 나아갔다.

"카이…"

"응?"

"정말 드래곤을 물리칠 수 있어요?"

"글쎄, 잘 모르겠어. 지금까지 엘프와 사람에게만 마법을 써 봐서. 그리고 네가 알다시피 그것도 한계가 있어."

"그러면 만약 이 동굴 출구에 드래곤이 버티고 있으면 우린 어떻게 해요?"

*그러면 전부 죽는 거지*가 원래 카이의 솔직한 대답이었다. "그러면 인간계의 위대한 마법사가 마법을 부려 드래곤이 널 등에 태우고 에냐도르 상공의 구름을 만져 볼 수 있도록 드래곤을 종속시켜야지."

그레타는 이제 아무 말도 하지 않았지만 카이는 그녀가 제 손을 더 꼭 잡는 것 같은 기분이 들었다.

절대 끝나지 않을 영원 같은 시간이 흐른 후 희미한 햇살이 점점 동굴에 스며들어 왔다. 그들의 발걸음을 재촉하며 줄곧 앞장서 가던 염소의 윤곽이 다시 보이기 시작했다. 카이는 눈에 들어오는 저 빛줄기가 제발 희망의 신호이기만을 간절히 소망했다. 하얀 악마는 앞서 샤텐발트 숲에 들어서는 걸 주저했었다. 하지만 이 죽음의 동굴 앞에서는 저 건너편에 싱그러운 초록 풀로 가득한 초원이 펼쳐진 것을 알고 있기라도 하듯 확신에 찬 발걸음을 옮겼다.

저 멀리 출구가 서서히 시야에 들어왔다. 이제 그 앞을 지키는 무언가가 등장할까? 마지막 몇 미터를 남겨두고 카이는 긴장감에 달아올랐다. 그에게는 초자연적인 힘은커녕 불덩이를 내뿜는 드래곤을 물리칠 만한 마력도 없었다. 물론 비를 뿌려 드래곤의 불덩이를 꺼 보려는 시도쯤은 어떻게든 해 볼 수 있겠지만 드래곤에게는 그것 말고도 날카로운 이빨이 있었다. 순간 뱃속이 요동치며 죽을 만큼 배가 고파왔다. 카이는 동굴 출구를 서슴없이 빠져나가 암석으로 가득한 볼프 협로로 태연자약 들어서는 염소를 바라봤다. 그레타와 카이의 눈이 마주쳤다. 두 사람의 눈에 똑같은 의지가 타올랐다. *이제 모 아니면 도야.*

그렇게 드라고니아에 첫걸음을 내디딘 순간 카이와 그레타는 숨을 죽였다. 적막 속에 가슴 한가운데에서 요란하게 날뛰는 심장의 고동만이 쿵쾅거렸다. 이들은 조심스레 주변을 둘러본 후에야 한결 가벼워진 마음으로 나지막하게 탄식

했다.

"이야기가 어떻게 끝났는지 이제 너도 알겠지." 이윽고 카이가 말을 꺼냈다. "드래곤들은 모두 무적의 마법사를 피해 도망쳤어. 그리고 저 멀리 바다를 건너 그들이 가장 두려워하는 적에게서 충분히 멀리 떨어진 곳까지 날아가 둥지를 틀었다지."

그러자 그레타는 가소롭다는 표정으로 입술을 살며시 끌어올렸다. 그리고 남세스럽다는 듯이 그때까지 잡고 있던 그의 손을 뿌리쳤다. "어쨌든 이야기 하나는 정말 끝내주게 잘 하네요." 그녀가 투덜댔다.

카이는 그레타가 이렇게 나올 줄은 정말 생각도 못 했다. 이런 이기적인 인간이 있나! 이번에도 그녀는 그를 이용하기만 했다. 카이는 그녀를 덮친 마부에게서 구해 주고, 새로운 인생으로 인도하고, 드래곤에 대한 공포를 덜어 주려고 애썼다. '이렇게나 친절을 베풀었는데도 그녀는 시시때때로 더 나은 사람이 생기면 떠나겠다는 소리나 해대니 도대체 이 교만하기 짝이 없는 하녀 때문에 왜 이렇게까지 성가셔야 한단 말인가?' 드래곤의 땅을 밟는 이 순간까지 줄곧 이 물음이 카이의 머릿속을 떠나지 않았다. 도무지 알 수 없는 노릇이었다. 바로 그때 앞서가던 염소와 그레타가 갑자기 멈춰 섰다.

"무슨 일이야?" 카이가 속삭였다.

"나도 잘 모르겠어요. 그런데 무슨 소리가 들려요. 마치…"

이제 카이의 귀에도 그 소리가 들렸다. 분노에 차 '푸우우' 하고 내뱉는 소리에 이어 고통에 찬 앓는 소리와 우악스러운 비명이 들렸다. 짐작건대 누군가 싸우고 있는 소리가 확실했지만 카이는 그게 누구인지는 전혀 감이 오지 않았다.

"이제 협로에서 벗어나 아래로 내려가야 해요. 저기가 바로 그 길이에요." 그레타가 속삭였다.

카이가 고개를 저었다. "우리의 목적지는 서쪽이야. 인제 와서 볼프 협로에서 벗어나면 장담하건대 드래곤의 목구멍에 걸어 들어가는 꼴이 될걸. 그러니까 우리는 협로를 따라 계속 전진해서 이 산맥에서 벗어나야만 돼"

"왜 항상 당신만 우리가 어떻게 해야 할지를 결정하는 거죠?" 그레타가 항의했다.

"최소한 난 내가 어디로 가고 싶은 건지 정확히 알고 있으니까. 그런데 넌 아무 생각도 없잖아. 그저 네게 영원한 행복을 가져다줄 남자를 찾으려고 떠도는 거니까. 하지만 그레타, 너 그거 아니? 아마 그런 남자는 찾지 못할 거다. 그런 남자가 있어도 분명 너처럼 변변치 않은 사람에게 빠지지는 않을 테니까."

"변변치 않다고요?" 그레타가 몹시 불쾌한 목소리로 그가 말한 단어를 되풀이했다.

그렇지만 카이는 그녀가 따라오든 말든 상관없다는 듯, 끊임없이 고막을 때리는 비명을 따라 계속 길을 갔다. 물론 이번에도 그레타는 그의 뒤를 쫓아왔다. 팔짱을 끼고, 입가에 상처라도 입은 듯 부루퉁한 표정을 지으며.

전투는 계속됐고 굉음은 갈수록 커졌다. 천연 울타리처럼 길 한가운데에 떡 버티고 있는 커다란 바위를 코앞에 두고 염소가 멈춰 서자 카이도 염소 뒤에 섰다. 그곳에서 몇 미터 떨어지지 않은 골짜기 상황을 신중하게 염탐하던 카이는 공포에 휩싸인 채로 바위 뒤에 몸을 움츠렸다.

원래 동굴을 지키고 있어야 할 드래곤 한 마리가 바로 그곳에 있었다. 드래곤은 부르크스메아데 사담에 기록된 모습과 달리 그리 거대하지도, 둔해 보이지도 않았다. 실제로 드래곤은 성인 남성 두 명쯤을 합한 크기였다. 비늘이 가득한 피부는 주황, 빨강 그리고 오묘한 터키석 빛깔의 반점으로 얼룩덜룩 반짝였다. 콧등에서 시작된 한 쌍의 돌기가 이마 너머 뒤편에 숨겨진 뿔까지 이어졌다. 게다가 콧구멍에서 콧김을 뿜을 때마다 날개 형태의 돌기가 발정 난 수컷 뇌

조의 꼬리처럼 빳빳이 곤두섰다.

처음에 카이는 드래곤과 맞서 싸우고 있는 적수가 인간 소년이라고 생각했다. 그렇지만 좀 더 자세히 살펴보니 그의 이마에도 뿔이 있다는 걸 깨달았다. 길고 검은 머리카락이 그의 등까지 찰랑댔다. 그는 가죽으로 만든 허리보호대, 날카로운 징이 박힌 다리보호대 그리고 목과 어깨에 강철로 만든 부분 갑주를 걸쳤다. 그 아래 드러난 적갈색 피부 사이로 잘 짜인 근육이 돋보였다. 그가 바위를 등지고 있었기에 카이는 그의 얼굴까지 확인하지는 못했다.

"데몬이에요." 반은 감탄하고, 반은 겁먹은 채 그레타가 속삭였다.

카이는 아무 대답도 하지 않았다. 눈 앞에 펼쳐진 장면에 푹 빠져 있었던 탓이었다. 지금 저 데몬은 드래곤을 굴복시키려는 게 분명했다. 이 정도야 대수로운 일도 아니라는 듯 데몬의 행동은 대담했고 자신감 넘쳐 보였다. 데몬족이 공격, 반항, 힘의 상징이라면 드래곤은 데몬에게는 노예나 다름없는 생명체였다. 특히 데몬은 드래곤의 화공에 전혀 동요하지 않기에 더욱 그럴 수밖에 없는 관계였다. 더는 화염을 토하지 않고, 날카로운 이빨로 적을 없애려고 시도하는 모습으로 보아 저 드래곤도 상대의 특성을 알아차린 것처럼 보였다. 그렇지만 드래곤이 공격할 때마다 데몬은 단숨에 높이 뛰어올라 옆으로 피하며, 들고 있던 창으로 드래곤의 얼굴과 목을 찔렀다. 알록달록한 드래곤의 몸 위로 흘러내리는 피에서 김이 모락모락 피어올랐다.

"정말 믿기지 않는 광경이에요!"

그들의 전투를 자세히 보고픈 마음에 어느새 그레타가 좀 더 높은 곳으로 기어 올라갔다는 걸 카이도 뒤늦게 알아차렸다. "어서 이리 내려와!" 그가 서둘러 속삭였다. "그러다 들키겠다!"

"무슨 말도 안 되는 소리람." 그녀가 대답했다. "저 둘은 지금 상대를 갈기갈기 찢으려 싸우느라 바쁘다고요. 그러니 절대 알아차리지 못할걸요. 내가 이렇게…"

카이에게 말하던 그레타가 갑자기 머리에 손을 얹더니 입을 크게 벌렸다. 고막을 찢을 것 같은 비명이 협로와 절벽 가득히 울려 퍼졌다. 그 소리는 암벽 사이로 메아리치며 한동안 여운을 남겼다. 비틀거리던 그레타는 바위에서 곧장 카이의 품으로 떨어졌다.

"무슨 일이야?" 당황한 카이가 물었다.

하지만 그레타는 또다시 비명만 질러 댔다. 그레타의 어여쁜 얼굴에 엄청난 공포가 서려 있었다. 카이는 재빠르게 그녀에게 손을 얹고 고통을 몰아냈다.

잔혹한 고통이여, 어서 이 몸에서 사라져라. 내가 이제 그 끝을 요구하노라.

그러자 비명을 멈춘 그레타의 머리 위로 섬광이 한 차례 휩쓸고 지나갔다. 화염은 카이의 머리카락을 핥듯이 태운 뒤 스쳐 지나가더니 극도의 공포로 꼼짝도 못 하고 서 있던 염소 주변의 암벽을 산산 조각냈다. 마치 이 세상이 거대한 용광로로 변한 것 같은 기분이 들었다. 용광로는 마치 지옥불처럼 살아 있는 모든 생명체에 탐욕스러운 혓바닥을 날름거리고 있었다.

카이는 있는 용기를 전부 끌어모아 겨우 일어섰다. 그러자 지옥에서 방금 도착한 듯한 짐승의 금빛 눈동자가 그를 잔뜩 노려봤다. 팔 하나도 안 되는 거리에 드래곤이 양 뺨에 돋은 피부 갈퀴를 곧추세우고 콧김을 뿜으며 서 있었다. 드래곤의 가슴과 목 사이 부근에 또다시 파이어볼이 불타오르며 뭉쳐지고 있었다. 화염이 솟구쳐 나오기 직전이었다. 격분한 드래곤이 마침내 주둥이를 벌렸다. 수백 개는 족히 넘는 날카로운 이빨과 피처럼 붉고 단단한 혀가 카이의 눈에 들어왔다. *안 돼, 이렇게 끝날 수는 없어! 여기까지 와서 이런 식으로는 절대 아니야!*

너는 이제 내 것이다. 네 열화를 이제 내가 소멸시키고, 네 원한도 봉인한다. 그러니 어서 내 앞에 무릎을 꿇어라. 너는 내 종이며 내가 너의 주인이로다. 네 삶과 죽음을 결정하는 것도 이제 나이니. 이제 시선을 바닥으로 낮추고, 네 욕망을 다른 곳으로 돌려라.

순간 드래곤이 주둥이를 다물었다. 이제 카이 곁에서 비틀거리며 다시 양발로 일어선 그레타는 숨을 헐떡였다. 그녀의 입에선 아무 말도 흘러나오지 않았다. 그녀는 연신 드래곤과 그 뒤에 있는 존재를 번갈아 가며 노려봤다. 그러더니 또다시 경악에 찬 비명을 질렀다. 이번엔 데몬과 눈이 마주쳤기 때문이었다.

카이는 이런 일이 가능할 거라고 전혀 생각도 하지 못했다. 예전에 데몬족과 시선을 마주치는 것만으로도 치명적이라는 이야기를 들은 적이 있었다. 하지만 지금 이곳에 있는 이 데몬은 다행히 눈빛으로 인간을 죽이는 능력도, 드래곤을 노예로 종속시키는 능력도 없어 보였다. 주변을 배회하던 드래곤은 차오르는 분노를 원래 상대하던 데몬에게 다시 쏟아부었다. 카이는 두 번째로 그레타에게 제 손을 얹었다.

“제발 또 그러지는 마라.” 그녀를 치유하며 신음을 흘린 카이가 말했다. “차라리 다른 곳을 보고 있어, 알겠어? 이제 마력이 거의 남지 않았다고."

"지금 당신이… 그러니까 당신이 드래곤을 종속시킨 거예요?"

"나도 잘 모르겠어. 어서 여기서 도망치자, 알겠어?"

하녀는 카이가 같은 말을 두 번 반복하지 않게 즉시 움직였다. 질끈 묶은 원피스 자락을 조금 더 높게 묶고는 두 다리로 껑충 뛰어올랐다. 카이가 따라가기 버거울 정도로 재빠르게 볼프 협로를 따라 계속 달렸다. 카이는 가쁜 숨을 몰아쉬며 그레타의 뒤를 쫓았고 그의 충실한 염소는 그의 곁에서 떨어지지 않았다. 드래곤과 데몬이 격렬한 전투를 벌이는 소리가 그들 뒤편에서 점점 멀어졌다. 짐작건대, 드래곤과 데몬은 상대만으로도 버거운지, 다행히도 그들을 뒤쫓아 오지 않았다.

이윽고 그레타가 갑자기 멈춰 섰다.

"서쪽으로." 헐떡이며 뒤쫓아 온 카이가 말했다. "거기서 아래로 내려가야 해."

평소와 달리 그레타는 그의 말에 토를 달지 않았다. 아무런 대화도 없이 두 사람은 발아래에만 신경 쓰며 미끄러운 돌길을 서둘러 내려가는 일에만 집중했다. 하얀 악마도 그들과 똑같았다. 염소는 줄곧 날렵한 동작으로 이동했다. 물

만난 생선처럼 재빠르게 바위 위를 뛰어다녔다. 대열에서 뒤처진 건 카이였다. 카이는 잠시 기다려 달라고 부탁하기 위해 일행을 부르려 멈춰 섰다. 순간 누군가 그의 앞을 가로막았다.

상대는 별안간 허공에서 등장했다. 적갈색 피부, 이마에 난 굽은 뿔 그리고 칠흑 같은 검은 눈동자를 지닌 그 데몬이었다. 그의 눈은 홍채뿐만 아니라 눈동자 전체가 검었다. 극심한 고통이 카이의 머릿속을 헤집었다. 누군가 단도를 두개골 한가운데에 힘껏 꽂아 넣은 것 같은 아픔이었다. 카이는 신음을 흘리며 바닥에 쓰러졌다. 하지만 동시에 어디에선가 날아온 드래곤이 데몬을 덮쳤다. 드래곤은 창공을 가르며 공중에서 불쑥 튀어나왔다. 짐승의 강력한 발톱이 갑주 사이로 드러난 적의 어깨를 움켜쥐었고, 둘은 함께 바닥에 나뒹굴었다. 그들이 부딪친 바위들이 마치 지진이라도 난 것처럼 흔들렸다.

카이는 재빨리 손으로 관자놀이를 움켜쥐고 자신을 괴롭히는 통증을 어느 정도 치유했지만 그것으로 마력이 바닥나 버렸다. 이제 카이는 아무 힘없이 산속을 헤매는 인간 소년에 불과했다. 게다가 제대로 훈련받은 전사보다도 최소 열 배는 강해 보이는 존재들에게 쫓겨 다니는 신세였다.

날카로운 이빨과 창날 그리고 피가 뒤엉긴 채 데몬과 드래곤은 험준한 돌길을 데굴데굴 굴러 그레타 근처까지 갔다. 카이는 격렬한 싸움터로 변한 이곳을 우회하기 위해 반대 방향으로 뛰어야 할지 잠시 고민했다. 하지만 이내 그것만으로는 이들을 피할 수 없다는 걸 깨달았다. 아마도 저 드래곤은 카이에게 종속된 것 같았다. 그리고 저 데몬은 드래곤을 제게 종속시키려던 것이 분명했다. 즉, 이제 카이의 마력은 바닥이 났지만, 그럼에도 그에게는 그를 지킬 또 다른 힘이 남아 있다는 말이었다.

"멈춰!" 카이가 미쳐 날뛰며 싸우는 둘을 향해 소리쳤다.

그러자 드래곤이 피로 얼룩진 주둥이와 머리를 들고 그를 바라봤다. 데몬은 드래곤의 목에 창을 꽂아 넣으려고 했지만 드래곤이 발톱으로 그를 바닥에 짓눌러 버렸기 때문에 그 시도는 실패로 돌아갔다.

"당장 창을 버려. 그렇지 않으면 널 갈기갈기 찢어 먹어 버리라고 드래곤에게 명령하겠어!" 카이가 외쳤다. "그리고 또다시 내 눈을 노려볼 생각은 꿈도 꾸지 마라!" 여전히 한 무리의 말이 짓밟고 지나가는 듯 머릿속을 헤집는 통증이 카이를 괴롭혔다.

잠시 아무 반응도 없던 데몬은 결국 창을 던져 버렸다.

“넌 누구냐?” 드래곤의 발톱 사이에 깔린 데몬이 고함을 쳤다. 깜짝 놀랄 정도로 그의 목소리는 미성이었고, 사냥 호각처럼 음색이 깊었다.

“별로 중요하지 않은 사람이야.” 카이가 말했다. “우연히 시기적절하지 못하게 이곳을 지나가던 마법사일 뿐이지.”

“네 놈이 감히 내 드래곤을 훔쳤겠다!” 데몬이 울부짖었다.

“그건 내 고의가 아니었어. 우리가 가려는 곳에 도착하면 드래곤은 다시 돌려주마.”

카이는 데몬에게 가까이 다가갔다. 아주 잠시지만 그와 다시 시선이 마주칠까 봐 두려웠다. 뇌에 바늘을 꽂아 넣는 것처럼 헤아릴 수 없는 고통이 뒤따를 터이니!

“고통에 몸부림치지 않고 너와 시선을 마주할 수는 없는 건가?” 카이가 물었다.

“가능하다. 우선 드래곤에게 내 팔에서 발톱을 치우라고 명령한다면!”

이 예측 불가능한 존재가 진실을 말했기만을 속절없이 바라며, 카이는 드래곤에게 그를 놓아주라고 명령했다. 드래곤이 발톱을 거두자 데몬은 그대로 벌떡 일어섰다. 카이는 그에게서 뒷걸음질 치는 모습을 보이지 않겠다고 굳게 마음

먹었다. 그리고 천천히 그의 검은 눈동자를 마주했다. 데몬의 팔뚝에서 피가 철철 흘렀다. 피부색 때문에 처음에는 상처가 심해 보이지 않았지만, 제대로 살펴보니 위험할 정도로 상처가 깊다는 걸 알아차렸다. 둘의 시선이 다시 마주쳤다. 하지만 약속처럼 아무 일도 일어나지 않았다.

"넌… 넌…" 카이가 말을 더듬었다.

"뭐? 생각했던 것보다 못나지 않았단 말이냐?"

그가 고개를 끄덕였다.

"척 보면 알 수 있는 그런 당연한 깨달음을 얻은 사람이 어찌 너뿐이겠느냐?"

"흐음…" 카이는 당황스러워 어찌 답을 해야 할지 난감했다. 카이는 자꾸만 아득해지는 정신을 차리려고 애를 썼다. "지금은 왜 아까 같은 통증이 느껴지지 않는 거지?"

"내가 지금 네놈을 공격하는 게 아니니까 그렇지, 이 멍청한 놈아!"

그러자 드래곤이 경고하듯 으르렁거렸다. 잠시나마 카이는 두 다리가 얼어붙는 듯한 긴장감에 휩싸였다. 하지만 실제로 다리를 휘청거린 건 자신이 아닌 데몬이었다. 인제 보니 그는 어떻게든 서 있으려고 안간힘을 쥐어짜고 있었다. 그렇지만 피가 철철 흐르는 팔뚝과 배를 따라 길게 베인 깊은 상처에 결국 무릎을 꿇고 말았다. 그 자세로 굳어 버린 몸이 사시나무 떨리듯 덜덜 떨렸다. 이미 너무 많은 피를 흘린 것이 분명했다.

“난 너를 마법으로 치료해 주지 않을 거야. 하지만 허락한다면 네 상처에 붕대를 감아 줄 수는 있어.” 카이가 제안했다.

데몬이 천천히 고개를 들었다. 이마에 난 뿔은 숫양의 것처럼 보였고, 그 사이로 수북하고 까만 머리카락은 말의 갈기를 연상시켰다. 그렇지만 그 아래 보이는 얼굴만큼은 지극히 인간을 닮았다. 엘프의 얼굴처럼 뭔가 초월한 듯한 매력도 없고 다소 호전적인 인상이었지만 절대 비호감형은 아니었다.

“네게 아무 짓도 하지 않을 거다.” 그가 약속했다. “그리고 저들에게도.”

그제야 카이는 그레타와 염소가 다시 되돌아왔다는 걸 깨달았다. 걱정하느라 얼굴을 잔뜩 찌푸리고, 벌벌 떨리는 손으로 눈 앞을 가린 하녀가 드래곤 옆을 조심스레 지나왔다. 그거 하나만큼은 인정해야 했다. 그레타는 담력이 강한 여자였다.

“그러니까 이제 당신이 그의 생살(生殺)여탈권을 쥔 건가요?" 카이 곁에 다가온 그레타가 물었다.

"어쩌면." 카이가 대답했다.

"좋아요. 그러면 어서 드래곤에게 저 데몬을 죽이라고 해요. 그런 뒤 골짜기에서 뛰어내려 곤두박질치거나 아니면 저기 있는 창으로 돌진하라고 명령해요."

카이가 고개를 저었다. "이 산맥을 벗어나서 엘프들이 주둔하고 있는 야영지까지 가려면 동맹이 필요해."

"동맹이요?" 그레타가 나무랐다. "정신 나간 염소만으로는 충분하지 않은가 보죠? 드래곤에 데몬이라니 말도 안 돼요!"

"그리고 히스테리 부리는 하녀도 한 명 있지."

카이가 미처 피하기도 전에 그레타는 팔을 휘둘러 짝 소리가 날 정도로 거세게 카이의 뺨을 쳤다. 그 바람에 옆으로 한 걸음 밀려난 카이는 반사적으로 주먹을 움켜쥐었지만 곧 힘을 풀었다. 그는 갑자기 눈물을 터트리는 그레타를 보며 아연실색했다. 그레타가 저러는 이유에 도통 공감할 수 없었기 때문이었다.

"내 눈앞에서 조금 떨어져 주라." 카이가 말했다. "하지만 우선 네 원피스 자락을 조금 찢어서 건네줘. 지금은 여름인 데다 네 발목이 어떻게 생겼는지 우리 모두 잘 알고 있으니까."

연신 훌쩍이면서도 시선을 마주치지 않으려 피한 그레타가 치마 밑단에서 손바닥 너비만큼 천 조각을 길게 뜯어낸 후 다시 묶었다. 카이는 천 조각을 가지고 데몬에게 다가갔다. 그는 제 팔과 배에 천을 감아 주는 카이의 모습을 유심히 관찰했다.

"넌 이런 게 도움이 된다고 생각하냐?" 데몬이 물었다.

카이가 고개를 저었다. "아니, 하지만 최소한 이 이상의 출혈은 막아 줄 거야. 오늘 저녁 내내 얌전히 버틴다면 내가 널 치유해 줄 수도 있겠지."

카이는 당장 마력이 완전히 바닥났다는 사실을 그에게 말하고 싶지 않았다. 데몬이 한 말을 그대로 신뢰할 수는 없었다. "너도 이름이 있겠지?" 카이가 그에게 물었다.

"툴이다."

"내 이름은 카이야. 여기 얘는 그레타고."

"그리면 염소는?"

카이는 미처 생각하지 못한 낯선 질문에 잠시 할 말을 잃었다. "아아, 그러니까… 가끔 *하얀 악마*라고 부르기도 해."

"뭔 이름이 그렇지?"

"염소니까!" 카이가 강조했다.

"그리고 난 데몬이고. 넌 인간이지. 그리고 쟤는 드래곤… 하물며 저 드래곤도 이름이 있을 텐데."

"좋아." 자리에서 일어난 카이가 이마에 흐른 땀을 훔쳤다. "그래, 염소는 아직 이름이 없어."

"그러면 전처럼 *하얀 악마*라고 계속 부르되 최소한 데몬족 언어로라도 이름 하나쯤은 붙여 줘라. '그바일로'가 어떠냐?"

"그바일로?" 카이가 의견을 구하는 눈빛으로 그레타를 돌아봤지만, 시선을 휙 돌린 그녀는 애꿎은 바위만 노려봤다. 그녀의 어깨가 또다시 들썩였다. 카이가 이번에는 염소를 바라보며 한쪽 눈썹을 치켜세웠다. 기쁨을 표현하는 것 같은 울음소리가 대답으로 돌아왔다. "그래, 좋아. 그바일로로 하지. 하지만 이제 널 어떻게 해야 좋을까? 네 말을 믿어도 좋을지 어떻게 확신하느냔 말이야?"

"약속하마. 무려 데몬의 약속이다." 툴이 중얼거렸다. "너는 내가 선택한 드래곤을 가졌다. 내게 다시 돌려주면 너를 도와주마. 아주 간단한 일이다."

"왜 꼭 이 드래곤이어야 하지?" 카이가 질문했다. "그냥 다른 드래곤을 붙잡지그래?"

"그렇지만 내가 이 드래곤을 선택했었다고 하지 않았나!

한 번 선택하면 무슨 일이 있어도 꼭 그 드래곤을 종속시켜야 한다." 데몬에게서 완고한 대답이 돌아왔다.

카이는 데몬족의 규율과 관습을 몰랐다. 다만 이들에게도 혼자 감당해야 할 해결하기 힘든 과업이 있을 거란 추측과 더불어 홀로 그 고난을 짊어져야 하는 상황이 얼마나 고된 것인지는 충분히 이해할 수 있었다. 심사숙고하던 카이는 눈을 들어, 황금빛 눈동자를 굴리며 자신의 움직임 하나하나를 쫓고 있는 드래곤을 물끄러미 응시했다. "너 변신 가능하지?" 카이는 꼭 그래야 한다는 투로 평소보다 더 큰 소리로 외쳤다. 짐승이 고개를 끄덕였다. 즉, 카이의 말을 이해한 것이다. "그러면 그게 뭐든 다른 모습으로 변신할 수 있어? 우리 모두가 조금은 덜 겁먹을 만한 모습으로…"

카이가 아직 말을 끝내기도 전이었다. 그의 소망이 드래곤에게 온전히 닿기도 전에 바로 그의 눈앞에서 드래곤의 몸이 차츰 줄어들었다. 눈 깜짝할 사이에 날개와 칼처럼 날카로운 턱이 사라졌다. 이어 팔, 다리 그리고 허리까지 내려오는 붉은 곱슬머리가 나타났다. 정확히 말해 *그녀의* 허리까지. *이번에도 또야,* 카이가 속으로 한숨을 쉬며 생각했다.

저 드래곤 소녀는 태초에 신이 빚어 놓은 모습대로 벌거벗은 나신으로 불처럼 이글거리는 눈빛을 카이를 향해 던졌다. 그녀는 그레타보다 키가 조금 작았지만 똑같이 지저분했다. 먼지와 피가 몸의 여기저기에 엉겨 붙어 있었지만, 그 사이로 보이는 그녀의 피부는 비단처럼 매끄럽고 깨끗했다. 제대로 빗지 않은 붉은 곱슬머리가 그녀의 얼굴을 감쌌다. 머리카락 일부가 오른쪽 가슴을 가렸지만, 왼쪽은 훤히 노출된 상태였다. 하지만 그녀는 조금도 개의치 않았다. 인간의 형태로 변신한 그녀는 카이의 명령을 기다렸지만 아무 지시사항도 없자 스스로 움직이기 시작했다. 카이는 자신을 향해 한 걸음씩 다가오는 벌거벗은 여인의 모습을 지켜봤다. 세상 예절이 정해 놓은 거리보다 훨씬 가까이 다가온 그녀는 카이의 코앞에 멈춰 서서 그를 유심히 바라봤다. 그녀의 손이 카이의 가슴을 따라 목덜미를 스치더니 그의 머리카락을 쥐었다.

"주인님, 뭘 해 드릴까요?" 그녀가 카이에게 물었다. 드래곤의 음성은 6월의 체리 맛처럼 달콤하면서도 지금까지 카이가 들었던 그 어떤 음성보다도 진중했다.

카이의 곁에 서 있던 데몬이 혐오감에 치를 떨며 바닥에 침을 뱉었다. "넌 내꺼다. 드래곤 암컷. 알아들었는가? 엘프와 전쟁을 치르는 날이 오면, 날 태우고 전투에 나서야 하니까." 데몬이 으르렁거렸다.

붉은 곱슬머리 미녀는 곁눈질로도 그에게 눈길을 주지 않았다. 그 대신 뒤편에 있는 암석에 등이 부딪칠 정도로 카이를 살짝 뒤로 밀쳤다. 그리고는 그의 앞에 다가서서 그녀의 하복부를 그의 것에 바짝 들이댔다. 순간 녹색으로 변신했던 눈동자가 갑자기 쭉 찢어진 드래곤의 금빛 눈동자로 돌아왔다. 카이의 입속을 침범한 그녀의 혀가 그의 것을 탐욕스럽게 훑었다. 그녀의 혀에서는 잘 익은 딸기와 뜨거운 불꽃 맛이 났다.

“정말 꼴불견이네.” 그레타의 음성에 카이는 정신을 차렸다. 그레타가 카이 곁에 서서 드래곤과 키스하는 모습을 지켜보고 있었다. 순간 수치심을 느낀 카이가 붉은 머리를 한 소녀를 살포시 뒤로 밀었다. 그러자 그녀의 눈동자가 풀리며 다시 인간의 모습으로 되돌아왔다.

“난… 넌… 그러니까 난 아직 네 이름도 모르는데!” 미안한 목소리로 카이가 황급히 말했다.

“내 이름은 스호오크랍니다, 주인님.”

붉은 머리카락을 산발한 채 지저분한 얼굴에 머릿속은 더 지저분한 생각으로 가득한 그녀가 실오라기 하나 걸치지 않은 나신으로 그렇게 서 있었다. 카이는 아예 이성을 잃어버리기 직전이었다. 살짝 미소를 띤 그녀가 다시 카이에게 다가왔다. 실오라기도 걸치지 않은 그녀의 젖꼭지가 카이의 셔츠 위를 스쳤다. 천위로 느껴지는 감촉이 너무나 선명해서 마치 아무것도 입지 않은 살과 살이 맞닿은 것만 같았다.

“맙소사, 이런 경박하고 천한 행동을 하는 넌 도대체 뭐니?” 그 모습을 보며 그레타가 야유했다.

그 말에 뒤돌아선 스호오크가 조소 어린 눈빛으로 하녀를 쏘아봤다. “난 드래곤이다.” 그녀가 거만한 음성으로 대답했다. “우린 전쟁은 물론 사랑에서도 강렬한 정열과 힘의 화신이지. 그러는 넌 누구냐?”

물론 고의는 아니었지만 스호오크는 그레타의 아픈 곳을 정확히 찔렀다. 카이는 그 모습이 정확히 보였다. 눈을 좁혔다 길게 뜬 하녀가 허리에 양손을 얹더니 입을 떡 벌렸다. 그렇지만 정작 한 마디도 제대로 내뱉지 못했다. “푸우!” 실제로 그레타는 자기가 누군지, 그리고 어떻게 살고 싶은 건지 아직 제대로 깨닫지 못했기 때문이었다. 그레타는 당황한 모습을 감추려고 재빨리 데몬에게 돌아섰다. “쟤들은 원래 다 저런가요? 남자들도?”

툴은 고개를 끄덕였다. 그는 여전히 바닥에 앉은 채 한 손으로 상처가 난 팔을 압박하고 있었다.

“혹시 날 위해 남자 드래곤 하나만 잡아 주지 않을래요?”

데몬은 고개를 돌려 암벽 너머를 응시했다. "내가 내일까지 살아 있다면 너희가 가고자 하는 곳으로 인도하겠다. 하지만 행여나 내게서 감사 혹은 우정을 바라지 마라. 난 그저 내 드래곤을 돌려받고 싶은 것뿐이니까."

트리스탄

트리스탄은 질식해서 죽을지도 모르겠다고 생각했다. 그의 목구멍에만 물이 가득한 게 아니었다. 코에도, 폐에도 물이 가득 차 있었다. 그의 후두가 아래위로 격렬하게 반사작용을 일으키며 어떻게 해서든 목구멍으로 들어오는 액체를 뱉어 내려 했다. 그러다가 기침 발작을 터트리며 트리스탄이 드디어 정신을 차렸다.

"트리스탄! 너 살아 있구나! 신이시여, 감사합니다!" 누군가 소리쳤다. 그는 이 목소리의 주인공 이름을 부를 겨를도 없이 기침을 해댔다. 눈가엔 눈물이 가득했고, 시야가 안개 낀 것처럼 뿌예졌다. 곁에 있던 사람이 판판한 손바닥으로 그의 등을 토닥였다.

"미안해, 물을 좀 마시게 하려던 거였어. 이틀 동안 물을 한 모금도 마시지 않아서."

"물… 물을… 더…" 발작하듯 기침을 해대면서 트리스탄이 그르렁거렸다.

"우선 진정해 봐." 등을 토닥이던 손길이 그를 쓰다듬었다. 트리스탄은 그 목소리의 주인공이 누구인지 알아차렸다. 그는 손등으로 트리스탄의 눈가를 따라 흐르는 눈물을 훔쳤다. 목소리의 주인공은 바로 마론이었다. 트리스탄이 앞으로 다시는 보지 못할 거라고 생각했던 선량하고 익숙한 얼굴. 다시 보게 되어 정말 기쁘다는 표정으로 활짝 미소를 짓고 있는 그녀의 얼굴이 지척에 있었다.

순간 트리스탄은 지금 여기가 망자의 세계가 아닌지 고민했다. 그렇지만 가슴에서 느껴지는 깊고, 찌르는 통증이 그가 여전히 이 세상에 머물고 있음을 확인시켜 줬다. 시선을 내려 제 몸 아래를 내려다본 트리스탄은 가슴에 찍힌 낙인을 발견했다.

"아아, 마론." 그가 낮은 음성으로 말했다. "이게 날 갈기갈기 찢어 버리는 것 같다."

마론은 부드럽게 고개를 흔들고는 트리스탄의 목덜미를 받치며 그의 몸을 일으켜 세운 후 그에게 물 한 컵을 건넸다. 컵을 건네받은 트리스탄은 허겁지겁 물을 마셨다. 그리고는 빈 컵을 내밀었다.

“더 줘!” 그가 부탁했다.

“잠깐만 기다려. 그렇지 않으면 네 몸이 버텨 내지 못할 테니까.”

덜덜 떠는 트리스탄의 손에서 컵을 받아 든 마론이 그를 바라봤다. 그러자 의식을 잃기 전의 마지막 기억이 떠올랐다.

“드래곤.” 그가 말했다. “드래곤이 나한테 화염을 쏘았는데. 그리고 난 독이 든 앰플을 터트렸고. 그런데 내가 왜 아직도 살아 있는 거지?”

“솔직히 우리 모두 그걸 궁금해하고 있어.” 마론이 말했다. “난 독에 대해서는 잘 모르거든. 그렇지만…” 그녀는 트리스탄의 오른손을 붙잡고 손가락을 폈다. 그의 손바닥에는 베인 상처가 남아 있었다. “중요한 건 아니겠지만 지난 이틀 동안 이 상처가 왜 생긴 건지 종종 고민해 봤어. 다른 곳은 전혀 상처 입지 않았거든. 드래곤의 화염도 널 해치지 못했으니까.”

트리스탄이 이마를 찌푸렸다. “날 제대로 맞추긴 한 건가?”

그녀가 고개를 끄덕였다. “모든 것이 불타 버렸어. 네 옷, 네가 묶여 있던 기둥, 네 옆에 서 있던 엘프마저도. 너를 묶어 놓은 사슬마저도 녹아 버렸지. 하지만 넌… 화상으로 인한 물집 하나 생기지 않았어!"

"어떻게 그럴 수 있는 거지?"

"모두가 그걸 알고 싶어 해. 지금 네가 있는 이곳이 어딘 줄은 알겠어?"

트리스탄은 처음으로 자기가 누워 있던 막사 안을 자세히 둘러봤다. 지금까지 그들이 묵었던 초라한 노예 막사와는 딴판이었다. 막사 덮개에는 구멍을 기운 자리도 없었고, 바닥에는 진흙 한 방울 스며들지 않았다. 게다가 크기만 해도 거의 두 배나 되는 데다, 천막의 벽은 금색 자수로 장식되어 있었다. 트리스탄은 원래 쓰던 냄새 나는 지푸라기 자루가 아닌 제대로 된 침상 위에 누워 있었다. 게다가 몇 주 만에 처음으로 웃통을 벗고 있는데도 소름 하나 돋지 않을 정도로 실내가 따뜻했다.

"엘프들이 사용하는 막사?"

"호리엘의 개인 막사야."

트리스탄이 한쪽 눈썹을 치켜세웠다. "내가 지금 그의 새로운 절친이라도 된 건가?"

그녀가 큰 소리로 웃으며 고개를 저었다. "당연히 아니지. 하지만 에냐도르 전역에서 네 비밀에 관심을 두지 않는 엘프가 없을 정도야. 적어도 그 비밀을 캐낼 때까지는 호리엘이 더는 네게 손을 대지 않겠지. 그러니까 이제 넌 그 어느 때보다도 안전해."

경멸 섞인 신음을 토하면서 트리스탄이 침대에서 벌떡 일어났다. 그가 마지막으로 기억하는 장면이 불현듯 머릿속에 떠올랐다. 눈가에 눈물이 그렁그렁한 채 처형장에 모인 노예들 사이에 서 있던 마론의 처연한 모습이. 그녀의 눈빛이 트리스탄에게 호리엘의 고문을 버틸 힘을 줬다. 하지만 그 때만 해도 트리스탄은 지금처럼 그녀를 다시 볼 기회가 생길 거라고는 조금도 기대하지 못했다. 특히 다치지 않고 이렇게 살아서, 단둘이서. 트리스탄은 진지한 표정으로 그녀를 바라봤다. 침을 꿀꺽 삼킨 마론이 애를 태우며 양손으로 빈 컵만 꽉 쥐고 있었다.

"물을 더 가져올게…." 마론이 혼자 중얼거리며 일어서려 했다. 그렇지만 트리스탄은 그녀의 팔을 붙잡고, 자신에게 끌어당겼다. 지난 몇 주 동안 겪었던 일련의 사건이 빚어낸 당연한 결과인 것처럼 자연스레 그들의 입술이 가까워졌다. 깜짝 놀라 컵을 떨어트린 마론이 양손으로 그의 상체를 감싸 안았다. 트리스탄은 그녀에게 몸을 밀착했다. 세게 그리고 격앙된 채로. 가슴팍을 옥죄는 통증이 쾌락을 갈구하는 욕망으로 희석됐다. 마론의 손가락이 그의 등을 움켜쥐었다. 마론은 그의 목에 머리를 기댔다. 트리스탄은 그녀의 목덜미에 키스하며 셔츠 아래로 손을 밀어 넣어 가슴을 동여맨 무명천을 잡아당겼다.

“말도 안 돼!” 갑자기 천막 입구에서 누군가 큰 소리로 불평했다.

마론은 트리스탄을 놓고 한 걸음 뒤로 물러섰다. 두 사람 모두 목소리가 들려온 방향으로 시선을 돌렸다. 그곳에는 미동도 없이 얼어붙은 야레드와 아담이 커다란 눈을 부릅뜨고 그들을 뚫어져라 응시하고 있었다.

“트리스탄, 너… 정말 회복하는 속도가 항상 놀라울 지경이야.” 야레드가 겨우 말을 꺼냈다. 반면 옛날부터 눈치가 없었던 아담은 여전히 머리만 세차게 흔들고 있었다.

“보이는 것하곤 달라.” 트리스탄이 곤혹스러운 표정으로 중얼거렸다.

“음, 보이는 그대로인 것 같은데.” 야레드가 대답했다.

“네가… 네가 지금 비젤이랑 키스했잖아.” 이제 아담마저 그 일을 거론했다.

트리스탄은 어쩔 수 없다는 듯 깊은 한숨을 내쉬었다. “그래.” 그가 실토했다.

한 걸음 침대로 다가선 야레드가 머리를 쥐어뜯었다. "그러니까, 이 혼란스러운 상황을 내가 다시 한번 정리해 봐도 되는 건가? 우선 넌 이때까지 다른 건 해본 적이 없는 것처럼 아무렇지도 않게 문스워드를 자유자재로 휘두르며 엘프에게 굴욕감을 선사했지. 그런 뒤 그놈들이 끔찍이 고통스러울 것으로 추정되는 낙인을 네 가슴팍에 지졌어. 그런데 갑자기 어디서 나타난 드래곤이 쏜 파이어볼이 널 명중시켰지만 넌 여전히 멀쩡해. 게다가 널 명중시킨 파이어볼이 갑자기 네게서 튕겨 나와 도리어 드래곤에게 상처를 입혔지. 그런데 그 짐승은 행여나 네가 얼어 죽지 않을까 널 날개 아래 꼭꼭 숨기는 것 외에는 아무 관심도 없는 것처럼 행동했다는 거잖아."

트리스탄이 이마를 찌푸렸다. 그 이야기의 뒷부분은 그도 알지 못했던 부분이다. 야레드는 누구도 그의 말에 끼어들 엄두가 나지 않을 만큼 흥분한 상태에서 말을 이어갔다.

"그리고 이 이야기의 압권은 말이지. 이틀 뒤에 아무 일도 없었다는 것처럼 깨어난 네가 어느 한 소년과 키스하고 있었다는 거야. 트리스탄, 이 미친놈아, 네가 예전에 말했었잖냐. 언젠가 방랑 시인이 너에 대한 노래를 부르게 될 거라고. 하지만 내가 지금 목격한 것만 보면…"

"아아, 야레드 인제 그만해." 트리스탄이 단호하게 말했다. "남자로서 할 수 있는 일 중에 그보다 더한 일도 많잖아."

그렇지만 짐작건대 야레드도, 아담도 트리스탄과는 생각이 전혀 다른 것 같았다. 특히 아담이 심한 충격을 받은 것 같았다. 뭍에 내동댕이쳐진 물고기가 뻐끔거리듯 어깨를 심하게 들썩이며 우두커니 서 있었다.

그들 사이에 퍼진 어색한 침묵을 깨트린 건 마론이었다. "나 남자 아니야." 그녀가 선언했다.

트리스탄은 진실을 밝힌 마론의 결심이 무척 고마웠다. 자신은 그녀를 배신할 수 없지만, 앞으로 친구들이 자신을 바라볼 시선을 생각만 해도 속이 쓰리던 차였다.

"당연히 남자지, 아니면 뭐야!" 당황한 아담이 놀라 소리쳤다.

"뭐라고?" 야레드가 외쳤다. 그는 마론에게 한 발자국 가까이 다가가 위에서 아래로 찬찬히 훑어봤다. 트리스탄은 야레드의 신체검사가 이렇게나 오래 걸리는 걸로 보아 아무 결론도 내리지 못하겠구나 짐작했다. 그러던 중 야레드가 갑자기 한 손으로 이마를 탁 치며 크게 숨을 들이마셨다. "세상에나… 어떻게 내가 저걸 못 본 거지?" 그가 중얼거렸다.

"뭐? 뭘 못 봤다는 거야?" 아담이 궁금증을 견디다 못해 재빨리 끼어들었다.

"좀 제대로 살펴봐라, 이 멍청아! 비젤은 딱 봐도 남장한 여자잖냐!"

아담은 마론을 노려봤지만, 그의 얼굴에는 그 어떤 깨달음의 흔적도 보이지 않았다. "아니야." 이윽고 그가 말했다. "재도 서서 일을 본다고. 그러니까 여자일 리 없어."

그제야 야레드도 끔찍한 사건을 마주한 것처럼 재빨리 뒤로 물러섰다. 방금 시꺼먼 동굴에서 걸어 나온 것처럼 그의 동공이 확장되고 요동치듯 흔들렸다.

그 모습에 트리스탄은 웃음을 터트렸다. "그 주제는 우리도 이미 한 차례 언급했던 거다. 그냥 받아들여라. 아무리 따져 봐야 마론은 여자니까. 너희 둘 다 아무에게도 발설하면 안 돼. 특히 엘프에겐. 어서 맹세해라!"

"맹세할게." 아담은 순순히 말하면서도 여전히 믿지 못하겠다는 눈치였다.

반면 야레드는 마론과 서로 안전거리를 확보한 상태에서 나란히 침상에 걸터앉았다. 야레드는 머리를 절레절레 흔들며 한동안 혼자서 계속 중얼거렸다. 그러더니 "지금까지 못

되게 굴어서 미안하다. 네가 …라는 걸 알았더라면…"

"그러면 넌 뭔가 나한테 수작을 걸어왔겠지. 괜찮아, 야레드. 난 원래 솔직한 게 더 좋아." 마론이 대답했다.

야레드가 그녀에게 고개를 끄덕이고는 다시 트리스탄을 쳐다봤다. "아까 얘기할 때 뭔가 잊어버린 게 있었는데 말이야. 원래 사람은 손에 맹독이 쥐어지면 그만큼 빨리 포기하기 마련이거든. 그런데 넌 고문을 선택하고 독을 건드리지 않았어. 도대체 왜 그런 거냐? 난 도저히 너처럼은 못했을 거다."

"나 그거 썼다." 트리스탄이 대답했다. "마지막에 드래곤 파이어가 나를 향해 날아오던 그 순간 앰플을 터트렸어." 그 증거로 트리스탄은 깨진 유리 조각이 그의 손바닥에 남긴 상처를 야레드에게 보였다.

"그러면 넌 독에도 내성이 있는 건가?" 아담이 물었다. "그 무엇도 널 죽일 수 없는 거야?"

"진심으로 호리엘이 이른 시일 안에 그 답을 찾지 않기만을 바랄 뿐이다." 트리스탄이 한숨을 내쉬었다. "어쩌면 우리도 나름대로 알아봐야 할지도. 보급 막사의 그녀는 뭐라 하더냐, 야레드?"

"글쎄다. 하지만 내가 한 번 물어볼게."

순간 막사 입구의 덮개가 들썩이며 뒤에 병사들을 대동한 호리엘이 안으로 불쑥 들어왔다. 트리스탄은 갑자기 등장한 그의 모습에 흠칫 놀랐다. 이 엘프는 목덜미 뒤로 금발 머리를 단단히 묶고, 투구를 팔 아래 끼고 있었다. 까다롭게 격식을 갖춘 방문처럼 보였다. 호리엘은 잠시 트리스탄을 묵묵히 주시했다. 그의 시선엔 언제나처럼 경멸이 가득 담겨 있었다.

"사람들이 너를 절대 다치지 않는 몸이라 부르던데." 이윽고 그가 말했다. "불의 정복자, 드래곤의 아들… 넌 사람들이 널 어떻게 부르는지 아는가?" 잠시 말을 멈추더니 그가 곧 다시 입을 열었다. "내 생각에 넌 그저 지독할 정도로 운이 좋았던 사기꾼이자 비루한 농부일 뿐인데 말이다. 네가 드래곤과 맺은 계약은 무엇이냐? 그리고 어떻게 한 거지?"

"드래곤과 계약을 맺은 적이 없습니다만." 트리스탄이 부정했다. 호리엘이 힐끗 쳐다보는 것만으로도 가슴에 찍힌 낙인이 활활 타오르는 것 같았다.

"그러면 드래곤이 널 지켜 주는 이유가 뭐지?"

"그건 나도 모릅니다. 당신이 직접 드래곤한테 물어보시지요!"

"트리스탄." 올바른 호칭을 상기시키기 위해 마론이 속삭였지만 트리스탄은 알면서도 고치지 않았다. 호리엘과 그의 뒤에 선 병사들도 또 반복되는 트리스탄의 무례한 언사를 들었다. 엘프의 관자놀이에서 힘줄이 도드라졌다. 그렇지만 이번만큼은 호리엘도 처벌을 명령하지 않았다. 단지 그것만으로도 트리스탄은 충분히 많은 걸 알 수 있었다. 이런 상황에서 야영지 사령관이 채찍을 들지 않는다면, 그건 드래곤과 트리스탄 사이에 있을지도 모르는 관계를 두려워하거나 혹은 가장 높은 곳에서 그의 머리카락 한 올도 건들지 말라는 지시가 내려온 것이다. 어쨌든 마론의 말 그대로였다. 트리스탄은 지금 그 어느 때보다도 가장 안전했다.

"이미 해봤지. 하지만 그 짐승은 도무지 우리에게 답하지 않더군." 호리엘이 대답했다. "그러니까 도대체 무슨 상황인지는 몰라도, 이제 *네놈이* 물어봐야겠다."

"그 드래곤이 여기 있습니까?"

호리엘이 끄덕였다. "드래곤족에 걸맞게 사슬에 묶여 있지. 그나마 우리가 대답을 듣고자 하니까 아직 목숨을 연명하고 있는 줄 알아라. 내일이면 엘프 군의 총사령관인 로리안 폰 안고르 파비아가 찾아와 갖은 성질을 다 부릴 거다. 이게 다 드래곤과 네 무례함 때문에 빚어진 일이다. 이 사건이 문프린세스와의 결혼식에 훼방을 놓았거든. 그러니

영 심기가 엉망일 총사령관의 자비를 구하려면, 최소한 적에게서 몇 가지 정보를 캐어 놓아야겠지. 그러니 어서 일어나라."

트리스탄이 순순히 그의 말을 따랐다. 복종해서가 아니라 드래곤을 보고 싶었기 때문이었다. 그의 기억 속에 남은 장면은 어두운 밤하늘에 빛나는 흉곽과 금빛 눈을 한 거대한 실루엣이 전부였다. 드디어 그에게 엘프의 가장 큰 적과 제대로 대면할 기회가 찾아왔다. 드래곤이 실제로 그와의 대화에 응할지, 혹은 드래곤이 트리스탄에게 전할 말이 무엇인지는 아무래도 상관없었다. 중요한 건 이 종족이 엘프를 증오한다는 것이었다. 그리고 그것만으로도 트리스탄의 친구가 될 자격이 충분했다.

힘들게 몸을 일으킨 트리스탄이 침상에서 내려왔다. 그는 맨발에 거친 갈색 천으로 만든 조잡한 바지만 달랑 입고 있었다.

"최소한 케이프라도 얻을 수 있을까요?" 트리스탄이 호리엘에게 물었다.

엘프는 조롱조로 그의 말을 비웃었다. "지금 그런 건 필요 없다. 최근 이틀 동안 많은 일이 있었거든."

순간 막사 입구 사이로 언뜻 보이는 여름 풍경이 트리스탄의 눈에 들어왔다. 그러고 보니 정신을 차린 이후로 거의 헐벗다시피 한 자신이 왜 추위에 떨고 있지 않은지 궁금했었다. 그렇지만 갑자기 등장한 여러 새로운 소식에 이 의문이 잠시 뒷전으로 밀려나 있었던 것이다. 태양의 강렬한 햇살이 얼굴에 내리쬐는 순간 트리스탄은 잠시 멈춰 서서 눈을 살포시 감았다. 정말 굉장한 기분이었다! 구원받은 것을 넘어 아예 새로 태어난 것 같은 느낌. 무엇이 제게 이런 기적을 일으켰든 분명 그것은 위대하고 선한 힘이었으리라.

“이쪽으로 와라.” 호리엘이 지시하며 앞장섰다.

마론, 야레드, 아담이 지금 그 자리에 그대로 얼어붙어 있는 동안 병사들이 트리스탄의 양옆에서 동행했다. 그들은 야영지를 가로질러 쾨니히스하인의 외곽 방향으로 이동했다. 가는 동안, 트리스탄의 등장에 주위의 엘프들과 노예들이 하던 일마저 내려놓고 그를 뚫어져라 쳐다보는 모습이 심심치 않게 보였다. 어떤 이들은 감탄하는 눈빛으로, 그리고 또 어떤 이들은 적대적인 시선으로 트리스탄을 쳐다봤다. 하지만 입 밖으로 단 한마디라도 꺼내는 사람은 아무도 없었다.

그들은 바로 얼마 전까지만 해도 처형장이 있었던 야영지 중심부를 지나갔다. 노예 몇 명이 새로운 시설을 짓고 있었다. 그들도 역시나 망치와 못을 내려놓고, 트리스탄의 등이 꿰뚫릴 정도로 쳐다봤다. 이 일대의 막사는 전부 새로 지어졌고 땅바닥은 숯처럼 검었다.

호리엘이 넓은 구덩이로 이어지는 길을 가리켰다. "우리는 널 여기서 찾았다. 드래곤이 네 위에 있었지. 상처 입은 날개로 네놈의 몸을 감싸고 있었지. 마치 네놈이 인간이 아니라 드래곤의 알이라도 되는 것처럼. 결국 드래곤이 정신을 잃기까지 창을 다섯 개나 던져야 했지. 그 과정에서 드래곤이 이 야영지의 절반을 불태워 버렸다."

트리스탄은 호리엘이 하는 말이 전혀 이해되지 않았다. 아무리 머리를 굴려 봐도 이 사건 뒤에 숨은 비밀이 무엇인지 전혀 떠오르지 않았다. 하지만 어쩌면 드래곤이 곧 그에게 알려 줄 수도 있을 것이다.

엘프는 야영지 밖을 벗어나 드라고니아 산맥과 쾨니히스하인을 가로지르는 평야로 트리스탄을 데려갔다. 트리스탄은 하마터면 옛 훈련장소를 전혀 알아보지 못할 뻔했다. 사방이 눈으로 덮여 있던 그곳은 이제 시야가 닿는 곳까지 전부 초록빛 수풀로 바다를 이뤘다. 며칠 전까지 이곳은 트리스탄을 비롯한 노예병사들이 검술대련을 하고 화살을 쏘며 훈련했던 장소이니만큼 수많은 발자국으로 가득했다.

거기서 조금 왼편에 솜씨 좋게 제련된 강철로 만든 거대한 우리가 있었다. 드래곤은 그 안에 있었다. 일행은 우리에 다가갔다. 트리스탄은 엘프들이 드래곤을 얼마나 철두철미하게 포박해 두었는지 깨달았다. 게다가 주둥이에는 거대한 강철마개를 씌어 놓았다. 두꺼운 사슬 네 개가 십자가 형태로 드래곤의 등과 가슴을 짓눌렀다. 드래곤의 목에는 트리스탄의 가슴에 찍힌 낙인처럼 노예라는 것을 상징하는 노예 목걸이가 채워져 있었다. 사방의 모든 사슬이 이 고리에 연결되어 단단하게 고정되어 있었다.

트리스탄은 드래곤을 바라보며 저도 모르게 침을 꿀꺽 삼켰다. 한밤중인 지금 드래곤의 비늘이 시커멓게 보였다. 하지만 카이는 드래곤의 곳곳이 푸른빛으로 반짝이는 것을 감지할 수 있었다. 또한 군데군데 초록, 노랑 점들이 사슬 아래 번쩍였다. 전설 같은 드래곤의 자가 치유 능력을 입증하듯 창에 찢긴 가벼운 상처들은 이미 사라진 상태였다.

엘프들이 가까이 다가오기도 전에 몸을 일으킨 드래곤이 콧구멍으로 콧김을 내뿜었다. 동시에 파충류의 목덜미처럼 얼굴 양옆에 쭈글쭈글한 피부 점막을 펼쳤다. 그러자 코끝의 양쪽 부근에서 이마를 지나 눈 아래까지 이어진 커다란 화상 자국이 두드러졌다. 그에게서 튕겨 나간 화염에 생긴 상처였을 것이다. 트리스탄은 지금까지 이런 얘기를 들어본 적이 없었다. 드래곤은 이 상처를 왜 치료하지 않았을까?

그 자리에 멈춰 선 트리스탄은 파충류의 눈처럼 생긴 이 짐승의 눈을 응시했다. 드래곤은 이번만큼은 그에게 파이어볼을 쏘려 하지 않았다. 대신 트리스탄은 드래곤의 눈 속으로 빨려 들어갈 것 같은 느낌이 들었다. 굳이 정보를 캐내려 하지 않아도 트리스탄은 알 수 있었다. 그와 이 드래곤 사이에는 뭐라 설명하기 힘든 마법 같은 결속이 존재했다. 그것은 이 세상 그 무엇으로도 깰 수 없는 강력한 결속이었다.

“드래곤에게 인간의 모습으로 변신하라 말하라.” 호리엘이 요구했다.

트리스탄은 헛기침을 했다. 하지만 애써 말을 꺼낼 필요도 없었다. 트리스탄이 드래곤의 변신을 입 밖으로 꺼내기도 전에, 드래곤은 스스로 변신했다. 신체 크기가 줄어들자 드래곤을 묶어 둔 사슬이 바닥에 떨어졌다. 날개와 꼬리도 사라졌다. 긴 주둥이가 줄어들며 도톰한 입술로 바뀌었다. 하얀 나체에 푸른빛이 도는 검은 머리카락을 지닌 젊은 여인이 모습을 드러냈다. 인간의 모습으로 변신한 상태에서도 뜨거운 화염으로 얼굴에 생긴 화상 흉터는 여전히 그대로였다. 하지만 그 흉터가 오히려 이질적인 매력을 더했다.

엘프들은 일제히 드래곤 여인을 향해 창을 들었다. 호리엘은 그녀가 다시 본체로 변신하여 화염을 내뱉으려 하면 곧바로 척살하라는 명령을 내렸다. 그러나 드래곤은 엘프들을 전혀 아랑곳하지 않았다. 실오라기 하나 걸치지 않았지만 전혀 부끄러운 기색도 없이 우리의 가장자리로 다가왔다. 그리고 검지를 들어 까닥이며 트리스탄에게 다가오라는 신호를 보냈다.

"네 이름은 뭐지?" 트리스탄이 그녀의 앞에 서자 드래곤이 물었다.

트리스탄은 다소 의아해했다. "그것도 모른단 말이야? 내가 누군지도 모르면서 내 목숨을 구한 거야?"

그녀가 고개를 끄덕였다. "네게 낙인이 찍혀 있었잖아. 그리고 이제 내게도 그런 게 생겼지. 그 이상은 알 필요도 없어. 그러니까 이름이 뭐야?"

"트리스탄."

"그렇구나. 만나서 반가워." 그녀가 트리스탄에게 손을 건넸다. "내 이름은 사피라야."

트리스탄은 순간 드래곤에게 뭐라 말해야 할지 당혹스러웠다. 그래서 막연히 그녀가 내민 손을 잡고 흔들며 저를 주시하는 그녀의 눈빛에서 뭐라도 읽어 보려 애썼다.

"내가 태어난 지 얼마 되지 않았을 때, 우리 마을에 한 마법사가 찾아왔었어." 그녀가 이야기를 시작했다. "그는 엘프를 피해 도주 중이었는데, 그와 같은 부류는 인간의 땅에서 목숨을 부지하기 어려웠기 때문이었지. 내 부모가 그런 그를 거두어들여 먹을 것을 내주며 우리 집에서 살도록 허락했어. 그가 나와 관련된 예지를 들려줬지만, 그때 난 아직 너무 어렸어. 그는 언젠가 내가 드래곤의 화염을 상징하는 어떤 징표를 얻을 거라고 했어. 그리고 그 표식이 생기는 계기를 준 상대만이 앞으로 부름을 받들어야 할 나의 유일한 존재가 될 거라고 했지. 만약 그에게도 그런 낙인이 있다면 말이야."

그녀는 입술에 두 손가락을 얹고 거기에 키스한 후 그것으로 트리스탄의 낙인을 쓰다듬었다. 트리스탄의 등 뒤에서 있던 엘프들이 귓속말로 속삭이기 시작했다. 하지만 호리엘은 눈치와 전략이 있는 자였으므로 당장 개입하지 않았다. 지금 이 대화를 통해 얻은 정보를 바탕으로 머릿속에서 잔혹한 계획을 구상 중이었다. 트리스탄도 그걸 알고 있었기에 당장 혀에 맴도는 많은 질문을 그대로 쏟아 내지 않았다.

다만 트리스탄은 딱 하나만 질문하기로 결심했다. "넌 그게 나라고 확신한단 말인가?"

"확실해. 지금까지 내가 뿜은 화염이 내게 되돌아온 적은 없었거든. 가장 강한 데몬마저도 그러지는 못했으니까. 그리고 지금까지 날 종속시킨 이는 그 어디에도 없었어."

"네 종족 말이야." 트리스탄이 말을 꺼냈다. "드래곤에 대해 잘 알지는 못하지만 너희는 의지가 약하다고 들었다."

드래곤은 황급히 입을 벌리며 곧장 반박하려 했다. 하지만 언뜻 그녀의 시선이 호리엘과 그의 병사를 스치더니 잠시 생각에 잠기는 것 같았다. "그래." 그녀가 중얼거렸다. "우리가 좀 그런 면도 있지. 엘프가 사랑을 모르고, 데몬이 못생긴 것처럼."

인간의 모습으로 변신한 그녀의 눈동자는 사파이어 같은 푸른색이었다. 그녀의 이름도 아마 거기서 유래했을 것이다. 트리스탄은 그 눈을 찬찬히 살펴봤다. 반항심과 증오가 타오르는 그 눈에 북풍을 따라 날아오르고픈 욕망과 자유를 향한 그리움이 들어 있었다. "그래서 이제 어쩌려는 거야?" 트리스탄이 드래곤에게 속삭였다.

"어서 드래곤에게 데몬족이 소유한 드래곤의 수를 물어봐라." 그때 호리엘이 대화에 끼어들었다. "그리고 그들의 전략이 무엇인지 알고 싶다. 다음 공격지는 어디인가?"

트리스탄은 엘프를 돌아보지 않았다. 사피라와 그는 눈빛을 마주치는 것만으로도 서로의 생각을 파악할 수 있었다. 따라서 트리스탄은 이제 그녀가 거짓을 말할 것이라는 걸 확실히 알고 있었다.

"드래곤 500마리 그리고 전쟁 준비를 마친 데몬족 전사 100명. 그 군대가 살차에 있는 너희 주둔지를 공격할 것이다."

드래곤은 엘프들이 서로 귓속말을 나누는 그 순간을 이용했다. "날아서 도망가자." 그녀가 속삭였다.

트리스탄은 눈에 띄지 않게 고개를 저었다. "너무 위험해. 그냥 혼자 도망쳐. 오늘 밤에!"

"너 없이는 절대 가지 않아!"

호리엘이 그의 앞쪽으로 다가왔다. "둘이 뭘 그렇게 속닥이는 거지?"

"아무것도 아닙니다."

"이제 필요한 건 전부 알아낸 것 같군. 두 개의 낙인에 얽힌 감성적인 이야기와 한 인간의 예언이라. 이렇게 서로 인사했으니, 이제 영원한 작별인사만 나누면 되겠군."

"그건 그리 신중하지 못한 결정인 것 같습니다만." 트리스탄이 말했다.

호리엘은 팔을 들어 장갑으로 그의 얼굴을 세게 내리쳤다. 트리스탄의 코에서 피가 흐르기 시작했지만, 그는 엘프를 노골적으로 쳐다봤다. "미천한 제 생각으로는 당신의 총사령관이 이 드래곤을 직접 보려 하실 것 같은데요. 이름이 뭐였죠? 로리안 폰 거시기라는 그분."

또다시 싸대기가 그의 얼굴을 강타했다. 그 광경을 본 사피라가 뒤에서 씩씩거렸다. 아무리 인간의 형상으로 변신했어도 소리가 꽤나 위협적이었다.

"이 버르장머리 없는 노예를 내 막사에 다시 가둬라. 하지만 제대로 감시해야 할 것이다." 호리엘이 명령을 내렸다. "저 드래곤은 본체로 다시 변신하는 순간 사살하라. 완전무장을 갖춘 병사 열다섯 명을 시계 방향으로 배치하고… 그리고 저 드래곤에게 뭔가 걸칠 것을 내줘라."

그곳에서 끌려가기 직전 트리스탄이 마지막으로 사피라를 응시했다. 그는 어떻게든 사피라가 도망치기만을 빌었다. 옭아맨 사슬이 풀린 지금은 병사들을 불태워 버리거나 우리를 뜯어 버리는 것도 가능할 것이다. 하지만 우리의 가장자리에 곧게 몸을 세우고 선 드래곤은 트리스탄의 뒷모습만을 쫓고 있었다. 뭐라 설명하기 힘들지만 그의 삶과 한데 묶여 버린 대기와 불의 피조물인 그녀. 트리스탄은 어떻게든 호리엘이 그녀를 죽이지 못하도록 막아야만 한다!

엘프 두 명이 그를 다시 막사로 데려왔다. 야레드와 아담은 이미 돌아간 후였다. 아마도 계속 그의 간병인을 자처했을 마론만이 여전히 남아 있었다. 갑자기 온몸에 힘이 쭉 빠진 트리스탄이 폭신한 엘프의 침상에 쓰러지듯 누웠다. 마론은 함께 온 엘프 병사들이 보초를 서러 막사 밖으로 나가서 단둘이 대화가 가능해질 때까지 몹시 초조한 표정으로 기다렸다. 우선 트리스탄 곁에 앉은 마론은 깨끗한 수건으로 그의 코피를 닦았다.

“무슨 일이 있었던 거야?” 마론이 물었다.

트리스탄은 있었던 일을 간략히 설명했다.

“정말 믿기지 않는다. 그녀가 도망칠까?” 마론이 속삭였다.

“나도 모르겠다.” 트리스탄이 대답했다. “하지만 도망치지 않으면 그들이 드래곤을 죽일 텐데. 조만간 말이야. 그리고 그건 내가 차마 두고 볼 수 없어.”

마론은 아무 대답도 없었다. 대신 아린 마음을 부여안은 채 트리스탄에게 입을 맞췄다.

그다음 날 아침, 아담이 막사에 나타났다. 군데군데 나뭇조각을 이어 갑옷처럼 만들고, 짚을 채워 넣은 셔츠를 입고 있는 것으로 보아 훈련장에 가려는 길인 것 같았다. 틀림없이 자기 혼자 만들었을 그 조잡한 장비는 어쨌든 그를 보호하고, 상대의 공격을 어느 정도는 막아 줄 것 같았다.

"호리엘이 너도 참가해야 한다고 말했다, 비젤." 아담이 소식을 전했다. 그는 아직도 마론의 본명을 여전히 입에 올리지 못했다. 하지만 그건 그런대로 나쁘지 않다고 트리스탄은 생각했다. 성격상 아담은 적절하지 못한 순간에 무심코 그 이름을 부르고도 남을 놈이기 때문이었다.

"빌어먹을." 그녀가 중얼거렸다.

마론의 손을 한 번 쥐었다 놓은 트리스탄은 그녀가 자리에서 일어나 주섬주섬 제 물건을 챙기는 모습을 지켜봤다.

"드래곤은 어떻게 됐어?" 트리스탄이 아담에게 물었다. "탈주했어?"

시골뜨기 소년 아담이 촌티를 풍기며 고개를 저었다. "아니, 그는… 그러니까 그 여자는…" 그는 마론을 힐끗 쳐다봤다. "제기랄, 도대체 왜 갑자기 모조리 여자인 거냐?"

"그래서 드래곤이 어떻게 됐냐니까?" 트리스탄이 참지 못하고 다그쳤다.

“드래곤은 여전히 우리에 갇혀 있다.” 드디어 아담이 말을 꺼냈다. “어느 누구와도 단 한마디도 섞지 않고, 낡아 빠진 누더기 같은 옷을 걸치고 있지만. 속살이 여기저기 훤히 다 들여다보여. 그런데 그거 드래곤이… 그러니까 그 여자가… 일부러 그러는 거 같아. 모두 그 여자를 쳐다보고 있거든. 우리도, 엘프들도… 그러니까 전부.”

트리스탄이 한숨을 내뱉었다. 그는 사피라가 어둠을 이용해 도망치기를 바랐다. 하지만 밤새도록 잠들지 못한 그와 마론의 귀에 들린 건 막사 주변 병사들이 코 고는 소리뿐이었다. 트리스탄과 마론은 밤새 키스하며 서로를 쓰다듬었지만, 그 이상의 선은 넘지 않았다. 매 순간 드래곤이 일으킬 돌발사건에 대비하느라…. 또 엘프가 당장이라도 막사의 입구를 열고 뛰어들어올지도 몰랐고, 야영지를 초토화할 파이어볼에 대한 기대 섞인 걱정 때문이기도 했다. 그날 밤 같은 기회는 앞으로 또 없을 거라는 생각을 하면서 동이 트는 이른 새벽이 되어서야 겨우 잠들었다.

“야레드는 보급 막사 친구와 함께 있어.” 아담이 전했다. “그녀가 독이 든 앰플을 호리엘한테서 얻었다고 털어놨어. 그래서 우리는 그게 아예 처음부터 독이 아니었을 가능성도 염두에 두고 있어.”

"그러면 호리엘이 그냥 날 괴롭히려고 그걸 계획적으로 넘겼단 말인가?"

아담이 어깨를 으쓱였다.

"나쁜 새끼!" 격분한 마론이 소리쳤다. "그놈은 널 극심한 고통에 차라리 죽어 버리고 싶은 지점까지 몰아가려 했겠지. 그리고 망자의 왕국으로 도망치기로 결심한 순간 더 심한 자괴감에 빠트리려는 생각이었을 테고."

"그런 것 같네." 트리스탄이 중얼거렸다. 그들은 근심이 가득한 눈빛을 주고받았다. "로리안인가 하는 그 엘프 총사령관이 나와 드래곤에게 볼일을 다 보고 나면, 호리엘이 그 게임을 다시 시작하겠구나."

"어서 여기서 도망쳐야 해!" 마론이 속삭였다.

"그건 언제나 그랬지. 하지만 뾰족한 방법이라도 있냐, 비젤?" 아담이 물었다.

"드래곤이 있잖아." 트리스탄이 결심했다. "우리에게 기회가 전혀 없다면… 그러면 드래곤과 함께 시도해 보자. 오늘 연무장에 나가면 최대한 드래곤 우리 가까이에 자리를 잡고 있어!"

막 나가려고 인사를 하는 아담의 어깨를 친근하게 두드린 트리스탄은 이어 마론의 얼굴을 부드럽게 쓰다듬었다. 트리스탄은 두 사람 중 누구도 보내고 싶지 않았다. 야레드에게 제 계획이 전달되기나 할지도 불분명했고, 근본적으로 뚜렷한 계획이 있다기보다는 막연한 가능성을 떠올려 본 것에 불과했다.

그렇지만 다른 방법을 고민해 볼 틈도 없었다. 트리스탄의 친구들이 막사를 나서기도 전에 막사 입구가 열리며 엘프들이 우르르 안으로 들어왔다. 트리스탄은 그들 중에서 어제 자신을 드래곤 우리로 데려갔던 두 병사를 알아봤다. 병사들은 중앙에 서 있는 엘프를 엄호했다. 그 엘프는 입구로 들어오기 위해 고개를 푹 숙여야 할 정도로 유독 체구가 컸다. 그의 얼굴은 엘프 종족의 특징 그대로 잔인하리만치 완벽한 데다 왕실 정복 차림이 그 화려함을 더하고 있었다. 그는 평범한 강철 사슬갑옷 대신 빛나는 은색 갑주를 걸쳤다. 흉갑에는 트리스탄이 처음 보는 금빛 문장이 새겨져 있었다. 그 문장은 반인반조인 기이한 생물을 상징했다.

"츠빌링스쌍둥이 섬의 영주이시며 엘프 군의 총사령관이자 하피의 정복자이신 로리안 폰 안고르 파비아 경이시다." 호리안이 그를 소개했다.

"그리고?" 로리안이 언짢은 듯 눈썹을 찌푸렸다.

"그리고 향후 알빈가르트를 지배하실 차기 왕이시다." 호리엘이 서둘러 덧붙였다. "어서 무릎을 꿇어라, 노예들아!"

트리스탄은 순순히 그 말을 따랐다. 거창하고 긴 이름을 정확히 기억조차 하기 어려운 총사령관의 태도는 왠지 언짢아 보였다. 통명스러운 표정이 얼굴에서 영 가시지 않았다. 그는 다소 조급하게 손짓을 했다. "어서, 일어나라. 그 낙인을 내 눈으로 보고 싶다!"

트리스탄이 미처 일어서기도 전에 로리안이 다가와 트리스탄이 입은 셔츠를 제 손으로 직접 찢어 버렸다. 그의 차가운 시선이 가슴팍에 찍힌 낙인에 꽂혔다.

"자네는 도대체 무슨 생각으로 이런 건가?" 로리안이 호리엘에게 호통을 쳤다.

신경이 날카로워진 기색으로 사령관이 한 걸음 앞으로 다가왔다. "그건 노예의 표식입니다…." 그가 해명했다.

"하지만 저건 인간의 표식이 아닌가! 기억을 지우고, 기록에서 삭제하고, 아엘프스탄 지하 묘지에 봉인해 버려야 할. 그런데 그런 걸 네 손으로 직접 인간의 가슴팍에 지졌단 말인가?"

"주군, 전… 전 몰랐습니다…"

"그 입 다물라!" 로리안이 고함쳤다. "그나마 내가 네 범법 행위를 만회할 수 있도록 빨리 와준 걸 다행으로 여겨라.

거기에 드래곤마저 놓쳤다면…."

생각만으로도 호리엘은 공포에 질린 것 같았다. 트리스탄은 이 대화의 내막을 제대로 이해하지 못했지만 한 가지는 분명했다. 원래 엘프는 인간에게 이런 낙인을 찍을 생각이 없었던 모양이다. 더욱이 그 낙인으로 인해 드래곤이 트리스탄에게 종속된 만큼 이 이상의 실책은 도저히 용납할 수 없다는 뜻이었다. 또 한 번 실수를 저지를 경우 호리엘의 전시 복무는 여기서 이대로 끝장날 가능성도 있었다.

"그렇지만 한 가지는 도저히 이해되지 않습니다, 주군." 호리엘이 대담하게 진언했다. "무쇠는 이놈의 몸을 이렇게 태울 수 있었는데, 화염은 왜 그러지 못했을까요?"

로리안이 격분한 눈초리로 그를 노려봤다. 그가 새로 셔츠를 가져오라 명령하자 호리엘은 망설이지 않고 제 막사에 있는 궤를 열어 소지품 중 셔츠를 꺼내 들었다. 로리안은 트리스탄에게 셔츠를 걸치고, 불로 지진 낙인이 보이지 않도록 모든 장식을 제대로 여미라 명했다. 그런 뒤에야 로리안은 그들이 오랫동안 찾아 애쓰던 답을 알려 줬다.

"그건 낙인을 찍기 전까지는 이자가 그저 평범한 인간에 불과했기 때문이다. 호리엘, 자네가 그를 파수꾼으로 만든 거다."

이조라

결혼식이 무산되면서 이조라에게 남아 있던 마지막 이성의 끈마저 끊어졌다. 전날 로리안이 그녀의 손을 잡고 신들의 제단으로 이끌었다면, 어떻게든 그녀는 그를 남편으로 받아들였을 것이다. 그렇지만 로리안은 아엘프스탄에 당도하지도 못했다. 그 대신 곧장 쾨니히스하인으로 소환됐다. 부왕은 이런 황급한 결정을 내린 이유를 이조라에게 말해 주지도 않고 침묵으로 일관했지만, 장래의 사위이자 왕위계승자가 될 로리안이 왕국의 모든 귀족과 자신의 신부가 기다리고 있는 결혼식에 오지 못 한 걸 보면 엄청난 일이 일어난 게 분명했다. 그렇다, 로리안은 추후 왕위에 오를 것이고, 이조라는 그의 왕비가 될 것이다. 그 사실만큼은 가슴 아프게도 의심의 여지가 없었다.

이스타리엘의 탈출 소식을 보고받은 부왕은 성의 대연회

홀에 있는 그의 대리석 입상을 산산조각 내 버렸다. 그건 엘프의 왕, 님룬트가 부숴 버린 두 번째 석상이었다. 몇 년 전 님룬트는 베리안의 석상도 똑같이 산산조각 내 버렸었다. 그를 실망시킨 두 아들의 석상은 이제 그 자리에 없다. 또, 그의 딸은 여자로 태어났다는 이유 하나만으로 애초에 왕위 계승권이 없었다. 그런 데다 이제 다시 자유의 몸이 된 위험한 불사의 마법사가 그의 왕국을 휩쓸고 다니고 있었다.

이조라는 이스타리엘이 이런 엄청난 행동을 감행하는 걸 제가 도왔다는 생각에 온몸에 소름이 돋았다. 행여 부왕이 아시게 되시는 날에는 그녀의 목숨도 장담할 수 없었다. 반역행위를 저지른 공범을 산 채로 곁에 두고, 아들의 입상에 화풀이하는 것으로 만족할 부왕이 아니었다. 그러니 절대, 무슨 일이 있어도 아버지에게만은 들켜서는 안 되는 일이다!

이조라는 드디어 대연회장에 모인 수많은 기사, 레이디 그리고 시녀들을 잠시나마 피할 수 있게 돼서 기뻤다. 그들이 위로랍시고 펼치는 끝없는 말 잔치와 로리안에 대한 잇따른 찬사가 그녀를 더 심란하게 만들었다. 매번 살짝 무릎을 구부리며 예의를 갖추고 미소를 짓는 것도 이제 신물이 날 지경이었다.

그렇게 의기소침해진 이조라는 방문을 열자마자 그대로 침대에 기어들어 가고 싶은 마음뿐이었다. 그렇지만 방에 제대로 들어서기도 전에 깜짝 놀라 뒷걸음질 쳤다. 저기, 그녀의 침대 가장자리에 누군가 앉아 있었다. 입구에 등을 돌린 채 얼굴을 숙이고 있었다. 문이 열리는 소리에 그는 여전히 돌아앉은 채 천천히 그녀를 향해 고개를 돌렸다.

"베리안!" 이조라는 자기도 모르게 그의 이름을 불렀다.

"여어, 누이."

"여기서 뭐 하는 거야?"

평소보다 소심한 태도로 그에게 다가간 이조라는 여전히 등을 돌리고 앉아 있는 그의 어깨너머를 힐끗 살펴봤다. 우려했던 최악의 상황이 벌어졌다. 그녀가 지하 묘지에서 몰래 가져온 책이 베리안의 무릎 위에 놓여 있었다. 그가 책을 집어 들어 이조라 앞으로 내밀었다.

"너 이거 어디서 났냐?" 그가 추궁했다.

"나는… 난 모르지. 그거 궤 안에 있었어. 도서관에 있는."

"넌 거짓말이 서툴러, 이조라." 베리안이 단정 짓듯 말하며 일어섰다. 단호한 발걸음으로 이조라 앞에 성큼 다가온 그가 금서를 코앞에 흔들며 위협했다. 이조라가 한 발자국 뒤로 물러섰다. "여기 이 성에서 인간의 물건이 있어야 할

곳은 오직 한 곳뿐이지. 바로 지하 묘지! 네가 그곳에 언제 간 건지는 모르겠다만, 이조라, 부디 너를 위해서 그게 제발 나흘 전이 아니길 기원하마."

"아니야, 난… 난 절대로…" 이조라는 비틀거리며 등 뒤에 있는 벽까지 물러섰다.

베리안은 거의 꿰뚫을 것 같은 시선으로 이조라를 쏘아봤다. "넌 거기 갔었어!" 베리안이 단호한 음성으로 내뱉었다.

이조라의 손이 붙잡을 곳을 찾아 허우적거렸지만, 아무것도 잡히지 않았다. 손에 책을 든 그녀의 오라비는 부드러운 가죽으로 양장 된 책을 그녀의 면전에 흔들었다. 금박을 씌운 글씨가 눈앞에서 춤을 췄다. "흐음… 드래곤의 행복? 너 진심이냐?"

두려움에 뱃속이 다 오그라들었다. 이조라는 베리안이 예전에 무슨 짓을 저질렀는지 잘 알고 있었다. 그리고 앞으로도 무슨 짓이든 저지를 수 있는 놈이란 것도. 광기로 번뜩이는 눈빛이 지금 그의 자제력이 한계에 와 있다고 경고하는 듯했다. "제발," 이조라가 속삭였다. "날 가만히 놔둬."

한껏 눈살을 찌푸린 베리안이 실눈을 뜬 채 이를 악물었다. 분노에 가득 찬 베리안은 책 한가운데를 찢어 두 동강이 내 버렸다. 책에서 떨어진 종이가 공중에 휘날렸고, 양피지와 잉크 냄새가 그녀의 코에 흘러들어왔다. 베리안은 찢어 버린 책을 아무렇게나 던져 버리고는 이조라의 목을 움켜쥐었다. "그놈이 뭘 더 가져갔지?"

이조라가 필사적으로 고개를 흔들며 말했다. "아무것도 없어."

"내게 거짓말하지 마라! 이조라…." 그는 이조라의 목을 더 강하게 압박했다. "너도 지하 묘지에 갔었잖아, 이스타리엘과 함께. 그놈이 날 쓰러트리고 결국 엘리야를 탈주시켰지. 이제 아엘프스탄은 나락으로 떨어질 거다. 그렇게 된다면 그건 온전히 네 책임이야!"

"그게… 무슨 소리야?" 숨이 가쁜 이조라가 그르렁거렸다.

"엘리야 얘길 하는 거다!" 그가 소리쳤다. "이제 그 불사의 마법사가 다시 마법을 쓸 수 있게 됐다. 그러니 그가 오래전에 우리에게 건 모든 보호 마법을 다시 되돌리겠지."

이조라의 머릿속이 멍해졌다. 그녀는 큰 오라비가 지금 도대체 무슨 말을 하고 있는지 조금도 머리에 들어오지 않았다. 지금 이 순간 폐에 공기가 부족하다는 것과 목 주변에 느껴지는 고통만 생생하게 느껴졌다. 그녀가 가쁜 숨을 내뱉으며 그르렁거렸다.

별안간 베리안이 이조라의 멱살을 놓고 팔을 붙잡았다.

그는 문을 박차고 나와 복도를 지나 상아계단 아래로 그녀를 끌고 내려왔다. 이조라는 다리가 엉켜 비틀거리며 힘겹게 그의 뒤를 쫓았다. 그는 옥사 옆에 있는 지하 통로에 도착하고 나서야 멈춰 섰다. 두 개의 기둥 사이에 있는 창문 앞이었다. 그는 이조라를 벽에 난 틈새로 밀면서 창과 벽 사이를 가리켰다. 그곳에는 창문의 판자가 튀어나온 돌출부가 유독 눈에 띄었다. 대리석 위에 붙인 무늬목을 위쪽으로 잡아당겼던 흔적이 뚜렷했다.

“이래도 모른다고 잡아뗄 거냐? 도대체 무슨 짓을 한 거냐?”

이조라가 두 손으로 눈 앞을 가렸다. 아직도 목소리가 전혀 나오지 않았다.

“우리가 아직 그를 신뢰했던 시절이었다.” 갑자기 차분함을 되찾은 듯 베리안이 낮은 목소리로 말했다. “그때 그 마법사가 이 성에 보호 마법을 걸었지. 그 이후 드래곤이 공습해 왔지만 우리 엘프 성은 끄떡없었지. 수백 년 전만큼 견고해졌으니까. 그렇지만 이제 엘리야가 풀려났고 마법을 되찾았다. 벌써 교각이 무너질 징조를 보이기 시작했어. 이제 성을 지탱하는 돌 아치가 무너지면 아엘프스탄은 문자 그대로 전설로 남겠지. 이조라, 머지않아 곧 부서진 상아와 대리석

무더기가 깊은 계곡 아래로 굴러떨어지는 광경을 보게 될 거다."

이조라는 베리안의 말을 도무지 믿고 싶지 않았고, 그 책임도 느끼고 싶지 않았다. 그때, 그녀가 지하 묘지에 들어갈 때마다 출입구로 사용한 돌 아치 사이의 벌어진 틈이 이조라의 머릿속에 떠올랐다. 그건 이미 몇 개월 전에도 있었고, 아마 수년 전부터 있었을 틈새였다. 그렇다면 그 틈새는 여태껏 마법으로 봉인됐었던 것임에 틀림없었다. 그녀가 이스타리엘을 도와준 바로 그 날까지. 그러니까 엘리야는 그들 모두를 속였던 것이다.

"부왕이… 부왕이 이 사실을 알고 계셔?" 이조라가 말을 더듬었다.

베리안이 고개를 끄덕였다. "이미 왕국의 건축가를 불러들이셨다. 엘프 성이 무너진다면, 적들이 그것을 공격개시 신호로 볼 테니까. 그들은 우리 약점을 최대한 활용하려 들 거야. 우리를 얕잡아보며 시도 때도 없이 공격할 테지. 이건 엘프족 전체의 운명이 걸린 문제야. 쾨니히스하인은 그저 하나의 도시에 불과하지만 아엘프스탄은 엘프의 심장이니까."

이조라가 무너지듯 털썩 주저앉았다. 마음이 납처럼 무거웠다. 이 순간 다른 건 아무래도 상관없었다. 베리안이 그녀의 잘못을 고자질할지도 모른다는 두려움과 압박감조차도. 베리안이 옳았다. 그녀는 대연회장에 제 석상을 세울 자격이 없었다. "미안해." 이조라가 속삭였다.

"인제 와서 반성한들 무슨 소용이 있겠냐?" 베리안이 경멸조로 대답했다.

이조라는 눈물이 가득한 눈으로 그를 바라봤다. "내가 원래대로 되돌려놓을 거야."

"그래? 어떻게 할 건데?" 베리안이 화를 내며 가슴 앞에 팔짱을 꼈다.

"내가 엘리야를 찾을게. 내가 둘 다 찾아올게. 그리고 엘리야가 다시 보호 마법을 걸게 만들겠어."

"그가 왜 그래야 하지? 그를 움직일 비장의 카드를 네가 손에 쥐고 있는 것도 아닌데."

"내가 방법을 찾아내고야 말 거야." 그녀가 약속했다.

베리안은 고개를 절레절레 흔들더니 깊게 숨을 들이마시고는 창밖 먼 곳을 응시했다.

"모쪼록 행운을 빈다." 잠시 침묵했던 그가 입을 열었다. "하긴, 우리가 잃을 게 뭐가 더 있겠어? 얼굴도 잘 모르는 새 왕위계승자의 아이를 배는 것이 인생 최대 목표인 변절자 공주밖에는…. 놈들은 북문을 통해 성 밖으로 도망갔다. 무장한 우리 군대가 그들을 뒤쫓고 있어. 이틀 전에 그들이 산악 지대 끝자락에 도착했다고 까마귀가 소식을 가져왔어.”

⚜

아무도 몰래 이조라는 부엌으로 슬그머니 들어갔다. 하녀의 옷장에서 풍성한 소매가 없는 단출한 원피스와 앞치마 그리고 가벼운 숄을 몰래 꺼냈다. 엘리야가 마법으로 계절을 바꾼 게 그나마 천만다행이었다. 혹독한 한겨울이었다면 말을 타고 산을 넘을 수 있을지 확신할 수 없었을 테니까.

이스타리엘이 떠나고 난 후 성의 북문은 보안이 강화되어 왕족일지라도 쉽게 드나들지 못했다. 하지만 주방 하녀로 변장한다면 가능할지도 몰랐다. 마구간은 골짜기 반대편에 있었다. 행운이 따른다면 그곳에서 그녀의 애마이자 백마인 파벨라를 데려갈 수도 있을 것이다.

이조라는 곡물 주머니를 가득 채운 바구니를 들고, 곡창의 후미진 곳에서 원피스를 마구 구겼다. 이조라는 이제 필요한 것을 전부 갖췄다. 무기가 될 만한 것도 하나 챙겼다. 지금 방으로 되돌아가서 간직해 둔 고급 단도를 가져올 마음까진 없었지만 적당한 칼을 하나를 챙겨간다면, 나중에 나무를 깎아 활을 만들 수도 있을 것 같았다. 이조라가 서둘러 주변을 둘러봤다. 간이 부엌 근처에 박힌 쐐기에 칼이 여럿 꽂혀 있었다. 아조라는 작지만 유독 날카로운 칼 하나를 골라 장화 속에 숨겼다. 그리고는 그녀의 아름다운 머리카락을 거친 아마포 속에 숨겼다.

단단히 변장을 마친 이조라는 북문으로 향했다. 대지에 서서히 황혼이 깔리고 있었기에 서둘러야만 했다. 아무리 아마포로 가려도 달빛이 비치면 발각되기에 십상이었다. 그녀의 머리카락이 달빛을 반사하기라도 한다면 그녀가 왕족임이 단박에 탄로 날 것이다.

“거기, 누구냐?” 성문의 양쪽에 서 있던 보초병 중 하나가 물었다. 무뚝뚝한 음성은 불신으로 가득했다.

이제껏 감히 이런 불퉁한 음색으로 이조라에게 말을 건네는 병사는 없었다. 그녀는 입술을 꽉 깨물고 지금은 자신이 문프린세스가 아니라 그저 가축우리에 가는 부엌 하녀일 뿐이라고 되뇌었다.

“마구간으로 갑니다, 병사님.” 시선을 바닥에 내리깔고 그녀가 대답했다. “먹이가 제때 전달되지 않아서요. 귀한 말들을 위해 곡식을 가져가는 중이랍니다.”

"음, 곡식이라고." 병사가 낮게 중얼거렸다. 가까이 다가온 병사가 이조라의 팔에 걸린 바구니 속을 검사했다. 병사는 묻지도 않고 곡물 주머니를 열어 그 안에 손을 쑥 집어넣었다. 주머니마다 일일이 손을 넣어 보았으나 빻은 귀리 외에 별다른 것이 없음을 확인한 병사가 마침내 이조라를 통과시켰다.

"이제 곧 어두워지니 돌아오는 길에 조심하시오." 그가 이조라에게 경고했다. "그 시간대에 성벽 밖을 나서면 사방이 적들뿐이니 말이오."

새초롬히 고개를 끄덕인 후 이조라는 최대한 눈에 띄지 않게 그곳을 스쳐 지나갔다.

다행히 마구간에서도 행운이 잇따랐다. 그곳을 지키는 하인이 건초더미에서 하녀와 볼일을 보느라 몹시 바쁜 것 같았다. 속삭이며 신음을 흘리는 소리가 이조라의 귓가까지 들렸다.

이조라는 살그머니 바구니를 내려놓고 그녀의 애마가 있는 칸막이로 향했다. 파벨라가 곧바로 이조라를 알아차리고는 반사적으로 콧김을 뿜으며 주인을 반겼다. 그녀는 말의 콧구멍에 손을 살짝 얹고는 조용히 하라고 신호를 보냈다.
"착하지, 우리 이쁜이." 그녀가 속삭였다. "오늘은 우리 둘다 엄청 조용해야 해.”

그러자 말이 그녀의 말을 전부 알아들은 것처럼 갑자기 조용해졌다.

이조라는 옆방에서 안장과 재갈을 가져왔다. 그녀는 최대한 소리 없이 움직이며 건초더미에서 나는 소리에 계속 촉각을 곤두세웠다. 이제 곧 아무에게도 들키지 않고 나갈 수 있겠다는 희망찬 생각이 들 무렵, 마구간 문이 활짝 열리더니 마구간지기가 들어왔다. 제자리에 뿌리가 박힌 것처럼 얼어붙은 채 그는 칸막이에서 말을 끌고 나오는 이조라를 뚫어지게 쳐다봤다.

“거기 너! 당장 그대로 멈춰.” 그가 이조라에게 소리쳤다. “그건 문프린세스 님의 말이다.”

“그래, 맞다.” 냉담한 음성으로 이조라가 대답했다. “그리고 내가 바로 그 문프린세스지.”

“에이, 네가 문프린세스면 나는 스타프린스라고 해 두지.” 이조라의 어처구니없는 대응에 화가 난 그가 씩씩대며 다가왔다. 이제 건초더미 쪽에서도 뭔가 다급한 소리가 났다. 긴박하게 움직이는 발소리가 쿵쿵거렸다. 이조라는 한 번에 두 남자와 시비에 얽히는 모험은 반갑지 않았다. 어떻게 여기까지 왔는데 고작 하인 한 명과 마구간지기 한 명 때문에 시작도 못 하고 멈출 생각은 없었다. 이조라는 서둘러 안장 위에 올라탔다.

"어서 길에서 비켜!" 그렇게 외치는 순간에도 혀로 신호음을 내며 애마 파벨라에 박차를 가했다.

순간 놀란 마구간지기가 옆으로 몸을 피했고, 귀를 쫑긋 세운 파벨라가 그의 곁을 박차며 마구간 밖 어둠 속으로 질주했다. 그녀의 뒤편으로 왁자지껄 시끄러운 소리가 들렸다.

이조라는 뒤를 돌아보지 않았다. 제발 그들 중 어느 누구도 활을 쏘거나 뒤쫓을 엄두도 내지 못하기만을 온 마음으로 빌었다. 다행히 이 두 가지 모두 마구간지기 권한 밖의 일이었다. 아마도 그들은 최대한 빨리 보초병들에게 이 소식을 전할 것이고, 병사들의 보고가 지휘관을 거쳐 결국은 부왕에게 전달될 터였다. 그러면 성 전체가 말 도둑을 찾느라 한바탕 소동을 피울 것이고, 결국엔 말을 훔쳐 달아난 하녀가 정말로 문프린세스였다는 게 금방 발각될 것이다. 이런 과정은 불 보듯 뻔했고 단지 시간문제였다. 아마 그녀를 찾으려는 수색대가 편성되기까지는 몇 시간도 채 걸리지 않을 것이다.

예상치 못한 딸의 도주에 대해 부왕이 어떤 반응을 보일지 눈에 선했다. 내일이면 대연회장에 있는 제 석상이 가장 먼저 산산조각이 날 게 분명했다. 그리고 유서 깊고 존귀한 알빈가르트 연대기에는 아마도 '님룬트와 불충한 그 왕손들'이라는 제목하에 자신의 가족이 저지른 일탈 행위가 기록될 수도 있으리라. 그것을 떠올리니 진심으로 얼굴이 화끈거렸다.

황혼을 등진 채 말을 타고 질주하는 동안 온화한 여름 공기가 그녀의 얼굴에 와 닿았다. 지금 중요한 건 딱 하나다. 어떻게든 이스타리엘과 엘리야를 찾아서 보호 마법을 다시 걸어 달라고 마법사를 설득하는 것, 그뿐이다. 공주는 막연하긴 하지만 잘될 거라고 스스로 다독였다.

다음 날 아침, 이조라는 산 아래에 도착했다. 고삐를 잡아당겨 파벨라를 멈춰 세운 이조라는 눈 앞에 펼쳐진 광야를 바라봤다. 왼편에 광산도시인 나르누크가 있었고, 우측엔 쾨니히스하인으로 이어지는 길이 보였다. 여기서 곧장 앞으로 나아간다면 폐허의 도시, 슈발벤하인에 도착할 것이다.

아쉽게도 이조라는 앞서간 자들의 흔적을 읽을 줄도 몰

랐고, 까마귀처럼 기별 전해 줄 전령도 없었다. 그렇지만 무언가 마음 깊은 곳에서 엘리야와 이스타리엘이 나르누크로는 가지 않았을 거라고 그녀에게 속삭였다. 그들은 아마도 이조라의 약혼자 로리안이 소환된 쾨니히스하인 아니면 북쪽으로 말을 몰아 폐허의 도시 슈발벤하인으로 향했을 것이다.

물론 이런 이조라의 판단에는 언젠가 지하 묘지에서 가져왔었던 또 다른 책의 내용처럼 논리적 근거가 전혀 없었다. 그 책은 자신의 진정한 숙명을 찾아 헤매는 어느 마법사에 관한 이야기였다. 마법사는 항상 제 운명이 *중앙에 있다*고 확신했고 덕분에 그는 가야 할 목적지를 언제든지 정확히 알고 있었다. 그리고 지금 에냐도르 *중앙에는* 슈발벨하인이 위치했다.

이조라가 한숨을 내쉬었다. 여기서 어디로 말을 몰아야 할지 고민만 하다가는, 아마 미처 결정을 내리기도 전에 뒤쫓아 온 수색대에 잡혀가고 말 것이다. 연신 고개를 갸웃거리면서도 이조라는 육감이 가리키는 방향으로 말머리를 돌렸다.

아그네스

아무리 안 그러려고 해도 아그네스는 엘리야에게서 눈길을 떼지 못했다. 오늘 아침만 해도 그는 옆 감방에 갇혀 있던 아그네스가 연민을 느낄 정도로 지저분하고 고약한 냄새를 풍기는 거지나 다름없었다. 그런데 몸에 묻은 오물을 씻어 내고, 머리를 짧게 정돈하고, 면도까지 한 엘리야는 지금 낡은 옷가지를 버리고 마법으로 만들었을 것이 분명한 새 옷을 걸쳤다. 강한 힘이 느껴지는 전사의 복장이었다. 쇠로 만든 징을 박아 넣은 벨트가 돋보이는 가죽 블루머와 팔 보호대를 차고, 마치 금속판처럼 보이는 망토를 어깨에 걸쳤다. 그 이상의 방어구는 그에게 필요 없다는 듯 상체에는 갑주를 걸치지 않았다.

그가 폭포에서 몸을 씻고 돌아온 뒤로 아그네스는 그에게서 거의 눈을 떼지 않다시피 하며 그를 찬찬히 뜯어봤다. 굵은 목, 살짝 튀어나온 콧등, 높은 이마, 뒤통수에 묶은 머리, 귀 뒤로 바짝 깎은 머리 부분, 맨몸인 가슴에 울룩불룩한 근육을 뚫어져라 관찰했다. 엘리야는 아그네스의 아버지 슈테판보다 젊어 보였다. 그는 이제 정신 나간 포로가 아니라 땀구멍 하나마다 마력을 뿜어내는 강력한 마법사다운 모습이었다. 그 기세가 무시무시하기도 했지만, 한편으로는 몹시 인상적이었다.

지금 그는 모닥불 근처에 앉은 이스타리엘 곁에서 프레지오라이트녹수정를 박아 넣기 위해 지팡이를 깎고 있었다. 그들 일행은 엘프들이 뒤를 쫓고 있다는 걸 알고 있었다. 야생수리가 공중에서 관측한 소식을 전해 주자 엘리야는 담담한 표정으로 그 내용을 일행에게 알렸다. 원래 제 것이었던 프레지오라이트를 돌려받은 이후, 엘리야는 어느 누구와도 충돌하지 않았다. 그는 모닥불을 피우는 것마저 동의했다.

이스타리엘은 활을 깎으며 아그네스가 야생허브로 밑간을 하고 꼬챙이에 꽂아 구워 준 토끼를 허겁지겁 먹어치웠다. 지난 며칠 만에 제대로 먹은 첫 끼니였다. 신선한 고기의 풍미에 엘리야의 새로운 모습은 관심 밖으로 밀려난 듯했다. 아그네스는 고기를 맛있게 씹으면서 나머지 두 일행이 나누는 대화에 귀를 기울였다.

"쾨니히스하인에서 트리스탄을 찾지 못하면 어떻게 할 거지?" 이스타리엘이 먼저 질문했다. "그러면 앞으로도 목걸이 구슬 하나 때문에 그의 뒤를 쫓아 에냐도르 숲속을 전부 뒤지기라도 할 건가?"

"그래야지." 엘리야가 솔직하게 대답했다.

"그래도 못 찾으면?"

"그러면 찾을 때까지 계속하면 된다. 난 시간이 많아. 죽지 않으니까."

"하지만 난 아니잖나!" 화가 난 엘프가 소리쳤다. "달이 차고 기울기 전까지 예언을 실현해야 한다고 당신 입으로 말하지 않았던가. 그래서 우리는 슈발벤하인으로 가는 길이었지. 그런데 갑자기 딴 길로 틀고는 그 이유를 알려 주지도 않다니."

"자넨 이미 그 이유를 알고 있어." 엘리야가 말했다.

"아니, 모르겠는데. 왜 그 인간 소년이 갑자기 그렇게 중요해진 거지? 그 목걸이가 도대체 뭐길래?"

"어쩌면 아무것도 아닐지도." 마법사가 대답했다. "그냥 시골 하녀가 자신이 낳은 사생아 목에 걸어 준 걸지도 모르지."

"만약에 그게 아니라면 도대체 뭐란 말인가?"

“확신이 서면 네게 알려 주마.”

아그네스는 이스타리엘이 그 이상은 캐내지 못할 것임을 깨달았다. 이 사실을 그도 알고 있으련만 그럼에도 이 끝없는 질문세례를 차마 멈추지는 못했다. 이 끝없는 문답이 며칠 아니면 몇 주가 걸리든 이스타리엘은 시간에 쫓기는 처지였으므로 그런 그의 태도를 충분히 이해할 만도 했다.

“네 운을 직접 확인해 보고 싶다면 자유롭게 떠나도 좋다.” 엘리야가 단호히 말했다. “하지만 난 자네가 그러지 않을 거란 걸 알고 있어. 왜냐하면 저 꼬마가…” 마법사는 말을 하다가 슬쩍 아그네스를 가리켰다. “…제 오라비를 찾아 쾨니히스하인으로 갈 테니까. 그리고 내가 저 꼬마를 제대로 돌볼 거라 믿지도 않겠지만, 네가 저 아이를 억지로 슈발벤하인으로 가자고 꾀어내지도 못할 테니 넌 어쩔 수 없이 따라올 수밖에 없겠지.”

아그네스 앞에서 처음으로 이스타리엘이 얼굴을 붉혔다. 그는 아그네스가 있는 쪽을 힐끗 쳐다보더니 벌떡 일어났다. 그러고는 아그네스가 그간 엘프들과 함께하며 익숙해진 괴성을 지르며 뒤편 덤불 사이로 사라졌다.

아그네스가 한숨을 내쉬었다. 아엘프스탄에서 탈출한 이후 이스타리엘에 대해 진지하게 생각해 봤지만 아무 결론도 얻지 못했다. 저기 산꼭대기에 상아로 지은 엘프 성에서 그는 잔혹한 그의 형과 병사들만큼이나 몹시 쌀쌀맞게 굴었다. 그런데 지금 여기 야생으로 나온 뒤에는 태도가 완전히 달라졌다. 이곳에서 그는 토끼를 사냥했고, 조금이라도 편안하도록 아그네스를 배려했고, 안장에서도 뒤로 물러앉았다. 지금 평민 같은 복장을 한 이스타리엘에게는 사사로움을 초월한 뭔가 중대한 목표가 있어 보였다.

아주 가끔이지만, 때로는 그가 인간처럼 느껴질 때도 있었다. 서로 싸움질하며 함께 뒹굴고, 영웅 이야기를 만들어내고, 여자애들 뒤꽁무니를 쫓아다니던 부르크스메아데의 소년들처럼. 이스타리엘도 지금 그러고 있었으니까. 아그네스는 이따금 그가 제 환심을 사려 하는 것 같은 느낌을 받기도 했다. 물론 말도 안 되는 허무맹랑한 소리일 것이다. 그는 엘프 종족의 왕자이고, 그녀는 시골 소녀에 불과하니 말이다. 그런데도 이스타리엘은 그녀를 구해 냈고, 집에 데려다주겠다고 약속까지 했다. 그것만큼은 진심으로 그에게 감사했다.

솔직히 말해 아그네스는 엘리야보다 이스타리엘과 더 가까웠다. 그렇지만 그와 함께 슈발벤하인으로 떠나는 것은 원치 않았다. 트리스탄이 쾨니히스하인에 있을 것이기 때문이었다. 마법사의 도움을 받아 트리스탄을 구출한 뒤… 아그네스도 그다음은 아직 막막했다. 하지만 때가 되면 그게 뭐든 해답을 찾을 수 있기만을 소망했다.

"엘리야 님, 손바닥에 올려 두고 있으면서도 왜 이스타리엘을 그렇게까지 몰아붙이는 거죠?" 아그네스가 엘리야에게 질문했다. 모닥불 반대편에 앉은 그는 지팡이를 깎고 있었다. 프레지오라이트를 고정할 윗부분은 이제 거의 완성단계였다. 아직은 그럴듯한 작품처럼 보이지는 않았지만 최소한 완성된 후 어떤 모습일지 짐작할 수 있을 정도는 되었다.

"내가 그래 보이나?" 엘리야는 지금 열중하고 있는 일에서 눈도 떼지 않고 말했다.

"그래요. 마법사님은 계속 그가 처한 절망적인 상황만 상기시키고 있잖아요. 이스타리엘이 마법사님에게 해를 끼친 적도 없는데."

"그렇지, 이스타리엘은 그러지 않았지."

"그러면 누구였어요? 베리안인가요?"

대답 대신에 엘리야는 칼로 지팡이를 깎았다. 아그네스는 긴장감에 그의 뺨이 경련을 일으키는 모습을 놓치지 않았다.

"그가 뭘 어떻게 한 거예요?"

엘리야는 침묵했다.

“귀니퍼 님이랑 관련된 일이죠? 내 말 맞아요? 아마 마법사님의 약혼녀였던 것 같은데… 베리안이 당신을 무너뜨리려 그녀를 죽였던 거죠?”

“입 닥쳐!” 한 마디를 내뱉은 엘리야가 벌떡 일어났다. 지금까지 그가 깎던 지팡이가 모닥불 속에 떨어지며 주황빛 불티가 튀어 올랐다. 그는 지금까지 공들여 깎은 지팡이가 불 속에 집어 삼켜지는 상황에도 전혀 개의치 않고 땅을 쿵쿵 짓밟으며 그녀를 향해 다가왔다. 순간 아그네스는 겁에 질렸다. 포식자를 마주친 꽃게처럼 엉금엉금 뒷걸음질 쳤다. 결국 나무기둥에 부딪히며, 그녀의 도주는 허망하게 끝나 버렸다. 마법사는 두 발을 넓게 벌리고 아그네스의 앞에 우뚝 섰다. 호흡 소리가 거칠었다.

“귀니퍼는 *그의* 여인이었다. 그녀와 베리안은 알빈가르트를 함께 통치해야 했지. 그런데 그녀가 나와 만나 사랑에 빠져 버렸다! 우리는 베리안이 눈치를 챈 그 날까지 몰래 만났어. 그런데 베리안이 나보다 먼저 우리가 만나기로 한 장소에 나타났지. 분노한 베리안이 귀니퍼의 심장에 칼을 꽂았다. 그리고 그는 그녀의 피로 날 봉인할 결계를 그렸어. 베리안의 아버지가 그를 왕세자에서 내칠 정도로 참혹한 범죄였지."

아그네스는 아무 말도 하지 못했다. 점점 더 이야기에 빠져들며 그가 들려주는 이야기를 경청했다. 엘리야의 시선은 아그네스 쪽을 향해 있었지만 그녀를 보지는 않았다. 아그네스는 그런 식의 눈빛을 감옥에 있을 때부터 알고 있었다. 그는 그냥 어딘가 허공을 응시할 뿐이었다.

"사랑에 빠진 엘프의 피는 몹시 희귀하다. 그 안에 그 어떤 다른 매개체로도 파훼할 수 없는 마력이 담겨 있지. 하지만 난 베리안이 날 그 감옥에 가두기 전 그에게 저주를 걸었다. 그리하여 죽는 날까지 그는 매 순간 자기가 귀니퍼에게 안긴 고통을 느끼며 살아가야만 할 것이다. 단지 한 달에 딱 한 번, 켄타우루스 별자리가 정점에 떠 있는 딱 하루만 고통 없는 밤을 보낼 것이다. 하지만 그 밤이 지나면 스타프린스는 미몽의 숲속을 헤매며 인제 그만 심장의 피가 멈추게 해 달라고 울부짖는 삶을 이어갈 것이다."

엘리야는 두 손으로 주먹을 쥐었다. 그의 턱에 경련이 일었지만 눈물이 흐르지는 않았다. 그는 마음을 가라앉히려는 듯 심호흡을 했다. "이제 만족하나?" 숨을 씩씩거리며 엘리야가 물었다. "내가 굳이 스타프린스의 동생을 왜 이렇게까지 내 장단에 놀아나게 하는지 이제 좀 알 것 같은가?"

아그네스가 고개를 끄덕였다. 그녀가 아무 말도 하지 않자 뒤로 돌아선 마법사는 원래 있던 자리로 되돌아갔다. 한동안 아그네스는 아무 소리도 내지 않았다. 하지만 미친 듯이 뛰었던 맥박이 평소대로 돌아온 후에야 아까부터 머릿속에 떠돌던 질문이 떠올랐다. “사랑에 빠진 엘프의 피는 그 어떤 매개체로도 파훼할 수 없다고 하셨죠…. 그런데 어떻게 이스타리엘의 피가 당신을 해방해 준 거죠?”

엘리야가 피곤하다는 듯이 고개를 절레절레 흔들었다. “난 네가 좀 더 똑똑한 줄 알았는데. 꼬마야, 이미 넌 그 답을 알고 있을 텐데.”

카이

"넌 지금까지 내가 만났던 마법사 중 가장 최악이다." 툴이 으르렁거리며 그의 팔뚝을 불쾌한 시선으로 물끄러미 바라봤다.

그들은 벌써 야영지에서 두 밤을 함께 보냈다. 드래곤 여인, 스호오크가 카이의 곁에서 거의 떨어지지 않으려 했기에 그레타가 염소와 함께 땔감으로 쓸 나무를 모았다. 지금도 드래곤 여인은 카이 뒤에 비스듬히 앉아서 어깨너머로 자기가 데몬의 살에 뚫어 놓은 엄지손가락만한 상처를 힐끗힐끗 쳐다봤다. 카이가 꽤나 애를 써봤지만 결국 그 상처만큼은 봉합하지 못했다. 하지만 최소한 출혈은 멈췄다.

"나 말고 마법사를 몇 명이나 아는데?" 툴의 불평을 별로 모욕으로 받아들이지 않은 카이가 무덤덤하게 물었다.

"한 명도 없었다."

"그러면 지금까지 네가 만난 마법사 중에서는 내가 최고겠네."

"하하, 그거 엄청 웃기네." 데몬이 중얼거렸다. "마법을 제대로 쓰지 못한다면 최소한 치료에 도움이 될 만한 약초가 뭔지는 알아야 하는 거 아닌가?"

마음이 언짢아진 카이가 고개를 저었다. 그의 가족 중 아무도 약초를 써 본 일이 없었다. 항상 카이가 모든 질병과 상처를 마법으로 치유했기 때문이었다. 그렇다 보니 지금까지 살면서 이런 경우는 단 한 번도 없었다.

"주인님에게 지금 필요한 건 프레지오라이트녹수정예요." 그때, 스호오크가 입을 열었다. "강한 마법사는 모두 프레지오라이트를 지니고 있어요. 그 원석이 주인님의 힘을 하나로 묶고, 연마된 단면으로 마력을 증가시켜 주지요."

카이가 툴의 팔뚝에 붕대를 감으며 흥미로운 눈초리로 스호오크를 응시했다. 그들이 함께 길을 떠난 지 이제 하루하고도 대여섯 시간이 넘었다. 그 사이 카이는 스호오크의 모습에 익숙해질 만도 하건만, 그녀와 대화를 나눌 때마다 아직도 눈동자가 갈 곳을 찾지 못했다. 그의 두 눈은 드래곤 여인의 신체 어디에 초점을 둬야 할지 몰라 이리저리 배회했다. 카이의 눈동자를 방황케 하는 건 비단 노출된 피부의 면적 때문만이 아니었고 그 노출이 선사하는 특별한 느낌 때문이기도 했다.

이제 허리에 이르멜의 스카프를 두른 스호오크는 반드시 가려야 할 부분만큼은 가렸다. 그리고 가슴에는 뼈다귀로 만든 흉갑을 둘렀다. 그건 어제 저녁 식사를 하고 난 잔여물을 드래곤의 화염으로 깔끔하게 굽고 매끄럽게 다듬은 결과물이었다. 그녀는 제 상체와 얼굴에 여러 가지 표식을 그려 넣었다. 흰색과 붉은색을 내는 색소까지 직접 만들었다. 진흙과 곱게 간 암석이 그 재료였다. 가장 독보적인 건 그녀의 눈 위를 수평으로 가로지르는 굵고 붉은 선이었다. 그녀의 눈은 약간만 흥분해도 파충류를 연상시키는 금안금빛 눈동자으로 변했다.

카이는 방금 그녀가 한 말에 집중해 보려고 노력했다.

"프레지오라이트? 그런 얘기는 아직 들어 본 적이 없는데. 확실해?"

그녀가 끄덕였다. "확실합니다. 그런 원석이 매장되어 있는 장소는 에냐도르 전역에서 딱 한 곳밖에 없어요. 엘라바르 광산이지요. 여기서 멀지 않은 곳에 있으니 우선 그곳으로 가서 주인님에게 맞는 원석을 하나 구해 보도록 하죠."

"아니야." 카이가 단호하게 말했다. "난 알빈가르트로 가야 해. 내 형제가 그곳에 있어."

"마법 하나 제대로 못 쓰면서 그곳에 있는 엘프들을 전부 어떻게 상대할 생각인 거냐?" 툴이 지적했다.

"나 마법 할 수 있어! 너도 봤잖아." 카이가 자신을 두둔하고 나섰다. "내가 마법을 시전하지 못했다면 넌 지금 여기가 아니라 네 드래곤과 함께 데모니아 전역을 산책하고 있었겠지."

"날아다녔을 거다." 툴이 한숨을 쉬었다.

"난 아무래도 괜찮아. 어쨌든 난 완전히 회복했으니까. 내 마법은 이제 제대로 작동할 거야."

"그건 알겠다." 데몬이 중얼거리며 상처 입은 팔을 힘겹게 들어 올렸다. "그렇지만 나도 네가 엘라바르에 들렀다 가야 한다고 본다. 그녀의 말은 사실이다. 대마법사는 하나같이 프레지오라이트를 지녔지. 나도 그 이야기를 듣기도 했지만 스키르 연대기에 기록된 것을 본 적도 있다."

"솔직히 당신은 치유마법 때문에 이러는 거잖아요." 산에서 땔감을 한아름 안고 그바일로와 함께 돌아온 그레타가 건조한 목소리로 말했다. 툴이 언짢은 눈초리로 그녀를 째려보자 그레타는 재빨리 시선을 돌려 모닥불을 응시했다. 처음 눈이 마주쳤을 때 데몬이 그레타에게 안겨 준 고통 때문인지 그녀는 툴과 눈이 마주치려 할 때마다 항상 몸을 사렸다.

"그야 뭐… 일종의 긍정적인 부수효과라 볼 수도 있겠지. 나는 뭐 마법 덕 좀 보면 안 되는 건가?" 데몬이 항변했다.

카이는 툴을 찬찬히 살펴봤다. 드래곤과 결투를 벌이며 생긴 다른 자잘한 상처들은 이제 거의 다 나았다. 그리고 그건 전부 카이 덕분이었다. 그렇지만 이 기이한 구멍만큼은 사라지지 않았다. 그것은 지금 카이의 치유능력이 부족해서가 아니고 뭔가 다른 이유가 있는 것이 분명했다. 데몬의 적갈색 피부는 기사의 갑주만큼 두꺼웠고, 그의 머리카락은 멧돼지 털만큼이나 뻣뻣했다. 그의 몸 어디 한군데 인간과 비슷한 곳이라곤 전혀 없었다. 이 상처 자국이 계속 없어지지 않는 건 어쩌면 그럴 만한 이유가 있을지도 모른다는 생각이 들었다.

"툴, 있잖아… 데몬은 전부 너처럼 생겼어?" 관심이 생긴 카이가 물었다.

"아니다. 나보다 더 아름다운 뿔을 지닌 데몬도 있다." 이제는 익숙해진 그의 불퉁한 답변이 돌아왔다.

이제 그레타도 이 주제에 관심을 보이는 것 같았다. 막 쌓아 놓은 장작더미 옆에서 몸을 일으킨 그녀가 허리에 양손을 올렸다. "난 당신들이 어두운 밤처럼 추하다고만 들었는데요. 데몬과 시선을 마주하면 죄 없는 눈에서도 피가 흐른다고. 얼굴에는 상처와 종기가 가득하고, 볼품없는 몸에, 입에서는 유황과 그을음 냄새가 난다고 하던데."

"그건 인간들이 꾸며 낸 얘기지." 툴이 중얼거렸다. "공포에 사로잡힌 인간들은 이야기를 곧잘 지어낸다더라."

스호오크가 고개를 저었다. "아니야, 인간의 말이 옳아. 데몬은 딱 그렇게 생겼어. 하지만 여기 있는 그는…" 한 걸음 툴에게 슬쩍 다가간 드래곤 소녀가 제 어깨로 그의 어깨를 살짝 쳤다. "이 정도면 굉장히 아름다운 편이지. 데몬의 순수 혈통이라는 게 안 믿길 정도야. 어쩌면 그의 아버지가 드래곤족 여인을 임신시킨 걸지도. 그런 일도 허다하니까. 아니면 어머니가 인간 여자일 수도 있지 않을까?"

데몬의 눈가에 번뜩이는 빛이 뿜어 나왔다. 스호오크가 관자놀이에 손을 대더니, 신음을 흘리며 옆으로 비틀거렸다. 그바일로마저도 깜짝 놀라 울음소리를 냈다.

"그녀에게 그러지 마!" 카이가 소리 질렀다. "자제하겠다고 약속했잖아!"

금세 빛은 다시 사라졌지만, 깊이를 헤아리기 힘든 분노가 툴의 얼굴에서 사라지지 않았다. 그는 잔뜩 화난 표정으로 카이에게 돌아섰다. "그러면 최소한 저 여자가 날 자극하지 않게 해라! 난 뼛속까지 데몬족이다. 내 아버지는 갈린의 공포 부대를 이끄는 명망 높은 전사이고, 내 어머니는 황제의 사촌이다!"

카이가 신음을 흘렸다. 그런 뒤 스호오크에게 돌아선 카이가 그녀에게 손을 얹었다. 새로 합류한 일행의 행동은 솔직히 이해하기 힘들었다. 저 드래곤 소녀는 데몬을 저렇게 자극하면 그 대가로 극심한 고통에 시달릴 수도 있다는 걸 분명히 알고 있었을 것이다. 그런데도 그녀는 전혀 거리낌이 없었다.

고통이 가라앉자 그녀의 입가에 미소가 맴돌았다. 카이의 손을 덥석 붙잡은 스호오크가 맥이 뛰는 손목 부위에 키스했다. 부드러운 입맞춤 후 살짝 깨물기도 하며 그 행동을 몇 번이고 반복했다. 스호오크는 카이가 정욕과 부끄러움으로 산산 조각날 때까지 조금씩 위로 올라오며 진득한 키스를 이어갔다. "이러지 마." 카이가 비틀거리며 황급히 팔을 뗐다.

"그리도 음탕하게 저 사람 위에 올라타기 전에 최소한 밤이 오기를 기다릴 줄도 알아야 하는 거 아니냐?" 옆에서 그레타의 음성이 들렸다. 그 안에 담긴 가시 돋친 악감정은 그냥 대충 건성으로 들어 넘기기 힘들 정도였다. 몹시 화가 난 그레타가 그사이 부채질해서 피운 작은 모닥불에 나무 조각을 집어 던졌다.

"왜 그래야 하지?" 스호오크가 낄낄대며 말했다. "너희 인간들처럼 고상한 척 내숭이라도 떨라는 건가?"

"그건 내숭이 아니야. 본분에 맞게 마땅히 해야 할 행동을 아는 거지!" 분노로 뒤범벅된 그레타가 씩씩거렸다.

드래곤 소녀의 눈부신 미모의 그늘에 가려 자신이 지닌 매력이 덮여 버리고 있다는 점이 그레타의 심기를 불편하게 했다. 이러한 그레타의 감정은 카이도 잘 알고 있었다. 기본적으로 카이는 저 시건방진 하녀가 쓴맛을 좀 톡톡히 보는 것도 나쁘지 않겠다는 생각도 들었다. 그렇긴 해도 그녀가 뭔가 삐딱한 방식으로 자신을 오해하진 않길 바랐다.

지난밤 카이는 이미 한 차례 스호오크를 거절했었다. 시도 때도 없이 마치 공습이라도 하듯 퍼붓는 키스 세례, 아무 데서나 저돌적으로 밀고 들어와 깨물고 키스하는 그녀의 행동이 버거웠다. 드래곤은 한 번 거절당한 것만으로 모욕감을 느끼고 다시는 시도하지 않는 인간 여인들과 달리 쉽게 떼어 놓을 수 없었다. 스호오크는 그 속마음을 조금도 숨기려 하지 않았다. '지금 나는 너를 원하고 있다'고 온몸으로 표현하면서 노골적으로 들이댔다.

만약 그레타가 없었더라면 물론 카이의 반응은 지금과 달랐을 수도 있었다. 하지만 지금은… 그녀의 존재만으로도 카이는 드래곤과 사심 가득한 행복을 누리기가 껄끄러웠다. 그런 면에서 카이는 그레타가 조금은 야속하기도 했다.

카이는 재빨리 툴에게 돌아서려 했지만, 그의 곁에 무릎을 꿇은 스호오크가 강아지 같은 눈망울로 그를 애처롭게 바라봤다. “주인님은 지금 뭘 놓치는 건지 제대로 모르고 있어요.” 그녀가 살랑거리는 음성으로 속삭였다.

“날 주인님이라고 부르는 건 이제 제발 그만두지.” 카이가 불평했다.

“하지만 당신이 내 주인인걸요. 당신은…” 그때, 갑자기 스호오크의 표정이 굳어지더니 입을 다물었다. 수치라고는 전혀 모르는 창녀 같았던 그녀가 순식간에 매우 진지한 여전사로 돌변했다. 몸의 모든 근육에 힘을 주며 일어선 스호오크는 뒤편에 있는 돌무더기로 시선을 휙 돌렸다. 툴도 그녀와 똑같이 반응했다. 둘은 카이나 그레타와 비교되지 않는 예민한 감각의 소유자들이었다.

“네가 가 봐!” 데몬이 속삭였다.

스호오크가 고개를 끄덕였다. 그녀는 붉은 머리카락을 목

뒤로 흩날리며 흉갑의 잠금장치를 풀고는 그것을 무심하게 발치에 떨어트렸다. 모닥불 불빛이 그녀의 매끈한 알몸에 닿았다. 그리고는 행복에 겨운 듯 너울너울 춤을 추었다. 탐스러운 젖가슴이 빚어낸 곡선이 마법 같은 그림자를 드리웠다.

스호오크는 한 걸음씩 옮기며 천천히 바위로 다가갔다. 허리에 묶어 놓은 스카프 매듭마저 풀어 버린 그녀는 우아한 몸짓으로 허리를 튕겨 그것마저 바닥에 떨어트렸다.

카이는 요염하게 씰룩이는 그녀의 엉덩이에서 시선을 떼지 못하고 홀린 듯 바라봤다. 그녀는 그 어떤 시선에도 아랑곳하지 않았다. 그녀가 갑자기 달리기 시작했다. 달리면서 드래곤의 본래 모습으로 변신한 스호오크는 바닥을 박차고 뛰어 공중으로 날아올랐다. 순식간에 공중에서 바위 위를 빙글 돌더니 날카로운 발톱을 세우고 하강하며 뭔가를 공격했다.

"살려주시오!" 누군가 소리쳤다. "도와주시오!"

암석 사이로 낙석이 요란한 소리를 내며 굴러떨어졌고, 그 위에서 아래를 염탐하던 누군가가 두 팔을 머리 위로 들고 새파랗게 질린 얼굴로 내려왔다. 날카로운 울음소리를 내며 두 번째 공격을 시도하려는 드래곤을 피해 그는 일행이 모여 있는 모닥불로 황급히 뛰어왔다. 스호오크의 발톱이 남자의 어깨를 파고들 정도로 세게 움켜쥐었다. 그는 처참한 비명을 질렀다.

"티발트!" 그레타가 깜짝 놀라 뛰어올랐다. 그제야 카이도 마부를 알아봤다. 이미 오래전에 고개를 푹 숙이고 의기소침하게 프론슈타인으로 되돌아갔을 거로 생각했던 마부, 티발트였다.

스호오크가 노을 진 하늘에서 또다시 공격을 준비하고 있었다. "잠깐만 기다려!" 카이가 공중을 향해 큰소리로 외쳤다. "기다려 봐! 그는… 위험한 사람이 아니야."

카이의 말에 드래곤은 갑자기 방향을 틀어 그들이 있는 곳에서 몇 미터 떨어진 곳에 있는 뾰족한 바위에 살포시 내려앉았다. 그리고 위풍당당한 몸짓으로 날개를 등 뒤로 접었다.

"저… 저… 저… 저건 드래곤이잖아!" 티발트가 겨우 말을 꺼냈다.

"그래, 그리고 넌 미천한 주제에 네 모험이 끝났다는 것도 제대로 파악하지 못하는 어리석은 마부이고." 카이가 티발트에게 다가가 그를 일으켜 세웠다. "도대체 여기서 뭐 하는 거야?"

“난… 난… 네놈을 찾고 있었지.” 티발트가 말을 더듬었다. “네놈이 내게 마법을 걸었잖아!”

카이의 얼굴에서 미소가 순식간에 사라졌다. “맞아.”

“그거 다시 철회해 줘!” 마부가 요구했다.

하지만 카이는 고개를 저었다. “그 마법이 최소한 네게 교훈을 줄 거야. 난 한동안 네가 그렇게 살도록 놔둘 생각이야.”

“안 돼!” 가련하게 울부짖으며 티발트가 카이 앞에 무릎을 꿇었다. “제발! 차라리 나를 장님이나 귀머거리로 만들어. 내 혀에서 미각을 앗아가거나 다리를 못 쓰게 하든지. 하지만 제발 그것만은 안 돼!”

그 사이 그레타가 곁으로 걸어왔다. 그녀는 고개를 절레절레 흔들며, 티발트를 응시했다. “도대체 티발트에게 무슨 짓을 한 거예요, 카이?” 그레타가 물었다.

카이는 어깨를 한 번 으쓱였다. “난 그냥 그가 사랑을 나눌 때 느끼는 쾌락을 빼앗아갔을 뿐이야.”

“그… 그건,” 티발트가 괴로움에 신음했다. “하지만 그건 네가 관여할 문제가 아니잖아!”

그제야 그레타는 카이가 무슨 짓을 벌인 건지 알아챘다. 정말 오래간만에 처음으로 그레타는 마음껏 큰 소리로 웃었다. 그 모습에 카이도 웃음에 동참했다. 그렇게 실컷 웃고 나니 기분이 확 풀리는 듯했다.

"당신이 그에게서 정력을 빼앗았나요?" 그레타가 킥킥거리며 웃었다. "아아, 저 남자가 그걸 깨달았을 때 표정을 내가 즉석에서 봤어야 했는데."

갑자기 카이의 표정이 진지해졌다. "난 네가 그 자리에 있지 않아서 다행이라고 생각하는데." 카이가 중얼거렸다. 그러더니 카이가 다시 마부에게 돌아섰다. "넌 그레타를 짓밟았어, 그것도 여러 번이나!"

티발트가 양손을 마구 비볐다. "나도 내가 잘못한 거 안다. 하지만 모두가 그랬는걸. 주인도, 손님도, 시의회의 늙은이도, 그리고…"

"닥쳐!" 그레타가 소리쳤다.

순간 마부가 갑자기 입을 다물었다. 비참하게 두려움에 덜덜 떨며 바닥에 무릎을 꿇은 채 궁지에 몰린 꼴을 보니 갑자기 측은지심 같은 감정이 카이에게 차올랐다. 그래서 다시 마음을 다잡으려 마구간에서 있었던 일을 계속 떠올렸다.

"제발 부탁한다!" 티발트가 다시 한번 애원했다.

카이는 무뚝뚝한 표정으로 더는 아무 말도 듣고 싶지 않다는 걸 그가 알아듣길 바라며 그만하라는 손짓을 했다. "그건 내가 결정할 사안이 아니야." 카이가 그레타를 바라봤다. "네가 결정할 일이지."

"정말요?" 하녀는 공중에 코를 높이 치켜들더니 가슴을 활짝 폈다.

카이가 고개를 끄덕였다.

"좋아요. 그러면 난 지금 그대로 두는 걸로 할래요. 비밀 병기가 없는 티발트라니! 훨씬 마음에 드는데요!"

"안 돼애애애!" 티발트가 비명을 질렀다. "동정심을 좀 가져 봐! 네게 한 짓을 전부 후회하고 있다니까!"

"그건 당연히 앞으로도 계속 그래야지." 그레타는 선고를 내렸다.

그 사이 다시 인간의 모습을 갖춘 스호오크가 우아한 몸짓으로 춤추듯 바위에서 폴짝 뛰어내려 그들에게 다가왔다. 언제나처럼 실오라기도 걸치지 않은 나체에 길고 붉은 머리카락을 저녁 바람에 휘날렸다. 그녀가 다가오는 방향으로 고개를 돌린 티발트가 완전히 허물어졌다. 그리고 양손으로 제 얼굴을 감싼 채 어린 아기처럼 큰소리로 엉엉 울었다.

드래곤 여전사가 그에게 다가갔다. "저 사람이 널 고자로 만들었어?" 그녀가 물었다. "오오, 내 주인님이 그렇게 잔인할 때도 있구나…." 드래곤은 위로하는 차원에서 마부의 손을 붙잡고는 제 젖가슴으로 가져다 댔다. 그리고는 눈썹 하나를 위로 높이 추켜올리며 물었다. "정말 아무것도 안 느껴져? 전혀 흥분이 안 되는 거야?"

티발트가 신음했다. 그리고 카이도 신음했다. 뒤편 어딘가에서 툴의 한숨 쉬는 소리가 들렸다. 그레타만이 큰 소리로 웃었다. 그레타는 스호오크를 만난 뒤 처음으로 서로 음흉한 눈빛을 교환했다.

"뭐, 그럼 어쩔 수 없지." 결론을 내린 스호오크는 티발트의 손을 다시 놓았다. 우아한 걸음걸이로 모닥불가로 되돌아가며 몇 안 되는 옷가지를 주섬주섬 챙겼다. 허리에 스카프를 두르면서 그녀는 툴에게 도발적인 눈빛을 흘렸다. 그런 뒤 그의 곁에 있던 염소를 쫓아 버리고 그 자리에 앉았다.

"인제 그만 가라." 카이가 마부에게 말했다. "그리고 더는 쫓아오지 마. 우리는 네게 아무 도움도 되지 않으니까."

여전히 한탄하며 괴로워하던 티발트가 몸을 일으켰다. 일행은 어깨를 축 늘어트린 그가 볼프 협로를 따라 왔던 길을 되돌아 시야에서 점점 사라지는 모습을 지켜봤다.

속이 다 시원하다는 표정으로 그레타가 미소를 지으며 카이를 바라봤다. “고마워요.” 그녀가 솔직하게 말했다.

카이가 고개를 끄덕였다. 그리고 그들은 함께 스호오크가 툴의 곁으로 슬그머니 다가간 모닥불가로 되돌아갔다. 그레타는 불에 납작한 돌을 얹고 그 위에 어제 데몬이 사냥해 온 꿩고기를 올렸다. 그날 그들은 티격태격하지 않고 남은 저녁 시간을 평화롭게 보냈다.

엄밀히 말하면, 카이는 새로 합류한 일행에게 단점보다는 장점이 많다고 생각했다. 툴은 항상 툴툴거리며 공격적인 성향이 강했지만, 눈빛 한 번으로 사람과 동물을 제압할 수 있는 뛰어난 사냥꾼이었다. 스호오크는 이 에냐도르 전역에서 가장 부끄러움을 모르는 존재임이 분명했지만, 자신이 바라는 것은 전부 들어주었고, 아마 그를 위해 죽음도 불사할 여전사였다. 물론 카이가 그녀를 계약에서 놓아주는 그 날까지겠지만. 카이는 그녀가 트리스탄을 찾고 그를 탈출시키는 데 큰 도움을 줄 거라 믿었다. 그러고 나면 그녀를 놓아줄 생각이었다. 그레타에 대해서는 당장 깊게 생각하고 싶지 않았다. 그 대신 카이는 케이프를 꺼내 자신과 그레타의 어깨에 담요처럼 둘렀다. 그레타는 아무 반응도 없이 가만히 있더니 카이의 어깨에 기대고는 행복한 표정으로 미소를 지으며 모닥불을 바라봤다.

“그래서?” 마침내 툴이 말문을 열었다. “이제 우린 어디로 가는 건가? 알빈가르트야 아니면 엘라바르야?”

이번만큼은 카이도 마음이 시키는 대로 결정했다. “엘라바르 먼저.”

일행들은 의외라는 눈빛으로 그를 바라봤다.

“너희 둘은 얼마 안 있으면 우리와 헤어질 거잖아.” 카이가 설명했다. “그러기 전에 내 힘을 최대한 키워놓는 게 좋을 것 같아.”

툴이 고개를 끄덕였다. “잘 결정했다. 드래곤이 있으니까, 그곳까지 드래곤을 타고 날아갈 수 있을 거다.”

카이도 그 생각을 해 봤었다. 한 번쯤은 드래곤을 타고 하늘을 비행해 보고 싶은 마음도 있었던 터였다. 하지만 그러려면 스호오크와 단둘이 가야 하고, 그것은 곧 그레타와 데몬을 단둘이 놔두고 다녀와야 한다는 뜻이었다. 그들에 대한 카이의 신뢰가 아직 그 정도까지는 아니었다.

“아니야.” 카이가 결정했다. “우리 모두 함께 갈 거야. 그리고 엘라바르를 거쳐 쾨니히스하인으로 가자고. 쾨니히스하인 평야에서 우리에게 어떤 운명이 펼쳐질지 한번 보자고. 내가 들은 바로는 드래곤족이 쾨니히스하인을 공습했다는군. 이에 맞서 엘프들이 인간 노예부대를 곧바로 전선에

투입한다던데.”

“난 상관없다.” 툴이 대답했다. “중요한 건 내 드래곤을 돌려받는 거니까.” 툴은 스호오크에게 팔을 뻗어 빙그레 웃고만 있는 드래곤을 제 품으로 끌어당겼다.

트리스탄

엘프들은 트리스탄을 평야로 끌고 갔다. 은빛 갑주를 걸친 로리안이 선두에, 언제나처럼 몸을 꼿꼿하게 세운 호리엘이 그 뒤를 따랐다. 자신의 상관이자 장차 왕위에 오를 왕위계승자한테 가죽장갑으로 따귀를 얻어맞은 호리엘은 애써 태연한 척했지만 이 상황을 좀처럼 받아들이기 힘들어하는 눈치였다.

호리엘도, 트리스탄도 지금 정확히 무슨 일이 벌어진 건지 제대로 이해하지 못했다. 어쨌든 확실한 건 엘프들이 이제 트리스탄을 함부로 대하지 못한다는 것이다. 제게 시간이 얼마나 남아 있는지 모르는 트리스탄이 머리를 굴렸다. 이제 그에게 남은 희망은 무엇인가? 아마도 어젯밤 트리스탄 없이는 우리에서 탈출하지 않겠다고 선언한 미지의 생물이자 드래곤 여인인 사피라만이 그의 유일한 희망일지도 모른다. 게다가 막상 도망칠 기회가 온다 해도 친구들을 두고는 도저히 발걸음을 뗄 수 없는 것도 문제였다.

연무장을 지나칠 때 트리스탄은 고개를 들어 사방을 둘러봤다. 어디에도 야레드의 모습은 보이지 않았다. 하지만 마론과 아담은 그의 충고대로 드래곤 우리에서 가까운 곳에 자리를 잡고 훈련 중이었다. 오늘도 변함없이 어여쁜 얼굴에 사슬갑옷을 걸친 엘프가 훈련을 지휘하고 있었다. 트리스탄은 우연히 그와 마주친 적이 있었는지 떠올려 보려 했지만 가물가물했다. 어떤 면에서 엘프들은 전부 똑같아 보였다. 마론과 아담을 스쳐 지나가며 트리스탄이 고개를 까닥이자 뒤에서 누군가 뒤통수를 거칠게 때렸다.

"앞을 봐라!" 뒤에 있던 엘프가 명령했다. 트리스탄은 순순히 그 지시를 따랐다. 지금은 아무 생각도 없었다. 우리 주변으로 날카로운 창을 든 병사 열댓 명이 빙 둘러 있는 저 앞에 사피라가 보였다. 그녀는 팔짱을 낀 채 우리 뒤편 구석에 기대고 있었다. 잔뜩 찌푸린 눈으로 그들이 제게 다가오는 모습을 주시했다.

어제 아담의 말은 허풍이 아니었다. 엘프들이 걸치라고 건넨 스카프를 목 주변에 두른 뒤 양 젖가슴 위로 교차시켜 복부를 지나 다리 사이에서 뒤로 묶어 착용하고 있었다. 다시 말해 중요 부위는 전부 가렸지만, 그런데도 왠지 발가벗은 듯 관능미를 발산하고 있었다.

"세상에 태어날 때부터 수치심이라고는 느끼지 못했으니, 죽을 때도 그렇게 수치심 없이 떠나도록 해 주겠다." 로리안이 말했다. 그가 우리에 가까이 다가갔다. 그리고 딱 팔 하나 정도의 간격을 두고 멈춰 섰다. "너, 이리 오너라!" 그가 명령했다.

사피라가 그를 쏘아봤다. 그러고는 저항하듯 매우 천천히 엘프를 향해 걸어왔다. 그녀의 발걸음은 들뜨거나 주저함 없이 자긍심과 적의로만 가득했다.

그것이 로리안의 관심을 부추겼다. "넌 도대체 또 무슨 괴물이냐? 네 등에 올라탈 데몬은 어디 있지?" 그가 물었다.

"내겐 기수가 없다." 그녀가 냉랭한 말투로 답했다. "하늘을 홀로 날 뿐."

"그렇단 말이지." 그가 이를 꽉 물고 중얼거렸다. "화염의 표식을 이마에 지니고 복종하지 않는 드래곤이라. 정말 완벽하게 처리했구나, 호리엘!"

사령관은 상관의 말을 도통 이해하지 못하는 것 같았다. "주군, 무슨 말씀인지 이해가 되지 않습니다." 호리엘의 말에 로리안은 입을 닥치라는 신호를 보냈다.

"불구대천의 숙적이 서로 표식을 나누어 가질 것이다. 그리고 그 표식을 얻은 자, 파수꾼이 되리라." 로리안이 중얼거렸다.

파수꾼. 그가 또다시 '파수꾼'을 언급했다. 트리스탄은 가능한 그것과 얽히고 싶지 않았다. 그가 원하는 건 오롯이 생존이었고, 그게 전부였다. 하지만 지금 상황으로 봐서는 그의 유일한 소망이 이뤄질 가능성은 그 어느 때보다도 미미해 보였다.

"그다음은 왜 말을 안 하느냐?" 사피라가 말했다. "파수꾼은 각 왕국의 지배자가 되어 다스리리니. 데몬, 드래곤, 인간, 엘프가 진실이라는 하나의 핏줄로 이어지리다."

로리안은 한 발자국 뒷걸음질 쳤다. "하지만 난 그리되리라 믿지 않는다." 로리안이 담백하게 말했다. "내가 그 넷을 전부 죽여 없애 버릴 거니까. 그리고 그중 둘은 당장 여기에서."

로리안과 드래곤이 서로를 노려보며 잠시 침묵했다. 그러더니 갑자기 상황이 급변했다. 드래곤 여인은 순식간에 금안을 번뜩이는 블루 드래곤으로 변신했고, 날카로운 발톱을 세우며 괴성을 질러 댔다. 그 기세에 로리안이 뒤로 주춤 물러섰다. 엘프들이 창을 들어 전투태세를 갖추는 사이 활활 타오르는 화염이 사피라의 목에서 공처럼 뭉쳤다. 그들은 동시에 서로를 공격했다. 로리안이 큰 소리로 긴급히 명령을 내리자 창과 화살로 무장한 한 무리의 엘프가 돌진하며 드래곤을 공격했다. 그중 다섯이 드래곤의 가슴과 목에 명중했지만 나머지는 철갑과 창살에 부딪혀 튕겨 나갔다.

사피라는 고통에 포효했다. 하지만 동시에 저를 공격한 적군에게 파이어브레스를 쏘아 댔다. 화염을 맞은 엘프들이 마치 살아 있는 횃불처럼 불붙은 채 방황하며 거칠게 비명을 지르면서 죽어갔다. 트리스탄은 탐욕스레 솟구친 시뻘건 화염을 피해 제가 있는 방향으로 긴급히 피신하는 호리엘을 보았다. 뒤이어 또 한 방의 지옥 불이 날아와 겨우 한 뼘 차이로 그의 곁을 스쳤다.

저 멀리 야영지에서 완전무장을 갖추고 급히 달려오는 엘프 병사들의 모습이 희미하게 보였다. 목검을 든 노예검사들이 공포에 떨며 그들을 뒤따랐다. 그때 강철 우리의 경첩이 뜯겨 나가며 엄청난 굉음이 고막을 때렸다. 푸른 날개가 창공을 향해 펼쳐졌다. 누군가 트리스탄의 팔을 세차게 뒤로 낚아챘고, 이어 엘프가 쏜 화살 하나가 명치 부근에 박혔다. 바닥에 쓰러진 트리스탄이 손발을 허우적거렸다. 그때 트리스탄 옆에 서 있던 로리안의 창끝이 사피라의 심장을 겨눴다.

"안 돼!" 트리스탄이 비명을 지르며 양팔로 엘프의 다리를 붙들었다. 순간 로리안이 중심을 잃었다. 그의 창이 하늘을 가르며 날아갔지만 드래곤의 심장을 비껴 날개에 꽂혔다. 사피라가 급선회하며 하강했다.

"어서 도망쳐!" 트리스탄이 소리치며 다시 로리안 위로 몸을 던졌다. 엘프는 제 다리에 들러붙은 트리스탄은 아랑곳하지 않고 오롯이 공중에만 집중했다. 트리스탄은 로리안의 칼집에서 문스워드를 뽑아 들었다. 트리스탄의 돌발 행동에 당황한 로리안이 제 밑을 노려봤다. 그의 눈빛에 극에 달한 혐오감이 서려 있었다. 트리스탄은 문스워드로 그의 겨드랑이를 찔렀다. 상처에서 쏟아져 내린 피가 트리스탄을 적셨다. 비틀거리며 겨우 일어선 트리스탄이 엘프의 얼굴을 노려봤다. 완전히 넋이 나간 얼굴이었다.

"넌… 고작 인간이잖아!" 로리안이 숨을 헐떡이며 말했다.

"그리고 넌 고작 엘프일 뿐이지." 트리스탄은 로리안의 겨드랑이에서 검을 뽑아 그 주인의 목을 베었다. 로리안의 눈빛이 허공에서 부서져 내리고, 그의 몸에서 분출한 생명의 액체가 화염에 그슬린 대지를 적시는 광경에 트리스탄은 구역질이 치밀기도 했지만 한편으로는 매료됐다. 시간이 멈춘 듯 천천히 엘프의 몸이 무너져 내리며 뒤로 넘어갔다.

어디에선가 트리스탄의 이름을 크게 부르짖는 소리가 들렸다.

"마론!?" 트리스탄이 그녀의 이름을 외치는 찰라, 두 병사가 그를 덮쳤다. 재빨리 한 명의 공격을 피한 트리스탄은 다른 한 명과 검을 부딪치며 빠져나왔다. "마론!"

공중에서는 여전히 날개를 퍼덕이는 소리가 울려 퍼졌다. 소리로 보아 날갯짓이 순탄치 않은 것 같았지만 트리스탄은 위를 올려볼 겨를이 없었다. 사방에서 병사들이 그에게 몰려들었다. 드래곤브레스에 아직 얻어맞지 않은 엘프는 물론이고 숯덩이처럼 그을어 처참하게 바닥에 쓰러진 엘프까지 모두가 필사적으로 공중을 향해 활을 쏘아 댔다. 트리스탄은 서둘러 마론을 찾아야만 했다!

하지만 사피라는 그에게 시간을 허락하지 않았다. 드래곤은 공중에서 엘프들을 향해 또다시 파이어브레스를 내뿜었다. 트리스탄의 눈동자가 코앞 여기저기에 치솟는 화염 장벽을 뚫고 주변을 살피려고 바삐 움직였다. 사피라의 화염에도 그는 어떤 고통도 느끼지 않았다. 그때 그녀의 모습이 시야에 들어왔다. 마론은 화염에 타오르는 목검을 들고 있었다. 그녀는 자신을 공격하는 엘프에게 목검을 휘둘렀지만 상대는 문스워드로 그녀의 목검을 버터 자르듯 한칼에 베어 버렸다. 트리스탄은 마론과 싸우는 적수가 호리엘이라는 걸 알아차렸다. 잔혹한 미소가 호리엘의 얼굴에 서렸다. 그의 검이 수평으로 선을 그리며 바람을 가르는 소리를 냈다.

"안 돼… 안 돼!" 트리스탄이 울부짖었다. 순간 그의 시선이 마론과 마주쳤다. 그때 드래곤의 거센 숨결이 부채질하듯 돌풍을 일으키자 다시 거세진 불길이 공포의 대지를 가득 뒤덮었다. 트리스탄이 겨우 앞을 다시 볼 수 있게 되었을 때 그곳에 마론의 모습은 보이지 않았다. 사방은 온통 피로 얼룩져 있었다.

트리스탄은 숨이 멎을 것만 같았다. 호리엘이 저지른 짓의 대가를 치르고 싶었다. 당장 그놈의 몸에 검을 내리꽂아 무한한 고통을 안겨 주고 싶었다. 그때 머리 위에서 들리던 날개 치는 소리가 사납게 포효하는 소리로 돌변했다. 순간 거대한 그림자가 태양을 가렸고, 날카로운 발톱이 트리스탄의 복부를 움켜쥐었다.

"그러지 마! 야레드와 아담… 그들을 여기에 두고 갈 수는 없어!" 트리스탄이 소리쳤다.

하지만 사피라는 그의 말을 들어주지 않았다. 트리스탄을 거머쥐고는 마지막 남은 힘을 다 쥐어짜서 가까스로 공중으로 날아올랐다. 트리스탄의 발아래로 아수라장이 된 전쟁터가 보였다. 휘익~ 소리와 함께 화살 하나가 트리스탄의 곁을 아슬아슬하게 비껴 드래곤의 날개 죽지에 박혔다. 힘겹게 고개를 들어 살펴보니 드래곤의 몸은 이미 피범벅이 된 상태였고 원래의 푸른빛이 사라지고 온통 검붉게 변해 있었다. 곳곳에 창과 화살이 빼곡히 박혀 있었다. 특히 왼쪽 날개의 부상이 심각해 보였다. 사피라는 죽을힘을 다해 공중에서 간신히 버티고 있었다.

"다시 착륙해야 해!" 트리스탄이 소리쳤다. "친구들 곁으로 돌아가야 한다고!"

물론 트리스탄에게는 아무 답도 돌아오지 않았다. 그 대신 드래곤은 말없이 쾨니히스하인 평야를 지나 북서쪽으로 계속 날아갔다.

"도대체 어디에 가려는 거야?" 트리스탄이 고통에 찬 음성으로 부르짖었다. "드래곤은 동쪽에, 인간은 남쪽에 살잖아. 날 좀 내려 줘. 우리 얘기 좀 하자!"

여전히 아무 반응도 없었다. 트리스탄이 깨달은 건 딱 하나였다. 원래의 장소에서 멀어지는 거리만큼 사피라의 힘도 점점 사라지고 있다는 것. 그렇게 힘겹게 하늘을 날던 드래곤이 비틀거리기까지는 오래 걸리지 않았다. 얼마 후 트리스탄은 설득을 포기할 수밖에 없었다. 그 대신 이제 더는 왕의 자리에 오를 수 없게 된 엘프의 것이었던 문스워드를 움켜잡아 보았다. 그리고는 마론에 관한 불길하고 몸서리쳐지는 생각을 억눌러 보려 애썼다. 쾨니히스하인으로 돌아가 반드시 호리엘을 죽였어야 했다! 그런데 이 빌어먹을 드래곤은 정반대 방향으로 그를 데려가고 있지 않은가!

트리스탄은 사피라의 투쟁이 얼마나 더 지속할지 좀처럼 가늠할 수 없었다. 이렇게 점점 약해져만 가는 몸을 이끌고 얼마나 더 버텨 낼 수 있을까? 트리스탄은 자신을 움켜쥔 발톱에 힘이 점점 빠지는 것을 느꼈다. 발밑으로 너른 숲이 펼쳐져 있는 풍경이 눈에 들어왔다. 저 멀리 지평선 끝자락에 도시인지 성인지 불분명한 윤곽이 희미하게 보였다. 드래곤의 고개가 비스듬히 옆으로 기울었다. 반 바퀴를 기우뚱한 후 균형을 잡은 드래곤은 계속 날아가려 했다. 그때 트리스탄을 움켜쥔 발톱에 힘이 스르륵 풀렸다. 트리스탄은 한 손으로 비늘이 덮인 드래곤의 발가락을 안간힘을 다해 붙잡으면서도 반대편 손에 쥔 문스워드만은 포기하지 않았다.

"사피라! 더는 못 버티겠다!"

거의 의식불명 상태로 하늘을 비행하던 드래곤은 불굴의

의지력을 발휘해서 정신을 차리고 다시 트리스탄을 붙들었다. 무슨 이유인지는 몰라도 드래곤은 저 멀리 보이는 도시를 향해 날아가려는 듯했다. 순간 사피라의 몸이 꿈틀거렸다. 그리고 그녀의 눈이 뒤집히는 모습이 보였다. 피범벅이 된 드래곤의 발에서 손이 자꾸 미끄러지려 했다.

"날… 날 다시 붙잡아 줄 수 있겠어? 사피라!"

그의 날카로운 비명이 허물어져 가던 드래곤의 의식을 다시 한번 일깨운 것 같았다. 그를 지켜야 한다고 다짐하듯 드래곤이 발톱을 다시 움켜쥐었다. 그제야 트리스탄은 안도의 한숨을 뱉어 냈다. 이제 또 이런 상황이 벌어질 것을 우려한 트리스탄은 서둘러 문스워드를 옷에 고정할 방법을 고민했다.

그 대책을 고민하는 동안 드래곤의 발톱에 힘이 스르륵 풀려 버렸다. 일말의 예고도 없이. 트리스탄은 비명을 지르며 지상으로 떨어졌다. 추락하는 트리스탄의 시야에 저 위에서 몇 번이고 공중제비하며 낙하하는 드래곤의 모습이 들어왔다. 화염을 뿜어대던 드래곤이 이제는 우주에서 떨어지는 혜성처럼 바닥으로 곤두박질치고 있었다. 그때 트리스탄의 손에서 문스워드가 미끄러졌다. 그의 아래로 검은 숲이 트리스탄을 집어삼키려고 아가리를 쩍 벌렸다. 트리스탄의 심장이 미친 듯이 날뛰었다. 결국 트리스탄은 눈을 감았다. 급기야 나뭇가지들이 팔을 뻗어 왔다. 숲으로 추락하는 동안 이리저리 부딪히고 찔리며 트리스탄의 살갗은 만신창이가 됐다. 다리에 내리꽂는 강렬한 충격에 이어 등에도 충격이 느껴졌다. 그리고는 의식이 꺼졌다.

⚜

칠흑 같은 한밤중이 되어서야 트리스탄은 정신을 차렸다. 온몸이 산산 조각난 것 같았고, 다리에 아무 감각도 느껴지지 않았다. 어디에도 사피라의 모습은 보이지 않았다.

트리스탄은 몸을 일으켜 보려고 했지만 꼼짝도 하지 못했다. 골반 아래가 더는 그의 몸 일부가 아닌 것 같았다. 발도 전혀 제 기능을 하지 못했다. 트리스탄은 마치 죽어가는 짐승처럼 팔꿈치를 세워 앞으로 기어갔다. 트리스탄은 갑자기 의기소침한 기분에 사로잡혔다. 이제 그의 몸뚱이는 불구처럼 움직이지 않았고 드래곤은 추락했으며 마론은 죽었다. 이 모든 게 믿고 싶지 않은 일이다. 어떻게 이럴 수 있단 말인가! 그렇게 몇 미터도 못 가 포기해 버린 트리스탄은 그냥 땅에 등을 대고 대자로 돌아누우며 신음을 토해 냈다. 이제 뭘 어떻게 해야 한단 말이지? 이제 이 세상에서 그가 꼭 이뤄야 할 목표가 전부 사라졌다. 그가 해낸 거라곤 호리엘의 노예부대에서 벗어난 것뿐이다. 고작 그것을 위해 이 모든 대가를 치렀단 말인가?

트리스탄은 고개를 들고 밤하늘에서 밝고 선명하게 저를 비추는 별과 숲 주변에 흐릿한 그림자를 드리우는 달을 물끄러미 응시했다. 이제 트리스탄은 달을 보며 최대한 빨리, 최대한 고통 없이 그곳에 갈 수 있기만을 염원했다. 아마도 이제 마론이 있을 망자의 왕국으로 어서 빨리 보내 달라고 신들에게 빌었다. 하지만 트리스탄의 소망과는 달리 아무 일도 일어나지 않았다. 그의 목숨을 앗아갈 유령늑대도, 숲을 뚫고 그를 추적했을 엘프도 모습을 드러내지 않았다.

이윽고 트리스탄은 사피라가 있을 것으로 추정되는 방향으로 몸을 끌며 나아갔다. 드래곤 역시 치명상을 입었거나 최악의 경우 죽었을 것이다. 아무리 자가 치유력이 있는 드래곤이라지만 그런 심각한 상태에서 단시간에 회복하지는 못했을 것이다. 그러니 아마도 동쪽으로 몇 킬로미터쯤 떨어진 곳에 추락해서 쓰러져 있을 거라는 생각이 들었다. 운이 좋다면 드래곤을 발견할 수도 있을 것이다.

그러면? 머릿속이 복잡했다. *그래서 드래곤을 어떻게 탈*

건데? 내 한 몸 가누지도 못하면서 친구들을 어찌 구한다는 거냐?

생각이 여기까지 미쳤을 때 오른손에 예기치 못한 금속의 촉감이 느껴졌다. 진흙투성이인 바닥에서 가까스로 턱을 들어 보니 손에 닿은 것은 문스워드였다. 트리스탄은 검을 찬찬히 살펴봤다. 손잡이에는 원주인이었던 '로리안 폰 안고르 파비아'의 이니셜 'L. A. F.'가 새겨 있었다. 또한 앞서 그의 갑주에 화려하게 아로새겨져 있던 여인의 얼굴을 한 새의 문장도 눈에 들어왔다.

가까스로 검에 손을 뻗어 가까이 잡아당긴 트리스탄은 눈을 감았다. 악몽처럼 전투장면이 눈앞을 엄습했다. 작렬한 불기둥에 가려 안 보이기 전 마지막으로 본 마론의 얼굴이 아른거렸다. 공중에서 숲속으로 추락할 때 그의 뼈를 산산조각 내 버린 억센 나뭇가지의 감촉도 다시 떠올랐다.

그때 덤불 뒤편에서 이상한 소리가 들렸다. 트리스탄은 숨을 죽였다. 그리고 몇 초나 지났을까 곧이어 또 그 소리가 들렸다. 비록 느리긴 하지만 그건 트리스탄 쪽을 향해 다가오는 말발굽 소리였다.

그는 찢어진 셔츠를 최대한 여며 낙인이 드러나지 않도록 가슴을 가리고 자신이 인간이라는 걸 은연중에 증명하는 귀를 머리카락으로 살포시 덮었다. 그리고는 시선을 돌려 다시 별을 바라봤다. 어쩌면 이것이 그의 끝일지도 모른다. 하지만 정말 그렇다면 부르크스메아데의 사람들이 모닥불에 옹기종기 모여 떠들던 옛이야기 속 영웅처럼 죽고 싶었다. 마음의 준비는 끝났다. 트리스탄은 담대하게 최후를 맞이하자고 결심했다. 서서히 한 번도 경험하지 못한 안식이 찾아왔다.

이조라

이조라는 밤이 어두워지기 전에 폐허의 도시, 슈발벤하인에 도착하기만을 바랐지만, 아쉽게도 뜻대로 되지 않았다. 벌써 몇 시간째 숲속을 헤맨 이조라는 더 이상 길을 잃어버리지 않으려고 별을 보며 방향을 가늠해 보았다. 슈발벤하인의 서쪽에는 돌아올 수 없는 늪이 있었다. 그 부근에서만큼은 절대 길을 헤매고 싶지 않았다.

그렇지만 이 숲도 기분이 몹시 꺼림칙했다. 하늘에서 커다란 파이어볼 같은 것이 화염에 휩싸인 채 떨어진 지 불과 세 시간도 되지 않았다. 그리고 지금은 사방에서 수상쩍은 소리가 들렸다. 이조라는 말이 본능에 따라서 올바른 길을 찾도록 고삐를 느슨히 쥐었다. 아무쪼록 말이 웅덩이를 알아서 피해가고, 적군의 품으로 달려가지 않을 정도로 영리하기만을 바라면서.

그렇게 이조라는 죽은 가문비나무 숲을 가로질러 가고 있었다. 바늘 같은 이파리와 나뭇가지가 그녀의 얼굴을 할퀴어 댔다. 이조라는 나뭇가지에 긁히지 않으려 몸을 최대한 숙였다. 앞으로 가다 보니 저 멀리 바닥에 주저앉아 있는 젊은 남자가 시야에 들어왔다. 처음에 그를 발견하고는 두려움에 오금이 저렸다. 하지만 곧이어 그가 심하게 다쳤다는 걸 발견했다. 그의 두 다리는 미동도 없었고, 그가 걸친 셔츠는 다 찢어진 채 피에 젖어 있었다. 그의 손에는 번쩍이는 문스워드가 들려 있었다.

"당신은 누구신가요?" 넋이 나간 목소리로 이조라가 물었다.

그도 이조라 만큼이나 놀란 것 같았다. 헛기침을 몇 번 하더니 어깨가 딱딱하게 굳을 정도로 긴장했다. "로리안 폰 안고르 파비아. 츠빌링스쌍둥이 섬의 영주이자, 엘프 병력의 총사령관, 하피의 정복자이자 장차 알빈가르트의 왕위에 오를 몸이다."

그의 말에 깜짝 놀란 이조라도 몸을 움찔했다. 그녀의 얼굴에 핏기가 가시며 창백해졌다. 도대체 무슨 운명이 이렇단 말인가? 이런 식으로 약혼자를 만날 운명이었던 걸까? 지저분하고 상처로 가득한 몸에 볼품없는 숄 하나만 달랑 두른 하녀 복장으로? 전체적으로 잘생긴 얼굴을 제외하면 그 또한 그녀보다 상태가 나아 보이지는 않았다. 하지만 그의 얼굴은 이조라가 상상했던 것과는 몹시 달랐다. 훨씬 젊고 냉소적인 표정을 지닌 데다 용맹해 보였고, 상처로 가득했다. 피범벅에 상처와 흉터가 가득하고 먼지투성이였지만 그럼에도 매력적이었다.

천천히 말안장에서 내린 이조라가 그에게 다가갔다. 그의 말은 사실이었다. 그가 그녀를 향해 내민 문스워드에는 그의 이니셜과 가문의 문장인 황금 하피가 각인되어 있었다. 이 젊은 사내는 로리안이 분명했다. 단지 쾨니히스하인의 격전지에서 명령을 내리며 진두지휘하고 있어야 할 그가 왜 여기 슈발벤하인 숲속에 상처 입은 채 쓰러져 있는 걸까?

“무슨 일이 생긴 거죠?” 이조라가 걱정스러운 목소리로 물었다.

“날 납치한 드래곤이 이곳에 날 떨어트렸다.” 젊은 남자가 말했다. “그때 등을 다쳐서인지 걷지도 못하겠다.”

이조라는 진심으로 경악했다. 그러니까 아까 본 번쩍이는 것이 정말로 파이어볼이었던 것이다. 살아 있는 드래곤이라니! 이조라는 아연실색한 표정으로 로리안 앞에 멈춰 섰다. 지금 제 신분을 제대로 밝혀야 할지 확신이 서지 않았다. 무엇보다 그녀의 자존심이 그것을 막아섰다. 로리안 같은 전사야 머리끝부터 발끝까지 상처투성이가 되고, 피를 뒤집어쓰는 일이 다반사겠지만, 그런 환경과 거리가 먼 공주로서 이조라는 지금 자신의 지저분한 꼴을 용납할 수 없었다. 여기저기 긁힌 얼굴 때문에라도 이조라는 결국 침묵을 선택했다. 이대로라면 결국 로리안도 그녀와의 결혼을 거부할 것이고, 결국 가문의 명예에 먹칠을 하게 될 것이 분명했다.

"드래곤 찾는 걸 도와줄 수 있겠나? …그래서 내가 죽일 수 있도록?" 그가 질문했다. 동시에 그는 문스워드를 뒤로 물리고, 머리부터 발끝까지 그녀의 모습을 뜯어봤다.

지금 그는 이조라를 진짜 하녀로 생각하는 것 같았다. 그러다 훗날 진짜 신분을 알게 된다면 저를 속인 그녀를 경멸할 것이다. 그리고 당시 현장에서 곧바로 그를 치유하지 않은 것까지 싸잡아 비난할 것이다. 고위 귀족은 배신을 최악으로 여겼다. 그런 만큼 이조라는 그가 계속 고통에 몸부림치도록 그대로 놔둘 수도 없었다. 이조라는 이러지도 저러지도 못하는 곤경에 빠져 버렸다. 그때 불현듯 방책이 하나 떠올랐다.

"그래요." 이조라가 대답했다. "당신을 도와드리죠, 로리안 경. 마침 제게 치유 포션이 있는 것도 운명의 가호인 것 같군요. 이 물약을 드세요. 그러면 총사령관님은 다시 건강해질 거랍니다.”

“치유 포션이라고?” 그는 이스타리엘이 건네준 사랑의 묘약을 주머니에서 꺼내는 그녀의 모습을 회의적인 시선으로 바라봤다. 물약은 어차피 로리안과 그녀를 위해 준비된 것이었다. 지금 당장 마시면 안 될 이유는 없지 않은가? 물약을 마신 로리안은 그녀와 영원한 사랑을 불태우게 될 것이고 그녀의 가벼운 거짓말이나 꼴사나운 옷차림쯤은 곧바로 용서해 주지 않겠는가?

“네가 지금 독약을 건네는 게 아니라는 걸 내가 어떻게 믿지?” 그가 질문했다.

이조라는 그가 그리 물을 것을 미리 계산했었다. “그건 독이 아니랍니다. 총사령관님께 도움이 될 거에요. 제 말을 믿어요! 증명하라시면 제가 먼저 절반을 마실 수도 있어요. 치료받아야 할 곳이 없는 경우에도 해롭지 않으니까요.”

이조라는 묘약을 열어 액체의 절반을 마셨다. 생각보다 맛이 씁쓸했다. 그리고 나머지 절반을 그에게 건넸다. 그는 여전히 의심하는 눈초리로 노려보며 이조라가 정말로 그의 편인지 저울질하는 것 같았다. 그러더니 마침내 결단을 내린 표정을 지었다. 그때 그는 더 잃을 게 없는 상황에 놓여 있었다. 어쩌면 심각한 부상 때문에 목숨을 건 도박을 선택한 건지도 몰랐다. 그는 이조라가 건넨 플라스크를 받아 망설임 없이 약물을 마지막 한 모금까지 전부 비웠다. 그리고 빈 병을 옆에 아무렇게나 던지고는 이조라를 응시했다.

그때 재빨리 그의 앞에 다가가 무릎을 꿇은 이조라는 치유능력이 있는 손을 그의 다리에 살포시 얹었다. 뒤척이는 몸짓에 그가 걸친 셔츠 조각이 벌어지며 노출된 맨가슴에 이조라의 시선이 닿았다. 가슴에는 막 딱지가 내려앉은 상처가 있었다. 두 개의 원이 교차한 형태인 그 상처는 바로 낙인이었다. 어떻게 그에게 저런 게 찍힐 수 있는 거지? 그러나 그런 의구심은 이조라가 애써 떨쳐 버릴 필요도 없이 재빨리 머릿속을 스쳐 사라졌다. 이조라는 그 표식에 별 관심이 없었다. 당장 제 눈앞에 있는 이 남자 외에는 아무 생각도 나지 않았다.

울창한 나무 틈새로 달빛이 그녀를 향해 쏟아졌다. 로리안이 한 손을 들어 그녀의 뺨을 살포시 건드렸다. 그의 동공이 커졌다. 그 눈동자에 마치 마법이라도 걸린 것처럼 매료된 이조라는 당장이라도 검고, 파멸적인 빛을 반짝이는 그 심오한 분화구 속으로 뛰어들고 싶었다. 그녀의 심장이 미친 듯이 두근거렸다.

"다리가… 다리가 이제 다시 움직이는데."

고개를 끄덕인 이조라가 머리에 쓴 두건을 벗고 머리카락을 흔들었다. 그제야 트리스탄은 제 앞에 있는 여인의 모습을 제대로 볼 수 있었다. 당장이라도 그녀를 품에 안고 사랑을 속삭이고 싶은 충동이 끓어올랐다. 책에 나오는 기사처럼, 사랑을 고백하는 연인들처럼, 열정적이고 진지하게. 이 세상에서 원하는 건 눈앞의 그녀밖에 없는 것처럼. 이조라의 본모습을 마주한 그의 눈이 휘둥그레졌다.

"네 머리에서 빛이 나는데." 트리스탄이 말했다.

그러자 이조라가 당황했다. "그렇죠…." 그녀가 중얼거렸다.

"정말 아름답군. 그런데 왜 머리카락이 빛나는 거지?"

이조라는 그의 목소리, 그가 자신을 바라보는 방식이 좋았다. 이런 감정은 그녀에게 몹시 낯설었고, 뭐라 말할 수 없지만 마치 마법 같았다. 긴 겨울 끝에 처음 본 따스한 햇살처럼. 해가 뜨고 아침이 되면 아엘프스탄의 협곡에 자욱하던 안개가 사라지고 다시 새날이 찾아오는 것처럼. 하지만 이조라는 자신을 알아보지 못하는 로리안이 이해되지 않았다. 제게 가까이 다가온 그의 얼굴에서 머리카락이 뒤로 흘러내리자 이조라는 자신이 저지른 실수를 깨달았다. 이 매혹적인 젊은 남자는 엘프가 아니었던 것이다! 그의 귀는 인간의 것처럼 둥글고 뭉뚝했다. 그렇기에 그가 결코 로리안 폰 안고르 파비아일 리가 없었다.

내면에서 피어오른 열기에 피가 끓어올랐다. 이조라는 방금 자신이 두 눈으로 똑똑히 본 것을 부정하고 싶었다. 모든 것을 잊어버리고 지금 이 현실에서 도망치고 싶었다. 그냥 이대로 그의 품에 안긴 채 앞으로 어떻게 되든 그에게 몸과 마음을 다 바치고 싶다는 충동이 솟구쳤다.

그는 이조라의 대답을 기다리지 않고 곧바로 그녀를 끌어당겼다. 끌어안는 힘이 전사처럼 강인했다. 그의 입술에서 짭조름한 자유의 맛이 느껴졌다. 그에게 미끄러지듯 당겨진 이조라는 오히려 더 가까이 다가가기 위해 그의 몸에 제 몸을 눌렀다.

“당신은 정말로 누구인 거죠?” 그와 키스하며 이조라가 속삭였다.

잠시 키스를 멈춘 그가 다정한 눈빛으로 그녀를 바라봤다. 그의 손이 가슴 언저리 너머 그녀가 입은 원피스의 매듭으로 향했다. 그는 숙련된 솜씨로 그것을 풀었다. 그가 흘러내린 원피스의 어깨 부분을 쓰다듬으며 노출된 피부의 곳곳마다 키스를 퍼붓자 온몸에 전율이 흘렀다.

"내 이름은 트리스탄이야." 그가 이조라의 귀에 속삭였다. "난 부르스크메아데 출신인 …인간이다."

카이

그바일로는 여전히 훌륭한 인솔자였다. 스호오크가 멀리 떨어진 공중에서 원을 그리며 따라오는 동안 염소는 즐거운 듯이 굽은 산길을 폴짝폴짝 뛰어다니며 앞장섰다. 그바일로와 드래곤은 카이의 마음을 든든하게 했다. 카이는 인간이나 데몬보다 이 둘을 훨씬 신뢰했다.

그레타의 우호적인 태도는 딱 하룻밤 동안만 지속했다. 그리고는 끝이었다. 이제 다시 예전 모습으로 돌아간 그녀는 카이가 무슨 말을 할 때마다 토를 달며 제발 더 능력 있는 일행이 나타나기만을 염원한다고 비아냥거렸다. 툴은 그나마 그레타보다 대하기가 훨씬 편했다.

"난 네가 눈빛만으로 치명상을 입힐 거로 생각했어." 카이가 툴에게 말했다. "하지만 아마 통증만 일으키는 것 같던데."

툴이 눈을 부릅떴다. 툴이 이들의 관계를 어떻게 생각하는지 명확히 드러났다. "아니야." 그가 대답했다. "데몬 중 일부는 눈동자가 붉은색이야. 그들은 눈빛만으로 상대의 목숨을 빼앗지. 하지만 나처럼 검은 눈동자를 지닌 데몬들은 상대를 죽이려면 창이나 삼지창이 필요하다. 그렇다고 해서 우리가 그들보다 덜 위험하다는 뜻은 절대 아니다."

카이가 재빨리 가슴 앞에 양손을 펼쳐 들었다. "물론이지. 내가 말하려는 건 절대 다른 뜻이 아니었어."

뭔가 이해할 수 없는 말을 중얼거리면서 데몬은 앞서가는 염소의 하얀 엉덩이를 노려봤다.

"그럼 드래곤에게는 뭘 어떻게 하는 거야? 드래곤을 제압할 때 말이야. 난 너희가 본능에 새겨진 우열에 따라 그들을 굴복시킨다고 생각했었어. 그런데 옆에서 보니까 꽤 오래 걸리는 것 같아서."

"무슨 말이 하고 싶은 거냐?" 툴의 깊고 까만 눈동자가 카이를 향했다. 순간 의뭉스러운 불꽃이 그 안에서 일렁였다.

"아무것도 아니야, 아무것도!" 카이가 황급히 말했다. "난 그저… 결국 …해낸 … 그러니까 내가…" 카이는 말하면서도 갈수록 수렁에 빠지는 기분이 들었다. "뭐, 괜찮아. 꼭 그 얘기를 안 해 줘도 돼!"

"바로 그게 정답이다." 툴이 쥐어짜듯 말했다. "그래, 쓸데없는 질문에 꼭 답해 줄 필요는 없지."

그 말을 끝으로 툴을 카이를 혼자 두고 발걸음을 재촉해 앞으로 나아갔다. 툴이 그레타의 곁을 스쳐 추월해가자 의아한 얼굴로 멈춰 선 그레타가 카이를 기다렸다. 그레타는 그를 놀리듯 눈썹 하나를 높게 치켜세웠다. "짜증 난 데몬이라니, 정말 흥미롭네요. 새 친구라도 찾으시나요, 마법사님?" 그녀가 말했다.

카이는 그녀가 있는 쪽으로 다가가긴 했지만 아예 그녀가 없는 것처럼 행동했다.

"아무튼 나랑은 말이 통하는 편이지요." 그녀가 말을 이어 나갔다. "어제 툴에게 그의 데몬족 형제가 그처럼 잘생겼는지 물었어요."

"그랬더니?" 카이는 몹시 흥미로웠지만 들키지 않으려 애써 담담하게 물었다. "그래서 그가 뭐라고 대답했는데?"

"아니래요." 그레타가 말했다. "아니라더군요. 툴의 형은 얼굴에 종기가 수백 개나 있고, 누이는 얼굴에 종기는 없지만 등에 혹이 세 개나 있대요. 그리고 부모의 모습은 아마 당신이 듣고 싶지 않을 정도라네요!"

카이도 이런 내막을 알고 싶었지만 툴은 좀처럼 카이와

대화를 깊게 이어가지 않으려 했다. 한편 지난 몇 시간 동안 카이는 그레타에게 몹시 짜증이 난 터였다. 그녀가 어느 순간 그에게 주었다 다시 가져가 버리는 애정과 관심 때문이었다. 그녀는 항상 그런 식이었다. 친근감을 제대로 누려 보기도 전에 마치 그가 징그러운 벌레라도 되는 것처럼 호들갑 떨며 쓸데없는 투정만 부렸다. 카이는 다시는 그녀의 죽 끓듯 하는 변덕에 휘둘리지 않겠다고 굳게 다짐했다.

그레타는 카이가 다시 과묵해진 것을 알아차렸다. "오늘은 별로 말이 없네요." 그녀가 떠보려는 듯 말을 건넸다.

"별로 할 말이 없어서." 그가 투덜거렸다.

몇 걸음 더 걷다가 멈춰 선 그레타가 이마에 붙은 금발 머리카락을 마치 연기라도 하듯 과장된 동작으로 떼어 냈다. "푸후, 오늘 정말 덥네요!" 그리고는 다 해진 원피스 치맛단을 묶어 놓은 매듭을 풀어 조금 더 높이 올려 묶었다. 그녀의 뽀얀 허벅지가 자태를 드러냈지만 카이는 눈길조차 주지 않았다. 카이의 그런 반응에 기분이 나빠진 그레타가 다시 그에게 접근했다. "알겠어요. 전부 다 이야기해 줄게요. 툴은 지체 높은 귀족 가문 출신이에요. 태어날 때부터 아름다웠던 그는 데몬 중에서도 몹시 희귀한 경우였죠. 간혹 누구에게도 복종하지 않는 드래곤이 있는 것처럼, 가끔씩은 아름다운 데몬이 태어난대요. 심지어 사랑이란 감정을 느끼는 엘프도 있을 거라네요."

카이는 그레타의 말이 믿기지 않았다. 그를 꾀어내려 지어낸 얘기가 분명했다. 카이는 고집스레 다문 입을 좀처럼 열지 않았다.

"그러니까 그런 존재는 희귀하기도 하지만 특별한 존재이기도 하죠. 옛날에는 그런 존재가 등장하면 그들을 흠모하는 노래까지 지어 불렀대요. 하지만 엘프가 인간을, 데몬족이 드래곤을 정복한 이후 그런 노래들은 전부 금지가 되었다지요."

"왜 그렇지?" 이제 카이는 더 참지 못하고 눈앞의 미끼를 덥석 물었다. "그 내용이 도대체 뭐길래?"

"그건 툴도 모른대요." 그레타가 전했다. "그가 알고 있는 건, 음… 이 종족의 실패작… 혹은 그들을 뭐라고 부르든 간에…"

"그냥 특이체질이라 불러."

"뭐, 알겠어요. 특정 상황에 부닥치면 각성하는 능력을 타고난대요. 이런 네 명의 기형아… 아니, 특이체질들이 각각의 종족마다 한 명씩 동시에 등장하면, 에냐도르에 새 시대가 열린대요. 엘프와 데몬족은 그걸 몹시 우려하고 있다죠.

이 두 종족이 다른 왕국의 통치권을 빼앗은 지배자이기 때문이지요. 그들은 변화를 꺼려요. 이런 이유로 데몬족은 그들 가운데 아름다운 아이가 태어나면 죽여 버린대요."

"아이들을 *죽인다고*? 고작 아름답단 이유만으로?" 카이가 멈춰 섰다. 황당한 표정으로 이제는 조금 멀찍이 떨어져 산길을 따라가고 있는 툴의 뒷모습을 응시했다. 근육 하나 없는 카이의 다리와 달리 툴은 아주 가벼운 걸음으로 산 정상을 오르고 있었다. 그의 손에는 언제라도 던질 채비가 된 창이 들려 있었다. 카이는 이런 툴의 강한 힘과 자신감이 부러웠다.

"그래요. 아무튼 외눈박이에 털이 수북한 툴의 어머니가 사촌에게 특별사면권을 받아 그를 키웠대요. 그러니까 그 사촌이 바로 데몬족의 전체 수장 같은 위치라던데요. 툴이 그를 뭐라고 불렀더라…?"

"원수."

"맞아요. 하지만 툴은 사면권에도 불구하고 자기가 진정한 데몬이라는 걸 입증하기 위한 시험을 치러야 했어요. 그 첫 임무가 드래곤을 길들이는 것이었죠."

"그리고 그건 아직 그가 온전히 얻지 못한 것이지." 카이가 지적했다.

“아무래도 그래 보이죠.”

“그러면 다음 과제는 뭐지?”

“그건 알려 주지 않았어요.” 그레타가 말했다. “하지만 그 임무를 거부하면 처형당한대요.”

겁에 질린 카이가 고개를 흔들었다. 그러고 보면 데몬족도 엘프족과 비교해서 나을 게 없었다. 두 종족을 구분하는 차이라면 외모밖에 없어 보였다.

깊은 생각에 잠긴 채 카이는 산길을 따라 나약한 몸뚱이를 질질 끌며 앞서간 일행을 뒤쫓았다. 지금 같은 상황마다 카이는 다른 일행을 따라가지 못하는 저질 체력이 원망스러웠다. 여자인 그레타마저도 카이처럼 땀을 뻘뻘 흘리거나 헐떡이지 않았다. 일행 중 그바일로만이 카이의 곤경을 눈치챈 것 같았다. 저만치 앞서가다가도 가벼운 발걸음으로 총총 뛰어 내려와 카이 곁에 서서 나지막이 음매 울음소리를 냈다. 카이는 동경하는 눈빛으로 공중에서 바람을 타고 춤추는 스호오크를 응시했다. 왜 진작에 드래곤을 타고 단박에 엘라바르로 날아가는 기회를 마다했던 걸까? 고마움도 모르는 저 고약한 그레타 때문에?

잠시 후 스호오크가 날개를 퍼덕이며 지표면으로 하강하더니 노련한 동작으로 절반은 붉은 사암이고, 절반은 석회

석인 산꼭대기에 살포시 내려앉았다. 당당하게 고개를 빳빳이 세운 드래곤의 비늘이 햇빛을 받아 반짝였다. 카이는 결심했다. 언젠가 다시 부르크스메아데로 돌아가더라도 지금 이 얘기를 누구에게도 하지 않겠다고. 지금 제 눈으로 목격한 이런 광경을 얘기해 봤자 아무도 믿지 않을 것이 분명했다. 게다가 한술 더 떠, 이 위풍당당한 드래곤이 제 것이었다는 사실은 더 믿지 않을 것이다. 아무튼 한 귀로 듣고, 한 귀로 흘릴 게 뻔했다.

그레타가 카이를 기다려 주었다. “아무 데나 들이대기 좋아하는 저 여자가 한동안만이라도 저렇게 본래의 뱀 가죽으로 있었으면 좋겠네요.” 그레타가 중얼거렸다. “사람으로 변신했을 때 욕망으로 끈적이는 그 시선은 정말 참기가 힘들던데.”

카이는 대답 대신 빙그레 미소만 짓고는 고개를 들어 위를 바라봤다. 그러자 눈이 마주친 드래곤이 그에게 윙크했다.

“그래요, 뭐. 내 소망은 항상 희망 사항에 불과할 뿐이니까.” 그레타가 한숨을 내쉬었다.

산 정상에서 다시 인간으로 변신한 스호오크는 드래곤 본체일 때보다 존재감이 덜하지 않았다. 언제나처럼 붉은 머리카락이 아름다운 몸매를 휘감으며 바람에 날렸다. 툴이 가장 먼저 그녀 곁에 도착했다. 그는 스호오크를 위해 챙겨 놓은 스카프와 흉갑을 들고 있었다. 스호오크가 그것을 건네받으려 하는 찰라, 툴은 그 틈을 이용해서 스호오크의 엉덩이를 손바닥으로 찰싹 때렸다. 그러자 스호오크가 팔을 높이 쳐들어 그대로 따귀를 날렸다. 그 소리가 얼마나 찰졌는지 카이와 그레타가 있는 산 아래까지 메아리가 울려 퍼졌다.

“내 생각에는 툴도 스호오크보다 더 심하면 심했지 보통은 아닌 거 같아.” 카이가 말했다.

“아니요. 그렇지 않아요.” 그레타가 투덜거렸다. “최소한 그는 뭐라도 걸치고 있잖아요.”

바위산 정상에 있는 툴이 스호오크의 팔을 붙잡으려 했지만, 그녀는 마치 뱀이라도 된 것처럼 그의 손길을 이리저리 피했다. 저러다 둘이 또 한판 붙겠다고 카이가 생각할 무렵, 데몬의 뿔을 붙잡은 드래곤 소녀가 열정적인 몸짓으로 그것을 자기 쪽으로 끌어당겼다. 그녀의 백옥처럼 하얀 피부와 그의 붉은 피부가 서로 엉켜 들며 역시 두 가지 색이 섞인 돌산과 어우러져 절묘한 보호색을 이루었다.

“아까 한 말 취소할게요.” 그 모습을 본 그레타가 갑자기 말을 바꿨다. "저 데몬도 저 여자만큼이나 역겨워요."

"그렇게 생각해?" 카이가 말했다. "난 꼭 그렇지는 않은데. 저들은 뭐랄까… 그래, 그냥… 좀 특이한 거야."

원래 *육감적이다*가 정확한 표현이었을 것이다. 카이는 그레타 앞에서 인정하기는 싫었지만, 저 데몬과 드래곤이 그들이 가장 바라는 속마음을 있는 그대로 표출하는 방식은 카이의 감탄을 자아냈다. 보이는 모습 그 자체가 바로 그들이었으니까.

카이의 말에 돌아온 그레타의 대답은 언제나처럼 "픕" 하는 소리였다. 고개를 절레절레 흔들며 그레타는 길을 따라 계속 달렸다. 카이는 살짝 거리를 두고 그바일로와 함께 그녀의 뒤를 따랐다. 이들이 정상에 도착했을 때 스호오크와 툴은 서로 떨어져 있었다. 곧게 몸을 세우고 서 있던 드래곤 소녀는 작렬하는 햇살을 가리려는 듯 이마 위에 한 손을 펴고 산 아래를 관찰했다. 허리에 두른 이르멜의 스카프가 펄럭였다.

"도착했어요, 주인님." 그녀가 카이를 반갑게 맞이했다. "저기 아래에 엘라바르 광산이 있어요."

거칠게 숨을 몰아쉬면서 카이는 양손을 허벅지에 받치고 스호오크가 가리킨 아래쪽을 응시했다. 광산의 갱도는 딱히 관심을 일으킬 만한 모습과는 거리가 멀었다. 버팀목으로 대충 받쳐 놓은 지하 통로가 전부였다. 드래곤족은 외관을 신경 쓰는 심미적인 건축가는 아니었던 모양이다. 그 입구에는 화려한 엘프 성의 경비병들도 울고 갈 압도적인 자세로 보초 둘이 서 있었다. 광산 입구를 지키는 드래곤은 둘 다 옅은 녹색 피부에 몸집은 스호오크보다 거의 두 배나 컸다. 카이가 눈대중이 정확했다면 그랬다.

"또 다른 파충류의 등장이군요." 그레타가 투덜거렸다.

"드래곤이야." 스호오크가 모욕감을 애써 감추며 그레타의 말을 정정했다.

"저들이 내가 들어가게 허락할까?" 카이가 확신이 없는 투로 물었다.

"그럴 겁니다, 주인님. 당신은 위대한 마법사이니까요. 그런 마법사는 입장을 허합니다."

스호오크의 말에도 카이는 불안했다. 광산으로 내려가는 길 내내 마음이 갈팡질팡했다. 카이에게는 툴이 가진 만용도, 스호오크의 낙관주의도 없었다. 이게 다 뭐란 말인가! 젖 먹던 힘까지 다 써가며 엘라바르까지 왔건만 이제 목을 내어놓으라고 하고 있다. 그간 프레지오라이트인지 뭔지 하나 없었어도 지난 17년을 잘만 헤쳐 오지 않았던가. 갑자기 어디에선가 하늘에서 날아온 드래곤 소녀와 망할 놈의 데몬이 무슨 희귀한 원석으로 힘을 강화하라고 부추겨서 이곳에 왔건만, 결국 여기서 그가 마주친 것은 괴물 같은 드래곤뿐이다. 카이 일행이 평야를 가로질러 접근하는 동안, 두 그린 드래곤은 눈을 시퍼렇게 뜨고 그들을 주시하고 있었다.

산 아래에 도착하기 일보 직전, 카이는 미동도 하지 않고 서 있는 두 드래곤에게서 눈길을 떼지 않은 채 서둘러 스호오크에게 다가갔다. "저들이 나한테 뭘 요구할 것 같아?" 카이가 물었다.

"그건 저도 모릅니다, 주인님." 스호오크가 어깨를 으쓱하며 대답했다. "아마도 그들은 주인님이 프레지오라이트를 지닐 자격이 있는지 확인하려 할 거예요. 그냥 하던 대로 하면 돼요."

말이야 참 간명했다. 그녀는 드래곤이고 카이는 인간이다. 거기에 한 가지만 덧붙이자면 카이는 지금까지 살면서 단 한 번도 제 모습 그대로 행동하는 걸 허락받아 본 적이 없는 인간이었다. 그냥 하던 대로 하라니 참! 스호오크의 아리송한 조언에 대해 더 생각할 겨를도 없이 어느새 일행은 갱도 입구에 도착했다. 그곳을 지키는 두 드래곤 중 어느 하나도 사람으로 변신하지 않았다. 그들은 금빛 눈동자를 번뜩이며 집요하게 카이를 노려봤다. 다시 말해, 그들은 일행 중에 광산 출입을 요청할 이가 누군지를 정확히 알고 있는 것처럼 보였다. 카이가 헛기침을 했다.

"만나서 반가워요… 드래곤 님들." 카이가 말했다. 갑자기 입안에 침이 고였다. 겁에 질린 카이는 재빨리 침을 꿀꺽 삼켰다. 오른쪽 드래곤이 뱃속에서부터 울리는 굉음을 냈다. "난 인간 왕국에서 온 마법사입니다…. 가능하다면…"

이제 왼쪽 드래곤도 우레와 같은 소리로 그르렁거렸다. 주홍 화염구가 그의 가슴에 있는 비늘에 맺혔다. 카이의 곁에 있던 그바일로는 사시나무 잎처럼 몸을 떨었다. 가련한 음성으로 구슬피 울던 염소는 뒷발굽으로 돌아서더니 줄행랑을 쳤다. 그레타 역시 한 발자국 뒤로 물러섰다.

"정말 난 마법사입니다." 카이가 황급히 말을 꺼냈다. "그러니까 난 병자를 낫게 할 수도 있고, 날씨도 바꿀 수 있어요. 그리고 티발트를 고자로 만들었고…"

두 드래곤이 동시에 주둥이를 벌리자 카이는 숨이 멎을 것 같아 더는 목소리가 나오지 않았다.

"그냥 저들을 굴복시켜요." 뒤에서 그레타가 외쳤다. "스호오크 때처럼 똑같이 해봐요! 그렇게 해야 하는 것 같아요!" 카이가 반응이 없자, 그녀가 그의 어깨를 흔들었다. "정신 차려요, 카이! 빌어먹을. 딱 한 번만 더 그렇게 해서 내 목숨을 구해 줘요. 그리고 당신의 목숨도!"

그녀가 옳았다. 드래곤은 그냥 종속대상인 생물이었다. 그들은 정해진 대답을 요구하는 게 아니었다. 설득이나 확신을 요구하는 것도 아니었다. 그들은 자기네 몸집이 두 배 혹은 네 배이든 상관없이 강자에게 머리를 숙이는 동물이었다. 두 드래곤이 눈을 좁혔다 가늘게 떴다. 목구멍에는 당장이라도 밖으로 쏘아질 것 같은 파이어볼이 형성되고 있었다.

"카이!" 그레타가 미친 듯이 비명을 질렀다.

당장 옆으로 물러서라, 그 길은 내가 가야 할 길이니! 너희가 지키는 보물은 너희의 목숨과 마찬가지로 내 것이다. 내 너희 주둥이를 닫고 친히 화염을 다스릴 것이로다. 그러니 지체 말고 어서 나를 들여보내라!

카이의 주문에 파이어볼이 소멸되며 두 드래곤의 턱이 다시 닫혔다. 동시에 두 그린 드래곤은 한 걸음씩 옆으로 물러섰다. 카이의 두 손이 덜덜 떨렸지만, 그건 두려움 때문이 아니라 흥분 때문이었다. 마법은 주문을 외우는 사람의 영혼을 그대로 외부에 표출하는 것이기에 무척 불가사의한 힘이었다. 순간 아까 산 정상에서 느꼈던, 드래곤 소녀나 데몬보다 자신이 약하다는 생각도, 그들을 부러워했던 마음도 사라졌다.

“그러니까요. 아주 간단하잖아요.” 그 모습을 지켜본 스호오크가 옆에서 잘난 체하며 나섰다. “그러면 주인님, 어서 들어가시지요!”

그레타를 향해 돌아선 카이가 의기양양한 눈빛으로 바라봤다. 평소 무시하던 태도를 버린 그레타도 카이의 필승을 예감했다는 미소를 지으며 그에게 화답했다. “어서 가요, 위대한 마법사님. 우리는 여기서 당신을 기다릴게요.” 그레타가 말했다. 카이는 아주 잠시 스호오크와 툴이 그랬던 것처럼 그녀를 끌어당겨 한 번 껴안아 볼까 고민했다. 하지만 어렵게 얻은 승리를 깎아내리지 않기로 결심했다. 새로 생긴 주군이 볼품없는 하녀에게 따귀라도 맞는다면 저 커다란 덩치의 그린 드래곤들이 무슨 짓을 할지 누가 안단 말인가. 결국 카이는 그냥 돌아서서 광산 안으로 들어섰다.

“어서, 보여 줘요. 나도 보고 싶어요!” 그레타가 졸라 댔다. “어서 하늘에서 별을 따 주든가 아니면 새 옷이라도 지어 줘요!”

카이는 프레지오라이트를 손가락 사이에 끼고 날달걀처럼 굴렸다. “그런데 어떻게 하는 건지 잘 모르겠어.” 그가 솔직히 털어놨다. 진실을 말하자면 카이는 자신이 원석을 제대로 골라온 건지도 확신하지 못했다. 광산에는 갖가지 프레지오라이트 원석들이 가득했고, 카이는 제게 필요한 프레지오라이트가 어떤 것인지 도통 알 수가 없었다. 일말의 힌트조차 없었다. 광산 안으로 들어가기만 하면 뭔가 암시가 있을 거라고 카이는 막연히 생각했었다. 어둠 속에서 밝은 빛이 비친다든지, 혹은 자석처럼 자신을 끌어당기는 그 어떤 미지의 힘이라든지…. 하지만… 아무것도 없었다. 그래서 카이는 그냥 가장 마음에 드는 원석을 선택했다. 어쩌면 잘못된 선택일지도 몰랐다. 아니면 애초부터 이런 고귀한 마법의 돌을 지닐 자격이 없는 자신이 엉겁결에 여기까지 오게 된 것일지도.

광산에서 몇 킬로미터 정도 떨어진 갈림길에서 알빈가르트 방향으로 접어든 일행은 야영 장소를 잡고 모닥불을 피웠다. 원래 모두에겐 각자 맡은 일이 있었다. 툴은 주로 사냥을 가고 스호오크는 공중에서 순찰을 돌았다. 그레타는 저녁 식사에 사용할 허브를 뜯곤 했다. 그렇지만 오늘만큼은 일행 전원이 아무것도 놓치지 않겠다는 듯 꼼짝도 하지 않고 카이 주변에 둘러앉았고, 염소마저 신선한 풀도 마다하고 곁에서 고집스레 되새김질만 했다.

"좋아." 카이가 결심했다. "그러면 우선 옷부터 시작해 보자. 무슨 색상이면 좋겠어?"

"흰색이요." 그레타가 황홀한 목소리로 속삭였다.

"한번 해 볼게."

손가락 사이의 돌을 돌리던 카이는 마음속으로 소매가 봉긋한 하얗고 섬세한 원피스 떠올리고는 프레지오라이트에 그 옷을 지어내라고 명령했다. 그러자 천지를 뒤덮는 밝은 섬광이 프레지오라이트에서 폭발하듯 뿜어져 나왔다. 모닥불이 눈 깜짝할 사이에 꺼져 버렸다. 그레타, 툴, 스호오크, 염소 그리고 카이 본인마저도 번쩍이는 섬광에 몇 미터쯤 뒤로 날아가 버렸다. 그 와중에 바위에 등을 부딪친 카이가 고통에 찬 신음을 흘렸다.

"뭐가 좀 바뀌었어?" 등을 찌르는 통증에 괴로워하며 카이가 물었다.

"난 그렇다." 툴이 중얼거렸다. "내 하의가 하얘졌다. 마법사, 굉장한데!"

"내 스카프도 새하얘요." 스호오크가 키득거렸다.

"내 옷도 그렇긴 한데요." 그레타가 말을 이었다. "최소한 조금이라도 덜 찢어지게 만들어 줄 순 없었나요?"

순간 제 몸을 힐끗 내려다본 카이는 자기가 입은 바지와 셔츠도 하얗다는 것을 깨달았다. 제대로 성공하지도 못한 카이의 마법이 전혀 통하지 않은 대상은 그바일로가 유일했다. 하긴 마법이 아니더라도 원래 하얀 털을 지닌 염소였으니….

"어서 되돌려 놔!" 툴이 요구했다. "이런 꼴로는 향후 수백 년은 내 부족에게 돌아갈 수 없으니."

카이는 어떻게든 마법을 풀어 보려고 시도했지만, 그가 한 것이라고는 프레지오라이트의 마력을 두 차례 정도 쓸데없이 허비한 것뿐이었다. 첫 번째 시도는 염소 털을 포함한 전원의 의복 색상을 빨강으로 바꿨다. 그리고 두 번째는 전부 검정으로.

"이제 됐다. 그러니까 인제 그만해라!" 툴이 선언했다. "검정은 그나마 괜찮아 보인다. 상태가 더 나빠질 수도 있으니까, 이제…"

"그러지 말고 한 번만 더 해 보자." 카이가 부탁했다. "너희에게 피해가 가지 않도록 내가 멀찍이 떨어져서 해 볼게."

그것으로 일행은 어느 정도 결론을 얻은 것 같았다. 그레타가 새로 불을 지피는 동안 카이는 근처에 있는 바위에서 여전히 프레지오라이트를 들여다보고 있었다. 돌을 몇 번이나 이리저리 돌려보기도 하고 가슴 앞에 돌을 대고 눈을 지그시 감기도 했다.

전부 원래대로 되돌려 놔라! 카이가 돌을 향해 명령했다.

이번에는 좀 달랐다. 지그시 감은 카이의 눈꺼풀 아래로 스며든 불빛이 한결 부드러웠다. 카이는 가슴에서 돌 사이로 마력이 흐르는 것을 느꼈다. 부드럽게 가슴을 두근거리게 하는 힘이 몸에 스며들더니 전신으로 흘렀다. 이번만큼은 마력의 흐름을 제대로 감지했다. 카이는 서서히 손을 내리고 눈을 떴다. 일행은 다시 활활 타오르는 모닥불 근처에 그대로 앉아 있었다. 그러니까 이번만큼은 제어되지 않는 마력 폭풍을 방출하지 않은 것이다. 하지만 카이는 그들이 여전히 새까만 옷을 걸치고 있다는 걸 깨달았다.

그레타가 벌떡 일어섰다. 공포에 질린 그녀의 시선이 카이가 있던 곳을 쫓았다. “카이?” 그녀가 외쳤다. “어디 있어요?”

“나 여기 있는데.” 그가 대답했다. “하지만 이번에도 성공하지 못한 모양이네.”

“여기요? *여기*가 어디에요?” 그레타가 일어서서 다시 한 번 주위를 둘러봤다.

"여기라니까." 카이가 말하며 그녀에게 다가갔다. 카이는 일행의 얼굴을 마주한 순간 차츰 차오르던 짜증이 단번에 가시고 멍한 표정으로 바뀌었다. 툴의 눈에도, 스호오크의 눈에도 그의 모습이 보이지 않는 듯했다. 둘 다 그레타의 시선을 쫓아 카이를 찾고 있었다. 불길한 예감이 든 카이가 그들에게 다가갔다. 그리고 모닥불 앞에 멈춰 섰다. "제발, 이제 내가 보인다고 말해 줘."

세 명이 전부 어깨를 으쓱이는 모습은 그가 처한 절망적인 상태만을 확인시켜 줬다.

"안 보인다." 툴은 카이의 추측을 확인시켜 주었다. "아무래도 넌 너 자신이 안 보이게 투명화 마법을 건 게로구나." 목구멍 안쪽에서부터 시작됐을 깊은 웃음소리가 터져 나왔다. 툴이 저렇게 소리 내 웃는 모습은 카이도 처음 보지만 지금은 도무지 따라 웃을 기분이 아니었다. 스호오크도 툴을 따라 웃었지만, 그레타만큼은 사뭇 진지했다. 카이는 여전히 제 몸이 그대로 보였기 때문에, 일행이 혹시 저를 놀리려는 건 아닌지 잠깐 고민하기도 했다. 하지만 앞으로 팔을 쭉 뻗은 그레타가 그가 있는 쪽으로 걸어오며 그를 만져 보려 시도했다. 그가 서 있는 자리 바로 옆까지 다가온 그레타가 허공을 휘저었다. 카이는 허우적거리는 그녀의 손을 잡아 제 어깨에 올려놓았다. "여기야." 그가 한숨을 쉬며 말했다. "나 여기 있어."

툴은 카이의 불행을 보며 굉장히 즐거워했다. 연신 배를 붙잡고 구르며 껄껄 웃어댔다. 얼마나 웃었는지 숨을 헐떡이기까지 했다. "돌에다 대고 뭐라고 한 거냐?" 툴이 다시 말을 이었다.

"별거 없었어. *앞서 한 마법을 없던 것으로 하라!*"

카이의 말에 데몬은 하마터면 뒤로 넘어갈 뻔했다. 그의 웃음소리가 산속에 울려 퍼졌고, 사방에 크게 메아리쳤다. 눈에는 눈물이 맺히고, 얼굴이 터져 버릴 정도로, 그야말로 파안대소했다. 오롯이 인간만이 지을 법한 표정이었다.

"그 돌이 네가 쓰는 언어를 제대로 이해한 건지… 확신해?" 툴이 이젠 딸꾹질까지 하며 말했다. "그 돌이 어쩌면 *앞에 선 마법사를 없는 것처럼 하라*라고 알아들은 거 아닌가?"

그 말에 이제 스호오크뿐만 아니라 그레타마저도 웃음을 터트렸다. 그들은 모닥불 주변에서 배꼽을 붙잡고 웃으며 카이의 실수를 놀려 댔다. 이제 까만 악마가 된 그바일로만이 일어서서 몸으로 카이의 다리를 밀었다. 동공이 수직인 기묘한 푸른 눈동자가 공감한다는 듯 카이를 응시했다.

"넌 네가 보이는 거지?" 카이가 물었다. 염소는 울음소리로 화답했다. "우리 눈에 안 보이는 다른 것들도 보이는 거야?" 다시 한번 음매 울음소리. 물론 염소의 울음소리는 중의적인 의미일 수도 있었다. 하지만 그사이 카이는 순전한 우연은 극히 드물다는 걸 깨달았다. 부르크스메아데에서 도망쳐 나온 이후 카이가 겪은 일들은 제각각 깊은 의미가 있었다. 그것이 그를 여기까지 데려다준 것처럼, 바라건대 내일이면 무사히 목적지에 이르기만을 카이는 간절히 소망했다. 순간 카이에게 번뜩 생각이 떠올랐다.

"잠시만… 차라리 잘됐어!" 카이는 여전히 자신을 비웃는 일행에게 큰소리로 제가 생각해 낸 계획을 설명하려 했다. "지금 이 상태라면 내가 엘프 진영을 돌아다녀도 아무도 나를 알아채지 못할 거잖아."

다른 일행들이 전부 입을 다물었다. 그레타가 다시 그의 어깨를 잡으려 손을 뻗어 더듬는 동안, 툴은 육감상 카이가 있을 법한 방향을 물끄러미 응시했다.

"그건 그렇다." 데몬이 말했다. "하지만 그다음은 어떻게 할 거지? 네 여생을 그렇게 투명인간인 채로 보낼 건가?"

카이가 침을 꿀꺽 삼켰다. 그나마 그의 근심 어린 얼굴을 아무도 보지 못한다는 게 다행이었다. "뭐 해결책을 어떻게든 찾겠지." 카이는 최대한 확신하는 투로 힘주어 말했다.

이어진 밤에는 상황이 점점 더 흥미로워졌다. 카이는 잠이 오지 않았다. 스호오크는 계속 카이에게 추파를 던지려고 했지만, 이번만큼은 그녀도 그를 찾지 못했다. 카이는 잠자리를 벗어나, 일행 뒤편의 바위 근처에 쭈그리고 앉아 깊이 고민에 빠졌다. 카이처럼 투명하게 되어 버린 프레지오라이트가 그의 손에서 번쩍였다. 카이가 떠나 버린 잠자리 근처에서 스호오크가 평소 그가 담요로 쓰는 케이프를 더듬는 걸 보고 그의 입가엔 아무에게도 보이지 않는 미소가 걸렸다.

"그는 여기 없어." 그레타가 잠에 취한 목소리로 중얼거렸다. "넌 그 사람 좀 그냥 놔두면 안 돼? 넌 수컷만 보면 종족을 가리지 않고 그 목구멍에 네 혀를 집어넣어야 만족해?"

제 주인을 찾기를 포기한 드래곤 소녀는 그레타에게 몸을 돌렸다. "아니!" 다소 노기 어린 목소리로 대답했다. "*모든* 수컷에게 그러는 것도 아니고, *수컷에게만* 그러는 것도 아니야."

"그게 무슨 말이야?"

"그 뜻은…" 스호오크가 그레타에게 기어갔다. "내가 여러 종족에게 끌린다는 거지. 아름다운 자, 강한 자 그리고 카리스마 넘치는 자. 카이는 카리스마 넘치고, 툴은 강하지. 그리고 넌 아름답구나."

"내 몸에서 떨어져!" 자리에서 벌떡 일어난 그레타는 황급히 모닥불 앞에 늘어져 잠든 툴이 있는 방향으로 도움을 청하는 시선을 보냈다. "카이, 여기 있어요?"

그레타가 사방을 둘러봤지만 카이는 아무 대답도 하지 않았다. 대답 대신 카이는 반은 재밌어하고, 반은 흥분한 채로 그 광경을 지켜봤다. 스호오크가 그레타를 향해 기어갔다. 그녀의 눈이 번뜩였다. 가슴에 걸친 백골 흉갑이 흔들렸다. 그레타가 그녀의 어깨를 덥석 붙잡았다. "넌 정말 미쳤어!" 그녀가 중얼거렸다.

대답 대신 스호오크는 어깨에서 그레타의 손을 떼어 놓고 그녀를 제 무릎에 앉혔다. 그러고는 손가락으로 그레타의 긴 머리카락을 매끄럽게 빗질한 후, 쇄골을 가릴 정도로 땋아 내렸다. 그 시간 내내 그레타의 얼굴이 보이지 않았다. 카이는 그녀의 표정이 보고 싶었다. 질색하고 있었을까? 혹은 홀린 표정이었을까? 그 감정이 무엇이었든 결국 그레타는 뒤돌아보지 않았다.

"눈을 감아 봐." 스호오크가 속삭였다. 드래곤 소녀가 미소를 지으며 모닥불 근처에서 숯 조각을 가져와 몸을 숙인 걸 보니 아마도 그레타가 그녀의 요구대로 순순히 따른 것 같았다. 숯 조각을 두 엄지에 문지르고, 그것으로 그레타의 얼굴에 뭔가를 그렸다. 다 끝낸 후 스호오크는 바닥에 있던 모래와 작은 돌멩이로 차분히 손을 닦았다.

"넌 이제 어른이 되어야 해." 그녀가 말했다. "너무 오랫동안 잠들어 있었어. 눈은 영혼으로 향하는 길이야. 내가 그 길이 조금 더 잘 보이게 표시했어."

"뭐라고? 그게 무슨 뜻이야?"

"쉿!" 스호오크가 입 앞에 검지를 댔다. "네 입은 말을 쉽게 내뱉지만, 전부 공허한 말뿐이야. 좀 더 제대로 말하도록 내가 가르침을 주겠어."

그리고는 머리를 숙여 그녀에게 키스했다. 카이는 그레타가 깜짝 놀라 비명을 지르거나 폭발할 거라고 예상했지만, 놀랍게도 아무 일도 일어나지 않았다. 그녀는 그냥 그대로 그 자리에 앉아 근육 하나 꿈틀대지 않았다. 꿈속에 있는 것처럼 그렇게 몇 분이 흘러갔다.

마침내 뒤로 물러난 스호오크가 만족스러운 표정으로 상대를 응시했다. "이제 넌 아주 조금 각성했을 거야." 드래곤이 말했다. "네가 원한다면 매일 조금씩 더 각성할 거야." 그 말을 남기고 돌아선 스호오크는 한숨을 내쉬고는 모닥불

반대편에 잠든 데몬에게 다가가 그의 몸을 부드럽게 휘감았다.

그레타는 한마디도 하지 않았다. 그녀가 다시 몸을 눕자 그제야 카이는 그레타의 눈가에 스호오크처럼 세로로 가늘고 길쭉한 표식이 그려진 것을 알아차렸다. 전사의 분장을 한 하녀라니! 순간 웃음이 터져 나오는 바람에 하마터면 들통 날 뻔했다. 카이는 그녀의 짜증이 그를 향하지 않도록 최대한 마음을 다스렸다.

한참 시간이 흐른 뒤에 다시 잠자리로 돌아간 카이가 제 외투 위에 누웠다. 그레타는 등을 돌리고 있었지만, 아직 잠든 것 같지 않았다. 조심스레 몸을 돌린 그녀는 카이가 있는 쪽을 더듬으며 그를 만지려고 했다. 꺼져가는 모닥불의 희미한 불빛 아래 분장을 한 그녀의 얼굴은 그 어느 때보다 유혹적이었다. 그녀가 아무 말도 하지 않는 매우 보기 드문 순간이기도 했다. 어쩌면 그레타에게 그의 모습이 보이지 않았기 때문이었는지도 모른다. 그의 손을 찾아 더듬던 그녀가 이윽고 눈을 감고 잠이 들었다.

드래곤 산맥의 초입으로 들어서는 행군은 무척이나 험난했다. 시시때때로 예고 없이 멈춰 서는 카이 탓에 계속 누군가 걸려 넘어졌다. 그리고 아무도 카이와 대화를 나눌 생각이 없어 보였다. 눈에 보이지도 않는 상대와 대화하는 건 닫힌 문 뒤에서 연기하는 연극이나 다름없으니까. 어젯밤 스호오크와 키스한 뒤로 그레타는 과묵해졌다. 눈두덩에 시커먼 숯으로 그린 분장은 여전히 그대로였다. 그레타는 뭔가를 계속 골똘히 생각하는 것 같았다. 정확히 무슨 생각을 하는 건지 그레타는 카이에게 말하지 않았다. 가는 길에 카이가 남몰래 그녀의 손을 잡는데도 그레타는 가만히 있었다.

그날 오후, 일행은 드디어 목적지에 도착했다. 저 멀리 엘프의 도시, 쾨니히스하인이 보였다. 그 앞에는 한겨울 부르크스메아데 헛간에 우글거리는 쥐 떼처럼 막사가 군집해 있는 거대한 야영지가 있었다.

카이는 엘프들이 그곳에 진을 치고 주둔하는 이유를 단번에 깨달았다. 쾨니히스하인 방어를 위한 최적의 위치였다. 도심에서 가까우면서도, 저 멀리서 공격을 해오는 적들을 한눈에 확인할 수 있을 정도로 산맥에서 멀리 떨어져 있었다. 아무리 드래곤이라도 대낮에 수백 개의 창과 투석기가 설치되어 있을 그곳을 뚫고 갈 정도로 빨리 날진 못했다.

따라서 카이 일행이 엘프의 야영지를 공격할 유일한 기회는 한밤중뿐이었다.

하지만 그마저도 몇 안 되는 인원으로는 무모해 보였다. 스호오크가 분명 엘프 2~30명쯤은 거뜬히 상대할 것이고, 툴은 그의 길을 가로막는 모든 병사에게 고통을 안겨 줄 것이다. 하지만 그런 중에도 카이의 일행에게 최후의 일격을 날릴 엘프와 인간 노예의 수는 충분했다. 따라서 직접적인 공격은 고려해 볼 가치도 없었다. 마찬가지로 광활한 평야를 은밀히 지나 야영지로 접근하는 방식도 가능성이 희박했다. 지금 투명인간이 된 카이 혼자라면 또 모를 일이지만, 적어도 이들과 함께 움직이는 한은 그랬다.

"주인님, 어디 있어요?" 스호오크가 주변을 두리번거리며 물었다.

"여기야." 바로 그녀 곁에서 카이가 대답했다.

"오늘 밤은 우선 공중에서 정찰부터 해요. 어쩌면 우리에게 도움이 될 만한 뭔가를 발견할 수도 있으니까요."

"아니야." 카이가 결정했다. "지금 당장 갈게. 혼자서."

"하지만, 주인님, 당신은…"

"아무 일도 없을 거야, 스호오크. 지금 난 누구의 눈에도 보이지 않으니까!" 카이가 다소 격앙된 목소리로 대답했다.

이따금 드래곤 소녀의 과한 복종과 염려가 그의 신경을 건드리던 차였다. 아마 카이 평생, 투명인간이 된 지금만큼 안전한 적이 또 없었을 것이다. 이런 방식으로 지내는 매 순간이 그를 외롭게 했지만 그것만큼은 사실이었다. 어쨌든 카이의 목적달성을 위해 당장 이것보다 더 나은 위장 수단은 없었다. "지금 당장 갔다 올게. 너희는 전부 여기서 기다리면서 염소가 날 따라오지 못하게 꼭 붙잡고 있어."

스호오크와 툴이 고개를 끄덕였다. 카이는 최소한 그레타라도 자신에게 행운을 빌어 준다거나 뭔가 상냥한 방식으로 인사해 주기를 기대하면서 그녀를 응시했다. 그리고는 곧 그레타가 제 눈길을 알아차리지 못한다는 사실을 떠올렸다. 그래서 카이는 그녀의 손을 꼭 잡았다. "이따 봐, 그레타. 밤이 되면 다시 돌아올 거야."

"부디 경거망동은 하지 말아요, 마법사님." 그레타가 평소처럼 빈정대는 말투로 화답했다. 그렇지만 그녀의 음성에 뭔가 걱정 같은 것이 녹아 있다는 것을 감지한 카이가 만족스러운 표정으로 끄덕였다.

이제 마지막 바위에서 조심스레 내려온 카이는 평야를 거침없이 행진했다. 야영지까지의 길은 그가 생각했던 것보다 훨씬 멀었다. 점점 막사가 가까워질 무렵 해는 이미 지평선에 손바닥 너비만큼 다가가 있었다.

카이에게 걱정이 밀려왔다. 자신이 제때 돌아가지 못하면 일행들에게 무슨 일이 일어날지, 그리고 무엇보다도 지금의 투명인간 상태가 얼마나 지속할지…. 어쩌면 프레지오라이트가 광산에서 자신을 훔쳐 나온 카이를 미워하는 걸지도 몰랐다. 엘프 진영 한가운데에서 마법을 풀어 카이를 다시 보이게 만든 후 그 상황을 즐길 가능성도 있을 것이다. 그러면 아마도 지금이 카이가 처형당하기 전까지 누리는 마지막 몇 시간이 될 것이다. 원래 툴은 그를 돕는 데 관심이 전혀 없었다. 애초에 오롯이 제 드래곤을 돌려받으려 마지못해 동행에 가담한 것뿐이었다. 스호오크라면 그를 도우려 서둘러 오겠지만 그 과정에서 엘프들이 그녀를 죽이려 들 것이 분명했다. 그레타는 이 세상의 범주를 초월한 '눈 치켜뜨고 째려보기' 하나 빼면 아무 능력도 없었다. 그리고 그바일로는… 그는 뭐 염소일 뿐이다. 어쨌든 프레지오라이트가 카이의 생각대로만 버텨 준다면 여러모로 그게 최선이었다.

엘프 주둔지에 도착한 카이는 수많은 발자국이 찍혀 있는 연무장을 지나갔다. 다행히 눈에 보이지 않는 그의 발이 풀을 밟고 지나가며 발자국을 남겨도 아무도 눈치채지 못했다. 그의 왼편에는 한때 강철 우리였을 것으로 보이는 형체가 잿더미가 된 채 남아 있었다. 창살은 전부 검게 타 버렸고, 일부는 원래의 모습을 알아보기 힘들 정도로 우그러져 있었다. 카이는 혹시 그 안에 가둬 놓았던 드래곤이 돌발 상황에서 탈주한 것은 아니었을까 추측해 보았다.

야영지의 측면에 대열을 맞춰 일렬로 서 있는 병사들의 곁을 지나가는 건 예상 밖으로 너무 쉬웠다. 하지만 그러는 도중에 카이는 종종 길을 멈추고 주변을 둘러봤다. 야영지는 그의 예상과 똑같았다. 지저분한 노예 막사가 한곳에 줄지어 있었다. 엘프들의 숙소가 있는 곳은 아직 살펴보지 못했지만, 지금 당장 그곳에 관심이 가진 않았다.

아는 얼굴을 찾아 막사를 하나씩 둘러보던 카이는 그 과정에서 누구와도 닿지 않으려고 조심했다. 고약한 냄새를 풍기는 뒷간 배수로 위로 올라간 카이는 절망에 빠진 수많은 사람이 온갖 잡역에 시달리는 모습을 관찰했다. 그들은 나무를 질질 끌며 운반하기도 했고 무기를 갈거나 정복자가 시키는 일에 몰두했다.

몇몇 노예는 야영지 한가운데에 처형장을 건설하느라 분주했다. 상부에 강철 사슬과 수갑이 달린 육중한 기둥이었다. 그냥 쳐다보기만 해도 공포가 밀려왔다. 잠시 멈춰 선 카이는 그 기둥을 유심히 관찰했다. 무의식중에 목덜미 털이 쭈뼛 섰다. 분명 여기서 무슨 일이 있었던 것이리라. 뭐라 딱히 말하기는 힘들었지만, 이 기둥에 묶여 주변의 호기심 어린 시선에 둘러싸인 채 학대당하는 모습을 떠올려 보기만 해도 심장이 오그라들었다. 그가 딛고 선 발아래 땅바닥이 고동치는 것처럼 느껴졌다.

땅바닥을 바라보니 지금 자신이 서 있는 자리에 패인 구덩이가 보였다. 땅을 뒤흔들고, 그 흔적을 고스란히 남겨 놓을 정도로 강력한 힘이 오고 갔다는 증거였다. 카이는 고개를 절레절레 흔들며 그의 머릿속을 파고드는 지리멸렬한 생각을 안간힘을 다해 떨쳐 버리려 했다. 그때 갑자기 주변에서 귀에 익은 음성이 들렸다.

"왜 그걸 이해 못 하는 거냐, 아담? 그놈은 다시 돌아오지 않아. 그리고 정말로 그런다면 그놈은 이 세상에서 가장 멍청한 놈인 거지. 너라면 우리를 구하려고 네 자유를 포기할 수 있겠냐?"

야레드! 부르크스메아데 출신이자 대장장이의 아들. 상흔이 가득한 얼굴을 한 소년이자 새총의 명수인 야레드 콘라드센이었다. 그리고 카이가 이름을 제대로 기억하지 못하는 순박한 소작농의 아들이 그의 곁에 있었다. 이에 카이는 제 기억력을 총동원하며 쥐어짰다. 맞다, 아담! 두 사람은 잠자리에서 들려주는 이야기 속 유령처럼 몇 미터쯤 거리를 두고 카이의 곁을 스쳐 지나갔다. 하지만 그들은 현실이었다. 그리고 그들이 저렇게 살아 있다면 트리스탄을 찾을 날도 이제 그리 멀지 않을 것이다. 카이는 눈에 띄지 않게 그들의 뒤를 밟았다. 그들은 전부 다 똑같아 보이는 막사들이 모여 있는 곳을 통과하며 목적지를 향해 발걸음을 옮겼다. 두 사람은 계속 대화를 이어갔다.

"내 생각에는 걘 그럴 거 같아." 아담이 말했다. "어쩌면 그 드래곤이 걜 도와주지 않을까. 그 여자가 불을 내뿜는 드래곤 친구들 몇한테 함께 공격하자고 설득할 수도 있잖아."

"넌 그 드래곤 못 봤냐?" 야레드가 대답했다. "그 드래곤은 머리끝부터 발끝까지 온통 화살과 창에 꿰뚫렸다고. 그런데 그 꼴로 얼마나 멀리 도망갔을 거 같냐?"

"그래도… 명색이 드래곤인데…." 아담이 힘없이 말했다.

"맞다. 하지만 드래곤도 살과 피가 있는 생물이지." 전부 다 똑같아 보이는 한 막사 앞에서 야레드가 멈춰 섰다. "아담, 이제 그냥 받아들여라. 아마 그 드래곤은 지금쯤이면 드래곤 천계에 가 있을 거다. 그리고 트리스탄이 그런 드래곤과 함께 추락했다면 우리를 풀어 주려 되돌아오는 것은 고사하고 제 목숨 건사하기도 바쁠 테니. 그냥 전부 다 끝난 거야."

아니야! 카이는 방금 자신이 들은 이야기를 도저히 믿고 싶지 않았다. 아니, 제대로 이해조차 하지 못했다. 저들이 지금 트리스탄과 드래곤에 대해 도대체 뭐라고 하는 거지? 도저히 이야기의 맥락을 이해할 수가 없었다. 자기가 너무 늦게 도착한 걸까? 트리스탄이 납치당했거나… 죽었을 거라는 말이 진짜란 말인가? 소리라도 내지르고 싶었지만 카이는 야영지를 곳곳을 순찰하는 엘프들의 시선을 끌지 않으려 이를 악물었다. 불길한 예감에 휩싸인 채 야레드와 아담을 따라 막사로 들어갔다.

"비젤, 오늘은 좀 어때?" 아담이 물었다. "목소리가 조금이라도 나와?"

어두컴컴한 막사 안에서 어둠에 눈이 익숙해지기까지 다소 시간이 걸렸다. 밖은 지금 막 해가 넘어가고 있었지만, 이곳 내부는 이미 칠흑처럼 깜깜했다. 그리고 마침내 막사 뒤편 허름한 지푸라기 자루 위에 몸을 뉜 또 다른 소년의 모습이 카이의 눈에 들어왔다. 핼쑥하고 야윈 얼굴을 한 그의 목 주변 곳곳에 천 쪼가리들이 덧대어져 있었다. 아담의 질문에 그가 손을 들더니 고개를 저었다.

"그 질문은 좀 참는 게 나을 뻔했을 텐데." 야레드가 혼자 중얼거렸다. 그가 소년에게 다가가려는 것 같았지만 카이는 끝까지 계속 기다리고 있을 수만은 없었다. 트리스탄에게 무슨 일이 벌어진 건지 꼭 알아야만 했다.

"야레드?" 카이가 조용히 말했다.

아연실색한 표정으로 대장장이는 이리저리 몸을 돌리며 막사 내부를 샅샅이 훑었다. 아담 역시 눈을 크게 뜨고 당황한 시선으로 카이가 있는 방향을 노려봤다.

"거기 누구야?" 야레드가 불신이 가득한 음성으로 물었다. 그리고 직접 날을 갈아 둔 칼을 숨겨 놓은 벨트에 손을 가져갔다. 엘프는 인간에게 진검을 하사하지 않았으니까.

"나야, 카이."

"카이라고?"

"그래, 부르크스메아데의 카이 크리스티안센."

"카이!" 이번에는 기쁜 표정이 얼굴에 역력한 야레드가 외쳤다. "너 어디야? 왜 내 눈에는 네가 안 보이는 거냐?"

"나 지금 투명인간이거든. 미안."

"투명인간이라고?" 상흔으로 가득한 야레드 얼굴에 묘한 표정이 번졌다. "누가 널 여기에 데려온 거냐? 젠장, 도대체 어떻게 여기까지 숨어드는 데 성공한 거냐고? 어디야 너?" 그는 손을 뻗어 카이가 있는 방향으로 허우적거렸다. 카이는 우선 야레드의 팔뚝을 붙잡았다. 처음에 대장장이는 몸을 움찔하더니 뒤이어 그도 카이를 잡았다. “믿을 수 없어! 나도 네가 느껴진다!”

카이는 자기가 고개를 끄덕여도, 미소를 지어도 그 자리에 있는 세 사람이 보지 못한다는 것은 아랑곳하지 않고 본능적으로 고개부터 끄덕였다. “정말 긴 이야기야.” 카이가 말했다. “너희도 내게 전부 이야기해 줘야 해. 트리스탄과 아그네스는 어디 있어?”

순간 야레드의 표정이 어두워졌다. “아그네스는 샤텐발트 그림자 숲를 지나자마자 우리와 다른 곳으로 이송됐다. 그 애에게 무슨 일이 생겼는지는 지금 아무도 모르지.” 야레드가 소리 죽여 말했다. “그리고 트리스탄은… 툭하면 엘프에게 반항했는데, 그래서 그들이 트리스탄 가슴에 낙인을 찍었다. 그런데 엊그제… 여기 잡혀 있던 드래곤을 타고 탈출했어. 더 정확히 말하자면 드래곤 여자와 함께.”

“뭐라고?” 이 모든 전말은 카이에게 너무 벅찼다. 솔직히 말해서 도무지 무슨 일이 있었던 건지 제대로 이해도 되지 않았다.

다행히도 야레드는 그가 사건의 전말을 설명하는 데, 먼저 설명한 두 문장 이상이 필요하다는 것을 알아차렸다. 그래서 깊게 숨을 들이마시고는 지난 며칠 동안 있었던 일을 자세하게 설명하기 시작했다. 그리고 야레드가 그 긴 이야기를 마쳤을 무렵, 카이는 충격에 휩싸여 헤어 나오지 못했다.

“엇그제라니.” 카이가 씁쓸하게 중얼거렸다. 엘라바르 광산에 들리지만 않았더라면, 이곳에 제때 도착했을 수도 있었을 것이다. 아직 제대로 쓰지도 못하는 마법의 돌을 탐낼 정도로 오만하지만 않았더라면. 막사 뒤편에서 들린 쉰 목소리 같은 소음에 두 소년이 그쪽을 쳐다봤다. 카이의 팔을 놓은 야레드가 눈을 크게 부릅뜨고 제자리에 앉아 거칠게 손짓, 발짓으로 뭔가를 말하려는 환자에게 다가갔다. 그의 성대에서 질식할 것만 같은 소리가 흘러나왔다. 야레드가 그의 어깨를 붙잡았다. “마론, 그만해. 그래 봤자 아무 소용도 없다. 우리 중 누구도 네가 하는 말을 이해하지 못하니까!”

“마론?” 의아해진 카이가 그의 곁으로 다가왔다. “얘… 혹시…?”

“그래, 여자다.” 야레드가 말했다. “트리스탄과 저 애는… 뭐라 말해야 좋으려나? 서로 사랑에 빠졌던 사이라고 해야 하나?” 그는 지푸라기 포대에 위에 앉은 가엾은 여인을 물끄러미 응시했다. "그게 마론이 겁도 없이 엘프 사령관에게 목검을 겨눈 이유였지. 그런 어리석음이 그녀의 목구멍을 반으로 갈라놨지만 말이다. 그나마 저렇게 살아 있는 건 오롯이 아담이 성심껏 돌본 덕이야. 그 혼란 속에서도 저 애를 한쪽 구석에 끌고 가서 목에 붕대를 감았거든. 상처는 내가 꿰맸다. 하지만 성대가 아예 절단된 같아…." 얘기하던 도중 야레드에게 번뜩 생각이 떠올랐다. 그가 손바닥으로 이마를 털썩 때렸다. "세상에나! 너 마법사잖냐. 네가 저 아이 고칠 수 있잖아!"

"그건… 나도 잘 모르겠어." 프레지오라이트를 제어하지 못한 뒤로 카이는 제 능력을 확신하지 못했다. 그는 자신의 능력이 예전만큼 제대로 성공할지 도무지 가늠하지 못했다. 혹시라도 저 불쌍한 아이를 치료하지 못하고 도리어 이마에 세 번째 눈을 만들어 버리면 어떻게 되겠는가. 비록 그런 카이의 불안한 모습이 눈에 보이지 않았지만 그가 느끼는 불안정한 심정이 주변에 있는 이들에게까지 고스란히 전해졌다.

"카이, 나 네가 이질에 걸린 두스틴을 치료해 준 걸 목격했어. 그리고 2년 전 봄이 왔을 무렵 황소의 뿔에 받힌 아담의 아버지도…"

“그랬었지.” 카이가 말했다. “하지만 최근에 나한테도 이상한 일들이 많이 생겼거든. 지금 이렇게 투명인간이 된 것도 내 의지가 아니었어. 행여 내가 마론에게 엉뚱한 짓을 하게 될까 봐 두려워.”

소녀는 몹시 끔찍하게 들리는 그 소리를 다시 냈다. 카이는 그 소리로 그녀가 무엇을 말하려는 건지 알지 못했다. 어쩌면 그저 두려움의 표출일 뿐인지도 몰랐다. 카이는 조심스레 그녀의 턱에 제 손을 댔다. 잔뜩 겁에 질린 그녀의 눈빛이 좌우로 요동쳤지만 카이가 있는 곳을 찾을 수는 없었다.

“그럼 내가 시도해 봐도 될까?” 그럼에도 카이는 그녀에게 물었다. 그러자 그녀가 황급히 고개를 끄덕였다.

“뭔가 엉망이 될 위험이 있다 해도 괜찮겠어?”

그녀가 일 초의 망설임도 없이 명확하게 고개를 끄덕였다.

“이 아이만큼은 확신이 선 거 같네.” 카이가 한숨을 내쉬었다. “정말 용감한 여자야. 트리스탄이 왜 그녀를 좋아했는지 알 것 같아.” 눈을 감은 카이가 마론의 환부에 손을 올렸다. 그의 재킷 주머니에 든 프레지오라이트의 힘이 느껴졌지만, 이번만큼은 카이도 걱정이 앞섰기에 프레지오라이트에 명령하지 않았다. 카이는 이 마법의 돌을 얻기 전에 그래

왔던 대로 상처에 손을 대고 치유를 명령했다. 그러면서 몸속에 찢어진 근육이 다시 재생되기만을 염원했다. 카이가 손을 치우자 행여 겁먹은 마법사가 그만두기라도 할까 봐 마론이 황급히 그의 눈을 뚫어져라 응시했다.

"내가 보여?" 깜짝 놀란 카이가 마론에게 물었다.

"아니." 쉰 목소리로 마론이 말했다. 그녀가 손을 들어 제 목에 댔다. 그리고는 침을 삼키며 헛기침을 했다. "하지만 말이… 다시 말이 나와!"

감탄한 아담이 양손으로 박수를 쳤다. "카이, 네가 지금 여기 있어서 정말 기쁘다! 우리도 너처럼 투명인간으로 만들어서 여기서 데려가 줄 수 있어?"

하지만 은혜도 모르고 배은망덕하게 자유를 갈망하는 아담의 뻔뻔한 요구에 답한 건 야레드였다. "아니, 카이는 그러지 못해. 그러려면 보시다시피 먼저 몇 가지 문제를 해결해야 하잖냐. 하지만 그 문제를 해결하면," 야레드는 카이가 있을 것으로 추정되는 방향으로 돌아서서 말을 이었다. "다시 돌아와서 우리가 탈출하게 도와줄지도. 맞냐?"

"신이 나를 돕는 한 그럴 거야." 카이가 맹세했다. "다시 돌아올게."

제 말을 다짐하듯 카이는 야레드의 손을, 그리고 아담의 손을 잡았다. 그리고 이어 얼음장처럼 차가운 마론의 손을 잡자 마론이 돌연 그의 손을 더 세게 쥐었다.

"꼭 트리스탄을 찾아!" 그녀가 속삭였다. "그는 절대 죽지 않았어. 드래곤이 그의 전우였고, 트리스탄이 그녀를 구했는걸. 그리고 그 난리가 일어나기 직전 우리 근처에서 한 엘프가 그를 *파수꾼*이라 부르는 걸 들었어. 그게 무슨 뜻인지는 모르겠지만, 어쨌든 트리스탄이 죽지 않았을 거라는 예감이 들어. 트리스탄과 드래곤은 북서쪽으로 날아갔어."

"북서쪽이라…." 카이가 마론의 말을 되뇌었다. 드래곤이 거기서 무엇을 하려는 건지 전혀 감이 오지 않았다. 알빈가르트를 떠올렸던 그의 예상은 샤텐발트를 넘어서지 못했다. 하지만 제 형제를 사랑하는 이 가련한 소녀의 말처럼 카이도 하나만은 확신했다. 트리스탄은 살아 있다. 그리고 이제 그가 트리스탄을 찾아야 할 때다.

아그네스

지금 이스타리엘이 진퇴양난이라는 것을 아그네스도 눈치챘다. 한편으로는 제 목숨을 구하려 서둘러 북쪽으로 가고픈 마음도 있겠지만, 다른 한편으로는 큰 희생 없이 엘프 야영지를 무난히 정복하려면 자기가 있어야 한다는 사실도 알고 있었다. 불사의 마법사는 그곳에서 트리스탄을 찾지 못하면 어떻게 할지 그다음 계획까지 거리낌 없이 말했다. 그러면 인간, 드래곤 혹은 데몬의 땅까지, 그게 어디든 트리스탄의 흔적을 찾아 계속 나아갈 것이라고 선언했다.

밤마다 하늘에 떠 있는 달이 조금씩 기울었다. 다음 만월까지 앞으로 스무하루가 남았다. 그리고 그때까지도 예언을 실현하지 못하면 이스타리엘은 죽을 것이다. 가끔 아그네스는 엘리야와 헤어져서 저 엘프 왕자와 함께 자력으로 헤쳐 나가 볼까 고민하기도 했다. 하지만 목에 차고 있는 목걸이에 손을 대는 순간마다 트리스탄을 떠올리며, 애써 그 생각을 저 멀리 밀쳐 냈다. 비록 트리스탄이 친남매는 아니었지만 그를 구출하는 것이 그 무엇보다 가장 중요했다. 그가 엘프의 손아귀에 있는 한 언제라도 죽음에 이를 수도 있기 때문이었다. 어쩌면 곧, 이스타리엘보다도 더 빨리.

그렇기에 어느 날 오후 엘프 왕자가 살짝 대열에서 떨어졌을 때도 아그네스는 그리 놀라지 않았다. 알빈가르트를 거의 횡단한 그들은 이제 쾨니히스하인을 코앞에 두고 작은 숲속에서 잠시 휴식을 취했다. 이제 몇 시간만 더 가면 엘프 주둔지에 도착할 것이다.

“잠깐만 이리 와 봐. 너랑 얘기 좀 하고 싶다… 단둘이.” 아그네스에게 말을 건 이스타리엘이 그녀에게 손을 내밀었다.

엘리야는 자신만 빼놓고 말하는 명백한 이스타리엘의 도발에 교만한 미소로 반응했다. 평소처럼 불가에 책상다리를 하고 앉은 엘리야는 새 지팡이에 조각을 새기는 일에 몰두했다. 이스타리엘이 내민 손에 아무 말 없이 제 손을 올린 아그네스는 그의 손을 잡고 몸을 일으켰다. 이스타리엘은 왕궁에서 몸에 밴 고귀한 귀족의 습관대로 에스코트를 제안하듯 팔짱을 내밀었다. 그 모습에 아그네스가 저도 모르게 킥킥거리며 이스타리엘의 팔짱을 꼈다.

"지금 뭐 하자는 건가요? 이러고 주변을 산책하게요?" 엘리아에게 들리지 않을 만큼 멀리 떨어지자 아그네스가 이스타리엘에게 물었다.

엘프는 인상을 조금도 찌푸리지 않고 말했다. "지금 여기가 아엘프스탄이고, 내가 프록코트를 걸치고, 네가 아름다운 드레스를 입었다면 그렇게 말할 수도 있겠지. 하지만 상황이 상황이니만큼 태평하게 산책을 즐기려는 건 아니야."

"물론이죠. 당신이 나한테 할 말이 있다고 했잖아요." 아그네스는 이 대화가 어디로 흐를지 이미 예상하고 있었다. 결국 그의 미래가 걸려 있는 문제이기에 이스타리엘의 말을 경청하는 게 도리였다.

이스타리엘이 속삭였다. "결국 엘프 주둔지까지 내가 동행해야 한다는 건 확실히 인지하고 있어." 마침내 그가 말을 꺼냈다. "내가 협조하지 않으면 엘리아가 마법의 돌로 내 종족을 습격하겠지. 그를 제압할 만큼 병사들이 충분할 수도 있겠지만. 어쨌든 사상자들이 속출할 테지. 그리고 아그네스, 네가 그와 동행할 테니까 네 목숨도 걱정이 된다."

아그네스가 고개를 끄덕였지만 그의 말을 자르지 않기 위해 아무 말도 하지 않았다.

“그러니까 같이 가겠다. 외교적 솜씨를 부린다면 네 형제 정도는 쉽게 구출할 수 있을 거다. 실제로 그가 누구이든 내 종족에겐 인간 노예에 불과하니까. 내가 요구하면 그들은 그를 내어 줄 거다.”

“그리 신경 써 줘서 고마워요.” 아그네스가 말했다. 왕자와 함께 이렇게 숲을 거니는 기분은 참으로 묘했다. 그와 팔짱을 낀 아그네스는 이스타리엘처럼 몸을 곧게 세우고 걸었다. 부르크스메아데에서 끌려올 때 입고 나온 다 낡고 헤진 옷이었지만, 그래도 어쩐지 조금은 자신이 공주처럼 느껴졌다. 그나마 어제 숲속 호숫가에서 겉옷을 살짝 씻었지만 허름한 원피스에는 여전히 얼룩이 가득했다. 하지만 이스타리엘은 그곳에 조금도 시선을 주지 않았다.

“진심으로 트리스탄이 그곳에 있기를 바란다.” 이스타리엘이 계속 말을 이어나갔다. “하지만 그렇지 않다면, 그때는 나 혼자라도 슈발벤하인으로 말을 타고 가겠어. 그런 상황이 오면 진심으로 네가 나와 함께 갔으면 좋겠구나.”

걸음을 멈춘 이스타리엘이 그녀의 두 손을 꼭 붙잡았다. 아그네스는 그의 흔들리는 눈동자를 바라보았다. 조금은 격앙된 동시에 걱정스러운 눈빛이었다. 엘프인 그는 제 감정을 무관심이라는 가면 뒤에 숨기는 데 익숙했다. 그렇지만 지금 그가 얼마나 긴장하고 있는지 아그네스 눈에 선명하게 보였다.

“지금 당장 아무 말도 하지 않아도 된다.” 이스타리엘이 중얼거렸다. “그런 상황이 오면 차분히 결정하도록 해. 난 그냥 네가 알았으면 해서… 내가 너와 함께…” 갑작스레 말을 멈춘 이스타리엘이 고개를 위로 쭉 빼고 금장식을 한 엘프 귀를 쫑긋하며 그들 앞으로 난 길을 예의주시했다. “저기 누가 오고 있다!” 이스타리엘이 속삭였다. “어서, 이 안으로 들어와라!”

이스타리엘이 그들의 우측에 있던 수풀이 가득한 덤불 속으로 그녀를 끌어당겼다. 손바닥 크기의 잎사귀가 무성하게 자란 이 수풀은 상대의 시선에 노출되지 않을 정도로 몸을 숨길 요새가 되어 주었다. 아그네스와 이스타리엘은 미동도 하지 않고 서서, 이쪽으로 다가오는 이들을 숨죽여 기다렸다.

그러나 그들이 발견한 일행은 두렵기보다는 뭔가 좀 기묘한 조합이었다. 다 찢어진 검정 원피스를 입은 여자가 곁에 검정 염소를 데리고 걸어오고 있었다. 석탄재와 온갖 때가 덕지덕지 묻어 있었지만 여자의 얼굴은 꽤 어여뻤다. 그녀는 무척 상기된 것처럼 보였고, 염소와 시종일관 큰 소리로 대화를 나누고 있었기에 어찌 보면 제정신이 아닌 여자 같기도 했다.

"난 당신을 정말 이해할 수 없어요! 분명 도움을 줄 수 있는 일행이었는데, 당신은 도대체 왜 그런 거죠? 왜 그들을 풀어 준 거냐고요?" 여자가 화를 냈다. 하지만 그녀의 시선은 염소가 아닌 제 앞을 응시하고 있었다. "그러니까 내 말은… 최소한 그 드래곤만이라도 놔주지 말았어야죠. 비록 행동거지는 창녀지만 여전사인 창녀잖아요. 그 여자와 함께라면 아무에게도 들키지 않고 언제라도 알빈가르트로 이동할 수도 있었잖아요. 하지만 당신은 그 망할 데몬에게 그녀를 돌려줄 생각밖에는 없었던 거죠."

그 사이 이스타리엘은 정신이 나간 것 같은 저 여자와 절대 얽히지 않는 게 좋겠다고 판단했다. 아그네스 곁에 선 그의 몸에 긴장이 풀렸다. 그가 아그네스를 쳐다보며 씩 미소를 지었다.

"도대체 나한테 왜 이런 일이 일어나는 거람?" 여자는 이제 그들을 지나치며 투덜거렸다. "내가 함께 가야 하는 일행과 왜 이렇게까지 싸워야 하냐고요? 난 최소한 당신이 이것보다 더 영리하다고 생각했었다고요. 카이."

깜짝 놀란 아그네스가 몸을 움찔거렸다. 저 이상한 여자가 염소를 카이라고 불렀다. 물론 우연의 일치이겠지만 부르크스메아데에서 자신을 부르던 오라비가 떠오른 아그네스는 심장을 찌르는 통증을 느꼈다. 아그네스는 부디 제 오라비가 잘 지내기만을 소망했다. 최소한 잔인한 엘프의 횡포에서 무사하기만을, 그리고 마법 재능을 계속 감출 수 있기를 간절히 기원했다. 습기가 차올라 촉촉해진 눈으로 아그네스는 제 곁을 스쳐 지나가는 정신 나간 여자와 염소의 뒷모습을 응시했다.

이스타리엘이 그녀의 손을 붙잡았다. "괜찮은 건가?" 그가 속삭였다.

아그네스는 눈가에 맺힌 눈물을 얼른 닦고 코를 높이 들었다. "그럼요, 이제 괜찮아요…. 단지 예전 기억이 좀 떠올라서…"

그때 아그네스의 귓가에 또 다른 음성이 들렸다. 그녀의 근육이 제멋대로 움직이지 않을 때 그녀 대신 버터통을 옮겨 주고, 수두와 홍역에 걸렸을 때 단번에 낫게 해 주고, 저장창고에서 소시지를 훔친 범인이 그녀라는 걸 알면서도 그녀 대신 온갖 구타를 달게 받아 준 그 사람의 목소리가 들렸다. 바로 카이였다.

"이제 그만해, 그레타! 데몬을 데리고 알빈가르트를 횡단

할 수는 없어. 그리고 엘프의 야영지까지 우리를 데려다주면 스호오크를 돌려줄 거라고 그에게 약속했었잖아."

"그러면 약속을 깨면 되잖아요. 아니면 그를 변장시키든가요."

"변장시키라고? 그의 뿔은 어떻게 감출 생각이지?"

그때 아그네스가 뛰쳐나왔다. "카이!" 그녀는 다급하게 자신을 제지하려던 이스타리엘을 뿌리치며 우거진 수풀 사이를 뛰어나와 이스타리엘과 마찬가지로 깜짝 놀라 뒷걸음질 치는 여자와 염소 앞에 섰다. 아그네스는 제 오라비가 어디 있는지 눈에 보이지 않았지만 그 음성만큼은… 절대로 착각일 리가 없었다. "카이!" 아그네스가 다시 한번 소리쳤다.

"아그네스!"

저 염소가 카이인 건가? 카이가 실수로 마법에 걸린 걸까?

"어디 있는 거야?" 아그네스가 정신을 놓을 정도로 울부짖었다. 그때 뭔가 느껴졌다. 섬세하면서도 치유의 힘을 지닌 제 오라비의 손이 그녀의 양팔에 닿았다. 온기로 가득한 피부에서 느껴지는 오라비의 체향이 바로 코앞에 있었다. 아그네스는 그 자리에 멈춰 서서 눈을 감았다.

"아그네스, 여기야." 카이가 속삭였다. "나 여기 있어."

순간 그녀의 마음에 쌓아 뒀던 감정들이 터진 둑처럼 전부 쏟아져 나왔다. 지난 몇 주간 그녀를 힘들게 한 끔찍한 공포, 연민, 상실, 불안이 전부 터져 나왔다. 지하감옥에서도 엘프 앞에서만큼은 절대 울지 않으려 애써 참은 눈물이 그제야 흘러나왔다. 아그네스는 눈물이 흐르고 흘러, 도저히 울음을 멈출 수가 없었다. 이젠 딸꾹질까지 하며, 눈에 보이지 않아도 세상에서 그녀와 가장 가까운 이의 팔에 몸을 던졌다. 카이가 조심스레 아그네스를 떼어 내자 그제야 아그네스는 이스타리엘과 다 찢어진 옷을 입은 여자도 이 자리에 함께 있다는 걸 떠올렸다. 그들은 불신이 가득한 눈초리로 서로를 뜯어보고 있었다.

"여기는… 음… 그레타야." 카이의 음성이 말했다. "음… 그녀는…" 아그네스는 저 아름다운 여자가 눈썹 하나를 높게 쳐들며 카이가 멋들어지게 자기를 소개해 주길 기다리고 있다는 것을 눈치챘다. "…프론슈타인 출신의 하녀야."

"아하." 그레타가 건방진 태도로 가슴 앞에 팔짱을 꼈다.

아그네스는 눈물을 훔치고 다시 이스타리엘의 팔꿈치를 잡았다. "이이는 알빈가르트의 왕자, 이스타리엘 폰 아엘프스탄이야." 아그네스는 전혀 교만하지 않은 말투로 엘프 왕자를 소개했다.

하지만 그녀가 소개하는 동안 눈을 커다랗게 부릅뜬 그레타의 모습을 보며 짓궂은 미소를 지었다. 아쉽게도 카이의 반응은 알 수 없었다. 카이가 다시 말을 꺼내기까지 잠시 침묵이 흘렀다. “동생아, 지난 며칠간 내가 만난 기묘한 일행을 몇 배나 능가하는구나.”

이런 카이의 평가에 이스타리엘이 웃음을 터트렸다. 그의 눈빛에 서린 긴장감이 사라졌다. 투명인간이 된 아그네스의 오라비가 얼마나 당황했을지, 그 모습을 보고 싶다고 생각한 이스타리엘의 얼굴에 옛 매력이 되돌아오기 시작했다.

“만나게 돼서 반갑다, 투명인간이 된 마법사여.” 가볍게 비꼬는 투로 이스타리엘이 말했다. “아마도 훨씬 기묘한 일행들이 더 있을 것으로 추측되네만.”

“원시림에서 지저분한 내 동생의 꽁무니를 쫓아다니는 엘프 왕자보다 더 기묘한 일행이라?”

“훨씬 더 기묘할 거 같은데?”

“거 참 나 역시 기대되는군.” 훨씬 느슨해진 카이의 음성에 즐거움이 배어 나왔다. 그러자 아그네스의 심장이 다시 콩닥콩닥 뛰었다. 부르크스메아데의 집에서 그들은 항상 배고픔, 구타와 치열하게 싸우며 엄격한 규칙을 지켜야만 했다. 카이는 부모에게 가장 사랑받는 자식이었지만, 항상 가장 많이 인내하고 참아야 했다. 그런데 저렇게 확신에 찬 오라비의 음성을 들으니 아그네스는 마음이 놓였다. 그런 오라비의 얼굴을 제대로 볼 수 있으면 더할 나위 없이 좋으련만.

"그런데 왜 여기 있는 거야? 그리고 왜 이렇게 투명인간이 된 거야? 어떻게 바꿀 수 없어?"

"아쉽지만 그렇게는 안 돼." 카이가 말했다. 그의 음성에 후회가 가득했다. "지금 내가 가진 마법의 돌이 원래 내 힘을 증폭시켜 줘야 하는데, 내가 그걸 제대로 사용하지 못하고 있어. 그래서 내 말을 따르기는커녕 도리어 날 곤경에 빠트리고 있지."

이스타리엘이 웃었다. "프레지오라이트 말인가?"

"어? 당신도 그것을 알고 있는 건가?" 놀란 카이가 이스타리엘에게 물었다.

"그리 많이 알지는 못한다. 하지만 널 우리의 또 다른 기묘한 일행에게 데려다줄 수는 있지. 마법사의 역사를 찾고 있는 거라면 그만한 사람이 없을 거다."

아그네스와 이스타리엘이 그레타, 염소 그리고 투명인간 카이와 함께 돌아왔을 때에도 엘리야는 여전히 불가에 앉아 있었다. 불쑥 나타난 그들의 모습에 불쾌함과 염려로 뒤범벅이 된 듯 마법사 이마에 주름이 심하게 패였다.

아그네스가 서둘러 상황을 설명했다. “엘리야, 내 오라버니를 찾았어요!”

“트리스탄 말이냐?” 마법사가 벌떡 일어나며 함께 온 이들을 뚫어지게 응시했다. 불멸의 마법사가 쏘아 대는 눈빛이 얼마나 형형한지 이 숲을 다 훤히 비출 것만 같았다.

“아니요, 트리스탄은 아니에요. 카이요.”

“마법사 말이냐?”

아그네스가 뭔가 말하려 했지만 그가 손을 번쩍 들자 입을 다물었다. 천천히 몸을 일으킨 엘리야는 처음에는 그레타에게, 그런 뒤 염소에게 시선을 고정했다. 그의 입가에 의미심장한 미소가 떠올랐다. 그는 방금 완성한 지팡이를 손에 쥐었다. 지팡이 끝부분에 예술적으로 조각한 새장 안에 프레지오라이트가 왕관처럼 올려져 있었다. 저 안에 어떻게 마법의 돌을 집어넣었는지 아그네스는 신기하기만 했다. 불사의 마법사는 지팡이로 몹시 조심스럽게 바닥을 두드렸다. 그리고는 빙그레 미소를 지으며 정확히 카이가 서 있는 쪽으로 몸을 돌렸다.

“흥미롭군.” 엘리야가 말했다. “넌 지금 귀 뒤까지 전부 녹색이구나. 지금 네 주머니에 숨겨 둔 프레지오라이트녹수정보다 훨씬 더 녹색이야.”

“그럴지도 모르지요.” 카이가 말했다. “당신은 제 모습이 보이나요? 당신은 누구시죠?”

그들의 뒤편에서 이스타리엘이 투덜거리는 소리가 들렸다. “누군지 알면 후회할지도 모를 텐데.” 이스타리엘이 중얼거렸다.

엘리야는 이스타리엘을 무시했다. “나는 수백 년 전 불사의 저주를 받은 대마법사다. 그 밖에 다른 건 별로 중요하지 않다. 그리고 난 네가 보인단다, 꼬마야. 하지만 네 모습을 드러내 다른 이들을 기쁘게 하려면 우선 마법의 돌을 주머니에서 꺼내 올바른 방식으로 사용해야 할 거다.”

“올바른 방식이 도대체 뭐죠?” 카이가 물었다.

“넌 마법의 돌에 날씨와 환자에게 했던 것처럼 명령을 내렸을 거다. 그렇지만 마법의 돌은 네가 굴복시켜야 할 적이 아니다. 그 돌은 너의 가장 친한 친우이자, 곤경에 처한 널 도울 기사다. 그러니 그런 대접을 참지 못할 수밖에. 너를 도와달라고 예의 바르게 부탁해 보거라. 그러면 그리 할 테니. 마법의 돌을 강제하거나 억압한다면 돌이 네게 가르침을 주려 하겠지."

엘리야의 조언에 카이는 갑자기 깨달음을 얻었다. 그리고는 한심한 자기 자신에게 깊은 한숨이 터져 나왔다. "이런 멍청이 같은 놈." 카이가 중얼거렸다.

"어서 시도해 봐라!" 엘리야가 그에게 요구했다.

"잘 모르겠어요…. 그렇다면… 어쩌면 우선 내가 몇 미터쯤 뒤로 물러서서 시도해 보는 게 좋을 것 같아요."

"아니야." 엘리야가 단호하게 말했다. "망설이지 말고 네 힘을 오롯이 믿어라. 그러면 돌이 네 힘을 수백 배로 강화해 줄 테니까. 그러니 우선 돌과 대화를 해라!"

모두가 숨을 멈춘 채 몇 초쯤이 흘렀지만 아무 일도 일어나지 않았다. 카이가 용기를 잃어버렸나 보다라고 아그네스가 생각할 무렵, 갑자기 허공에 청록색 빛이 폭발하며 사방으로 뿜어져 나왔다. 눈부신 섬광에 아그네스는 눈을 꾹 감았다. 그리고 다시 눈을 뜨자 그녀 앞에 카이의 모습이 보였다. 옛 기억보다 훨씬 활기찬 모습이었다. 완전히 달라 보였다. 마치 새로운 사람이 된 것처럼. 아그네스는 두 번째로 그의 품에 뛰어들었다.

"오오, 카이. 정말이야… 어디 한 번 봐 봐… 살도 더 까무잡잡해지고, 잘 먹었나 봐!"

"더 까무잡잡해지고, 잘 먹었다라?" 카이가 동생의 말을 따라 하며 웃음을 터트렸다. "그게 여기 알빈가르트까지 널 찾아 쫓아온 오라버니를 보고 처음 할 말이야?"

아그네스는 뭐라 반박할 말이 떠오르지 않아 그저 그를 꼭 껴안고는 더는 삐쩍 말라 볼품없지 않은 오라비 가슴에 뺨을 살포시 댔다. 귓가에 카이의 심장 소리가 음악처럼 들렸다.

몹시 진지한 표정으로 엘리야가 그들 곁으로 다가왔다. 마법사의 시선이 카이에게 고정됐다. 마법 지팡이에서 프레지오라이트가 빛나고 있었다. 아그네스는 그 모습이 영 의심스러웠다.

"왜 그래요?" 아그네스가 그에게 물었다. "또 무슨 일을 꾸미는 거예요?"

불사의 마법사는 그녀를 아예 없는 사람처럼 취급했다. "네 마력이 제대로 느껴진다. 아직 덜 여물었지만 아주 강한 힘이군. 그렇지 않았더라면 엘라바르 광산에서 절대 프레지오라이트를 꺼내 오지 못했을 테지."

"아아," 카이가 대수롭지 않게 대꾸했다. "그건 그리 어렵지 않았어요. 그냥 마음에 드는 돌을 가져온 걸요. 단지 입구를 지키는 드래곤에 잠시 겁을 먹었지만요."

"드래곤이라고?" 아그네스가 커다랗게 눈을 뜨고 물어봤다. "드래곤을 봤어?"

"픕!" 뒤에서 그레타가 거들었다. "보기만 했을까. 복종시키고, 물고, 빨고, 그리고 딴 놈한테 맡겨 버렸지."

"뭐라고?" 아그네스가 말을 더듬었다. 더 캐물어도 될지 몰라 그레타와 카이를 번갈아 쳐다보며 눈치만 봤다.

"드래곤은 전혀 중요하지 않다." 그때 엘리야가 끼어들었다. "실제로 가장 중요한 것은 그 돌이 널 따르기로 결심했다는 그 사실 하나다. 만약 마법의 돌이 그럴 마음을 먹지 않았더라면 넌 지금 여기에 서 있지도 못하고 티끌처럼 바람에 날아가 버렸을 테니까. 네가 고른 마법의 돌은 그 순간 널 갈아 분쇄해 버리거나 네 친구가 되는 것 중 양자택일을 한 거란다. 꼬마야. 그러니 성난 네 돌이 널 고작 투명인간으로 만든 걸 정말 다행으로 여겨라."

"아아," 카이가 머리를 긁적였다. "그걸 몰랐다는 게 정말 다행이네요." 아그네스는 엘리야가 그에게 전하는 정보의 무게에 카이가 동요하고 있다는 인상을 받았다. 그래 봤자 좋을 일이 없을 텐데.

"마법사는 저마다 고유한 마력을 지니고 있지." 마법사가 말했다. "때로는 마법 혈통이 전혀 없었던 가문에서 완전히 새로 형성되기도 한다. 반면 예로부터 대대로 이어지는 마법사 가문이 있지. 난 네가 지닌 마력의 파동을 익히 알고 있어."

"하지만 그럴 리가 없는데요." 카이가 대답했다. "우리 가문은 수백 년 동안 부르크스메아데에서 살았죠. 우리 마을 사학자들이 남겨 놓은 자료에 의하면 친가에도, 외가에도 마법사는 없었어요."

"누가 네 마을 역사 따위에 관심을 둔다고 하더냐?" 엘리야가 비아냥거렸다.

"그렇다면 역사자료가 틀렸단 말인가요?" 아그네스가 엘리야를 노려보며 물었다. 천신만고 끝에 오라비와 재회한 순간을 심술궂게 다 망쳐 놓고 있는 이 망할 불사의 마법사가 못마땅했다.

"틀린 건 아니라 해도 검열했을 수 있지." 초록 눈동자가 그녀를 응시했다. "인간의 왕에 대해 뭐라고 기록되어 있지? 데몬족 전쟁에 대해서는? 에냐도르의 탄생은 또 어떠한가?"

"아무것도요." 아그네스가 고개를 숙였다. 어쩌면 그의 말이 전부 옳을지도 모르지만 지금만큼은 엘리야가 아주 멀리 가 버렸으면 좋겠다고 속으로 빌었다. 카이를 제외한 모든 이들과 함께 사라졌으면. 하지만 카이는 엘리야의 이야기에 무척 관심을 보였다. 아예 아그네스를 품에서 놓기까지 하면서.

"그래서 무슨 말을 하고 싶은 거죠?" 카이가 딴죽을 걸었다.

"내가 하려는 말은, 네 마력이 어떤 혈통에서부터 시작됐는지 알 만하다는 거다. 너의 마을 근처에 여자 마법사가 있지 않았던가?"

"아니요. 내가 아는 한은 없었어요." 카이가 대답했다.

"넌 정말 아무것도 모르는군." 엘리야가 낮게 중얼거렸다. "그럼 어서 출발해서 트리스탄을 구하자꾸나!"

갑작스러운 주제변경에 아무도 뭐라 반박하지 못했다. 모두가 어안이 벙벙할 뿐이었다. 엘리야는 다시 모닥불 근처로 돌아가 얼마 되지 않은 자질구레한 소지품을 다시 보자기에 챙겼다. 이스타리엘도 짐을 꾸리려는데 갑자기 카이가 손을 번쩍 들었다.

"음… 저기요. 트리스탄은 지금 엘프 야영지에 없어요." 카이가 말했다. "내가 벌써 거기서 트리스탄의 친구들과 얘기하고 왔거든요. 이틀 전에 그곳에 감금되어 있던 드래곤과 함께 도망쳤다네요."

아그네스는 자신을 물끄러미 응시하는 이스타리엘의 시

선을 느꼈다. 그가 다른 방향으로 떠나면 아그네스가 따라오지 않을 거라는 생각에 슬픔이 가득한 눈빛이었다. 가까스로 그의 시선에서 눈을 뗀 아그네스가 다시 카이를 바라봤다.

"또 드래곤이야?" 아그네스가 물었다. "맙소사, 트리스탄은 왜 또 그 드래곤을 타고 날아간 거야?"

"꽤나 복잡하고 긴 이야긴데…" 카이가 말을 꺼냈다.

"우리는 시간을 번 셈이다." 엘리야가 단호히 말했다. "이제 엘프 야영지에 가지 않아도 되니까."

카이가 침을 꿀꺽 삼켰다. 그러나 겉보기에 엘리야는 그리 여유로워 보이지 않았다. 카이는 야레드와 마론에게서 들은 이야기를 전했다. 낙인부터 시작해서 드래곤의 기습과 트리스탄의 탈출까지. 아그네스와 그 일행은 숨죽여 그의 이야기에 집중했지만, 카이의 이야기가 이어질수록 연신 고개를 절레절레 흔들었다. 전원이 그랬다. 딱 엘리야만 제외하고.

"그 허황된 말에 속는 건 아니겠지." 카이의 이야기를 들은 이스타리엘이 자기 생각을 말했다. "그 누구도, 엘프도 그리고 드래곤조차도 자기가 토해 내는 화염을 견디지 못한다. 그건 데몬족에게만 허락된 권능이니까."

"트리스탄이라는 사내가 죽기 직전까지 고문당할 때 그

모습을 본 친구들이 잠시 정신이 나간 걸지도 모르죠." 다 아는 이야기라 별 감흥을 보이지 않던 그레타가 툭 던진 말에 아그네스가 또 울음을 터트렸다.

카이는 그럼에도 이야기를 끝까지 마치고는 엘리야를 바라봤다. "엘프들이 트리스탄을 파수꾼이라고 불렀다네요. 도대체 그 말이 무슨 뜻인지 아시나요?" 카이가 질문했다.

자리에서 일어난 엘리야가 조용히 지팡이를 손에 쥐었다. 주위를 찬찬히 둘러보던 그의 시선이 마지막으로 이스타리엘에게 꽂혔다. "알지." 그가 대답했다. "알빈가르트의 왕자여, 저기 있는 나무에 가서 서 보게."

이스타리엘은 저에게 이래라저래라 명령하는 엘리야의 말투가 몹시 불쾌한 듯 잔뜩 찌푸린 얼굴로 마법사가 가리킨 나무까지 걸어가 그 앞에 섰다.

"이 정도면 되나? 나보고 여기서 뭘 하라는 거지?" 이스타리엘이 투덜거리며 불평했다. 하지만 곧장 엘리야가 마법 지팡이를 들어 프레지오라이트를 왕자의 가슴에 겨눴기 때문에 이스타리엘은 그 이상 아무 말도 하지 못했다.

"안 돼요!" 아그네스가 비명을 질렀다. "엘리야, 미쳤어요?"

별안간 자리에서 벌떡 일어난 아그네스가 지팡이를 빼앗

으려고 엘리야를 향해 뛰어갔지만 이미 일이 벌어진 후였다. 순식간에 돌에서 뿜어 나온 불바다가 이스타리엘에게 쏘아졌다. 화염이 시뻘건 혀를 날름거리며 이스타리엘의 몸을 덮어 버리더니 그를 순식간에 집어삼켰다. 감정이 격해진 아그네스가 엘리야를 마구 때렸지만 가벼운 손짓 하나로 그녀를 옆으로 던져 버린 엘리야는 계속 엘프를 향해 그의 마법 지팡이를 겨눴다. 손발을 버둥거리며 바닥에 쓰러지는 이스타리엘의 모습을 희미하게 바라본 아그네스가 지른 날카로운 비명이 불바다를 꿰뚫었다. 영원히 멈추지 않을 것 같던 엘리야가 드디어 지팡이를 거두자 화염도 소멸했다.

공포에 휩싸인 아그네스가 불에 탄 왕자의 시신이 있을 것으로 추정되는 곳을 향해 돌아섰다. 그러나 이스타리엘은 비록 벌거벗었지만 조금도 다치지 않은 모습으로 쓰러져 있었다. 덜덜 떨리는 몸을 일으켜 세운 이스타리엘이 증오 서린 눈빛으로 엘리야를 매섭게 노려봤다. 그때 그의 왼쪽 팔뚝에 불사의 마법사가 남긴 검 모양 표식이 떠오르더니 살짝 빛났다. 아그네스는 그 표식을 처음 보았다.

“그 어떤 엘프도, 인간도 그리고 드래곤도 화염을 이겨내지 못한다 했던가.” 엘리야가 이스타리엘이 했던 말을 반복했다. “네가 그리 말하지 않았더냐. 난 그저 그렇지 않음을 증명한 것뿐이다, 엘프의 파수꾼이여."

"엘프의 파수꾼이라고?" 이스타리엘이 신음했다. "그게… 나에 관한 예언인 건가?"

마법사가 고개를 끄덕였다. "제법 영리한 놈이군. 슈발벤하인에 가야 예언의 전체를 찾을 수 있을 거다. 그리고 이제 우리는 그곳으로 즉시 말을 타고 간다."

엘리야가 몸을 돌려 그대로 말을 향해 가려 했지만 이스타리엘이 벌떡 일어났다. 그레타가 서둘러 아그네스의 뒤에 몸을 숨기더니 잽싸게 두 손으로 아그네스의 눈을 가렸지만, 소녀는 그 손을 치우고 왕자를 물끄러미 응시했다.

"엘리야!" 이스타리엘이 울부짖었다.

마법사가 다시 뒤를 돌아봤다. "왜 그러지?"

"내가 죽어가고 있다는 말도 사실이 아니겠군. 내 말이 맞지 않나? 당신을 감옥에서 구출하게 하려고, 내게 그런 시한부 최후통첩을 내린 것도 당신이 꾸며 낸 짓이지?"

엘리야가 싱긋 웃었다. "그래, 맞아. 하지만 내 처지였다면 누구라도 그러지 않았겠어?"

"그랬을 수도 있겠지." 왕자가 씩씩거리며 중얼거렸다. "하지만 다른 이였다면 최소한 며칠 전에 날 자유롭게 놔줬겠지."

"그것도 맞는 말이야." 엘리야가 인정했다. 그리고는 아무 일도 없었던 것처럼 말의 안장으로 몸을 돌렸다.

카이는 겨울 케이프를 꺼내 이스타리엘에게 건넸다. "여기 이거 받아, 왕자. 그래도 없는 것보단 나을 테니까."

이스타리엘은 묵묵히 카이가 건네는 옷가지를 받아들더니 어깨에 둘렀다. 이스타리엘은 말안장에 달려 있는 주머니에서 여벌 바지를 찾았지만 부츠는 없었다. 이마를 잔뜩 찌푸려 짜증을 듬뿍 담은 주름을 만들고는 제 발을 내려다봤다. 아그네스는 그의 이마에 훤히 비치는 생각을 전부 읽을 수 있었다. 그는 태어나서 처음으로 맨발이 된 것이다.

"걱정하지 마요. 야영지에 가면 옷가지를 찾을 수 있을 거예요." 아그네스는 어떻게든 이스타리엘을 진정시키려 노력했다.

말 위에 올라타 만족스러운 표정으로 고삐를 쥔 엘리야가 그들에게 향해 다가왔다.

"이제 곧장 슈발벤하인으로 간다!" 그가 간명하게 말했다.

"당신은 그럴지도 모르지." 처음으로 카이가 예를 갖춘 존칭을 거부했다. "하지만 나의 주인은 바로 나야. 그리고 이제 난 내가 약속했던 대로 부르크스메아데 친구들을 구하러 야영지로 가야 해. 엘프의 파수꾼, 너도 같이 가겠어?"

카이가 이스타리엘을 쳐다보자 왕자가 그에게 고개를 끄덕였다. "그러겠다."

"나도 갈래." 아그네스도 확실히 의사를 밝혔다.

"아아, 내 생각에… 이럴 때는 다수의 의견을 따라야지, 뭐…." 그레타도 동참했다.

그바일로 역시 카이 주변에서 연신 음매 울었다.

엘리야가 이런 일행의 반란을 어찌 생각하는지 확인할 방법은 없었다. 말안장에 앉은 그는 그저 고개만을 절레절레 흔들고 있었으니까. "다른 사람들은 나랑 상관없으니, 원하는 대로 하게." 엘리야가 말했다. "하지만 트리스탄은 아마 슈발벤하인으로 갔을 거야. 그러니 엘프 왕자, 너만큼은 나와 함께 가야 해. 네 의지로 말에 오르지 않는다면 내 친히 네게 마법 사슬을 두르는 방법도 있긴 하다만."

지난 며칠간 아그네스는 은연중에 엘리야를 경멸하는 마음이 점점 커져만 갔었다. 하지만 지금 이 순간 그녀의 분노가 정점을 찍었다. 아그네스는 한때 이가 들끓는 옆 감방의 가련한 포로였던 이 남자에게 이런 무자비함이 숨어 있을 거라고는 단 일 초도 상상하지 못했다. 어떻게 양심도 죄책감도 없이 그의 형제 베리안이 저지른 일을 이스타리엘에게 덮어씌우고 대가를 치르게 한단 말인가! 아그네스는 이제 거의 거지꼴에 가까운 왕자의 손을 잡고 위로했다. 그들의 시선이 마주쳤다. 미미하지만 또렷이 번쩍이는 불꽃이 이스타리엘의 눈동자에 서렸다.

"잠깐만!" 엘리야의 뒤에서 카이가 외쳤다. "한 가지만 더 말해 줘요! 파수꾼은 어떻게 정해지는 거죠?"

마법사는 카이를 위에서 내려다봤다. "예로부터 에냐도르의 네 종족은 핏줄을 통해 재능이 이어졌다. 하지만 파수꾼이 되려면 정해진 시기에 때맞춰 표식을 얻어야 한다. 제 종족과 적대적 관계에 놓인 종족의 대리인이 남긴 상처를 통해서. 나는 이스타리엘에게 표식을 새겼다. 엘프는 트리스탄에게, 그리고 트리스탄은 용에게 표식을 남겼지. 그렇기에 트리스탄 또한 드래곤과 함께 슈발벤하인으로 날아간 거다. 그 용은 파수꾼들이 어디에서 화합해야 하는지 잘 알고 있는 것 같구나."

"그 말은 이제 당신이 네 번째 파수꾼인 데몬을 찾을 거란 뜻도 되겠네요. 내 말이 맞나요?" 카이가 그에게 물었다.

그러자 엘리야가 그에게 의문스러운 눈빛을 던졌다.

"당신이 그 데몬을 어디서 찾아야 할지 내가 확실히 알고 있다면 어쩌겠어요?" 카이가 씩 미소를 지었다.

"뭐라? 그럼 그 데몬이 지닌 표식이 뭔지 내가 묻는다면 넌 뭐라 대답할 건가?" 엘리야가 무뚝뚝한 말투로 대답했다. 잠시지만 두 마법사는 서로를 노려봤다.

아그네스는 겁이 났다. 엘리야의 엄청난 능력은 워낙 잘 알고 있었지만, 카이에게는 고작 소소하고 그나마 실패를 거듭하는 마법이 전부였다.

하지만 오라비의 대답은 다행히 불사의 마법사를 설득한 것처럼 보였다. "치명적인 데몬의 눈을 상징하는 두 개의 둥근 원 형태로 팔뚝에 남은 상흔."

그러자 손에 쥔 고삐를 아래로 내린 엘리야가 천천히 말에서 내렸다. 카이를 제외한 전원이 다가오는 마법사를 피해 슬금슬금 뒷걸음질 쳤다. 하지만 엘리야의 눈은 여전히 카이에게 고정된 채였다. 그의 눈동자에 불꽃이 튀었다.

"내가 네 친구들을 탈출시켜 주마." 그가 말했다. "하지만 넌 당장 데모니아로 가서 네가 말한 그 데몬을 데려와라. 다음 보름달이 뜨기 전까지 슈발벤하인에 도착해야 해. 그렇지 않으면 모든 게 다 수포로 돌아간다. 내 말 알아들었나?"

카이가 고개를 끄덕였다.

트리스탄

"난 네 이름조차 알지 못하는데."

엘프 소녀를 향해 돌아선 트리스탄은 그녀의 헐벗은 어깨 위에 발칙하게 흘러내린 백금발 한 가닥을 뒤로 넘겨줬다. 그녀의 시선만으로도 트리스탄은 전기가 흐르는 것 같은 충격 혹은 작은 번개가 그의 뱃속을 강타하는 것 같은 기분이 들었다. 이 여인은 분명 세상에서 가장 아름다운 존재임에 틀림없었다. 깨끗한 피부, 도톰하게 부풀어 오른 입술, 반짝이며 빛을 뿜어내는 백금발까지. 지금까지 트리스탄은 이렇듯 그의 욕망을 자극하는 모습을 마주한 적이 없었다.

"내 이름은 브리엔네야." 그녀가 속삭였다.

"브리엔네." 활짝 미소를 지은 트리스탄이 그녀의 이름을 따라 불렀다. 그녀가 그의 곁으로 몸을 바짝 붙이자 트리스탄은 그녀의 몸에 온기를 불어넣어 줄 케이프를 끌어 올렸다. 며칠째 밝은 여름 날씨였지만 슈발벤하인 옛 성의 내부 공기는 축축하고 차가웠다. 트리스탄은 그런 건 아무래도 상관없었다. 이 아름다운 여인이 벌거벗은 몸으로 그를, 그리고 자신의 몸으로 그녀를 따뜻하게 해 줄 수만 있다면.

방금 전까지 그녀의 머리카락을 번쩍이는 금실로 짠 융단처럼 비추던 달빛이 떠오르는 태양에 자리를 내어주고 차츰 자취를 감추고 있었다. 그렇지만 둘은 여전히 서로를 느끼는 이 시간이 아쉽기만 했다. 브리엔네가 손가락으로 그의 가슴에 딱지가 내려앉기 시작한 낙인의 상처를 부드럽게 따라 그렸다.

“누가 이런 거야? 이거랑 등에 있는 상처?” 그녀가 질문했다. “내 종족 중 누군가가 이런 거야?”

트리스탄이 고개를 끄덕였다. “그건 별로 중요하지 않다. 중요한 건 지금 우리 둘이 여기에 함께 있다는 거지.”

브리엔네가 밝게 웃으며 그를 바라보았다. 그러면서 먼저 손가락으로 그의 입술을 부드럽게 쓰다듬고는 제 입술을 가져다 댔다. 마법 같은 매력이 그녀에게 넘쳐흘렀다. 트리스탄은 지금까지 이렇게나 끓어오르는 욕망을 느껴 보지 못했다. 그는 다시 그리고 또다시 몇 번이고 그녀와 계속 사랑을 나눌 수 있을 것 같았다. 어떻게 해도 그녀에게 느끼는 욕정이 도무지 가라앉지 않았다.

"넌 노예야?" 브리엔네가 키스하며 트리스탄에게 물었다.

"그랬었지. 하지만 지금은 보다시피 자유의 몸이다."

트리스탄은 그녀의 등을 바닥에 뉘며 그녀 위에 올라탔다. 그녀의 허벅지가 그의 것과 얽혀들었고 아랫배를 활처럼 휘며 그를 받아들일 준비를 마쳤다. 그녀는 트리스탄만큼이나 욕망에 젖어 있었다. 그리고 지금 이 순간만큼은 이것만이 세상에서 가장 아름다운 행위였다. 트리스탄이 그녀의 몸 안으로 파고들자 욕망에 들뜬 신음이 그녀의 목구멍에서 흘러나왔다. 그의 머리카락에 손을 집어넣어 움켜쥔 브리엔네가 깊은 눈빛으로 트리스탄을 응시했다. "트리스탄," 그녀가 한숨을 토해 냈다. "넌 나의 태양이고, 내가 너의 달이야."

그녀의 몸 위에 무너진 트리스탄이 그녀의 귓가에 입술을 가까이 댔다. 그는 멈추지 않고 계속 그녀의 귓가에 속삭였다. 이제껏 가장 대담했던 꿈에서조차 내뱉지 못했던 말들을. 일부는 다정했지만, 어떤 것들은 그들의 몸을 관통한 욕정처럼 거칠고, 격렬했다.

트리스탄이 세 번째인지 혹은 네 번째인지 기억이 나지 않을 정도로 연이어 그녀를 품에 안은 후 서로에게서 떨어진 트리스탄의 눈에 지붕에 뚫린 구멍 사이로 저 멀리 폐허가 된 성이 언뜻 보였다.

"그런데 넌 누구길래, 이 오밤중에 겁도 없이 숲속을 혼자 돌아다니는 거야?" 트리스탄이 물었다.

브리엔네는 잠시 망설였다. "난 아엘프스탄 공주의 시녀야." 그녀가 대답했다. "그리고 내 쌍둥이를 찾아 나왔어. 그가 뭔가 잘못을 저지르고 성에서 도망쳤거든."

"그럼 아엘프스탄에서 온 건가?" 트리스탄이 감정이 서린 목소리로 질문했다. "산골짜기 위에 떠다닌다는 그 성에서?"

"그래." 그녀의 눈동자가 빛났다.

"그곳은 소문처럼 정말 아름다운가?"

그녀가 고개를 끄덕였다. "세상에서 가장 아름다운 곳이지. 그곳만큼 새들이 즐겁게 지저귀고, 향긋하고 진귀한 장미 내음이 가득한 곳은 세상 어디에도 없을 테니까."

"그곳에도 감옥이 있어?" 그냥 막연한 추측이었다. 트리스탄은 알빈가르트에 어떤 엘프 성과 요새가 있는지조차 전혀 알지 못했다. 그가 아는 정보는 그저 아그네스를 말에 태운 엘프 병사가 샤텐발트를 지나 서쪽으로 향했다는 게 전부였다.

"그건 나도 몰라." 브리엔네가 말했다. "나는 일개 시녀에 불과한걸. 내 일은 공주의 머리와 의복을 챙기는 게 전부니까."

"듣기만 해도 지루할 것 같다." 트리스탄이 말했다.

"정말 그래." 그녀가 한숨을 쉬며 동의했다.

그때 브리엔네의 시선이 문득 그들이 임시로 만든 잠자리 근처에 놓인 문스워드에 향했다. 트리스탄이 셔츠로 검을 둘둘 감아 둔 탓에 황금 하피가 새겨진 손잡이만 보였다.

"이 검의 주인이었던 엘프… 그러니까 로리안을… 네가 죽인 거야?" 그녀가 물었다.

트리스탄이 고개를 끄덕였다.

"어떻게 된 일이지?"

"네가 그걸 왜 궁금해하는 거야?" 트리스탄이 물었다. 뭔가 조금 낌새가 이상했다. 마음속 한구석에서 자신을 비난하는 내면의 외침이 들려왔다. 아주 작은 흠일지언정 어떻게 브리엔네에게서 찾으려고 한단 말인가? 마음속 가장 깊은 곳에서는 영혼을 다 바쳐 그녀가 가르쳐 준 한없는 쾌락에 빠져들고 싶다고 외치고 있었다. 하지만 뭔가가 그것을 가로막았다. 또 다른 목소리가 이렇게 속삭였다. 그녀에게 계속 질문을 던지되 최대한 대답은 피하라고, 지금 그녀도 그러고 있다고.

"넌 문스워드를 들 수 있는 인간이지. 그런데 난 지금껏 그런 얘기는 들어 본 적이 없어. 그래서 어떻게 그럴 수 있는 건지 호기심이 생기네. 너에 대해서 전부 알고 싶어. 아주 사소한 것까지도."

트리스탄은 마음을 불편하게 만들고, 자꾸 속에서 스멀스멀 기어 올라와 그를 찔러 대는 의구심을 애써 억눌렀다.

"예전 일은 별로 들려줄 만한 게 없어. 특히 어릴 적 얘기는…. 하지만 최근 몇 주 동안은 정말 많은 일이 있었다."

브리엔네의 손이 트리스탄의 등에 남은 상흔을 쓰다듬었다. 그녀의 손길은 몹시 부드러웠고, 굉장히 섬세했다. 그때 번개처럼 마론의 얼굴이 트리스탄의 의식을 파고들었다. 매일 그의 붕대를 갈아 주며 살펴보던 그녀의 눈길, 치료 결과에 단 한 번도 만족하지 못하고 내내 찌푸리던 얼굴. 호리엘폰 트레간디르의 검에 베인 그녀는 이제 죽었다!

"트리스탄, 아파." 브리엔느가 투덜거렸다. 정신을 차린 트리스탄은 저도 모르게 그녀의 손목을 쥔 손에 힘이 들어갔다는 걸 깨달았다. 자신의 난폭한 행동에 당황한 트리스탄이 재빨리 손아귀에서 힘을 풀었다. "미안해!"

그녀의 푸른 눈동자가 그를 뚫어져라 자세히 살폈다. "사랑에 빠져 본 적이 있지?" 그녀가 나지막이 물었다.

"응, 그랬었지."

그녀가 침을 꿀꺽 삼키는 모습이 트리스탄의 눈에 보였다. 아마 그녀가 듣고 싶은 말은 이와는 다른 대답이었을 것이다. 엘프족 여인이 저런 감정을 느낀다는 것 자체가 몹시 낯설었다. 하지만 정말 그녀가 트리스탄 앞에서 연기하는 건 불가능한 일일까? 혹시 그가 거의 죽기 직전 쓰러져 있었던 그 숲으로 누군가 그녀를 의도적으로 보낸 거라면? 하지만 아무리 생각해도 말이 안 됐다. 트리스탄이 지금 여기 이렇게 버젓이 살아 있을 수 있다는 것 자체가 정말 일생일대의 행운이었다.

"누구였어?" 브리엔네가 물었다.

"그녀의 이름은 마론이었어." 둥근 천장을 물끄러미 응시하며 트리스탄이 중얼거렸다. "그녀도 나처럼 노예였어. 남동생을 보호하려고 남장을 한 여자였지."

"그 여자와도 사랑을 나눴어?" 브리엔네가 슬쩍 캐물었다.

트리스탄이 고개를 저었다. "거기까지는 가지 못했어."

"그러면 만약… 만약… 상황이 조금 달랐더라면 그랬을 수도 있었겠네?"

깊은 생각에 잠긴 트리스탄이 그녀를 물끄러미 바라봤다. 그녀의 눈가에 그렁그렁 맺힌 눈물이 당혹스러웠다. 애초에 여자의 눈물에 담긴 의미를 제대로 이해해 본 적도 없었지만 지금 그의 눈 앞에 펼쳐진 광경은 정말 수수께끼였다.

"왜 울어?"

브리엔네가 손등으로 눈가를 훔치며 그의 입에 키스했다.

"아니야. 그저… 때로는 운명이 우리 삶에 개입하는 방식이 참 얄궂다는 생각이 들어서. 넌 그렇게 생각하지 않아?"

트리스탄이 고개를 끄덕였다.

"그래서 마론에게 무슨 일이 생겼는데?" 그녀가 질문했다.

"그녀는 살해당했어. 네 종족 중 한 명이었지. 내게 이런 상흔을 남긴 놈이기도 하고."

"혹시 로리안?"

"아니야… 호리엘 폰 트레간디르야."

트리스탄은 엘프 사령관의 이름을 부르는 순간 그녀의 얼굴에 나타난 표정을 주의 깊게 관찰했다. 하지만 브리엔네의 얼굴에는 도통 아는 것 같은 낌새가 조금도 없었다.

"난 그가 누군지 몰라. 트레간디르 경은 우리 왕국의 서부 출신이거든."

"그럴지도. 나도 그에 대해 아는 게 없다. 단지 그가 잔혹하다는 것밖에는. 그놈은 언젠가 내 손으로 꼭 죽이고 말 거다."

브리엔네의 눈에 물기가 차올랐다. 트리스탄은 그 모습도 이해할 수 없었다. 아마도 호리엘을 입에 올리자 그의 모공마다 뿜어 나오는 증오와 고통이 브리엔네를 두렵게 한 걸지도 모르겠다고 트리스탄은 생각했다. 원래 동족인 인간 여인의 마음도 제대로 읽지 못하는 트리스탄인데, 하물며 그가 어찌 엘프 여성의 마음을 제대로 파악하겠는가.

트리스탄은 우울한 생각을 이제 잠시 치워 버리고 다시 인생의 아름다운 것들을 떠올리라고 제게 명령했다. 예컨대 브리엔네가 귀에 차고 있는 어여쁜 은빛 나비처럼. 트리스탄이 그것을 손가락으로 건드리자 금실로 수놓아진 날개가 몇 차례 팔랑였다. 트리스탄은 그 날개를 붙잡았다가 놓으며 날갯짓하는 모습을 흥미롭게 관찰했다.

"이게 마음에 들어?" 그녀가 트리스탄에게 물었다.

"어린아이의 놀이처럼 기분이 정말 묘하네." 트리스탄이 대답했다. "이런 걸 왜 차고 다니는 거야?"

"예쁘니까."

"넌 타고난 모습 그 자체만으로도 아름다워. 이런 은빛 나비와 번쩍이는 다이아몬드로 네 귓가를 꾸미지 않아도."

다시금 완전히 다른 두 여자의 면모가 트리스탄의 눈에 들어왔다. 아마도 이것이 브리엔네와 마론의 가장 큰 차이였을 것이다. 마론은 그와 비슷한 처지였다. 트리스탄과 비슷한 유년시절을 보냈고 그와 똑같이 고통스러운 훈련을 받았으며 적에 대한 적개심 또한 그와 함께 공유했다. 트리스탄은 솔직히 그녀의 외모가 아름다웠었는지 어땠는지 그런 건 단 한 번도 생각해 본 적이 없었다. 오히려 그녀와의 추억은 시각보다는 촉각과 관련이 있었다. 외모보다는 그녀와 닿는 감촉이 얼마나 좋았었는지가 훨씬 생생하게 떠올랐다.

반면 브리엔네는 우연히 지구에 떨어져 불현듯 그의 앞에 등장한 반짝이는 우주의 별 같았다. 그녀는 장미 꽃잎에 맺힌 이슬방울처럼 빛났다. 그에 비하면 마론은 트리스탄 자신처럼 가시였다고나 할까.

"무슨 생각해?" 엘프 여인이 물었다. 그러면서 그의 팔에 손가락을 올린 그녀가 마치 춤추는 도깨비불처럼 장난을 쳤다.

"공중에 떠 있는 너희 성에 있다는 그 어떤 장미보다도 네가 아름다울 거 같다는 생각." 트리스탄은 그녀 안에서 정신을 풀어 놓고, 제가 짊어진 짐을 모조리 쾌락 속에 파묻어 버리고픈 충동을 느끼며 다시 그녀를 끌어안았다.

놀랍게도 드래곤이 다시 모습을 드러냈다. 드래곤을 찾으려면 꽤 오랜 시간이 걸릴 거라는 트리스탄의 예상을 깨고 갑자기 나타난 것이다. 탑 주변을 몇 바퀴 선회하던 드래곤이 장엄한 동작으로 지붕에 내려앉았다. 드래곤의 발톱이 썩은 널빤지를 깨뜨려 그들 머리 위로 파편들을 떨어져 내렸다. 잠시나마 트리스탄은 이러다 벽 전체가 무너지는 건 아닐까 걱정스러웠다. 하지만 다행히 사방을 흔들던 진동은 곧 잠잠해졌다.

“겁내지 마.” 트리스탄이 태연한 표정으로 브리엔네에게 말했다.

“겁내지 말라고?” 창백해진 얼굴로 벌떡 일어선 그녀가 서둘러 케이프를 가슴 앞까지 여몄다. “내 생각에는 지금 살아 있는 드래곤이 지붕에 앉은 것 같은데 말이야!”

“맞아, 내 드래곤이지.” 트리스탄이 설명했다. “드래곤이 다시 회복한 것 같아 정말 다행이다. 잠시나마 죽었을지도 모른다고 생각했거든.”

“네가 저 드래곤의 주인이라고?” 어리둥절해진 브리엔네가 외쳤다. “드래곤과 문스워드 모두?”

트리스탄이 소리 내어 웃었다. “믿기지 않지? 하긴 나 역시도 믿기지 않는 일이긴 해.”

눈 깜짝할 사이 사피라가 창문을 넘어 안으로 들어왔다. 벌거벗은 채 검푸른 머리카락을 휘날리며 얼굴 한가운데 찍힌 화상 낙인을 드러냈다. 그녀의 몸이 완전히 회복된 것을 확인한 트리스탄이 안도의 한숨을 내쉬었다. 물론 사피라는 한눈에 지금 자신이 쳐들어온 곳의 상황을 파악했다. 조롱 가득한 미소가 그녀의 입가에 걸렸다.

“안녕, 트리스탄.” 그녀가 말했다. “최소한 지금만큼은 실오라기 하나 걸치지 않은 사람이 나뿐만은 아닌 것 같네.”

“저 여자는 누구야?” 브리엔네가 말을 더듬었다.

브리엔네를 진정시키려는 듯 트리스탄이 한 손을 그녀의 어깨에 올렸다. “이쪽은 사피라야. 이 세상에서 가장 용감한 드래곤이자 내 방패이고 그리고…” 트리스탄이 적절한 표현을 찾으려 애썼다.

“…화염을 나눈 네 누이지.” 사피라가 그를 거들었다. “내가 널 놓친 걸 용서해 줄 수 있어?”

“용서를 빌고 말고 할 것도 없다.” 트리스탄이 말했다. “넌 충분히 끝까지 사투를 벌였어. 그 점만큼은 네게 진심으로 고마워하고 있다."

그에게 고개를 끄덕이는 사피라를 보며 트리스탄은 아무 말도 하지 않았지만, 서로 뜻이 통한 것 같은 기분이 들었다. 그렇지만 드래곤은 브리엔네의 등장에 몹시 당황한 것 같았다. "그나저나 방금 네가 잠자리를 같이 한 저 여자의 귀는 제대로 확인하고 그런 건가?" 사피라가 묘한 표정으로 캐물었다.

"그래." 트리스탄이 대답했다. "하지만 그런 건 아무래도 상관없어. 그녀가 나를 발견해서 이렇게 낫게 해 줬으니까."

"어떻게?" 사피라가 물었다.

"치유 포션으로."

"치유 포션이라고?"

"저 여자한테 옷 좀 걸치라고 하면 안 될까?" 브리엔네가 나무랐다. "난 지금 이 상황이 심히 불편한데."

트리스탄이 웃음을 터트렸다. "하지만 지금 네가 걸치고 있는 케이프를 제외하면 지금은 사피라에게 줄 만한 옷가지가 없는데."

순간 트리스탄은 지금 웃고 있는 사람이 저 혼자라는 걸 문득 깨달았다. 두 여자는 지금 이 상황이 웃음이 나올 만큼 그리 달갑지 않은 것 같았다. 오히려 정반대였다. 그들은 의심쩍은 눈초리로 서로를 노려보고 있었다.

“이제 그게 어떤 치유 물약이었는지 설명 좀 해 봐. 그리고 넌 그런 걸 어디서 얻은 거지?” 사피라가 날카롭게 따져 물었다. 그리고는 바닥에 떨어진 원피스를 집어 가슴 앞까지 들어 올렸다. “이거 네 거야? 내가 입어도 되나?”

“감히 네가 어떻게!” 드래곤의 행동에 발끈한 브리엔네가 화를 냈다. 모욕당한 표정으로 트리스탄에게 돌아선 그녀는 도전적인 눈빛으로 그를 노려봤다. “저 드래곤이 너한테 저런 식으로 말해도 되는 거야? 이건 대화가 아니라 심문에 가까운데.”

“진정해.” 트리스탄이 중재에 나섰다. “앞으로 너희 둘은 서로 대화를 아예 안 하는 게 가장 좋을 거 같다.”

“오오, 인간 파수꾼이 드디어 제가 지닌 지혜와 권능을 시전하시는 게로구나.” 사피라가 비웃었다. 그리고 거만한 동작으로 브리엔네에게 옷을 집어 던졌다. “자, 여기 있다. 그러니 어서 이걸 걸치고 네 케이프를 내게 주렴. 우리는 지금 당장 예언을 찾아 떠나야 하니까.”

“무슨… 무슨 예언인데? 그거 파수꾼과 관련된 거야?” 브리엔네가 말을 더듬으며 중얼거렸다. 브리엔네는 갑자기 하늘에서 뚝 떨어진 이 드래곤 여자가 훼방 놓는 탓에 몹시 짜증이 난 것처럼 보였다. 기분을 누그러뜨리려는 듯 트리스탄이 그녀의 입에 부드럽게 키스하며 일어섰다. "그건 나도 너만큼이나 아는 게 없어. 그러니까 함께 가자, 내 사랑. 사피라가 예언을 찾을 수 있도록 같이 도와주자!" 간지러운 표현에 사피라가 눈을 사납게 치켜떴지만 트리스탄은 그냥 무시했다.

이스타리엘

알빈가르트의 왕자는 심기가 불편했다. 카이가 함께 온 인간 하녀와 작별인사를 나누는 꼴사나운 모습 때문이었다. 솔직히 질투심 하나 없이 지켜보긴 어려운 장면이었다. 카이는 마법의 돌이 발산한 마력으로 그레타에게 원피스를 선사했다. 봉긋한 소매와 섬세한 목둘레선이 인상적인, 눈처럼 새하얀 원피스였다. 제 누이 이조라마저도 갖고 싶어서 껌벅 죽었을 만큼 근사했다. 단 한 가지 아쉬운 점을 들자면, 그녀의 신체에서 남성의 관심을 끌 만한 부위를 모조리 가렸다는 점이었다.

행복한 표정으로 그레타가 주위를 한 바퀴 돌며 옷자락을 날렸다. “카이, 정말 고마워요.” 그녀가 환호했다. “당신 이제 정말 마법을 제대로 쓸 수 있군요!”

그리고 아마 저 어린 마법사가 의도했을 법한 바로 그 행동을 실행에 옮기며 고마움을 표현했다. 카이의 목을 감싸 안은 그레타가 열정적인 작별인사로 그에게 답례했다. 그 모습을 지켜보며 이스타리엘은 속으로 엘프 왕자로 태어난 고귀한 혈통이 도대체 무슨 의미가 있는지 되물었다. 인간 왕국에서 온 저 말라빠진 촌부의 아들마저도 저렇게 목적을 달성하는 법을 훨씬 더 잘 아는 것 같은데. 서둘러 다른 쪽으로 돌아서려 하는데 카이가 그의 등 뒤로 다가왔다.

"그리고 당신은?" 카이가 물었다. "뭘 가장 원해?"

이스타리엘은 자기가 진짜 절실히 바라는 걸 솔직히 털어놓을 순 없었다. 더군다나 이 마법사는 아그네스의 오라비였으니까. 또한, 카이는 지금 옷가지처럼 별 중요하지 않은 것들에 대해 호들갑을 떨고 있는 것이지 이스타리엘의 속마음을 묻는 게 아니었으니까. "저 불사의 멍청이가 날 꼬치구이로 만들기 전에 입었던 의복 그대로." 그래서 이스타리엘은 카이의 장단에 맞추기로 했다.

"알겠어." 싱긋 미소를 지은 카이는 프레지오라이트로 눈부신 빛을 뿜어냈다.

그리고 곧 신분에 걸맞은 바지, 셔츠 그리고 가죽 튜니카를 걸치고 특히 부츠를 다시 신은 모습으로 엘프 왕자가 변모했다. 이스타리엘이 깊은 한숨을 내쉬었다. 물론 예전과는 조금씩 다르긴 했지만 어쨌든 목적만큼은 제대로 달성했다. 이렇게 카이는 마지막으로 작별인사를 나누기 전에 모두를 또 한 번 행복하게 만들었다.

이제 원래대로 색이 돌아온 카이의 염소 그바일로도 주변을 총총거리며 활기차게 뛰어다녔다.

"저 염소는 왜 저러는 거냐?" 이스타리엘이 물었다. "목줄을 잡아야 하는 건가?"

"아니야, 그바일로는 나와 함께 갈 거야." 카이가 대답했다. "날 안내하는 게 염소거든. 게다가 난 빠르게 말을 탈 줄 몰라. 그래서 데모니아 인근까지만 말을 타고 가는 것만으로도 충분히 만족해."

이스타리엘은 속이 부대꼈다. '이 촌놈은 소달구지를 몰고, 당나귀를 탈지언정 순혈종 명마를 타는 건 어디 감히 꿈이라도 꿔 봤겠는가?' 아마도 그가 탄 이스타리엘의 종마는 몇 시간 후면 그에게서 도망칠 게 분명했다. 하지만 엘리야는 카이가 그 말을 타고 가야 한다고 판단했다. 그래서 지금까지 마법사의 요구대로 다 따랐던 이스타리엘은 이번에도 그에게 흑마를 넘겼다.

"고삐를 자꾸 당겨 충격을 주지 마라. 내 말 제대로 알아들었나? 그리고 몇 시간마다 풀을 뜯게 해야 한다."

“내가 신경 써서 잘 보살필게.” 카이가 약속했다. “그러니까 내 여동생을 잘 챙겨 줘. 그리고 그레타도. 당신도 몸조심하고.”

그런 뒤 카이가 안장에 올라타려고 애써 시도했지만 가장 간단한 이것조차도 여러 차례 실패했다. 결국 보다 못한 이스타리엘이 그를 말 위로 올려 줬다.

“다음에는 안장에 올라탈 때 마법으로 보조 계단을 만드는 게 낫겠다.” 이스타리엘이 중얼거렸다. 출발한 지 몇 걸음 만에 거칠게 고삐를 잡는 카이를 보며 화가 치민 이스타리엘은 목구멍에 걸린 욕설을 뱉지 않으려고 애써 턱관절에 힘을 줬다. 더욱이 자신의 애마 주변에서 속도 모르고 폴짝 뛰어다니는 저 망할 염소가 말을 가뜩이나 더 자극했다.

“그는 해낼 거다.” 갑자기 곁에 나타난 엘리야가 말했다. 불사의 마법사는 이례적으로 온화한 표정을 지으며 한 손에 마법 지팡이를 들고 서서 카이의 뒷모습을 지켜봤다. “내가 먼저 네 옷차림을 신경 써야 했는데, 카이가 더 빨랐구나.”

“엄청 너그럽네.” 이스타리엘이 중얼거렸다.

“미안하네, 왕자. 때로는 내가 감당하지 못할 정도로 다혈질이 되곤 하지. 네게 아무 일도 없을 거라는 걸 처음부터 알고 있었어. 그저 모두에게 무슨 일이 벌어지고 있는지 증명할 유일한 기회였다네."

"그래, 그랬겠지." 이스타리엘이 대답했다. "뭐 처음으로 이렇게 사과라도 하니 오히려 고맙다고 해야 하나. 그러면 이제 뭘 해야 하지? 난 이렇게 여생을 네 횡포에 시달려야 하는 건가?"

"나라면 그걸 그리 부르지 않을 걸세."

"그러면 뭐라고 해야 하지?"

"너희는 파수꾼이 될 거야. 그리고 난 그저 불사인 마법사에 불과하고."

이스타리엘은 옆에서 불신이 가득 담긴 눈초리로 그의 모습을 관찰했다. 지하 묘지와 거기서 발견했던 물건들이 떠올랐다. "당신의 야망은 그게 아닐 텐데. 분명 그보다 훨씬 더 큰 걸 바랄 거야. 그리고 내가 그걸 알고 있다는 걸 당신도 잘 알 것이다. 너희 중 어느 누구도 에냐도르의 종족들을 생각하지 않았다. 너희는 항상 그저 각자의 목적만을 쫓느라 정신이 없었으니까."

"이제 그런 시절은 끝났다." 엘리야가 말했다. "앞으로 파수꾼의 시대가 열릴 거야. 새 시대엔 너희가 각 종족을 모두 하나로 통합하고 평화로 이끌어야 하지. 그러니 지금은 어서 슈발벤하인으로 떠날 수 있도록 우선 그 촌놈들부터 풀어 주자꾸나."

⚜

야영지 곳곳에 폭음이 울려 퍼졌다. 막사에서 병사들이 황급히 뛰쳐나왔다. 수프 냄비를 손에 든 병사는 냄비를 재빨리 집어 던지고 서둘러 검을 잡았다. 엘프들이 명령을 내리자 노예들이 무기고로 쏟아져 들어갔다. 쾨니히스하인 쪽을 향해 선두에 사령관을 중심으로 공격부대가 대열을 갖췄다. 그들은 일행을 향해 날카로운 창을 들고 맞섰다.

"마법 지팡이 하나가 너희 부대를 통째로 공포에 벌벌 떨게 하는 모습이 참 매혹적이지 않나?" 엘리야가 말했다.

"그게 당신의 마법 지팡이에 대한 두려움 때문인지는 확신이 서지 않는데." 이스타리엘이 엘리야에게 대답했다. "오히려 왕족인 내게 바치는 경외심 때문 아닐까."

마법사가 웃음을 터트렸다. "그게 뭐든, 우리가 저들에게 무척이나 깊은 인상을 남긴 것 같군."

그 말만큼은 엘리야가 옳은 것 같았다. 전략적인 이유로 엘리야는 이스타리엘에게 제가 타고 온 말의 고삐를 넘기고 약동하는 프레지오라이트녹수정 지팡이를 손에 든 채 두 발로 걸었다. 아그네스와 그레타는 데려오지 않았다. 이곳보다는 안전할 것 같은 숲속에 남겨두고 왔다.

호리엘과 병사들이 미동도 없이 야영지 앞에 서서 그들을 노려봤다. 하나 같이 두려움을 모르는 호전적인 표정이었다. 두려움은 역시 인간종족의 특징인 듯했다. 호리엘의 선봉대 뒤편에서는 노예 병사들이 겁먹은 얼굴로 개미 떼처럼 몰려다니고 있었다. 엘프들은 고함을 지르며 그들을 다그치고 있었다. 이스타리엘과 엘리야가 선봉대 앞까지 다가왔다. 예상했던 만큼 진영에 대혼란이 일지는 않았다.

말의 고삐를 잡아당겨 멈춘 이스타리엘은 고개를 까닥여 호리엘에게 인사했다.

"저하." 사령관이 냉담한 음성으로 말했다. "혹시 포로로 잡히신 겁니까?"

이스타리엘은 고개를 저었다. "아니다. 이 마법사는 급한 용무가 있어 나와 동행 중이다. 그 일에 너희가 데리고 있는 노예 몇 명이 필요하다. 최근에 선발된 노예 중 세 명 정도."

"노예야 여기 많이 있습니다." 호리엘이 대답했다. 생각에 잠긴 것처럼 눈썹을 아래로 끌어당긴 모습에 그의 인상이 훨씬 음흉해졌다. "하지만 왕자님, 먼저 말씀해 보시지요. 그 소년들이 어디에 필요한 것인지요?"

이 질문에서 이스타리엘은 그가 한 말의 신빙성을 증명하라는 뉘앙스를 읽었다. 그새 아엘프스탄에서 그가 엘리야를 풀어 주고 도주했다는 소식이 이 야영지까지 전달된 것이 분명했다. 호리엘은 호락호락한 자가 아니었다. 이스타리엘의 요구를 그 자리에서 들어줄 리가 만무했다.

“그건 별로 중요하지 않다.” 이스타리엘이 말했다.

“아닙니다.” 호리엘이 반박했다. “전 그렇다고 생각합니다.”

몇몇 엘프들이 날카롭게 숨을 들이마셨다. 주변에 도열해 있는 모두가 왕가의 일원에게 맞서는 것 자체가 대역죄라는 걸 잘 알고 있었다.

이스타리엘의 곁에 선 엘리야가 마법 지팡이를 다시 세게 쥐었다. 나무 장식 안에 고정된 프레지오라이트가 밝은 빛을 뿜어내자 엘프들은 한 걸음 뒤로 물러섰다.

“내 너에게 단도직입적으로 말하겠다, 호리엘.” 이스타리엘이 말했다. “오늘 나는 여기에서 세 명의 노예와 말 다섯 마리를 가져가고자 한다. 지금 내게 넘겨 주면 네 병사들은 아무도 다치지 않을 것이다. 나와 엘리야의 뜻에 항거하면, 네 부대가 주둔하고 있는 이 야영지는 초토화될 것이다. 넌 지금 네 앞에 있는 이가 누군지 알고 있을 거라 생각한다만?”

이스타리엘의 말에 호리엘의 얼굴이 창백해졌다. 그의 목 주변의 혈관이 불거졌다. 옆으로 고개를 돌린 호리엘은 그의 앞에 침을 뱉었다. 천 마디 말보다 많은 것을 의미하는 행동이었다. 분노에 휩싸인 이스타리엘은 호리엘에게 검을 겨누고 싶은 충동을 느꼈다.

“넌 이제 엘프의 왕자가 아니지 않나.” 호리엘이 비아냥거렸다. “넌 고작 인간 마법사와 그의 속셈에 휘둘리기만 하는 겁쟁이일 뿐. 진정한 엘프 왕족의 혈통은 절대 누구도 추종하지 않는다.”

호리엘이 내뱉는 말 한마디, 한마디가 독사의 이빨처럼 이스타리엘의 심장을 찔러 댔다. 어쩌면 호리엘이 맞을지도 모른다. 지금까지 이스타리엘의 삶은 두려움의 연속이었다. 뭔가 잘못하여 실패하면 어떻게 하나, 종족을 실망시키면 어떻게 하나… 끝없는 두려움 속에 살아왔다. 하지만 더는 두려움에 웅크릴 수만은 없었다. 이스타리엘은 이미 행동에 나섰다. 그리고 여기까지 왔다. 지금 그와 대치 중인 엘프들의 눈에 차오르는 분노가 훤히 보였다.

“선택권을 주겠다.” 이스타리엘이 재차 압박했다. “부르크스메아데 출신의 소년 두 명과 그들의 막사에 묶고 있는 남장 소녀를 어서 내놔라.”

호리엘이 차갑게 답했다. "남장 소녀는 금시초문이지만. 나머지 두 놈은 누구를 말하는 건지는 알겠군. 내가 네 아버지에게 지금 네가 드래곤과 동맹을 맺으려 한다고 보고해도 되겠는가?"

그것으로 사령관은 트리스탄의 탈출을 넌지시 암시했다. 마음속으로 이스타리엘은 호리엘만큼이나 냉담한 가면을 썼다. 지금은 그의 감정이 절대 밖으로 드러나서는 안 됐다. "아니다. 아버지에게 내가 아직은 시도 중이라고 보고하라."

깜짝 놀란 엘프들이 웅성거렸다. 방금 그들의 귀로 들은 이스타리엘의 말은 다름 아닌 대역죄를 실토한 것이었다.

호리엘이 제 뒤에 있는 병사들을 향해 돌아섰다. "탈출한 드래곤 노예의 친구들을 당장 끌고 와서 이스타리엘에게 넘겨라. 나는 옛 왕족의 피도, 내 병사들의 피도 흘리지 않을 것이다. 그리고 당장 아엘프스탄에 전령을 보내 님룬트 왕께 소식을 전하라. 왕의 아들이 배신자이자 겁쟁이라고."

지금까지 엘리야는 단 한마디도 하지 않았다. 그런데 갑자기 그의 음성이 평야를 뒤덮고 야영지 전체를 침묵하게 할 정도로 쩌렁쩌렁 울렸다. "네놈은 지금 감히 엘프의 파수꾼과 말을 섞고 있는 거다, 이 와이번 새끼 같은 놈아!"

별안간 온 세상이 숨을 멈췄다. 호리엘조차도 잠시 넋을 놓을 만큼 놀랐다. 그렇지만 호리엘은 재빨리 반박했다. "엘프에게 파수꾼은 없다. 더욱이 드래곤, 데몬 그리고 인간과 동맹을 맺지 않는다. 그들은 그저 복종시킬 대상일 뿐!"

"이루 말하기조차 힘든 그 오만한 언행으로 인해 언젠가 너희 왕국의 주권으로 그 대가를 치러야 할 것이다." 이제 엘리야가 평소의 음량대로 말했다.

"네 오만불손함 때문에 네 왕관으로 값을 치러야 했었던 것처럼 말이냐." 호리엘이 대답했다. "그리고… 트레간디르의 전성기로."

이스타리엘은 무슨 일이 벌어졌는지 파악하려 엘리야를 돌아볼 필요도 없었다. 이스타리엘 바로 옆에서 그의 마법 지팡이가 그 어느 때보다도 밝게 빛났다. 하지만 평소처럼 청록빛이 아닌 피처럼 진한 붉은 빛이었다.

"엘리야." 이스타리엘이 그를 상기시켰다. "아무 피도 흘리지 않겠다고 약속했다. 엘프의 파수꾼인 내가 당신에게 요구한다."

불사의 마법사가 이를 바드득 갈았다. 평소 같았으면 이스타리엘을 한 방에 저 멀리 있는 나무까지 날려 보냈을 것이다. 하지만 호리엘의 무례한 태도에 모욕감을 느꼈음에도 엘리야는 당장 그럴 수 없었다. 분노에 찬 그의 몸이 부들부들 떨렸다. 가까스로 안간힘을 다해 번쩍이는 프레지오라이트의 빛을 가라앉혔다.

엘프 사령관의 얼굴에 비쳤던 한 가닥 두려움이 안도 섞인 깊은 만족감과 함께 사라졌다. "그래, 엘리야. 네 파수꾼의 말을 듣는 게 좋을 거다." 그가 말했다. "그리고 너희들이 말한 노예들을 데리고 어서 꺼져라!"

뒤편에서 말발굽 소리가 들렸다. 엘프 두 명이 말 다섯 마리의 고삐를 쥐고, 다른 두 명이 야레드, 아담 그리고 마론을 앞으로 밀치며 다가왔다. 선발 과정에 동석했었던 이스타리엘은 그들의 얼굴이 낯익었지만, 누가 누구인지는 알지 못했다. 겁에 질려 눈을 크게 뜬 노예들이 이스타리엘을 뚫어져라 쳐다봤다.

"난 이스타리엘 폰 아엘프스탄이다." 그가 자신을 소개했다. "그리고 엘프의 파수꾼이지."

"파수꾼이요? 트리스탄이 당신을 보냈나요?" 마론이 곧바로 외쳤다.

"아니다, 날 보낸 건 그의 형제다."

"카이 말입니까?" 야레드가 물었다. "이 굉장한 녀석!"

"어서 말에 올라타라. 그리고 곧장 숲으로 이동한다."

"말에… 오르라고요?" 아담이 말을 더듬었다.

이스타리엘이 눈을 부릅떴다. 이 촌놈들은 정말 시도 때도 없이 무능력함을 뽐내는 못 말리는 녀석들이다! 그럭저럭 아담은 제 친구의 도움으로 말 위로 올려졌다. 마론은 도움을 받지 않고도 혼자 말 위에 올랐다. 그렇지만 고삐를 쥐는 자세만 봐도 당나귀 외에 뭔가를 몰아 본 적이 없는 티가 났다. 야레드와 엘리야가 안장에 올라앉자마자 이스타리엘은 마지막 남은 말의 고삐를 쥐고 제가 탄 종마를 뒤로 돌렸다. 호리엘에게는 한 마디 인사말도 남기지 않았다.

그들 중 누구도 뒤돌아보지 않았지만 이스타리엘은 등 뒤로 쏟아지는 엘프들의 시선을 느꼈다. 그것은 치명적인 독처럼 이스타리엘을 집어삼켰다. 따지고 보면 이렇다 할 피해 없이 빠져나오긴 했지만, 호리엘의 뼈 때리는 일침만큼은 이스타리엘의 머릿속에서 좀체 지워지지 않았다. 엘리야는 고집스레 침묵했다. 평야 뒤편의 울창한 숲이 이들을 삼키고 난 후에야 마법사가 다시 입을 열었다.

“저들을 야영지로 데려가라.” 마법사가 중얼거렸다. “우선 난 다른 사람에게 피해를 주지 않고 마력을 방출할 만한 곳을 찾아보고 가겠다.” 돌처럼 굳은 표정으로 그는 말에 박차를 가하며 달려나갔다.

이스타리엘은 마법사가 저리 황급히 먼저 가는 이유를 눈치채고 있었다. 호리엘이 짓궂게도 감히 트레간디르의 절정기를 언급했다. 평소 같았다면 그것만으로도 엘리야가 진영을 초토화하고도 남을 엄청난 도발이었다. 그렇지만 그게 정확히 뭐든 간에 불사의 마법사가 추구하는 유일한 원칙 하나가 그를 제지한 것이다.

임시 야영지를 지어 놓은 훌구르나무숲에 이스타리엘과 소년들이 도착할 무렵 거센 바람이 불었다. 바람이 곧 폭풍으로 변하여 비둘기 알만한 빗방울이 하늘에서 뚝 뚝 떨어지기 시작할 때 저 멀리 아그네스와 그레타의 모습이 보였다. 두 사람 모두 머리 위로 케이프를 넓게 펼치고 커다란 나무 잎사귀 아래 옹기종기 붙어 서로 몸을 기대고 있었다.

아그네스의 눈이 재회의 기쁨으로 반짝이는 모습을 본 이스타리엘은 심장이 뛰었다. 비록 그것이 저를 향한 것이 아니라 야레드와 아담 때문이겠지만 그런 건 아무래도 상관없었다. 아그네스는 외투를 던져 버리고 그들에게 달려와서 막 말에서 내리는 소년을 끌어당기며 기쁜 표정으로 그의 품에 안겼다. 역시 말에서 내린 마론도 그 광경을 미소 띤 얼굴로 바라봤다.

"비젤… 음… 마론, 맞지?" 옛 동무들과 충분히 재회의 기쁨을 나눈 아그네스가 감탄하며 말했다. "카이가 전부 설명해 줬어. 지금까지 널 남자라고 생각했다니, 정말 미안해."

마론의 얼굴에 피었던 미소가 슬쩍 사라졌다. "괜찮아. 원래 그러려고 계획한 거였으니까."

그들은 잠시 어색한 시선으로 서로를 말똥말똥 쳐다보더니 이내 방긋 미소 지었다.

이스타리엘은 타고 온 말에서 내려 주변 나무기둥에 말고삐를 단단히 묶었다. 폭풍이 거칠게 몰아치면서 불안해진 말들이 연신 눈을 굴리며, 제자리에서 펄쩍 뛰어오르려 했기에 쉽지 않았다. 게다가 돌풍과 폭우 외에도 번개가 작렬했다. 이스타리엘은 살면서 이런 광경을 딱 한 번 목격한 적이 있었다. 그날을 떠올리면 소름이 돋았다.

당시 아직 소년이었던 이스타리엘은 이조라와 함께 엘프성의 상아 발코니에서 놀고 있었다. 엘리야가 트레간디르에 뒤늦게 도착했던 바로 그 날이었다. 엘리야보다 한발 앞서 먼저 도착한 베리안이 모욕감과 분노에 휩싸여 저를 배신한 귀니퍼의 심장에 칼을 꽂아 넣었다. 그러고는 깊은 슬픔에 빠진 엘리아의 추격을 따돌리고 '돌아올 수 없는 늪'으로 달아나 버렸다. 분노한 마법사에게 붙잡히지는 않았지만 그의 저주까지 따돌릴 수는 없었다.

그날 이스타리엘은 엘리야의 마력이 폭발하는 장면을 목

격했다. 그 막강한 힘에 못 이겨 지평선이 일그러질 정도였다. 아엘프스탄에 있던 이스타리엘이 그곳에서 일어나는 일을 볼 수는 없었지만 산 너머 트레간디르 하늘을 뒤덮은 무시무시한 섬광이 미친 듯 번쩍이던 광경을 잊을 수는 없었다. 지금 이 숲을 뒤흔들고 있는 괴팍한 현상은 그때보다야 덜하지만 이곳에 있는 인간, 엘프, 짐승에게 두려움을 가르쳐 주기엔 충분했다.

마지막 말까지 단단하게 고정한 이스타리엘은 다른 일행에게 돌아갔다. 그사이 그들은 막 물에서 뛰쳐나온 강아지처럼 흠뻑 젖어 있었다. 그 와중에도 아담은 정말 개라도 된 것처럼 물에 젖은 몸을 연신 흔들어 대고 있었다.

잠시 왕자의 시선이 그레타에게 머물렀다. 빗물에 그녀의 새 옷이 몸에 찰싹 붙어 여성적인 곡선을 강렬하게 드러내고 있었다. 농부의 가운을 입은 아그네스와 달리 그레타는 성숙하고 고혹적이었다. 그제야 이스타리엘은 모두에게 마법으로 새 옷을 지어 준 카이가 정작 제 동생에게는 왜 그러지 않았을까 의아했던 게 떠올랐다. 어쩌면 지금 그레타에 향하듯 그녀에게 따라붙을 수 있는 이런 음흉한 시선에서 제 동생을 보호하려는 차원이었을지도 모른다.

이스타리엘은 케이프를 꺼내 조심스레 아그네스 어깨에

둘렀다.

“나의 왕자님, 이것도 내 것만큼이나 축축하네요.” 아그네스가 킥킥거리며 웃었다. 서로 알게 된 이래 처음으로 훈훈한 분위기가 연출됐다. 지금까지 아그네스는 단 한 번도 이스타리엘을 ‘나의 왕자님’이라고 부른 적이 없었다. 갑자기 대담해진 이스타리엘이 그녀의 손을 잡고 손등에 키스했다. “하지만 그래도 최소한 널 조금은 따뜻하게 해 주겠지, 아그네스 공주.”

이 말에 아그네스가 갑자기 진지해졌다. 짧은 순간이었지만 그들의 시선이 마주쳤다. 이스타리엘은 그녀의 얼굴을 타고 눈물처럼 흘러내리는 빗방울, 뺨에 붙은 몇 가닥 짙은 머리카락, 볼을 물들인 매력적인 홍조를 물끄러미 응시했다. 그 모습 외에 아무것도 보이지 않았다. 그녀를 둘러싼 주변 세상이 전부 사라졌다. 심장이 또 두근거렸다.

아그네스가 침을 꿀꺽 삼키고는 살짝 아래로 시선을 떨어뜨렸다. 부끄러운지 아그네스는 그가 붙잡은 손을 슬그머니 뺐다. 그제야 이스타리엘은 그곳에 있는 모든 이가 그들을 주목하고 있다는 걸 깨달았다.

“그러니까 또…” 아담이 말을 더듬었다. “당신은 엘프 왕자인 거잖아요, 맞나요?”

이스타리엘이 고개를 끄덕였다. "지금은 그보다 파수꾼에 가깝지만."

"그게 무슨 차이입니까?"

"솔직히 그건 나도 정확하게 모른다." 이스타리엘이 시인했다.

"당신이 파수꾼이라면서 당신도 잘 모른다고요?" 마론이 끼어들었다.

"엘리야 폰 도른슈트랑이 날 그렇게 부른다는 건 알지. 하지만 보다시피 그는 이 임무로 내게 무슨 일이 일어날지 친절하게 알려 줄 위인이 아니잖나?"

"아아." 마론이 말을 길게 끌며 대답했다. "그러면 아까 그… 엘리야… 폰…"

"도른슈트랑이다."

"엘리야 폰 도른슈트랑…은 누구예요?"

이스타리엘이 싱긋 웃었다. 갑자기 그들에게 앞으로 함께 할 사람이 누구인지 폭로해서 여기 있는 인간들의 마음에 조금이나마 상처를 주고 싶은 충동을 느꼈다.

"그는 너희의 왕이다."

"우리의 왕?" 마론은 더 묻지 않았다.

기가 찬 다른 소년들도 입을 다물었다. 이런 모습으로 보아 이들은 동맹국의 며느리를 유혹하고, 그 아들에게 저주를 내린 인간종족의 옛 왕에 대해 단 한 번도 들어보지 못한 것 같았다. 당시 슈투름폭풍 산맥에 보내진 네 왕자의 전설을 감히 입에 올리는 사람은 오래도록 아무도 없었다. 인간에게는 연대기도, 왕도, 마법사도 사라지고 없었다. 부왕의 명을 거역한 엘리야가 전부 다 앗아가 버렸으니까.

그렇지만 처음으로 엘리야에게서 그 전설을 들었던 날부터 이스타리엘은 그를 경이로운 눈으로 보게 되었었다. 그가 지닌 자부심. 불굴의 의지. 그리고 수백 년간 이어진 슈투름 산맥 대마법사에 대한 저항에 경탄할 수밖에 없었다. 대마법사가 인간 왕국의 마지막 왕자에게 영생을 부여한 이유는 딱 하나였다. 언젠가 왕자가 머리를 조아리고 찾아오려면 적어도 그때까지 죽지는 말아야 하니까. 대마법사는 왕자가 가치관을 지키기 위한 투쟁을 포기하고 원래 그가 얻고자 했던 힘을 간청하여 얻어가길 바랐다. 한마디로, 항복하라! 그거였다. 하지만 엘리야는 그러지 않았다. 지금까지 그 기나긴 시간 동안 절대 수그리거나 항복하지 않았다. 이스타리엘은 엘리야의 그런 면모가 존경스러웠다.

"그는 엘프가 너희를 종속시키기 전까지 인간을 다스리던 왕이었다. 최소한 너희의 부모는 엘리야에 관한 이야기를 알고 있을 거다. 그렇지만 너희에게는 절대 들려주지 않았겠지. 그의 이름을 입에 올리기만 해도 처형을 당했을 테니."

이스타리엘 주변에 둘러앉은 인간 소년들은 무슨 말을 해야 할지 몰라 어리둥절한 표정으로 두리번거리며 서로를 쳐다보기만 했다.

"트리스탄은 지금 어디에 있죠?" 마침내 마론이 침묵을 깨고 이스타리엘에게 물었다.

"우리는 그가 슈발벤하인에 있을 거라고 추측한다. 드래곤이 그쪽으로 날아갔으니까. 그곳에 파수꾼들이 모일 거라고 하더군."

"그러면 카이는 어디로 간 겁니까?" 이제 야레드도 질문했다.

"마지막 파수꾼인 데몬을 찾아 데모니아로 갔다."

"당신들이 카이를 데모니아로 보냈단 말입니까? 그것도 달랑 그놈 하나만?" 야레드가 벌컥 화를 냈다.

이스타리엘이 그에게 대답하려고 했지만, 갑자기 등 뒤에서 귀에 익은 음성이 들렸다.

"혼자 가지 않았다만. 카이에게는 프레지오라이트와 염소가 함께 있으니까."

어두컴컴한 숲에서 엘리야가 모습을 드러냈다. 잠시 그가 고개를 들어 하늘을 응시하자 그 즉시 내리던 비가 멈췄다. 엘리야는 천천히 모자를 벗었다.

야레드는 인간의 왕이었다고 전해 들은 주인공의 등장에도 별 감흥이 없어 보였다. "고작 돌덩이 하나랑 염소라니! 그걸로 퍽이나 멀리 가겠네." 야레드는 몹시 언짢아하며 짜증을 냈다. "차라리 당장 그쪽으로 가서 남은 흔적이라도 찾아보는 게 낫겠어. 어쩌면 우리 머리 위에만 비가 내린 걸 수도 있잖아. 카이는 항상 날씨를 마법으로 바꾸곤 했으니까. 지금 당장 쫓아가면 따라잡을지도 몰라." 야레드가 아담을 바라봤다. "너도 같이 갈 테냐?" 촌부의 아들은 고개를 끄덕였다.

"그러면 넌?" 이제 그는 마론을 쳐다봤다. 그녀는 살짝 뺨을 붉히고는 고개를 아래로 숙였다. 이스타리엘은 그런 그녀의 태도에서 처음으로 뭔가 여성적인 면을 엿봤다. "아니. 난… 난 슈발벤하인으로 가겠어."

"좋아, 비젤. 나도 달리 기대하지는 않았어." 야레드가 중얼거렸다.

엘리야는 그들이 나름대로 계획을 세우는 데 전혀 개입하지 않았다. 추측건대 거추장스러운 그들을 데리고 다니지 않아도 되는 상황이 오히려 흡족한 것 같았다.

갑자기 그레타가 그들 사이에 끼어들었다. “너희가 카이를 찾을 수 있도록 내가 도와줄게!” 그녀가 나섰다. “대충 카이가 어디쯤에 있을지 알거든. 그리고 그 데몬도 알고.”

야레드가 깔보는 시선으로 그녀를 위에서 아래로 훑었다. “넌 뭐라도 할 줄 아는 게 있냐? 궁술이나 검법? 아니면 마법?”

하녀가 좌우로 고개를 흔들었다.

“그럼 넌 아무 도움도 되지 못해. 오히려 방해만 되지. 그러니까 그냥 엘프 왕자와 불사의 왕 옆에 꼭 붙어 있어. 그들은 네가 꿈꿀 수 있는 가장 최고의 길동무이니까.”

이 말에 왜 그레타가 호탕한 웃음을 터트린 것인지는 아무도 이해하지 못했지만, 별안간 그 웃음이 신음으로 바뀌더니 결국 그녀는 흐느끼며 숲속으로 뛰어갔다. 여자란 정말 특이한 존재였다. 에냐도르 전역에 있는 그 어떤 드래곤이나 데몬보다도 훨씬.

이조라

저 드래곤 여인은 트리스탄에게 소속된 자다. 달리 그렇게밖에는 설명할 도리가 없었다. 이조라는 그 사실 자체가 몹시 불쾌했다. 갑자기 어디서 날아와 화려한 뒤태를 실룩이며 야생적인 눈빛을 쏘아 겁에 질리게 만드는 저 여자가 자신의 하루를 망쳐 버렸다. 이조라는 가능하다면 정말 이 시간을 되돌리고 싶었다. 또다시 사랑하는 이의 강한 팔에 안겨 제 몸으로 그의 몸을 누르며 자신을 통째로 그에게 선사하고 싶었다. 진심으로 그것 말고는 바라는 게 아무것도 없었다.

하지만 머릿속은 그런 마음과는 사정이 달랐다. 과거 화려한 엘프 도시였을 이 폐허를 그들과 함께 돌아다니는 동안 양심이 찔렸기 때문이다. 트리스탄은 약혼자인 로리안을 죽인 살인자였다. 그럼에도 자신은 로리안을 베어 버린 트리스탄을 영원한 사랑의 묘약으로 제게 묶어 놓았다. 바라보기만 해도 그녀를 휘감는 욕망이 마르는 일도, 그의 시선 한 번에 다리가 덜덜 떨리는 일도 멈춰지지 않았다. 이조라의 심장은 터져 나갈 정도로 두근거렸고, 뱃속이 기분 좋게 간질거렸다. 이조라는 트리스탄을 영원히 제 사람으로 곁에 묶어 두고 싶었지만 불가능하다는 것도 알고 있었다. 그래서 트리스탄에게 제 본명을 알려 주지 않았다. 그런 이조라의 선택은 자신의 불행을 자초한 데서 끝나지 않았다. 그녀는 트리스탄의 사랑도 훔쳤다. 트리스탄이 말한 소녀는 비록 죽었지만 그럼에도 이조라의 자존심을 무참히 짓밟았다.

원래 슈발벤하인 요새가 있었던 이곳은 폐허의 도시로 전락했다. 주변에는 을씨년스러운 돌덩이와 썩어 빠진 각목만이 가득했다. 그 사이에는 옛 귀족 동상의 일부였던 것으로 보이는 파편이 여기저기 쌓여 있었다. 그 파편들 위를 이끼와 지푸라기들이 뒤덮고 있었다.

그들은 불에 탄 거대한 홀구르나무 그루터기 근처에서 잠시 발걸음을 멈췄다. 트리스탄도, 사피라도 이 나무의 용도를 알지 못했다. 그렇지만 이조라는 이런 장소에서 몸소 체험했던 과거의 예식을 떠올렸다. 전통적으로 엘프는 결혼하는 날 밤이면 홀구르나무에 사슬로 신랑 신부를 묶어 놓았다. 남자와 여자가 함께 그 사슬을 풀고 나와야만 부부로서 함께 잠자리를 공유하는 것이 허락됐다. 이조라는 자신이 트리스탄과 그 나무에 함께 묶이는 일만큼은 앞으로 절대 일어나지 않을 거라는 사실에 마음이 아렸다. 그렇지만 이조라는 남은 삶 동안 절대 그 꿈을 놓지 않겠노라 다짐했다.

“정말 허망하군.” 사피라가 말했다. “이제 샅샅이 다 찾아봤잖아. 아무리 봐도 여기에는 예언의 흔적이 없는 것 같은데.”

트리스탄이 이마에 주름을 잡으며 이조라를 바라봤다. “너도 우리를 좀 도와주면 좋겠어. 네 종족이라면 그런 걸 어디에 숨길 거라고 생각해?”

그녀가 고개를 흔들었다. “모르겠어. 하지만 엘프들은 모든 가능성을 생각하지 않고 그냥 일을 벌이는 경우는 드물어. 물이나 불에 대해서도 생각했을 거고 파손까지 염두에 두었을 거야. 그러니까 절대 종이에 기록하진 않았을걸. 추측이긴 하지만, 돌에 새겼을 수도 있어. 그리고 이곳 도시 안이 아니라 성채에.”

“그렇게 생각하는 이유는?” 사피라가 질문했다.

"왜냐하면 성채가 훨씬 더 품위가 있으니까"

드래곤도, 인간도 이 엘프가 하는 말을 이해하지 못했다. 엘프 종족의 동기를 파악하려면 엘프로 태어나야만 가능할 것 같았다.

"그럼 다시 요새로 가서 찾아보자. 그런데 어디부터 찾아보지?" 트리스탄이 물었다.

"우선 지하창고부터. 요새의 지하실은 아무리 주변이 무너져 폐허가 되어도 끄떡없거든."

트리스탄의 얼굴에 만족스러운 미소가 퍼졌다. 그 모습에 이조라의 맥박이 두 배로 빨라지며, 그녀의 아랫배가 욕정으로 저릿했다.

그녀에게 한 걸음 다가온 트리스탄이 이조라의 손을 잡았다. "네 말을 들으니 정말 그럴 거 같다." 그가 말했다. "넌 내게 행운을 가져다주는 존재니까, 브리엔네. 너를 얻은 건 정말 최고의 행운이야."

이조라는 트리스탄이 제 이름이 아닌 다른 이름을 부르며 사랑을 속삭이는 게 마음 아팠지만 개의치 않겠다고 다짐했다. 또 눈을 부릅뜨며 째려보는 사피라의 눈초리도 모른 척하려고 애썼다. 저 드래곤 여자는 아무래도 트리스탄을 어떻게든 가로채려는 것 같았다. 그래서인지 트리스탄이 절절한 사랑을 고백할 때마다 진저리를 쳐 댔다. 사피라는 트리스탄과 엘프 여인의 관계를 얼마나 경멸하는지 서슴없이 드러냈다. 그런 사피라의 감정은 통상적인 질투와는 다소 거리가 멀어 보였지만, 그럼에도 제 연인의 마음 한가운데를 차지하려고 애썼다. 그렇기에 이 두 여자가 서로 숙적이 되어 버린 건 당연한 이치였다. 그럴 만한 근거가 없으면서도 동시에 절대 공존할 수 없는 연적과 같은 사이였다.

이들은 함께 성채로 되돌아갔다. 낙엽과 곰팡이로 뒤덮인 미끄러운 계단이 지하실까지 이어졌다. 트리스탄은 두 여인이 그곳을 지나갈 수 있도록 먼저 앞장서서 커튼처럼 드리워진 거미줄을 옆으로 걷어 냈다. 그러는 동안 이조라와 트리스탄의 시선이 서로를 붙잡았다. 끈끈했다. 이조라는 믿음직한 이 남자 또한 자기와 똑같은 감정을 느끼고 있다는 확신이 들었다. 그들은 열정과 헌신으로 가득한 눈빛을 한동안 나누었다. 그러나 그 시선 한구석엔 불확실한 미래에 대한 의구심이 깃들어 있었다.

“이제 전부 다 둘러본 것 같은데. 이곳도 아니야.” 사피라가 불평했지만 트리스탄은 굳이 반박하지 않았다.

그들은 한구석에 부서진 돌 파편이 산을 이룰 정도로 거의 완전히 무너져 내린 지하실을 샅샅이 수색했다. 트리스탄과 드래곤 여인은 거침없이 돌무덤을 오르며 앞으로 나아가고 있었지만 이조라는 옷차림 때문에 몹시 신경이 쓰였다. 지금 그녀가 입은 부엌 하녀의 원피스는 위태롭게나마 그녀의 몸을 가려 주고 있었다. 이조라는 움직일 때마다 케이프 사이로 태양에 그을린 매끄러운 속살을 거리낌 없이 노출하는 사피라처럼 알몸을 드러내는 건 정말 사양하고 싶었다.

돌무더기 앞에서 머뭇거리던 이조라는 자신이 서 있는 방안을 찬찬히 둘러봤다. 불현듯 이조라의 시선이 창고 천장에 박혀 있는 쐐기돌에 닿았다. 벽에 있는 다른 돌에 비해 약간 앞으로 튀어나온 벽돌이었다. 이조라는 그 돌에 새겨 있는 엘프 언어를 인간의 말로 번역하여 읊조렸다. “인간은 비열하다?”

“누가 그런 말을 해?” 돌무더기의 반대편에서 트리스탄의 음성이 들렸다. 알빈가르트 사람들은 이 말을 입에 달고 살지만 이조라는 그 사실을 트리스탄에게 알리고 싶지 않았다. “아무도. 단지 여기 지하실의 쐐기돌에 그렇게 쓰여 있어.”

곧이어 돌멩이가 굴러떨어지는 소리가 들리더니 트리스탄과 사피라가 돌무더기 위로 모습을 드러냈다. 그들은 슈발벤하인의 폐허에서 움직이려면 그 방법밖에 없다는 것처럼 돌무더기에서 미끄럼을 타듯 함께 아래로 내려왔다. 이조라의 마음속에 질투심이 피어올랐다.

"여기 좀 봐." 이조라가 머리 위에 있는 돌을 가리켰다. "하지만 그 속에 숨은 뜻은 모르겠어. 하지만 뭔가 당신들의 예언과 관련이 있지 않을까."

낯선 문자를 살펴본 트리스탄이 결심했다. "날 위로 올려 줘!"

이조라는 방금 자기가 잘못 들은 줄 알았지만, 사피라가 당연한 듯이 몸을 숙여 트리스탄의 무릎을 꽉 껴안는 것을 보고 재빨리 그녀의 행동을 따라 했다. 살짝 흔들렸지만 두 여자는 힘을 합해 트리스탄을 번쩍 위로 들어 올렸다. 갑자기 느껴진 무게감에 이조라는 신음을 흘리지 않으려 안간힘을 썼다. 사피라는 그런 이조라를 못마땅한 눈빛으로 흘겨봤다. 트리스탄은 두 여자의 신경전엔 아랑곳하지 않고 쐐기돌에 두 손을 올렸다. 그가 쐐기돌을 누르자 뭔가가 갈라지는 소리가 시끄럽게 들렸다.

"저기 좀 봐!" 이조라가 외쳤다. 불과 몇 미터 떨어지지 않은 반대편 벽의 벽돌이 마치 보이지 않는 힘이 밀어낸 것처럼 갑자기 밖으로 튀어나왔다. 그 벽돌 위에도 비문이 새겨져 있었다. 두 여자는 트리스탄을 아래로 내렸다.

"저건 무슨 뜻이야?" 트리스탄이 물었다.

"하지만 너희 파수꾼만큼은 아니다." 이조라가 긍지를 느끼며 해석했다. 이제 그녀도 지금 이 탐색 자체가 저 없이는 제대로 진행되지 않는다는 걸 깨달았다. 이조라는 사피라가 제 인생에 가장 아름다웠던 순간을 망가뜨린 이후 처음으로 만족감과 비슷한 기분을 느꼈다. 지금 그녀의 몸 안에 모험심이 퍼지고 있는 느낌도 받았다. 그들이 지금 이곳에서 찾고 있는 수수께끼가 무엇이든 해답의 문턱까지 온 것 같았다.

"저런 벽돌이 더 있을 텐데." 트리스탄이 추측했다. "이 방을 더 샅샅이 찾아보자!"

그들은 서로 다른 방향으로 흩어진 채 어두컴컴한 방안 구석구석과 누런 돌을 덮은 이끼 사이사이를 샅샅이 수색했다. 그렇지만 아무리 찾아도 그 이상 아무것도 찾을 수 없었다.

잠시 후 이조라는 두 번째 돌을 아까처럼 벽으로 눌러 보자는 생각을 떠올렸다. 생각대로였다. 요란한 소음과 함께 지하실 입구 근처의 한구석에서 새로운 돌이 튀어나왔다.

이조라가 그 위에 새겨진 비문을 큰 소리로 읽었다. "드래곤은 순종적이다."

다른 말이 필요 없었다. 트리스탄이 옆으로 물러서며 사피라에게 자리를 내어줬다. 신중하게, 하지만 흥분으로 격앙된 눈동자를 반짝이며 사피라가 벽돌을 다시 벽으로 밀어 넣자 또 다른 문구가 등장했다. "하지만 너희 파수꾼은 그렇지 않다."

"이건 예언으로 향하는 관문이다." 트리스탄이 짐작했다. "단지 내 질문은 그 길을 여는 데 우리 세 명만으로 충분하냐는 거지." 트리스탄은 그다음 문구를 기대하며 다시 벽돌을 밀어 미지의 장치를 작동시켰다. 기대했던 것처럼 곧이어 몇 미터 떨어지지 않은 지점에 새로운 문구가 새겨진 벽돌이 튀어나왔다.

"엘프는 차갑다." 이조라가 소리 내어 읽었다. 이 주장을 뒷받침하듯 이조라의 음성은 서늘했다.

사피라가 웃음을 터트렸다.

"네가 한 번 시도해 봐." 트리스탄이 제안했다.

심호흡을 한 이조라가 양손을 돌 위에 얹고 그것을 움직이려 해 봤지만 돌은 꿈쩍도 하지 않았다. 아무리 기를 써 봐도 돌은 움직이지 않았다. 수치심이 그녀를 덮쳤다. "미안해." 이조라가 속삭였다. "아무래도 난… 파수꾼이 아닌가 봐."

그들은 이제 어찌해야 할지 모르겠다는 눈빛으로 서로를 응시했다. 성공할 가망이 없을 거라고 생각하면서도 트리스탄에 이어 사피라도 돌을 밀어 보려 했으나 역시 헛수고였다.

"어차피 그걸 거라 생각하지 않았나." 드래곤이 말했다. "결국엔 파수꾼 모두가 에냐도르 중심에 모여야 한다는 뜻이지. 그래서 내가 널 이리로 데려온 거다, 트리스탄. 하지만 너와 나만으로는 완전하지 않지. 엘프와 데몬이 빠졌으니까. 이제 그리로 날아가서 그들을 찾아보자."

"날아간다고?" 깜짝 놀란 이조라가 트리스탄의 손을 붙잡았다. "안 돼, 난 아직 마음의 준비도 하지 못했는데!"

"아직 준비되지 않았다고?" 사피라가 되물었다. "도대체 넌 지금 이곳을 어떻게 생각한 거야? 너희가 숨을 수 있는 영원한 사랑의 둥지? 우리는 그것보다 당장 해야 할 시급한 일이 있어!"

트리스탄이 이 일을 명확하게 정리하기를 바라면서 두 여자 모두 동시에 그를 바라봤다. 이조라는 트리스탄이 지은 표정의 의미를 읽을 수 없었다. 단지 그녀에게 확실한 건 이제 이런 상황이 전부 넌더리가 난다는 것뿐이었다. 예언이고 뭐고 찾고 싶지도 않았고, 제 옆에 얼쩡거리는 드래곤도 참기 힘들었다. 침몰하는 엘프의 성을 구하려는 원래의 임무도 이제 더는 중요하지 않았다. 이조라는 그냥 무너진 탑에서 트리스탄과 단둘이 있었던 그 시간으로 되돌아가고 싶은 마음뿐이었다. 오롯이 트리스탄과 단둘이. 그리고 강한 그의 손이 그녀의 맨몸을 어루만지고 있던 그때로.

트리스탄이 조금 옆으로 이조라를 데려가 귓가에 속삭였다. "브리엔네, 미안하다."

그녀가 뭔가 대답하려고 했지만 순간 사피라가 벌떡 일어섰다. 그녀는 출구 쪽으로 재빨리 몸을 던져 난간을 두 손으로 움켜쥐고 밖에서 들리는 소리에 귀 기울였다.

이상 징후를 눈치챈 트리스탄이 잡고 있던 이조라의 손을 놓고 사피라 쪽으로 향했다.

"무슨 소리가 들려?" 트리스탄이 물었다.

그들을 향해 돌아선 사피라가 트리스탄에게 시선을 고정했다. "기병들이 오고 있다. 말을 탔어."

"그러면 엘프겠네." 트리스탄이 추측했다.

"맞다." 어느새 금안으로 변한 사피라의 눈동자가 번뜩였다. 그리고 이조라를 향해 확인하는 투로 물었다. "너를 쫓을 이가 있는 건가?"

"나도… 나도 잘 모르겠어." 이조라가 대답했다. "어쩌면… 날 쫓고 있을지도."

"빌어먹을!" 드래곤이 외쳤다. "지금 당장 여기서 떠나야 해. 그리고 너도 우리와 같이 간다! 아니면 우리를 배신하게 될지도 모르니!"

트리스탄도 그녀 못지않게 긴장한 것처럼 보였다. 황급히 이조라의 손을 잡은 그가 고개를 끄덕이며 말했다. "함께 가자, 브리엔네!"

그녀는 필사적으로 고개를 흔들었다. "난 너희를 절대 배신하지 않을 거야. 하지만 같이 갈 수는 없어. 그냥 안 돼!"

"왜 안 되는데?" 트리스탄이 질문했다.

"난… 내 쌍둥이를 찾아야 하니까!"

"그건 전부 해결해 줄게. 우선 우리랑 같이 가고, 우리가 나중에 그를 꼭 도와주겠다!"

이제 이조라의 귀에도 말발굽 소리가 들렸다. 그 소리는 그녀의 심장박동이 두근거리는 속도만큼이나 빠르고, 절박한 박자로 그들을 향해 접근했다. 지금 무엇을 선택하든 훗날 그녀는 후회하게 될 것만 같았다. 어쩌면 사랑은 파멸로의 유혹일 뿐이라는 이스타리엘의 말이 옳았는지도 몰랐다. 이조라는 차오르는 열망과 내면의 갈등을 짊어진 채 아슬

아슬 외줄을 타고 있었다. 그 아래 끝 모를 나락이 그녀에게 손짓하고 있었다. 이 모든 게 그녀 스스로 짊어진 죄의 대가였다. 이조라는 제 심장을 빼앗겼다. 그리고 이제 그 심장이 둘로 쪼개질 판이었다.

이조라는 덜덜 떨리는 팔로 트리스탄을 안으며 그의 품에 기댔다. 그의 귀에 속삭이는 한 마디가 이조라의 가슴에 비수를 꽂는 것 같았다. "어서 가!"

트리스탄이 고개를 떨궜다.

"너 먼저 가!" 그녀가 울먹였다.

사피라가 이별을 도우러 다가왔다. 그녀는 트리스탄의 팔을 거칠게 붙잡고 방에서 끌어냈다. 그렇지만 다시 계단에 멈춰 선 트리스탄이 이조라를 향해 돌아섰다. 그의 이마에 깊은 고랑이 패였다.

"너 또 호리엘의 손아귀에 떨어질 셈이냐?" 참다못한 사피라가 그에게 호통을 쳤다.

하지만 트리스탄은 사피라를 뿌리치고 다시 이조라에게 다가왔다. 그리고 정열적으로 그녀에게 키스했다. "널 찾아갈게. 내 말 들려, 브리엔네? 네가 어디에 있든 내가 널 꼭 찾아낼 거야. 그런 다음… 우리 앞으로 영원히 함께하자!"

이조라는 목구멍에 걸린 덩어리 때문에 아무 대답도 하지 못했다. 그녀는 마지못해 억지로 지하실 밖으로 끌려나가는 트리스탄의 뒷모습을 뜨거운 눈빛으로 쫓았다. 잠시 마음을 추스르고 난 후에야 겨우 그의 뒤를 따라 밖으로 나설 용기가 났다. 무너진 성 안뜰에서 다시 드래곤으로 변신한 사피라는 트리스탄을 태우기 위해 무릎을 꿇고 있었다. 트리스탄은 지금까지 다른 일은 해 본 적이 없는 것처럼 민첩하게 몸을 날려 그녀의 등위에 올라탄 후 드래곤 목덜미에 솟아 있는 돌기를 힘차게 거머쥐었다. 트리스탄의 머리카락이 바람에 날리는 모습을 보며 이조라는 가슴이 미어졌다. 앞으로 그녀가 살아 있는 동안은 이 모습을 절대 잊지 못할 것이다. 다시는 이조라가 감당하지 못할 아픈 이별이었다.

위풍당당하게 날개를 펼친 드래곤은 잠자리처럼 가뿐하게 날아올랐다. 눈가에 눈물이 그득한 채 이조라는 멀어지는 트리스탄의 뒷모습을 끝까지 쫓았다. 그를 태운 드래곤은 폐허 너머로 미끄러지듯 날아올라 날갯짓 몇 번 만에 구름 사이로 사라졌다.

그가 시야에서 사라지자마자 정찰대가 성 안뜰에 돌진해 들어왔다. 가장 선두에서 빠르게 말을 몰며 달려오던 기사가 동경 어린 눈빛으로 방금 드래곤이 사라진 하늘을 응시했다. 그 모습을 좀 더 찬찬히 살핀 후에야 이조라는 이윽고 그의 정체를 알아봤다. 아엘프스탄 지하감옥에 있던 때와는 전혀 딴판인 모습으로 등장한 그는 당당한 전사이자 지도자의 기풍이 넘쳤다. 그랬다. 그는 바로…

"엘리야!" 이조라가 속삭였다.

인간의 왕이 타고 온 흑마가 그녀에게 다가왔다. 하늘을 노려보던 그의 시선이 이조라에게 향했다. 강렬한 눈빛이 작렬했다. 그와 말을 섞어야 한다는 생각만으로도 온 사지가 덜덜 떨렸다. 내면의 무언가가 어서 그 앞에 무릎을 꿇으라고 속삭였다. 이조라는 그 충동을 거의 실행에 옮길 뻔했지만 가까스로 참아 냈다.

엘리야 뒤로 두 번째 말이 도착했다. 말안장에 인간 소녀를 감싸 안듯 태우고 이스타리엘이 앉아 있었다. 놀라움과 재회의 기쁨으로 그의 눈이 휘둥그레졌다. 그렇지만 곧 제 쌍둥이에게서 눈길을 돌린 이조라는 엘리야와 시선이 마주치자 그 눈빛에 쪼그라들었다.

불사의 마법사가 고삐를 잡아당겼다. 재빨리 말에서 내린 그가 이조라를 향해 성큼성큼 걸어왔다. 지척에 멈춰 선 그는 이조라의 금빛 머리카락을 한 가닥 쥐더니 싱긋 미소를 지으며 손가락 사이로 돌돌 말았다.

"흠, 하녀로 변복한 문프린세스라." 그가 말했다. "네 성을 구하려고 여기까지 온 거군. 내 말이 맞나?”

이조라가 고개를 끄덕였다.

“그건 그리될 거다, 공주. 내가 다리에 걸었다 푼 보호 마법을 새로 걸어 줄 테니.”

이조라가 침을 꿀꺽 삼켰다. 지금 이 상황을 어떻게 해석해야 할지 어안이 벙벙했다. 일이 쉬워도 너무 쉽게 풀렸다.

“평화를 견고히 하려면 어떻게 해야 하는지 아는가?” 엘리야가 물었다.

“전쟁…으로?” 이조라가 말을 더듬었다.

거만하게 고개를 뒤로 젖힌 불사의 마법사가 큰 소리로 웃었다. 그제야 손에 쥐었던 이조라의 머리카락이 흘러내렸다. 커다란 눈망울로 그녀가 마법사를 바라봤다.

“아니다, 공주. 평화란 결혼으로 유지되는 것이다. 파수꾼들이 에냐도르를 다스리는 때가 오면 먼 옛날처럼 각 종족의 왕국은 하나로 통합될 것이다. 그러면 넌 도른슈트랑의 왕비가 되겠지…. 그러면 네 부왕의 성은 아엘프스탄 협곡 위에서 그 어떤 폭풍에도 영원히 끄떡없을 것이다.”

엘리야가 그녀에게 오른손을 내밀었다. 이조라는 의심 가득한 눈빛으로 그 모습을 바라봤다. 지금 이 자가 그녀에게 거래를 제안하고 있다. 그게 아니면 뭐란 말인가? 그녀의 꿈을 그리고 사랑을 송두리째 대가로 치러야 하는 거래였다.

그 사이 엘리야를 뒤따라온 다른 말이 도착했다. 말에서 재빨리 뛰어내린 이스타리엘은 시골 소녀를 번쩍 들어 말 아래로 내렸다. 그러고는 성큼성큼 이조라에게 다가와 그녀를 품에 안았다.

"이조라, 여기서 도대체 뭐 하는 거야?" 그가 숨도 쉬지 않고 물었다. 하지만 그는 제 팔을 토닥이는 쌍둥이 여동생의 손길을 알아차리고 품에서 이조라를 놓아 주었다. "너 왜 그래?"

이조라가 격하게 고개를 흔들었다. "아무것도 아니야. 난 우리 둘이 한 짓을 전부 바로잡으려고 여기까지 왔어, 이스타리엘. 넌 엘리야를 풀어 줬고, 그는 이제 아엘프스탄이 침몰하도록 내버려 두겠지. 그러니 난 우리 왕국을 구해야만 해."

화들짝 놀란 이스타리엘이 엘리야를 향해 돌아섰다. "재가 도대체 무슨 말을 하는 거지? 당신이 또 무슨 짓을 한 건가?"

"내가 네 부왕이 아엘프스탄을 떠나지 못할 이유를 만들어 주겠다고 말하지 않았던가. 그래서 내가 성벽에 결로와 틈이 생기도록 손을 좀 썼지. 우리 뒤를 쫓을 군대를 보낼 생각조차 할 겨를이 없도록 말이야. 그런데 엘프의 왕이 제 딸을 내게 보냈지 뭔가. 참으로 탁월하고 지혜로운 제안이라 할 수 있겠군."

"당신이 말하려는 뜻은…" 이스타리엘이 따져 물으려 했다. 그렇지만 뒤편에서 갑자기 터져 나온 환성이 그의 말을 가로막았다. 이스타리엘의 일행 중 세 번째 말을 타고 도착한 노예 차림의 소년이 말 옆에 서서 하늘을 바라보며 고성을 질렀다. 놀랍게도 그는 이조라가 벌써 끔찍하게도 그리워하는 이름을 외쳤다. 이조라가 여생을 영원히 함께 보내고 싶은 바로 그 사람의 이름을. "트리스탄!"

"저 사람은 누구야?" 이조라가 물었다.

이스타리엘은 이런 우발적인 사건에 더욱 속이 터진 것 같았다. 엘리야에게 해명을 요구하는 데 온 신경이 쏠려 있었다. 그런 이스타리엘의 귀에는 이조라의 말이 제대로 들리지도 않았다. 그저 분노를 담아 불사의 마법사를 째려보기만 했다.

"저 사람 누구냐고?" 이조라가 두 번째로 같은 질문을 던졌다. 이번에는 목소리가 훨씬 날카로웠다.

이조라의 가시 돋친 태도에 이스타리엘이 놀랐다는 표정으로 그녀에게 돌아섰다. "그녀의 이름은 마론이야. 우리는 지금 마론의 연인인 트리스탄을 찾아다니고 있어. 그런데 방금 그가 이 근처에서 드래곤을 타고 날아가 버렸지 뭐야. 혹시 그가 떠나기 전 만나 본 적이 있어? 혹시 그와 대화해 봤어?"

"마론." 이조라가 나지막이 그 이름을 계속 읊조렸다.

한동안 그들은 아무 말 없이 침묵했다. 그때 이스타리엘은 제 쌍둥이 동생의 어깨를 움켜쥐었다. "이조라, 너 왜 그래? 나랑 얘기 좀 하자!"

이조라가 살짝 그를 뿌리쳤다. 그리고는 천천히 눈을 돌려 소녀를 응시했다. 트리스탄은 그녀가 죽었다고 믿고 있지만 여전히 남자 행색을 하고 버젓이 살아 돌아다니고 있다. 이조라는 자신과 트리스탄은 물론 저 소녀의 인생까지 망가뜨린 셈이다. 모든 것을 바로잡는 방법은 딱 하나뿐이었다. 그렇게라도 최근 며칠간 그녀가 저지른 온갖 실수를 만회해야 한다.

이조라는 떨지 않으려 애쓰며 인간의 왕에게 돌아선 후 제 손을 내밀었다. "나 엘프의 공주 이조라 폰 아엘프스탄은 당신의 제안을 받아들입니다. 엘리야 폰 도른슈트랑."

"그건 말도 안 되는 일이야. 너는 벌써 로리안과 약혼한 몸이잖아!" 이스타리엘이 긴급히 나섰다.

"지금은 아니야. 트리스탄이 그를 죽였어."

엘리야의 입술에 회심의 미소가 걸렸다. 이번만큼은 마음에서 우러나오는 진짜 미소 같았다. 사실 이조라의 결심은 로리안의 죽음과는 상관없었다. 오롯이 그녀 스스로 내린 결정이었다. 이조라의 손을 잡은 엘리야가 그 위에 살포시 입을 맞췄다. "트리스탄과 드래곤이 다시 돌아오면 즉시 이 동맹을 봉인할 것이다. 그 둘이 없으면 우리는 예언을 찾을 수 없으니 그들을 반드시 이리로 데려와야 한다. 바로 이곳, 슈발벤하인 지하에는 어떻게 해야만 우리가 최종목표를 완수할 수 있는지 그 방법이 설명되어 있다."

"그들은 떠나기 전에 그들이 맡은 예언 일부를 풀었어요." 이조라가 엘리야에게 설명했다. "그러니 엘프족 파수꾼과 데몬족 파수꾼이 힘을 보태면 아마 완전한 예언이 모습을 드러낼 거예요."

"넌 참 용케도 잘 알고 있구나, 공주." 엘리야가 감탄하며 말했다. "엘프의 파수꾼은 지금 내가 이렇게 데려오지 않았나." 그가 이스타리엘을 가리켰다.

"네가?" 이조라는 나지막하지만 몹시 놀란 음성으로 말했다.

이스타리엘이 고개를 끄덕였다. "내가 운명이라고 한

거 기억하지? 난 내게 지워진 숙명을 찾으려고 성을 떠난 거야."

"그리고 그걸로 내 운명까지 결정돼 버렸네." 이조라가 속삭였다.

카이

카이는 말을 몰아야 할 방향을 어렴풋이나마 알고 있었다. 헤어질 때 툴은 제 부족이 살고 있는 천막촌을 찾을 몇 가지 힌트를 알려 줬다. 툴은 스호오크를 타고 날아갔기 때문에 벌써 오래전에 그곳에 도착했을 것이다. 반면 카이는 엘프 왕자의 말과 사투를 벌이고 있었다. 왕자의 애마는 그 어떤 당나귀나 소보다 몹시 까칠하고 예민했다. 카이가 고삐를 잡아당길 때마다 종마는 곧바로 눈을 굴리며 좌측 혹은 우측으로 4분의 1바퀴쯤 방향을 틀었다. 그렇다 보니 카이는 대부분 시간을 지그재그로 말을 탔다. 그나마 계속 앞서가며 길을 안내하는 그바일로가 없었더라면 말은 아마도 그를 데모니아가 아닌 부르크스메아데로 데려갔을 것이다. 하지만 언젠가부터 말도 그냥 제 위에 앉은 사람의 지시와는 상관없이 하얀 염소의 엉덩이가 이끄는 방향을 쫓아가는

데 익숙해졌다.

출발한 지 사흘째 되던 날 카이는 자기도 모르는 새 알빈가르트와 데모니아의 경계선을 넘었다. 녹음이 우거져 있던 주변의 풍경이 서서히 황폐한 초원으로 변하더니 카이의 우측에 펼쳐진 지평선 저 멀리 드래곤 산맥이 위용을 드러냈다. 야영지에서 툴은 '토이펠악마 호수'에서 멀지 않은 곳에 있는 '갈린'이라는 지명을 언급했었다. 이 호수가 바로 카이가 알고 있는 유일한 단서였다. 이 호수를 못 찾는다면 아마도 데모니아의 황량한 초원에서 길을 잃고 헤맬 것이 뻔했다. 이곳의 황량한 풍경은 카이와 같은 이방인이 길을 잃고 헤매다 '도로 제자리'를 거듭하기 딱 알맞았다. 아무리 둘러봐도 방향을 잡을 단서가 될 만한 지형지물이 전혀 없었기 때문이다. 사방에 갈색 덤불이 엇비슷한 지형으로 펼쳐져 있었고, 똑같아 보이는 돌무더기가 여기저기 우뚝 솟아 있었다. 언덕은 많았지만 모두 나지막했다. 정상에 올라 봤자 산꼭대기에서처럼 앞으로 나아가야 할 방향을 가늠해 볼 수 없었다.

"진심으로 네가 길을 제대로 알고 있는 것이길 바라." 카이는 마치 들장미가 흐드러지게 핀 집 앞 정원인 것처럼 제 앞을 활기차게 뛰어가는 그바일로에게 말했다. 하지만 돌아온 답은 헐떡이는 숨소리뿐이었다.

쾨니히스하인에서 출발한 이후 지금까지 누군가 길을 가로막은 건 딱 두 번이었다. 두 차례 모두 엘프였다. 말을 타고 빠르게 이동하는 정찰대가 코앞까지 다가오기 직전 카이는 겨우 몸을 숨길 수 있었다. 또 한 번은 이른 아침이었다. 엘프 귀족이 타고 있을 듯한 마차가 근처를 지나고 있었다. 마침 카이가 나무를 자라게 해 밤이 열리도록 하는 마법을 시전 중이었는데 누군가가 그것을 본 모양이었다. 카이는 황급히 마법을 걸어 말들이 미친 듯이 날뛰게 했다. 다행히 마차를 호위하던 두 병사는 마차에서 주인을 구출하는 것이 시답잖은 일개 마법사를 붙잡는 것보다 먼저라고 판단했다.

만약 호위병들이 다른 판단을 했었더라면 그들은 카이를 잡으러 달려왔을 터였다. 마법을 쓰면서 카이는 제발 그의 프레지오라이트가 제대로 힘을 발현하기만을 간절히 소망했다. 카이는 여전히 한 가지 마법만큼은 신뢰하지 못했다. 그건 투명 마법이었다. 데몬의 땅에서 가장 효율적이고 안전한 방책이 될 수도 있는 마법이겠지만 예전에 한 번 호되게 고생했던 적이 있던 터라 신중할 수밖에 없었다.

이스타리엘의 애마를 타고 황량한 땅으로 계속 전진하는 동안 카이는 치명적인 데몬족의 눈빛에서 자신을 보호하려면 어떻게 해야 할지 고민했다. 고통이야 어떻게든 참아 낸다지만, 치명상을 입히는 눈빛을 얻어맞는다면 그건 아예 다른 문제였다. 툴을 찾는 과정에서 별로 말을 섞을 기분이 아닌 붉은 눈 데몬과 마주친다면 그의 여정은 아마 예정보다 훨씬 빨리 고통으로 가득한 비극적인 결말을 맞을 것이 분명했다. 저 멀리 반짝이는 토이펠 호수가 시야에 들어올 무렵 카이는 계책을 하나 떠올렸다. 이 계획을 정말로 실행에 옮길지는 아직 확신이 서지 않았다.

그바일로의 발걸음이 점점 느려지더니 이젠 아예 멈춰섰다. 생각에 잠겨 있던 카이가 긴장했다. 하얀 악마는 음매 하고 울음소리를 낸 후 카이에게 몸을 돌려 고개를 흔들었다.

"더는 이 길로 가고 싶지 않은 거야?" 당황한 카이가 물었다. "하지만 그러면 지금까지 온 길이 다 헛수고잖아!"

염소는 또 한 번 울기만 했다. 유독 그 울음소리가 애처롭게 들렸다.

"샤텐발트그림자 숲와 같은 상황인 거지, 맞아? 그러면 환한 낮에만 이곳을 우회해서 가야 할까?"

염소가 고개를 끄덕였다. 카이가 신음을 흘렸다. 어째 이 어리석은 동물은 이제 카이에게 프레지오라이트녹수정가 있다는 걸 깨닫지 못하는 걸까? 프레지오라이트만 제대로 작동해 준다면 카이는 아마 에냐도르 전역에 있는 하피와 유령늑대를 모조리 쫓아 버리는 것도 가능했다. 그런데 제아무리 괴물이 그 안에 둥지를 틀었다고 해도 그깟 호수 하나가 뭐 그리 대수란 말인가? 카이는 호수의 수면 위로 저무는 석양을 응시했다. 토이펠 호수는 거대했다. 물론 샤텐발트만큼이나 넓지는 않겠지만 호수를 우회해서 가려면 족히 며칠은 더 걸릴 것이다. 호수의 동쪽은 분명 드래곤 산맥의 초입까지 이어졌다. 서쪽으로는 한없이 펼쳐진 평원만 시야에 들어왔다.

"우선 가서 한 번 둘러봐야겠어." 결심을 내린 카이가 뒤꿈치로 말의 옆구리를 찼다. 이제 더는 염소가 앞장서지 않는 걸 보고 말은 머뭇거리기만 했다.

앞으로! 카이가 명령했다. 그러자 말이 움직였다. 물론 지금까지 그랬던 것처럼 그들의 행진은 갈지자였다. 샤텐발트에서처럼 그바일로는 이번에도 카이의 뒤꽁무니를 따라왔다. 연신 불안한 울음소리를 내며, 정면에 보이는 호수에 시선을 고정한 채 발굽으로 바닥을 긁었다. 그 모습을 본 카이가 속으로 미소를 지었다. 이 염소는 정말 타고난 겁쟁이구나! 엘라바르 광산을 지키던 두 녹색 드래곤 앞에서도 염소

는 꽁지를 감추고 도망갔었다. 조금이라도 위험을 감지하면 뼛속까지 겁쟁이인 제 참모습을 서슴없이 드러냈다. 하지만 어쨌거나 염소는 지금 여기까지 카이를 제대로 안내했다. 어차피 카이도 그바일로에게 그 이상을 기대하진 않았다.

토이펠 호숫가에 도착한 그들은 잠시 멈춰 섰다. 카이는 말에서 내려 유리처럼 투명하고 푸른 물을 응시했다. 끝없는 사막에 있는 오아시스처럼 무척 평온해 보였다. 호수 너머 지평선에 걸려 있는 석양이 금방이라도 서쪽 땅끝으로 가라앉을 것 같았다. 호숫가에 잠시 쉬고 있던 염소가 무슨 소리를 들었는지 귀를 쫑긋했다.

"그바일로, 보여? 그냥 호수야." 카이가 말했다. 그렇지만 카이가 염소에게 몸을 돌린 바로 그 순간 또다시 무슨 소리가 들렸다. 그 소리에 그바일로가 몸을 움찔하며 기겁했고, 곁에 있던 말도 겁먹은 듯 뒷걸음질 쳤다. 그때 말의 고삐가 카이의 손에서 흘러내렸다.

멈춰….

"그냐아앙 가게에에 둬어어요오오!" 갑자기 호수 안에서 목소리가 울려 퍼졌다. 크지 않은 소리였지만 카이의 귓가에 선명하게 울려 퍼졌다.

멈춰 서!

“당신도오 약하네에요오오.” 또 다른 목소리가 속삭였다. “그냐아앙 가게에에 둬어어요오오!”

“우리에게 와아아요오오!” 세 번째 음성이 말했다. “우리도 당신처러엄 약하니까아아요오오.”

카이는 젖 먹던 힘을 다해 주머니에 넣어 둔 프레지오라이트를 꺼내려고 손을 움직였다. 그의 곁에 있던 그바일로가 온 힘을 다해 울부짖었지만 울음소리는 거의 들리지도 않았다. 호수 안쪽에서 울려 퍼지는 속삭임이 주변의 모든 소리를 집어삼켰다. 이상하게도 그들의 음성에는 지금까지 카이가 느껴 보지 못한 강한 설득력이 실려 있었다. “당신은 어차피이이 못할 거예요오오오. 당신은 그럴 만한 사람이이이 못 되니까아아. 무능력하잖아아, 바로오오 우리처러어엄!”

카이의 마음 깊숙한 곳에서는 이미 알고 있었다. 그들의 말이 옳다는 것을. 손가락을 덜덜 떨며 산만한 손길로 주머니에서 마법의 돌을 겨우 꺼내 들었다. 석양이 저물며 흐릿해진 노을이 수면에서 듬성듬성 반짝였다. 카이의 눈 속에도 그 빛이 차츰 수그러들며 어둠이 내렸다. 카이는 마음이 점점 나약해지는 걸 느끼며 그냥 왠지 모르게 자신이 계속 질 것만 같은 기분이 들었다. 호수 속 음성이 속삭이는 것처럼. 카이는 그들이 자기 마음 깊숙한 곳을 훤히 들여다보고 있다고 느꼈다. 그들은 카이의 모든 걸 알고 있는 듯했다.

"이리 와요오." 이제 그들은 동시에 입을 모아 말했다. "어서 와서, 당신을 구할 방법을 찾아요오오!"

카이는 온 힘을 다해 바짓가랑이를 잡아끄는 염소를 뿌리쳤다. 그리고 물 안으로 성큼성큼 걸어 들어가 호수 바닥을 응시했다. 순간 그들의 실체가 보였다. 호수 바닥에 아름답고, 앳된 얼굴들이 족히 수천은 되었다. 화염처럼 붉은 피부에 깜깜한 밤처럼 검은 눈동자를 지닌 그들 이마에는 뿔이 있었다. 그들 중 일부가 물속을 부유하며 카이를 향해 다가왔다.

"어서 와요오! 어서 와요오!" 그들이 한목소리로 노래를 불렀다. 아이들이었다. 인간과 비슷한 모습을 지닌 아이들. 아름다운 외모 탓에 죽음으로 내몰린 어린 데몬들이었다. 아름답다는 이유 하나로 토이펠 호수에서 익사한 가엾은 영혼들. 제 죽음을 어찌 감당해야 할지 몰라 떠도는 불안정한 영혼들. 그들 중 하나가 제 손을 뻗으며 카이에게 조금 더 물속 깊이 들어오라고 유혹했다. 작고, 가느다란 손가락이 카이의 발을 붙잡았다. 그바일로가 반대 방향에서 카이를 잡아당겼지만 힘이 부족했다.

"이 물이 당신을 깨끗하게 정화할 거예요오. 물이 당신의 고토옹을 줄여 줘요오오." 데몬족의 아이들이 입을 모아 합창했다. "그러러니까아 어서어 몸을 던져요오오. 금바앙 끝나아요오."

카이가 가슴에 프레지오라이트를 가까이 댔다. 그들은 샤텐발트에서 마주친 도깨비불과 비슷했다. 그의 마력을 끌어올리기 위해 카이는 우선 그의 발목을 붙잡고 있는 이들의 강한 유혹을 물리쳐야 했다. 희미한 불빛이 돌에서 뿜어 나왔다. 아이들 중 일부가 깜짝 놀라며 황급히 뒤로 물러섰지만 이번엔 피부에 물풀이 더덕더덕 붙은 다른 아이들이 탐욕으로 가득한 검은 눈동자를 굴리며 그에게 몰려왔다.

"그걸 던져 버려요오." 그들이 속삭였다. "그 돌은 당신의 고통만 늘려 줄 뿐이지요오. 마법으로 당신의 눈을 가리고 거짓 약속을 하는 거예요오."

"아니야." 카이가 숨을 토해 내며 말했다. 그제야 카이는 가슴까지 물이 차오른 걸 깨달았다. 그의 주변에서 염소의 하얀 몸이 허우적거렸다. 발굽이 호수 바닥이 닿지 않는 곳까지 카이를 쫓아온 것이었다. 아직은 어린 악마들이 염소를 향해 손을 뻗기만 할 뿐 공격을 하지는 않았다. 카이의 팔꿈치에 미끄덩한 손 하나가 닿았다. 카이는 뿌리치려 했지만 힘을 실을 수가 없었다. 근육이 제대로 움직이지 않았다. 빛나는 프레지오라이트를 든 손을 무언가가 끌어당겼고, 호수 표면에 닿는 순간 마법의 돌이 뿜어내던 빛이 사라졌다. 토이펠 호수에 암흑이 찾아왔다. 카이의 가슴 깊은 곳에도 어둠이 내렸다. 프레지오라이트와 함께 카이는 이제 어둠이 지배하는 물속으로 빨려 들어갔다.

안 돼!

너무 늦었다. 더 많은 어린 악마들의 손이 그를 옭매여 왔다. 발목을 휘감으며 나풀거리는 물풀의 촉감이 느껴졌다. 그때 태양이… 마지막 한 줄기 빛을 발하던 태양이 어둠에 묻혔다. 뭔가 커다랗고, 검은 것이 카이의 마지막 하루가 저무는 광경을 덮어 버렸다. 카이는 어렴풋이 거대한 드래곤의 실루엣을 본 듯했다. 그 어느 때보다 애타는 마음으로 그것이 스호오크이기를 간절히 소망했다. 그러나 물속에서 카이를 붙잡은 손들이 그를 계속 호수 바닥으로 끌어당겼다.

카이는 물속에서 제 머리 위를 바라봤다. 버둥거리는 염소의 다리와 일그러진 거울 같은 호수의 수면이 보였다. 그때 나타난 검은 그림자가 모든 것을 지우고 카이의 시선을 덮쳤다. 갑자기 물속을 강타한 두 발이 첨벙이며 생긴 공기 방울들이 카이 눈앞에서 춤을 췄다. 강인한 두 발 중 하나가 카이의 허리춤을, 그리고 다른 하나가 그바일로를 움켜쥐고는 거칠게 물 밖으로 잡아당겼다. 데몬족 아이들의 미끄덩한 손가락이 그를 놓쳤고, 순식간에 카이의 폐부로 공기가 다시 들이닥쳤다. 세상에 이보다 더 달콤한 것이 또 있을까? 자유였다!

날개가 달린 시커먼 물체가 밤하늘 위로 카이를 끌고 날아올랐고, 발밑으로 점점 작아지는 땅이 보였다.

"스호오크…" 간신히 반쯤 정신을 차린 카이가 중얼거렸다. "널 이렇게 다시 만나다니… 정말 기쁘다."

잠시 후 아래로 하강한 드래곤이 산 가장자리에 조심스레 착륙했다. 그리고는 카이와 그바일로를 붙들고 있던 발톱에 힘을 풀었다. 카이는 마비라도 된 사람처럼 옆으로 굴렀다. 처음으로 카이는 드래곤을 찬찬히 살폈다. 주홍색이 아닌 청록색이었다. 가슴팍은 무척이나 거대했고, 보통의 드래곤보다 훨씬 도전적인 눈빛을 지닌 블루 드래곤이었다. 그랬다, 스호오크가 아니었다. 이 거대한 짐승은 천천히 무릎을 꿇더니 살짝 옆으로 몸을 틀었다. 그제야 카이는 등 위에 왕처럼 서 있는 인물이 눈에 들어왔다. 목덜미에 머리카락을 휘날리며 그가 한걸음에 땅 위로 내려왔다. 허리춤에 찬 엘프의 검이 번쩍였다. 카이를 향해 다가와 몸을 숙인 사람은 바로 트리스탄이었다! 그는 귀까지 입을 끌어당기며 씩 웃었다.

“우린 다시 만날 거라고 내가 약속하지 않았던가, 카이?” 트리스탄이 물었다.

카이의 목구멍에선 헐떡이는 숨소리 외에 아무 말도 나오지 않았다. 트리스탄의 표정은 참으로 압도적이었다. 공명심과 담대함 그리고 확신으로 가득 차 있었다. 파수꾼이자 드래곤 라이더로 변모한 트리스탄의 모습은 정말로 굉장했다. 하지만 전혀 변하지 않고 예전 그대로인 것도 있었다. 부르크스메아데에서 온 두 소년은 예나 지금이나 형제라는 것.

트리스탄은 아무 말 없이 카이를 품으로 끌어당겨 힘껏 끌어안았다. 위대한 마법사 카이는 숨이 막힐 지경이었다.

—《에냐도르의 전설》 끝—

에냐도르 시리즈 두 번째 이야기

《에냐도르의 파수꾼》으로 이어집니다.

글루온

에냐도르 시리즈 두 번째 이야기

Die Wächter von Enyador

에냐도르의 파수꾼

미라 발렌틴 Mira Valentin | 한윤진 옮김

예언의 실체가 드러났다. 파수꾼들은 에냐도르의 통일을 위해 열성을 다한다. 하지만 엘프 공주 이조라와 트리스탄의 사랑이 그 평화로 가는 길에 걸림돌로 등장한다. 결국 네 종족 간의 아슬아슬한 동맹도 깨질 위기에 처한다. 그뿐 아니라 인간종족 내부에서도 결속이 무너지고 분열이 일어난다. 에냐도르의 평화를 위해 결성된 대오가 흐트러지면서 배신의 문이 활짝 열린다. 운명의 여신은 이제 검은 씨줄과 날줄로 물레를 돌리기 시작한다. 암울한 미래의 그림자가 에냐도르를 덮쳐 오는데…

저자: 미라 발렌틴(Mira Valentin)

그녀가 미디어에 등장할 때면 언제나 우당탕탕 소동이 일어난다. 미라 발렌틴은 작품에 등장하는 기묘한 인물을 코스프레하는 게 취미다.
지난해 도서박람회에는 《에냐도르의 전설》 등장인물인 스호오크 차림으로 전설의 닭 뼈를 들고 나타났다.
그녀는 판타지 세계에 산다. 판타지 소설을 쓰고, 판타지 속 교훈으로 아이들을 가르친다.

저널리스트로서 청년과 여성, 그리고 말에 관심이 많았던 미라 발렌틴은 어려서부터 소설 작가를 꿈꿨다. 2018년 《에냐도르의 전설》이 큰 성공을 거두면서 그녀는 전업 작가의 꿈을 이뤘다.

2016년 〈러블리북스〉 독일 신인작가상 2위
2017년 〈킨들 스토리텔러〉 대상

역자: 한윤진

연세대학교 독문학과를 졸업했으며 독일 뷔르츠부르크 대학에서 수학했다. 현재 번역 에이전시 엔터스코리아에서 출판기획자 및 전문번역가로 활동하고 있다. 옮긴 책으로는 《사랑한다고 상처를 허락하지 마라》, 《결혼의 문화사》, 《유언》, 《내 행복에 꼭 타인의 희생이 필요할까》, 《당신의 생각을 의심하라》, 《지구 남쪽에 사는 야생동물》, 《림비》, 《아무도 몰랐던 곰 이야기》 등 다수가 있다.